Hans von Rotenhan

Allsberg 1871

Roman

Außer den Menschen, die wir aus dem Geschichtsunterricht kennen, habe ich alle handelnden Personen erfunden. Ähnlichkeiten sind natürlich nicht auszuschließen, aber unbeabsichtigt.
Auch Ort und Schloss Allsberg sind Fiktion.
Allein Epaminondas gab es, so hieß der Zuchthengst meines Urgroßvaters.

MAXIMUM

Wir haben alle unsere Wurzeln

„Mir ist das Hier und Jetzt wichtig. Ich habe in meinem Leben lernen müssen, dass man die Liebe nicht ewig festhalten kann. Aber man kann sie in dem Moment, wo sie stark ist, genießen."

1871: Schloss Allsberg, das ehemals glanzvolle Anwesen der Familie Tröger in Unterfranken, ist in die Jahre gekommen und die Schönheit früherer Tage kaum mehr zu erkennen. Thea, die 26-jährige Tochter von Baron Tröger, erhält den Auftrag, auf einen Schlag alles Vieh zu verkaufen, um künftig Pferde für das Militär zu züchten und den Trögers damit wieder zu Wohlstand zu verhelfen.

Als Baron Tröger bei einem Reitunfall stirbt, erfüllt Thea den letzten Wunsch ihres Vaters. Um die Nachkommenschaft der Trögers zu sichern, sucht sie ihren eigenwilligen Bruder Cord und bringt ihn dazu, ihre Freundin Vicky zu heiraten. Doch die Ehe scheitert und Thea kümmert sich zusammen mit Vicky um die zwei aus der Verbindung stammenden Söhne.

Trotz etlicher Widerstände gelingt es Thea, sich mit dem Gestüt durchzusetzen und auch die anderen Geschäfte des Familiensitzes Schloss Allsberg erfolgreich zu führen.

Und in dem Förster Hubert findet sie sogar ihre große Liebe, die sie jedoch geheim halten muss, um der gesellschaftlichen Ächtung zu entgehen, während Vicky sich in die Tochter des Dorfpfarrers verliebt ...

Zwei starke Frauen, der Kampf um das Vermächtnis für die nachfolgenden Generationen und um das, was Schloss Allsberg über die Zeit hinaus bedeutet. Ein bewegender Roman über die Kraft der Liebe und die immer neue Hoffnung auf ein erfülltes Leben in Glück und Frieden.

HANS
VON ROTENHAN

ALLSBERG

-1871-

Der Glanz der
alten Zeit

MAXIMUM

Hauptstraße 33
27299 Langwedel
www.maximum-verlag.de

1. Auflage 2023

Lektorat: Silvia Kuttny-Walser
Korrektorat: Angelika Wiedmaier
Satz/Layout: Alin Mattfeldt
Umschlaggestaltung: Alin Mattfeldt
Umschlagmotiv: © Ironika / Shutterstock, Khirman Vladimir / Shutterstock, kamellys / Shutterstock
E-Book: Mirjam Hecht

Druck: Booksfactory
Made in Germany
ISBN: 978-3-948346-99-7

Für Brigitte, meine Frau, die ich liebe.

1. Kapitel

Wien, 1863

Die Reise nach Österreich war endlos lang. Sie genoss alles, die vorbeiziehenden Landschaften, die Bahnhöfe mit den umhereilenden Gepäckträgern und den schreienden Würstlverkäufern. Unter dem Schutz ihres Bruders in Leutnantsuniform schien ihr diese Reise wie ihr Eintritt in die große weite Welt. Im Speisewagen sahen sie Damen und Herren aus aller Herren Länder. Ein italienischer Maler stellte die ihn begleitende Dame, als seine Mätresse vor. Thea war schockiert und war es noch mehr als ihr Bruder bemerkte:

„Denkst du denn, dass all die anderen Paare verheiratet sind?"

„Meinst du wirklich …?"

„Thea, die Welt ist nicht Allsberg. In der Welt geht es noch viel aufregender zu als in all den Romanen, die du andauernd liest. Weißt du was? In Wien nehme ich dich mit auf einen Ball. Tante Fee wird schon was wissen."

Thea schaute ihren Bruder dankbar an.

„Ach, es ist schön, erwachsen zu werden."

„Und woran merkst du das, liebe Thea?"

„Daran, dass mich mein großer Bruder mitspielen lässt. Früher bist du immer allein auf die Bäume im Park geklettert, weil Buben mit Mädchen nichts zu schaffen haben wollen."

„Oh, hab ich das gesagt? Da hab ich meine Meinung aber gründlich geändert."

Es war nicht einfach gewesen, ihren Vater dazu zu bringen, Theas Plan zuzustimmen.

Sie langweilte sich auf Schloss Allsberg. Ihr ältester Bruder Karl Werner diente in einem Ulanen-Regiment in Magdeburg und der andere, Cord, war vor einigen Monaten zu einer Weltreise aufgebrochen.

„Was hat der Cord für noble Passionen?“ Der Vater schimpfte entrüstet, die Zeit der Kavaliersreisen sei vorbei.

„Mach dir keine Sorgen, ich verdiene mein Reisegeld schon selbst.“

Und tatsächlich, während Karl Werner immer wieder Geld brauchte, schickte Cord ab und zu eine Postkarte und teilte mit, dass es ihm gut gehe. Die letzte war aus Boston gekommen.

Wenn es wieder einmal darum ging, Geld nach Magdeburg zu schicken, brummte der alte Baron:

„Was nützt mir Preußens Gloria, wenn der Bub mit seinem Sold nicht auskommt? Der Cord ist zwar nie da, aber dafür liegt er mir nicht auf der Tasche.“

Theas ganzes Leben hatte sich bisher auf Schloss Allsberg abgespielt. Nicht einmal zur Schule durfte sie ins Dorf hinunter gehen. Ihr Vater hatte eine Erzieherin für die drei Kinder eingestellt, später kam ein Hauslehrer hinzu. Theas Mutter war nach ihrer Geburt am Kindbettfieber gestorben. Niemals wurde darüber gesprochen, und dennoch war es Thea, als verfolge sie ein stiller Vorwurf. War sie schuld am Tod ihrer Mutter?

Aber es war nicht nur das. Thea graute es bei der Vorstellung, in diesem riesigen Schloss darauf zu warten, bis irgendein junger fränkischer Baron, von der Jagd nach Hause kommend, sich daran erinnerte, dass er zu seinem

Glück auch noch eine Frau brauchte. Vom Leben erwartete sie sich mehr als das.

Es war Zufall, dass Karl Werner an ihrem achtzehnten Geburtstag zu Hause war. Beim Mittagessen nahm sie ihren ganzen Mut zusammen. Mit Karl Werners Unterstützung hatte sie gar nicht gerechnet, nur darauf spekuliert, dass Vater ihr an ihrem Geburtstag keinen Wunsch würde abschlagen können.

„Ich will malen lernen in Wien. Dort wohnt Tante Fee, Mutters Schwester. Sie wird schon auf mich aufpassen. Vielleicht erzählt sie mir sogar etwas von meiner Mutter."

Es war Karl Werner, der, ohne es beabsichtigt zu haben, bewirkte, dass der Vater einwilligte:

„Da hat Thea schon recht. Von unserer Mutter haben wir die roten Haare, aber mehr wissen wir von ihr nicht. Schämst du dich ihrer etwa, oder weshalb sprichst du nie von ihr?"

„Sie war mein Ein und Alles. Ich spreche nicht über sie, weil ich sonst in tiefer Trauer versinke. Ja, es ist etwas dran, ich kann meiner Tochter nicht wirklich etwas bieten hier in diesem Riesenkasten oberhalb des Mains. Womöglich ist es das Beste, wenn sie einmal ihre Tante Friederike besucht."

„Was? Tante Fee heißt Friederike?"

Karl Werner lachte:

„Da kannst du noch froh sein, dass nur Fee daraus geworden ist. Meistens heißen österreichische Gräfinnen Bubsi, Mumsi oder Lalli, und wenn sich irgendwo eine ungarische Großmutter finden lässt, dann werden sie Erzsi genannt, auch wenn sie Agnes getauft wurden."

„Aber allein reist mir die Thea nicht nach Wien. Du kannst von dort aus zurück zu deinen Ulanen nach Magdeburg fahren."

„O Gott, wenn ich nur an Magdeburg denke. Die langweiligste Stadt unter dem Zepter des preußischen Königs."

„Mag sein, mein Sohn, aber ein Tröger dient nicht unter der Fahne des bayerischen Usurpators."

In Wien brachte sie der Fiaker zum Palais der Grafen Engl von Wagrain. Thea hatte noch nie eine so große Stadt gesehen. Fußgänger, Pferdekutschen und stolze Reiter in Uniform verwandelten in Theas Augen das ihr bisher bekannte Leben in ein verwirrendes und dabei beglückendes Chaos.

Unvermittelt hielt der Fiaker auf einem kleinen Platz hinter dem Stephansdom und bedeutete ihnen, das Haus mit vier Obergeschossen, vor dem er gehalten hatte, sei das Palais Engl von Wagrain. Während Karl Werner und der Fiaker das Gepäck abluden, betrachtete Thea die Fassade. Das Haus war nicht sehr breit, nur fünf langgestreckte Fenster. Im Erdgeschoss beherrschte die breite, aber nicht sehr hohe Einfahrt das Bild. Darüber eine ebenso breite schmiedeeiserne Balustrade, die wohl nur dekorativen Zwecken diente. Immerhin, man konnte hinaustreten, die Tür krönte ein kleiner Tympanon, unter dem Thea das Wappen der Grafen Engl von Wagrain erkannte. Ihr klangen die Worte des Vaters im Ohr:

„Ein unmögliches Wappen, da tänzelt ein Hund auf einem Hügel, und ein Gaul bäumt sich auf. Was soll der Unfug?"

Thea fand, dass ein lächerliches Wappen an einem schönen Palais mitten in Wien durchaus seine Berechtigung hatte. Die barocken Fassungen der hohen Fenster der Beletage machten neugierig auf die Salons und womöglich Säle dahinter.

Tante Fee und ihre Schwester Maria Theresia, Theas

Mutter, waren Erbinnen des Vermögens ihres Onkels Alexander Engl von Wagrain. Er war Bischof von Leoben gewesen. Thea wusste, dass ihr Vater immer betont hatte, es sei das Geld seiner Frau gewesen, das die Familie Tröger durch die schwierigen Jahre gebracht habe, die die Angliederung an Bayern mit sich geführt hatten.

Thea war gespannt auf die Pracht des Hauses der Familie ihrer Mutter. Sie wurde bitter enttäuscht. Kein livrierter Diener erwartete sie, nur ein mürrischer Hauswart.

„Würden Sie uns bitte zur Gräfin bringen?"

Statt einer Antwort deutete der Mann nur nach oben und sagte:

„Dritter Stock rechts."

Im Treppenhaus sollten eigentlich Jagdszenen an den Wänden die Blicke der Besucher fesseln. Die Geschwister achteten nicht darauf, Thea mühte sich mit ihrer Reisetasche ab, und Karl Werner schimpfte auf den faulen Bediensteten, der es ihm nicht einmal abgenommen hatte, Theas schweren Koffer zu schleppen. Vorbei an hohen zweiflügeligen Türen, hinter denen sich Thea wundervolle Suiten, einen Spiegelsaal und den Blick in französische Gärten vorstellte, quälten sie sich ins Obergeschoss. Sie klopften an die erste Tür rechts. Sie war erheblich niedriger und schmuckloser als das, was sie unten gesehen hatten.

Thea kam nicht dazu, noch weiter nachzudenken, denn eine alte Dame öffnete ihnen und nahm beide nacheinander in die Arme.

„Wie schön, euch endlich wieder zu sehen! Jetzt merk ich's: Ich hab euch vernachlässigt nach dem Tod von der Marie Theres. Aber ihr seid's ja auch ohne mich groß geworden. Jetzt kommt's erst einmal herein und erzählt."

Dazu kamen sie jedoch nicht, denn es war Tante Fee, die erzählte. Thea beobachtete sie dabei und versuchte sich vorzustellen, wie ihre Mutter wohl jetzt aussehen würde. Hätte sie auch graue Strähnen in der roten Haarpracht? Würde sie wie Tante Fee eine geschnürte Taille über einem ausladenden Rock tragen? Waren diese blitzenden, lebenslustigen Augen auch wie die ihrer Mutter gewesen?

„Thea, was starrst du mich so an?“

„Verzeih, Tante Fee, ich habe mir nur gerade überlegt, ob meine Mutter ebenso ausgesehen hat wie du.“

„Nein, man sagte ihr nach, ihr Charakter sei wie ihr wildes Haar. Keiner hat sich zugetraut, es mit ihr aufzunehmen. Ich glaub, sie war ganz froh, dass sie niemand hat heiraten woll'n.

„Tante Fee, ich hoffe, du erzählst mir viel von meiner Mutter. Vater sagt ja nie was.“

„Naja, losgangen ist es mit den zweien in der Oper. Euer Vater war auf *Grand Tour*, so hat man damals noch g'sagt. In Wien ist er in die Oper 'gangen, und in der Pause ist er der armen Marie Theres auf den Fuß g'stiegen. Ich glaub, bei ihm war's Liebe auf den ersten Blick. Bei der Marie Theres hat's noch ein bisserl gedauert. Sie war zwei Jahre älter als euer Vater und blitzgescheit. Aber mit über dreißig war der gute Gotthilf auch nicht mehr der Jüngste. Ich muss sagen, es wurde eine sehr glückliche Ehe, zumindest hat sie mir das in ihren Briefen immer versichert. Als Schlagobers gab's dann noch das Geld vom Bischof-Onkel. Wenn das hier in Wien bekannt gewesen wär, hätt sie schon früher einen Verehrer g'funden.

Das Glück war nur kurz. Das Kindbettfieber ist ein grausames Damoklesschwert, das über uns Frauen hängt. Ich hab darum nie heiraten wollen. Gelebt hab ich, fröhlich sogar, und jetzt ist halt seit ein paar Jahren das Geld vom Bischof-Onkel verbraucht."

„Mich hat der Vater einmal gewarnt. Ich soll keine heiraten wie die Tante Fee."

„Ach ja, euer Vater hat mich für vergnügungssüchtig gehalten. Es stimmt aber auch in gewisser Hinsicht. Auf dem Wiener Kongress hab ich mit dem Zar und dem König von Preußen getanzt. Den Metternich hab ich mir vom Leib gehalten, der hat immer gedacht, dass ein Tanz ihm einen Freibrief geben würde. Ich hab mich mit eurem Vater nie gut verstanden. Er ist mir zu ernst. Drum bin ich nach dem Tod von der Marie Theres nur noch selten nach Allsberg gekommen. Am End macht er mir noch Avancen, hab ich gedacht."

Etwas später zeigte sie Thea ihr Zimmer.

„Schau nicht so kritisch. Das hier ist nicht Allsberg. Hier musst du mit einem Bett, einer Waschmuschel und einem Stuhl auskommen. Bei mir im Salon, da hab ich alle Möbel reingestopft, die mir keiner hat abkaufen wollen, als ich von der Beletage nach oben ziehen musste. Da sieht es noch heute herrschaftlich aus. Aber denk nicht, dass mein Schlafzimmer viel üppiger ist als das, was ich dir hier anbieten kann. Ich hab aufs Bischofs-Geld nie so richtig achtgegeben. Als es weg war, musste ich das Palais in Wohnungen aufteilen, und nun lebe ich von der Miete."

Karl Werner nahm am nächsten Morgen den Zug nach Berlin. Die Nacht auf Tante Fees Sofa musste schrecklich ungemütlich gewesen sein. Nachdem sie seiner Droschke nachgewinkt hatten, nahm die alte Dame Theas Hand und sagte:

„Es wird Zeit, dass wir uns ums Vergnügen kümmern.

Ein so hübsches Madl muss sofort in die Gesellschaft eingeführt werden."

Tante Fee hatte in Wien genügend Beziehungen, um Karten für den nächsten Ball, den des *k.k. Thierarznei Instituts*, zu bekommen. Zuvor aber ging sie mit Thea zu ihrer Modistin und gab ein Ballkleid aus smaragdgrüner Seide mit weißen Rüschen in Auftrag.

„Darin wirst du mit deinen roten Haaren wie eine Königin ausschauen. Ah, eh ich's vergess: Dein Vater hat dir, so hoff ich, ein Geld mitgegeben?"

„Ja, mach dir keine Sorgen. Er hat mir sogar gesagt, ich soll dir was für Kost und Logis zahlen."

„Ah, geh! Des agassiert mich jetzt aber! Was denkt der alte Gotthilf von mir? Ich bin doch kein Hungerleider!"

„Tante Fee, was ist agassieren?"

„Wenn ihr euch ärgert's, dann agassieren wir uns hier in Wien."

So schlimm war es mit dem Ärger dann doch nicht, denn sie einigten sich sehr schnell auf einen Obolus, den Thea allmonatlich diskret auf den Schreibtisch ihrer Tante legte.

Am Tag des Ballvergnügens erklärte Tante Fee ihrer Nichte, dass sie am Eingang des Saals eine Tanzkarte bekommen würde.

„Da schreibst alle die Namen von denen rein, die dich um einen Tanz bitten. Die kommen dann der Reihe nach dran. Wenn einer zudringlich wird, kommst du zu mir. Ich werde im Salon sitzen und Karten spielen. Hab keine Angst, allzu streng werde ich nicht über dich wachen."

Sie hielt sich nicht an die Regeln mit der Tanzkarte, sondern tanzte den ganzen Abend nur mit dem Offizier, der sie als Erster aufgefordert hatte. Anselm hieß er.

Er sah blendend aus in seiner Uniform. Bald lernte sie, dass man das in Wien „fesch" nannte.

„Ich verstehe nichts von Sternen, Litzen und Farben, aber diese Uniform steht ihm wirklich gut", sagte sie nach einem der vielen Walzer.

„Wir duzen uns hier in Wien alle. Wir sind ja eh irgendwie verwandt. Du wirst dich fragen, was ich auf dem Veterinärball mache? Nicht, dass du meinst, ich bin ein Viechdoktor. Ich bin Oberleutnant bei den Dragonern. Man hat mich hierher abkommandiert, weil man in der Armee auch ein paar Offiziere braucht, die wissen, was man macht, wenn ein Pferd einen Schnupfen hat."

„Und was ist er, ich meine, was bist du sonst noch?"

„Ich glaub, ich bin in dich verliebt!"

„So schnell geht das nicht, so was kommt nur im Roman vor."

„Aber es kommt vor, ich will es dir zeigen. Lass uns auf die Terrasse gehen."

Während drinnen eine Polka gespielt wurde, die zu tanzen sie einem Offizier mit ungarischem Namen versprochen hatte, nahm Anselm sie am Arm und führte sie auf die Terrasse hinaus. Dort nahm er ihr Gesicht in beide Hände und musterte es einen langen Moment. Sein Kuss erschreckte Thea.

Thea erinnerte sich an diesen Kuss, den sie sicherlich ersehnt, aber nicht so rasch erwartet hatte. Aus ihren Büchern wusste sie, dass es den zarten Kuss auf die Lippen gab. Das hier war etwas anderes. Zunächst dachte sie, es müsse sie ekeln. Dann aber, erst zögerlich, dann immer enthusiastischer, erwiderte sie den Tanz, den Anselms Zunge vollführte.

„Das ist es also, wovon ich so viel gelesen habe", schoss es ihr durch den Kopf, und sie fühlte, dass dies ein weiterer Schritt hin zum Erwachsenwerden sein musste.

Anselm ließ es sich nicht nehmen, die beiden Damen, wie er sich ausdrückte, nach Hause zu bringen. Am nächsten Morgen übergab ein Dienstmann einen Veilchenstrauß mit einer Karte. Auf der stand:

„Wann darf ich dich wiedersehen?"

„Wer ist denn dein Galan? Als er sich mir gestern vorgestellt hat, hab ich seinen Namen nicht verstanden."

Tante Fee war neugierig, und sie freute sich, dass ihre Nichte gleich beim ersten Ball solchen Erfolg gehabt hatte.

„Er ist Oberleutnant und heißt Anselm."

Tante Fee lachte. Dann nahm sie Theas Hand und setzte sich mit ihr auf ein Sofa.

„Schatzerl, das hätt ich auch so gesagt in deinem Alter. Aber weißt, uns alte Menschen, uns interessieren Nachnamen."

„Grosser, Anselm Graf von Grosser heißt er."

Tante Fee sog scharf die Luft ein.

„Na servus, hoffentlich ist er der Gute von den beiden."

„Er ist bei den Dragonern und zurzeit ans *k.k. Thierarznei Institut* abkommandiert."

„Na, da hast aber Glück ghabt! Der jüngere Bruder sagt von sich, er ist a Dichter. Was er dichtet, weiß keiner, nur dass er überall Schulden hat, das weiß ein jeder."

Bei den ersten Spaziergängen begleitete die Tante das Paar, das wurde ihr aber bald zu langweilig.

Die Kurse in der privaten Malschule Hladik gefielen Thea sehr. Sie machte gute Fortschritte, die sie selbst erstaunten.

Ursprünglich war das mit dem Wunsch, malen zu wollen, nur eine Ausrede gewesen, um von Allsberg wegzukommen. Dort hatte sie nur ihren Vater, den Frieder, die Stubenmädchen und die Babett, die Schlossköchin. Tante Fee hatte schon recht: Nicht nur ihre Haarpracht war rebellisch. Sie spürte immer mehr, wie sie in Wien das Neue aufsog und daraus eigenständige Gedanken entwickelte. Das war es wahrscheinlich, was die Alten rebellisch nannten.

Herr Hladik, ihr Lehrer, kleidete sich wie ein exzentrischer Maler, er legte sogar Wert darauf, dass kleine Farbflecken seinen Anzug schmückten.

„Der arme Papa! Er wäre so gern ein berühmter Maler geworden. Aber dann hat er sich in unsere Mutter verliebt. Bald waren wir vier Kinder, da musste er nach einem geregelten Einkommen suchen." Renate Hladik, die Tochter des Meisters, war bald zu Theas Vertrauter und Freundin geworden. Die übrigen Schüler kamen aus allen Ländern der Donaumonarchie. Ungarisch, Kroatisch, Rumänisch, Ruthenisch – bald konnte sie die Sprachen voneinander unterscheiden, verstehen aber nicht. Einige waren durchs Aufnahmeexamen der Kunstakademie gefallen und hofften nun, beim Meister Hladik den letzten noch notwendigen Schliff zu bekommen. Man erkannte diese Schüler an ihrem Eifer. Andere, meist weibliche Teilnehmerinnen, sahen den Malkurs als Teil ihrer Erziehung zur künftigen perfekten Ehefrau an. Konnte Thea die einen nicht verstehen, so *wollte* sie die anderen gar nicht verstehen. Ihr war es wichtig, etwas zu lernen – wenn sie auch nicht wirklich wusste, was sie später damit anfangen sollte. Meister Hladik nannte sie „mein eifriges Baronesschen".

„Papa hat dich in sein Herz geschlossen. Er lebt zwar vom

Geld, das die Väter der höheren Töchter zahlen, aber er verabscheut sie, weil sie von Kunst nichts wissen wollen. Du gibst dir Mühe. Beim Abendessen hat er neulich gesagt, dass ihn diese deutsche Thea überrascht hat. Merkst du, wie er dich den anderen vorzieht?"

Renates Worte bewirkten, dass Thea sich eingestand, zum ersten Mal in ihrem Leben stolz auf sich zu sein.

Mit Anselm traf sie sich meistens in Kaffeehäusern. Er musste jetzt viel lernen und saß über seinen Büchern. Sie schaute ihm dabei über die Schulter, und manchmal hielt sie seine Hand. Wenn er sie dann abends nach Hause brachte, zog es sie immer wieder in dunkle Ecken, wo sie sich leidenschaftlich küssten. Dabei bemerkte Thea, dass es da wohl noch etwas anderes gab. In ihren Büchern würde es „Wonne" heißen, was sie spürte, wenn er sich an sie presste.

Nachdem die Ballsaison vorüber war, lud Tante Fee Anselm zum Tee. Es war ein Sonntag im März, Fastenzeit. Davon war aber bei Tante Fee nichts erkennbar, es gab Tee mit Kandiszucker und feinstes Hefegebäck.

Tante Fee, die Anselms Familie offenbar sehr gut kannte, fragte ihn nach Eltern, Tanten und der Cousinage aus. Rudolf, den Bruder, erwähnte sie nur insoweit, als sie in einem Nebensatz fallen ließ, ganz Wien freue sich schon auf sein erstes Theaterstück.

Beim Abschied fragte Anselm, ob er Thea am kommenden Wochenende entführen dürfe, er wolle sie in Budapest seiner Tante Erzsi vorstellen.

Als Thea lachte, schauten Tante Fee und Anselm sie verständnislos an.

„Es ist nur so, dass Karl Werner behauptet hat, jeder

Österreicher habe eine Tante Erzsi, auch wenn diese gar nicht Elisabeth heißt."

„Meine heißt Erzsébet und ist eine Gräfin Székely."

Tante Fee stieß einen leisen Pfiff aus.

Thea war erstaunt, dass ihre Tante diesen Ausflug sofort erlaubte. Nachdem Anselm gegangen war, erzählte sie Thea, dass Tante Erzsi die Schwester von Anselms Mutter sei. Durch die Ehe mit ihrem leider verstorbenen Ehemann, einem Grafen Székely, war sie zu einer der reichsten Frauen Europas geworden. „Nur der Herzog von Westminster soll noch reicher sein."

Der Besuch wurde zu einem Fiasko. Thea und Anselm wurden am Bahnhof von einem Vierspänner abgeholt, der nach einer längeren Fahrt durch die prachtvollen Straßen der ungarischen Hauptstadt vorbei am Nationalmuseum in den Hof eines riesigen Palastes einbog. Dort wartete ein livrierter Diener, öffnete den Schlag und half den beiden aus der Kutsche. Durch ein prächtiges Treppenhaus ging es nach oben. Leise klirrten die Sporen an Anselms Stiefeln. Er war in seiner Dragoner-Uniform erschienen. Ein weiterer livrierter Diener öffnete vor ihnen beide Flügel einer hohen Tür. Als sie den saalartigen Salon betraten, erhob sich eine alte Dame, auf einen Gehstock gestützt, und reichte Anselm die Hand zum Kuss. Thea begrüßte sie mit einem Kopfnicken. Als sie saßen und der Tee serviert war, kam Tante Erzsi gleich zur Sache:

„Anselm, ich nehme an, dass du mir diese junge Dame vorstellst, weil du dich mit ihr verloben willst."

Thea lief rot an, denn davon hatte sie mit Anselm noch kein Sterbenswörtchen gesprochen. Der aber antwortete ganz unbefangen:

„Ja, liebe Tante Erzsi, ich möchte dir die Baroness Dorothee von Tröger vorstellen. Sie hat mein Herz erobert."

Ohne darauf einzugehen, griff die Tante zu einem silbernen Glöckchen. Sofort erschien ein weiterer livrierter Diener. Sie sagte zu ihm etwas auf Ungarisch. Der Diener verbeugte sich, sagte „igen hölgyem" und kam wenig später mit einer Ausgabe des Gotha zurück.

„Dann wollen wir doch einmal sehen, was das für eine Familie ist", sagte Tante Erzsi und blätterte im Adelsregister. „Da haben wir's ja schon", murmelte sie nach einigem Blättern. Sie las laut vor:

„Die Freiherren von Tröger sind ein fränkisches uradeliges Geschlecht, das seit dem Jahre 1220 nachweisbar ist. Die Besitzungen befinden sich hauptsächlich auf dem Gebiet des ehemaligen Ritterkantons Rhön-Werra. Bis zur Mediatisierung 1806 war die Familie reichsunmittelbar. Im Zuge der Reformation traten die Trögers und mit ihnen die von ihnen regierten Gemeinden dem lutherischen Glauben bei."

Tante Erzsi klappte das Buch zu und schaute Thea schweigend an. Nach einer endlos wirkenden Minute wandte sie sich Anselm zu, ohne Thea eines weiteren Blickes zu würdigen.

„Wie du weißt, habe ich dich als Erben meines gesamten Besitzes vorgesehen. Damit würdest du zu einem der reichsten Männer unserer Monarchie. Mit mir wird die Familie der Grafen von Székely aussterben, aber der Geist dieser Familie wird in dir und deinen Nachkommen weiterleben. Das Festhalten an unserem Glauben, der Gehorsam Rom gegenüber und die unabdingbare Treue zum Träger der Stephanskrone sind die drei Säulen, die über Jahrhunderte das Glück und den Wohlstand unserer Familie garantiert haben."

Sie machte eine Pause, um dann mit lauter Stimme fortzufahren: „Ich habe nichts gegen diese junge Dame, aber du kannst nicht eine lutherische Frau heiraten, und erst recht nicht kannst du dich an eine Baroness – wie sagt man in Deutschland? Ja, das ist das Wort: Du darfst dich nicht an eine Baroness verplempern. Wenn du es dennoch tust, werde ich dich enterben. Mehr habe ich nicht zu sagen. Adieu!“

Thea musste sich auf Anselms Arm stützen. Ihre Knie zitterten, und in ihrem Kopf drehte sich alles, als habe man mit einem großen Hammer dagegen geschlagen.

Unten wartete der Vierspänner noch immer.

„Die Kutsche wird die Herrschaften wieder zum Bahnhof bringen“, sagte der livrierte Diener und drückte Anselm einen Umschlag in die Hand. Dann weinte Thea.

Irgendwann hörte sie, wie Anselm den Kutscher bat, anzuhalten und ihr Gepäck abzuladen.

Vor dem Hotel half ihr Anselm, die Tränen abzuwischen. Dann fanden sie sich in einer riesigen Hotelhalle wieder. An der Rezeption fragte Anselm, ob er zwei Zimmer haben könne, und bat, die Koffer schon einmal hochzubringen.

„Glaube ja nicht, dass ich mir normalerweise so ein Hotel leisten kann. Im Umschlag, den mir der Diener gab, ist das drin, was Tante Erzsi ein *Douceur* nennt, eine Süßigkeit in Geldform. So was bekomme ich immer, wenn ich sie besuche, meist ist es mehr als mein Jahressold. Du weißt ja, unser Kaiser zahlt schlecht. Wir gehen jetzt erst mal in die Konditorei. Eine Esterházy-Schnitte hat bis jetzt noch jeden Kummer erstickt.“

Dass Anselm zwei Zimmer reserviert hatte, war normal. Man musste den Portier eines Hotels schon kennen, um zu wissen, ob man dort als unverheiratetes Paar ein gemeinsames Zimmer bekommen würde – nach einem üppigen Trinkgeld natürlich. Zu ihrer Verblüffung hatten sie später festgestellt, dass sie ganz ohne Trinkgeld zwei Zimmer bekommen hatten, die durch eine Tapetentür verbunden waren. Sicherlich war vergessen worden, die Riegel vorzuschieben. Thea war dies noch vor Anselm aufgefallen, und als sie sein Zimmer betrat, überraschte sie ihn dabei, wie er sich gerade seiner prächtigen Uniform entledigte. In Unterwäsche sah er weniger fesch aus, aber ungewöhnlich anziehend. Es schien ihm auch nichts auszumachen, in dieser Aufmachung gesehen zu werden. Er nahm Thea in die Arme und küsste sie zunächst zärtlich auf die Lippen. Dabei begann er, die Knöpfe ihres Kleides an ihrem Rücken zu öffnen. Sie ließ es geschehen und bemerkte, dass sie es war, deren Küsse leidenschaftlicher wurden, und wie ein unbekannter Schauer ihren Körper freudig erregte. Als Thea nackt war, zog auch Anselm sich aus. Es war das erste Mal, dass sie einen Mann so sah, wie Gott ihn geschaffen hatte. Sie war verblüfft, denn sie hatte keine Ahnung gehabt, wie das bei einem Mann unter der Kleidung aussieht. Es machte ihr Angst. Anselm schob es zwischen ihre Beine und das fühlte sich gut an, warm und pulsierend. Dann küsste er ihre Brüste und legte sie behutsam auf das Bett. Der kurze Schmerz war bald überwunden, und Thea stellte fest, dass sich ihr Körper ohne ihr Zutun bewegte. Ihr Unterleib wölbte sich ihrem Liebhaber entgegen, als wolle er keinen Millimeter von dem draußen lassen, was sie immer wieder in ekstatisches Zittern, Stöhnen und Lust versetzte. Sie krallte sich in Anselms Rücken fest und beantwortete jede seiner Bewegungen. Bald schien es, als geriete er außer Rand und Band. Als er aufschrie, kam auch aus ihrer Kehle ein Schrei.

Die Welt schien zu versinken. Thea dachte an nichts mehr, sie fühlte nur noch. Als Anselm schwer atmend auf ihr liegen blieb, musste sie lachen.

„Was ist daran so komisch, meine Allerliebste?"

„Ach, ich habe nur gerade gedacht, wie froh ich doch bin, dass ich nicht den Verstand verloren habe. Ich habe nicht gewusst, dass es so etwas Herrliches auf dieser Erde gibt. Kann man das wiederholen?"

„Ja, aber ein bisschen Zeit brauch' ich dazu schon. Lass uns die Zeit vertreiben, indem wir uns gegenseitig anschauen. Dein Nabel ist süß, und deine beiden Brüste sind das Schönste und Aufregendste, was ich je gesehen habe."

Thea fand, dass es auch bei Anselm einiges zu entdecken gab …

Als sie am Morgen in seinen Armen erwachte, fragte sie: „Sind wir jetzt verlobt?"

„Ja, mein Herz, wir werden heiraten."

2. Kapitel

Allsberg, 19. Januar 1871

Es war bitterkalt. Am Abend zuvor hatte der Baron ausrichten lassen, er werde am Morgen nicht selbst nach Seligenstadt reiten, um am Bahnhof die Zeitung abzuholen.

Seine Finger waren trotz der Fäustlinge starr vor Kälte, als der Erlers Friedrich, für alle „der Frieder", die *Franken-Post* vom Bahnwärter ausgehändigt bekam. Der Frieder war Kutscher, Pferdeknecht, Bote und auch ein wenig Beichtvater von Gotthilf Freiherr von Tröger, dem Herrn auf Schloss Allsberg.

Eigentlich waren dem Frieder die Zeitläufte egal, aber jetzt befand man sich wieder einmal im Krieg. Wer sollte sich da noch auskennen? Erst vor sechs Jahren war Bayern, wenn auch zögerlich, gegen die Preußen in den Krieg gezogen, und jetzt ging es gemeinsam mit den Preußen gegen Frankreich. So ein Hin und Her konnte nicht gutgehen. Da war er sich mit dem Baron einig, zumal dessen ältester Sohn bei Mars-la-Tour vor einem knappen halben Jahr gefallen war.

Frieders Gewohnheit war es, in diesen bewegten Zeiten zumindest die Schlagzeile der *Franken-Post* zu lesen. Was heute dort stand, alarmierte ihn, es ließ nichts Gutes vermuten.

„Wilhelm der I. Deutscher Kaiser! Proklamation im Spiegelsaal von Versailles."

Er gab dem Pferd die Sporen und sah zu, dass er so schnell wie möglich wieder hinauf nach Allsberg kam. Er beschloss, die Zeitung nicht in der Schlossküche abzugeben, auch wenn er damit auf den wärmenden Malzkaffee verzichtete.

Ohne anzuklopfen, stürmte er ins Esszimmer, wo er den Baron und dessen Tochter Thea beim Frühstück antraf. Wortlos legte er das Blatt auf den Tisch und wartete.

Dann hörte er das ihm wohlbekannte Grunzen. Es war immer das erste Anzeichen dafür, dass dem Baron etwas missfiel.

Thea zog die Zeitung zu sich herüber und schaute dann ihr Gegenüber fragend an.

„Hast du denn etwas anderes erwartet, Vater?“

Der starrte nur ins Leere, und dann brach es aus ihm heraus:

„Das verzeihen uns die Franzosen nie! Wie kann man nur so instinktlos sein? Diese Preußen! Frieder, was würdest du denn sagen, wenn dieser andere Napoleon, der mit seinem albernen Zwirbelbart, sein Kaiserreich in der Würzburger Residenz ausgerufen hätte?“

„Am Arsch hätt er mich könn geleck!“

Thea grinste.

„Ja, lach nur! Der Frieder hat sich vielleicht etwas drastisch ausgedrückt, aber genau das ist es, was die Franzosen jetzt von uns denken. Das ist kein gedeihlicher Nährboden.“

„Vater, ich bitt dich, seit ich denken kann, hast du uns immer wieder gesagt, dass die Trögers eher nach Berlin fahren als nach München.“

In gespielter Verzweiflung wandte sich der Baron Tröger an seinen Kutscher:

„Frieder, wir sind beide vor einundsechzig Jahren auf diese Welt gekommen. Wie war das damals?“

„Erinnern du ich mich ned, aber der Herr Baron hats mer

oft und oft verzähld: Reichsunmiddlbar war mer do. Über uns bloß der Kaiser in Wien und nuch a wenig höcher unner Herrgodd."

„Genauso war's! Und dann kamen wir zu Bayern, und wir schauten nach Berlin, weil wir dachten, die helfen uns, wenn die katholischen Wittelsbacher übermütig werden. Aber Thea, eine Sache ist es, als Lutheraner bayerischer Untertan sein zu müssen! Etwas ganz anderes aber kommt auf uns zu, wenn wir mit so vielen anderen unter Führung dieser preußischen Kommissköpfe in einen Topf geworfen werden. Ich befürchte, dass bald ganz Deutschland im Gleichschritt marschiert."

Abrupt stand der Baron auf.

„Komm, Frieder, wir gehen in den Pferdestall."

Thea blieb allein zurück. Sie war das jüngste von drei Kindern. Karl Werner war mit siebenundzwanzig Jahren gefallen, und Cord, der zweite Sohn, war schon seit Jahren auf Reisen und verdiente sein Geld damit, dass er Berichte aus unbekannten Welten an große europäische Zeitungen verkaufte. Er war darin sehr erfolgreich. Jedenfalls verfasste er die kurzen Briefe nach Hause stets auf dem Papier weltberühmter, teurer Hotels.

Thea, eigentlich hieß sie Dorothee, führte ihrem Vater den Haushalt. Wenn sie es sich recht überlegte, war sie hier im Schloss mit ihren bald sechsundzwanzig Jahren fehl am Platz. Ach, wie sehr hatte sie die Jahre in Wien genossen!

3. Kapitel

Allsberg, 24. Januar 1871

Der Baron Tröger war einsilbig gewesen in den vergangenen Tagen. Zunächst schien er über die politische Entwicklung verärgert, dann gingen ihm die andauernden Dankgottesdienste auf die Nerven, an denen er als Kirchenpatron selbstverständlich teilnehmen musste. Thea beobachtete ihn, wenn er im Baronsstall saß, der Tröger-Empore in der Kirche. Er verzog keine Miene, aber seine Fäuste ballten sich vor Unmut, wenn der Pfarrer wieder einmal zum Kruzifix emporschaute und betete:

„Wir danken dir Herr, dass wir diese wunderbar erhebenden Jahre 1870 und 1871 erleben durften, als die Fahnen immer wieder gehisst wurden und wir uns immer wieder unvorbereitet in dieser Kirche mit der ganzen Gemeinde versammeln durften, um dich, Gott, zu loben für all die Siege, die du dem deutschen Heere geschenkt hast. Unsere Glocken waren es, die der Gemeinde die großen Ereignisse kundtaten und die in jedem Herzen widerklangen als Lob- und Danklied."

Thea kannte die Gedanken ihres Vaters. Dieser Krieg hatte seinen ältesten Sohn das Leben gekostet, und der Politik, die nun in Berlin gemacht werden würde, misstraute er zutiefst. Wie und wofür sollte er da danken?

Der Baron Tröger war so erzogen worden, dass ihm gar nicht in den Sinn kommen konnte, an der Wahrheit und der

Notwendigkeit dessen zu zweifeln, was in der Bibel stand, und was die Kirche verkündete. Er musste sich deshalb nie fragen, ob er fromm sei. Er war es, zumal er Kirchenpatron war. Er war als solcher Vorbild. Es wäre für ihn schlicht ungehörig gewesen, nicht jeden Sonntag in die Kirche zu gehen. Dies gehörte zu seinem Leben ebenso wie es dazu gehörte, dass er im Schloss wohnte, im Herbst zur Hirschbrunft in die Rhön fuhr und in den Wintermonaten bei sich und seinen adeligen Freunden und Verwandten zur Jagd ging.

Thea schien es, als hadere ihr Vater mit den Zeitläuften, als kapsle er sich ein wie eine Larve in ihren Kokon. Entweder lag es daran, dass ihn wieder einmal eine Depression gepackt hatte, die ihn zu nichts anderem befähigte, als um seine verstorbene Frau zu trauern, oder aber er brütete eine neue Idee aus. Letzteres traf gerade zu.

Vor einigen Monaten war in der Zeitung gestanden, dass der Bau der Eisenbahnlinie nach Bagdad dazu geführt hatte, dass Rumänien, der traditionelle Lieferant von Eisenbahnbohlen, nun in die Türkei liefere. Nun suchten die Eisenbahngesellschaften händeringend nach Ersatz. Tagelang sah Thea daraufhin ihren Vater fast nicht mehr. Er hatte sich in sein Arbeitszimmer vergraben, um ein Sägewerk zu planen, mit dem er in der Rhön sein Buchen- und Eichenholz zu Bohlen machen könnte. Thea war froh, als ihr Vater wieder in den normalen Lebensrhythmus zurückkehrte. Das war das untrügliche Zeichen, dass er den Plan aufgegeben hatte. Thea war erleichtert, denn sie wusste, dass ihr Vater kein kaufmännisches Gespür besaß. Er war noch so erzogen worden, als würde er weiter als Feudalherr über die Trögerschen Ländereien herrschen.

Jetzt schien es wieder so, als brüte er eine neue Idee aus.

Vater ritt umher, schaute sich die Stallungen und den Gutshof unten im Dorf genauer an und manchmal lächelte er stillvergnügt vor sich hin.

Wenige Tage vor Theas Geburtstag, als Vater und Tochter nach dem Mittagessen beim Mokka in der kleinen, der unteren Bibliothek saßen, fragte er Thea:

„Verstehst du etwas von Pferden?"

„Ich habe Einiges mitbekommen. Du weißt ja, Anselm, mein Verlobter, hat am *k.k. Thierarzney Institut* studiert. Ich habe ihn oft abgefragt und mit ihm zusammen gelernt. Dabei ist einiges hängen geblieben."

„Das ist gut so, meine Thea. Wenn ich dieses neue deutsche Kaiserreich schon nicht mag, so soll es mich dennoch nicht daran hindern, damit Geld zu verdienen. Wir werden in die Rüstung gehen."

„In die Rüstung? Das ist doch wieder eine von deinen Schnapsideen! Siehst du hier Erzvorkommen, Eisengießereien, Arbeitermassen? Oder willst du Kanonenrohre aus Eichenholz herstellen?"

„Mach dich bloß nicht lustig über deinen alten Vater! Du wirst nicht abstreiten können, dass die eisernen Kanonen auf ihren Lafetten gezogen werden müssen. Preußen denkt und handelt ausschließlich nach militärischen Gesichtspunkten. Wenn man es genau betrachtet, haben die damit in Berlin sogar recht. Kein Land hat so viele Nachbarn wie dieses neue deutsche Kaiserreich. Sie alle, und nimm noch Großbritannien hinzu, sie fühlen sich alle von diesem Koloss, der mitten in Europa entstanden ist, bedroht. Die werden rüsten und so wird auch Berlin rüsten."

Der Baron machte eine Pause und nippte an seiner Mokkatasse.

„Hast du schon einmal von Remonten gehört?“

„Ja, schon, aber so ganz genau weiß ich nicht, um was es sich dabei handelt.“

„Das Wort kommt aus dem Französischen. Eine Remonte ist ein Ersatzpferd. Im deutschsprachigen Raum bezeichnet man damit die Zucht von Pferden für das Militär. Das geht vom edlen Rappen für die Offiziere bis zum klobigen Pferd, das Kanonen durch den Schlamm ziehen muss. Ich habe mir die Ländereien hier rund um Allsberg genauer angeschaut. Es sind leichte Böden mit Muschelkalk. Das wäre ideal für den Anbau von Hafer, hätten wir etwas mehr Regen. Aber es wird schon gehen. Wiesen haben wir nicht, aber ich denke, Heu wird man zukaufen können. Wir haben den riesigen Gutshof mit seinen Scheunen und Stallungen. Wo jetzt Kühe und Schweine untergebracht sind, werden wir Pferdeboxen hinstellen. Das Einzige, was wirklich fehlt, ist eine Reithalle.“

„Wann soll es denn losgehen? Du krempelst den ganzen Betrieb um, ist dir das klar? Du wirst dich darum bemühen müssen, die Pferde zu verkaufen. Ich seh dich schon, wie du stöhnst, du kämst dir vor wie ein Pfeffersack. Wie willst du denn das alles anfangen?“

„Ich fange nicht an. *Wir* fangen an! Allein schaffe ich das tatsächlich nicht mehr. Schau, ich habe mir das so gedacht: Ich fahre mit der Bahn nach Trakehnen und sehe mir an, was die dort machen. Ostpreußen ist weltweit der wichtigste Ort der Pferdezucht. Dort kaufe ich zunächst einen Hengst und einige Mutterstuten. Wenn ich denke, dass alles klappen wird, schicke ich ein kurzes Telegramm. Es wird drinstehen *Los geht's!* Das ist für dich das Zeichen, alle Kühe und Schweine zu verkaufen, und wenn im Märzen der Bauer die Rösslein einspannt, dann säst du Hafer, nur Hafer. Die Ställe musst du natürlich umbauen. Ach ja, noch etwas: Such dir einen Zimmermann, der uns eine leichte Reithalle hinstellt."

„Aber Vater, wie soll ich das machen? Wer wird mir die Tiere abkaufen?"

„Das habe ich schon geklärt. Heute Morgen habe ich den Aaron Seligmann getroffen. Er hat jetzt das Geschäft von seinem Vater, dem alten Herschel Seligmann, übernommen. Der schuldet mir noch einen Gefallen, und sein Sohn weiß das. Er wird dir einen guten Preis zahlen. Ich habe alles heute Morgen mit ihm besprochen."

„Vater, wie kommt es, dass der Viehjude aus Kitzingen dir einen Gefallen schuldet?"

„Das ist eine lange Geschichte, die schon viele Jahre zurückliegt."

„Ich glaube, ich sollte diese Geschichte kennen, bitte erzähl sie mir."

„Nun gut, sie beginnt mit Napoleon, dem anderen, dem ohne Zwirbelbart. Der hat uns Reichsritter in die Wirklichkeit gestoßen, indem er diese winzigen Herrschaftsgebiete größeren Staaten zugewiesen hat. Damit hat er uns aber auch unserer wirtschaftlichen Grundlage beraubt. Die Einnahmen, die wir als Feudalherren genießen konnten, blieben weg und wir mussten selbst zusehen, wie wir überleben. Das war neu und darauf war keiner von uns vorbereitet, geschweige denn ausgebildet. Die ehemals reichen Herren auf ihren Schlössern kamen plötzlich in Not. Viele verkauften an reiche Bankiers aus Frankfurt. Uns hat das Geld deiner Mutter gerettet. Viele aber mussten Kredite aufnehmen, die ihnen nur wenige Banken geben wollten. Nur die Juden haben damals Geld verliehen. Der alte Herschel Seligmann hatte mit seinem Viehhandel gut verdient, und es sprach sich herum, dass er Kredite vergab. Niemand hat damals herumposaunt, Geld vom Viehjuden bekommen zu haben. Es war kurz vor deiner Geburt, als ich per Zufall Zeuge eines Streites wurde. Auf dem Würzburger Viehmarkt beschimpfte unser entfernt verwandter Vetter Friedrich Hüben den Herschel Seligmann. Als der Graf von Hüben wutschnaubend davongeeilt war, kam der Seligmann zu mir und fragte, ob ich ihm helfen könne. Es stellte sich heraus, dass zwanzig Jahre zuvor unser Vetter beim Viehjuden von Kitzingen einen Kredit von fünfzigtausend Gulden aufgenommen hatte, verzinst mit fünf Prozent. Der Graf von Hüben habe immer zum Jahresende pünktlich den Zins bezahlt, zweitausendfünfhundert Gulden. Nun lief der Kredit aus und Hüben behauptete, er hätte ihn bereits zurückgezahlt, denn zwanzig mal zweitausendfünfhundert ergibt nach Adam Riese fünfzigtausend. Du weißt, der Friedrich ist unterdessen ein wichtiger Mann geworden. Er saß lange Jahre in München im Landtag, er war es, der die Zuckerproduktion in Franken begründete. Er war damals in den 1840er Jahren schon so etwas wie der ungekrönte König von Mainfranken. Er dachte wohl, ein Jude werde es nicht wagen, gegen ihn vor Gericht zu ziehen. Ich fand das unerhört und bin hinüber in den Ochsenfurter Gau geritten, wo die Hübens seit Generationen sitzen. Ich versuchte dem Friedrich klarzumachen, dass es egal sei, von wem er einen Kredit bekommen habe, auf jeden Fall müsse das geliehene Geld samt Zinsen zurückgezahlt werden. Der Friedrich begann dann auf den Seligmann zu schimpfen, der sei eben auch nichts anderes als ein raffgieriger Jude, wie alle anderen auch. Ich fand das widerlich, denn der Raffke war ja der zahlungsunwillige Herr Graf. Ich habe ihm gesagt, dass er zahlen müsse, sonst würde ich von Schloss zu Schloss in den ehemaligen Fürstbistümern Würzburg und Bamberg reiten und dort erzählen, dass das Vermögen des Grafen von Hüben, des ungekrönten Königs von Mainfranken, darauf beruhe, dass er einem Viehjuden sein Geld nicht zurückgezahlt hat. Dem guten Friedrich war klar, dass er das weder wirtschaftlich noch politisch und erst recht nicht gesellschaftlich überleben würde. Er hat bezahlt, aber seither ist er mir spinnefeind, und der alte Seligmann ist mein Freund. Hüte dich vor dem lieben Vetter Friedrich!"

„Woher kommt das eigentlich, dass man die Juden nicht mag? Wenn ich *man* sage, dann meine ich uns, die Aristokraten. An Jesus kann es ja wohl nicht mehr liegen."

„Es sind nicht nur wir, es sind wohl alle Deutschen, die die Juden nicht mögen. Ich glaube, man hat sich einfach daran gewöhnt, die Juden zu meiden. Sie werden nicht als gleichwertig angesehen, es sei denn, man braucht sie für das Geschäft. Manchmal denke ich, dass man die Juden verabscheut, damit der Rest besser zusammenhält. Ein Bach kann nur fließen, wenn er Gefälle hat, und ein Volk kann nur zusammenhalten, wenn es weiß, gegen wen."

„Komisch, ich habe mir darüber nie Gedanken gemacht, habe es einfach für normal gehalten, wenn man Juden ausgrenzt und blöde Witze über sie macht. Mal sehen, ob es mir gelingen wird, umzudenken."

Sie wechselten das Thema und berieten bis in den Abend hinein über die baulichen Maßnahmen und über die Umstellung auf die Monokultur Hafer.

Später an diesem Abend saß Thea an ihrem Schreibtisch im Schloss Allsberg und dachte an die wunderbare Zeit mit Anselm zurück. War es die glücklichste Episode ihres Lebens gewesen? Wie dem auch sei, dachte sie, jedenfalls hat es nicht lange gewährt. Sieben Jahre waren seither vergangen.

Beim Frühstück am nächsten Morgen überraschte sie ihr Vater damit, dass er ankündigte, er werde sich schon am darauffolgenden Morgen auf die Reise nach Trakehnen machen.

„Ich gebe nun für die kommenden Wochen den Besitz der Familie in deine Hände. Ich bin sicher, dass er dort gut aufgehoben ist. Schade, dass aus dir kein Bub geworden ist."

„Was soll das denn jetzt heißen? Hättest du einem Sohn mehr zugetraut?"

„Nein, das sicher nicht, aber er hätte mir einen Stammhalter schenken können. Die Familie Tröger darf nicht aussterben. Ich werde in Berlin einige Tage Station machen. Ich will versuchen, bei der *Vossischen Zeitung* herauszufinden, wo sich mein Sohn Cord gerade herumtreibt. Außerdem kann man in der Hauptstadt des neuen Kaiserreiches mal etwas Kultur tanken. Mit dem Dirigenten Hans von Bülow sind wir irgendwie verwandt, das muss man doch ausnutzen."

Thea lächelte in sich hinein. Sie kannte ihren Vater nicht als Musikliebhaber, wusste aber, dass er anderweitige Vergnügungen durchaus zu schätzen wusste. Sie gönnte ihm das von Herzen.

4. Kapitel

Allsberg, am 25. Januar 1871

Es war Theas sechsundzwanzigster Geburtstag. Wie gewöhnlich würde ihr Vater dies vergessen haben. Umso mehr wunderte sie sich, als sie ihren Vater, bereits in Reisekleidung, im Esszimmer auf sie wartend vorfand. Er schloss sie in die Arme, gratulierte und sagte:

„Mein Geschenk ist durchaus zweischneidig. Die Verwaltung unseres Besitzes ist manchmal eine schwere Last und immer eine hohe Verantwortung. Du wirst daran wachsen, davon bin ich überzeugt."

Dann kutschierte ihn der Frieder nach Seligenstadt an die Bahn.

Es begann nun eine fast tägliche Welle von langen Briefen, in denen der Vater zunächst aus Berlin berichtete, er habe den Aufenthaltsort seines Sohnes leider nicht herausfinden können. Die darauffolgenden Briefe waren eigentlich Tagebucheintragungen, in denen Theas Vater all das Erlebte aufschrieb, aber auch all das, was er sich daraus für die Umsetzung seiner Pläne überlegt hatte. Das war für Thea sehr wertvoll, denn die Briefe enthielten nicht nur die genauen Maße für die Erstellung der Pferdeboxen für Hengst, Mutterstuten, tragende Stuten, Stuten mit Fohlen, sie waren auch voller Beschreibungen der verschiedenen Gestüte, die er besuchte. Bald schon warf ihr Vater mit Fachausdrücken um sich, deren Bedeutung sich erst langsam aus dem Zusammenhang ergab. Was zum Teufel waren Paddocks? Pferde liefen darauf im Freien. Wenn es regnete, verwandelten sich diese Paddocks gern in Matsch, wenn sie nicht richtig aufgebaut waren. Kurz gesagt: unten grob, oben fein, damit das Wasser durch die Drainage schnell wegsickern konnte. Wieder hatte sie etwas gelernt.

Eines Tages traf das angekündigte Telegramm ein:

„Los geht's!"

Thea ließ sich vom Frieder nach Kitzingen kutschieren und fragte sich dort nach dem Viehhandel der Familie Seligmann durch. Sie fand unter dem Firmenschild einen alten bärtigen Mann auf einem Schemel sitzend. Auf dem Kopf trug er einen breitkrempigen schwarzen Hut. Die Hände hatte er auf einen Stock gestützt.

„Guten Tag. Sind Sie Herschel Seligmann?"

Der alte Mann nickte nur müde, und Thea hörte ein leises „Nu!".

„Ich bin die Tochter vom Baron Tröger aus Allsberg", stellte sich Thea vor.

Ein Lächeln ging über das Gesicht des alten Mannes. Mühsam erhob er sich mit Hilfe seines Gehstocks.

„Der Herr Baron ist ein Freund dieses Hauses, so ist auch seine Tochter willkommen. Unser Prophet Micha warnt davor, einem Freund zu vertrauen. Verzeih, Gott du Gerechter, da hat dein Prophet Seichel erzählt, weil dem Allsberger, dem kann man vertrauen."

Er lächelte Thea verschmitzt an:

„Nu, mer sagt, er is allwissend, aber alles kann er einfach nicht wissen."

Thea lächelte ebenfalls und bat dann, dem Sohn Aaron ausrichten zu wollen, er möge am kommenden Morgen in den Gutshof von Allsberg kommen. Es sei jetzt so weit, er wisse schon, um was es gehe.

Tatsächlich erschien am nächsten Tag Aaron Seligmann mit zehn Männern und einigen von Pferden gezogenen Kastenwägen. Er hatte eine neue Ausgabe der *Franken-Post* dabei und zeigte Thea die erst kürzlich auf dem Würzburger Viehmarkt erzielten Preise. Dann zahlte er, ohne ein weiteres Wort zu verlieren, eben diese Preise aus. Er wies seine Leute an, die Schweine in die Kastenwägen zu verladen, und die Kühe nach Würzburg zu treiben. Den beträchtlichen Geldbetrag verschloss Thea im Tresor des Arbeitszimmers ihres Vaters. Er würde eine große Hilfe beim Umbau sein.

Einen der später eintreffenden Briefe des Vaters las sie der Babett in der Küche vor:

„Heute habe ich ein kleineres Gestüt bei Gumbinnen besucht und hörte im Stall ein Gespräch mit, das mich nicht nur amüsiert hat, sondern auch zum Handeln ermunterte. Ein Stallbursche redete mit einem Pferdeknecht darüber, dass es am Samstag ein Karnevals-Tanzvergnügen im Dorfkrug geben sollte. Der Junge fragte den Älteren, als was er sich denn verkleiden solle, worauf dieser antwortete:

„Wasch dir eenmal und dir erkennt keener!“ Ich habe später erfahren, dass dieser Junge ein Waisenkind ist und auf dem Gestüt einfach so mitläuft. Im Sommer schläft er im Heuboden und jetzt im Winter in der Haferkiste. Deren Deckel schützt gegen die Kälte. Er ist für sein Alter groß gewachsen, aber dürr wie eine Bohnenstange. Ich habe ihn beobachtet, er geht sehr geschickt mit Pferden um. Der Besitzer des Gestüts hält nicht viel von ihm, er sei ein Schmarotzer, sagte er zu mir. Ich habe Martin, so heißt der junge Mann, gefragt, ob er mit mir nach Franken kommen wolle. „Wo is'n det?“, fragte er. Auch Bayern sagte ihm nichts. Ich bot ihm eine Anstellung an und kam mir dabei vor wie der Esel aus den Bremer Stadtmusikanten, der seinen Kumpanen zuruft:

„Ei was, zieh mit uns, etwas Besseres als den Tod findst du überall." Er will also mit mir ziehen. Ich habe ihm ein Zimmer über den Stallungen mit Bett, Schrank und Waschtisch versprochen. (Thea, denke bitte daran beim Umbau.) Und ich habe ihm gesagt, die Babett werde ihn aufpäppeln. Er glaubt, er sei sechzehn Jahre alt, und heißt Martin Dietrichkeit."

Es blieb nicht bei der Einrichtung des Zimmers für den Stallburschen. Es stellte sich heraus, dass die Decke des bisherigen Schweinestalls zu niedrig hing. Der Maurermeister schaute Thea besorgt an, kratzte sich am Kopf und entschied dann:

„Noch denn, was der Herr Baron da an Maßn gschickd hat, wird aus den Säustall fei ka Gäulsstall ned."

„Und wenn wir die Decke einfach anheben?"

„Baness, ich bin a Mäurer, vo Sdadig versteh ich nix. Aber mei Auchnmaß, des sechd mer, äss die Wänd waggln, wemmer da einfach an halbn Meder Backstaa draufschwarddn."

„Also weg mit dem Schweinestall."

„Fei langsam, Baness. Ich reiß des Ding ei und Sie gehn nunder ins Dorf und freechn die Weiber, wo edserd ka Ärbed ned ham, ob sa die Backstaa abglopfn wölln. So du mer an Haufn Geld spar!"

Wenige Tage später erreichte Thea der letzte Brief ihres Vaters. Er habe einen Beschäler gekauft, der auf den schönen Namen Epaminondas höre.

„Wie du weißt, war das ein Feldherr aus dem griechischen Theben, der die schiefe Schlachtordnung erfunden hat."

Thea hatte weder von diesem Herrn noch von seiner Erfindung gehört, fragte sich aber, was ein Beschäler sei. Sie wusste, dass in der alten Bibliothek, meist unbenutzt, *Meyers Konversationslexikon* stand. Dort erfuhr sie, dass es sogar einen Hauptbeschäler gibt, gemeint ist damit ein Deckhengst. Thea fand das etwas albern. Wozu brauchen Jäger, Pferdezüchter, Pfarrer und Rechtsverdreher je eine gesonderte Sprache? Beschäler? Nach ihrer Erinnerung hatte das mit dem Schälen eines Apfels herzlich wenig zu tun. Ihr Amüsement hielt nicht lange an, denn sie musste ehrlicherweise zugeben, dass ihr bei der Hirschbrunft in der Rhön das Jägerlatein flüssig von den Lippen ging.

„Nur wer ohne Spezialsprache ist, werfe den ersten Stein", murmelte sie und stellte den Band 1 von *Meyers Konversationslexikon* wieder ins Regal.

5. Kapitel

Juli 1871

Als im Sommer die letzten Soldaten aus dem Frankreichfeldzug nach Hause kamen, wurde das Ausmaß der Kriegsfolgen erst richtig deutlich. Es waren nicht nur neunundzwanzig junge Männer aus dem Dorf gefallen, auf dem Feld der Ehre geblieben, für das Vaterland gestorben, oder wie auch immer man es nannte. Es kamen auch viele Kriegsversehrte zurück, und denen sah man an, dass nichts Heldenhaftes hinter ihnen lag, dass das Feld der Ehre meistens ein Drecksloch war. Darin zu sitzen und zu hoffen, dass die Schrapnelle anderswo einschlugen, war wirklich kein Vergnügen gewesen. Thea besuchte die Heimkehrer. Zum Teil waren sie mit ihr zusammen konfirmiert worden. Einige waren selbstständige Bauern, aber andere, die meisten, waren darauf angewiesen, auf dem Gutshof Arbeit zu finden. Sie erzählte ihnen, dass nun beim Tröger Pferde gezüchtet würden, man brauche Stall- und Fuhrknechte, es würden auch Zureiter und Pferdeausbilder gebraucht. Die Männer und ihre Familien schöpften etwas Hoffnung, aber bisher waren das lediglich Versprechungen. Die Bauarbeiten auf dem Gutshof waren noch nicht abgeschlossen, und Epaminondas hatte auch noch nicht wirklich viel zu tun.

In all dieser Zeit der Vorbereitungen war der Baron Tröger unermüdlich aktiv, er überwachte das Aufstellen der Pferdeboxen, kümmerte sich um erkrankte Mutterstuten, kaufte bei den Wiesenbauern Heu und ließ es auf den Dachböden über den Stallungen einlagern. Er erfand Heurutschen, damit das Futter schneller und mit wenig Arbeitsaufwand an die Futterraufen gebracht werden konnte. Begleitet wurde er stets von Martin Dietrichkeit, der den Baron dadurch verblüffte, wie viele praktische Vorschläge er beisteuerte. Von ihm stammte die Idee einer Krachmaschine, mit der die Pferde an Gefechtslärm und Ähnliches gewöhnt werden sollten. Er und der Hufschmied, der Grieders Adolf, bauten ein Monstrum zusammen. Der Baron lachte, als er bemerkte, dass es nicht technische Probleme waren, die das Vorhaben erschwerten, sondern die Tatsache, dass die beiden sich einander einfach nicht verständlich machen konnten. Am Ende klappte es aber dennoch. Das Ergebnis war ein in die Horizontale verlegtes Wagenrad, an dessen Rand in unregelmäßigen Abständen Pflugschare hingen. Über eine Kurbel und ein einfaches Winkelgetriebe konnte das Rad in Drehung versetzt werden und dann schlugen die Pflugschare gegen einen Vorschlaghammer, ein dickes Rohr, einen Eichenklotz oder eine Glocke. Der Krach erfüllte die beiden Erfinder mit großer Befriedigung und führte tatsächlich dazu, dass die Einjährigen in Panik davonstoben. Mit viel Geduld mussten sie an den Lärm gewöhnt werden.

Unterdessen war der Martin unter der strengen Aufsicht der Babett, die ihn täglich in der Schlossküche verköstigte, zu einem stattlichen jungen Mann herangewachsen, der im Sattel eine hervorragende Figur abgab.

Abends saßen Thea und ihr Vater unter den Blutbuchen im Park oder bei schlechtem Wetter in der unteren Bibliothek zusammen. Gesprächsstoff war zunächst immer das Tagewerk. Zunehmend aber trieb den Baron die Sorge um, dass sein Haus aussterben werde, wenn sein jüngerer Sohn Cord nicht bald heiraten würde. Die Zukunft war überhaupt äußerst unklar. Man wusste nur, dass sich alles ändern würde, nicht aber wie und wann.

„Heute las ich in der Zeitung, dass man in Berlin an einem Gesetz arbeitet, wonach es im Kaiserreich bald eine einheitliche Währung geben soll, die Mark. Dass damit der Münzverwirrung im Reich ein Ende gesetzt wird, ist ja gut und schön, aber wie kommen die auf die Bezeichnung *Mark*? Und, Thea, du wirst sehen, dabei bleibt es nicht, Landmaße und Hohlmaße, an die sich die Bauern seit Jahrhunderten gewöhnt haben, werden bald alle über einen metrischen Kamm geschert werden. Statt zur Vereinheitlichung wird es zur Verwirrung kommen. Man wird immer Papier und Bleistift bei sich tragen müssen, um das Gewohnte in das neue Maß umzurechnen. Was mir aber wirklich Sorgen macht, ist das Recht. Schau, zumindest in Bayern ist es uns großen Familien gelungen, unser eigenes Recht zu setzen. Unsere Familienstatute sind anerkannt und regeln bisher klaglos die Rechtsnachfolge auf unseren Besitzungen."

„Klaglos würde ich da nicht gerade sagen, denn unser Familienstatut legt fest, dass nur volljährige, männliche Namensträger Teilhaber am Gesamtvermögen, dem Fideikommiss, werden können. Nur wenn ich als letzte Tröger übrigbleibe, weil Cord kinderlos verstirbt, werde ich Erbin. Ich halte das für eine schreiende Ungerechtigkeit."

„Du irrst. Es ist eine Frage der Praktikabilität. Nur so gelingt es, den Besitz auf den Namen Tröger zu halten. Die Töchter adeliger Familien dürfen durchaus bürgerlich heiraten. Ist in Ordnung. Nur sollen sie dann nicht Mümmelmann von Tröger heißen wollen. Ein bürgerlicher Ehemann kann durchaus sympathisch, sogar kompetent sein. Erfassen, was es bedeutet, einen seit Jahrhunderten in der Familie befindlichen Besitz von Generation zu Generation weiterzugeben, das wird so einer nie können. Die Familienstatute schützen unsere Familien vor einer Gesinnungskorrosion."

„*Gesinnungskorrosion*?"

„Ich meine damit dies: Nur wir Aristokraten, die wir seit Jahrhunderten auf der immer selben Scholle sitzen, können ermessen, was Besitz ist: Privileg und Verantwortung zugleich. Ein allgemeines deutsches Zivilrecht, das den Grubenarbeiter an der Ruhr, den Fischer an der Nordsee, den preußischen Junker und den oberbayrischen Millibauern unter ein und denselben Schirm stellt, kann nur Gleichmacherei zu unseren Lasten bedeuten."

„Vater, du weißt, dass ich dir kritiklos gegenüberstehe, aber wenn ich dich so reden höre, dann denke ich, dass die Reformen, die du fürchtest, dringend geboten sind. Und damit wären wir wieder bei meinem Bruder Cord. Sollte, was Gott verhüten möge, dir etwas zustoßen, wird er dein alleiniger Erbe, er wird alleiniger Nutznießer, Mitherr und Obmann des Fideikommisses sein. Er ist aber unauffindbar, vielleicht in Honolulu oder sonst wo. Das bedeutet, das Schiff der Tröger'schen Betriebe stünde führerlos da."

„Oh, mein Gott, daran habe ich noch überhaupt nicht gedacht, was kann man denn da bloß machen? Ich werde morgen nach Würzburg fahren und mich mit unserem Anwalt beraten."

„Hab ich schon gemacht. Er hat gesagt, das müsse man mit einem Arbeitsvertrag regeln. Wenn der Obmann des Familienvermögens, also du, mich als Verwalterin des gesamten Familienbesitzes anstellt, sagen wir mit einer Frist von dreißig Jahren, dann wäre ich auch nach deinem Hinscheiden noch handlungsfähig. In dem Vertrag müssten natürlich alle meine Befugnisse und Kompetenzen aufgelistet werden. Der Nachteil für dich ist gleichzeitig ein Vorteil für mich: Du müsstest mir ein angemessenes und festes Gehalt auszahlen."

„Das hast du dir ja schön ausgedacht! Lebst du bisher nicht gut und ausreichend versorgt bei mir im Haus?"

„Ja, lieber Vater, die neuen Zeiten bedingen eben auch, dass familiäre Absprachen allein nicht mehr ausreichen. Man wird sich daran gewöhnen müssen, dass selbst Väter mit ihren Töchtern Verträge abschließen."

Plötzlich schien der Baron um Jahre gealtert. Schwerfällig erhob er sich im Licht der schwindenden Sommersonne von seinem Gartenstuhl und schaute auf die Parkfassade von Schloss Allsberg. Er seufzte:

„Ach, weißt du, Thea, wenn ich ehrlich bin, dann geht es mir immer nur um den Erhalt dieses Haueses. Hier wurde ich geboren, hier habe ich meine Kindheit erlebt. Ich habe für den Rest meines Lebens keinen Ort gefunden, an dem es mich lange gehalten hätte. Vergiss nicht, hier habe ich die sechs herrlichen Jahre mit Maria Theresia verbracht, deiner wunderbaren Mutter, die mir drei rotschopfige Kinder geschenkt hat. Zumindest dir und Cord hat sie auch ihre geistige Unbändigkeit vererbt. Als sie starb, blieb mir die Liebe zu meinen Kindern und die Liebe zum Haus meiner Väter. Nein, das ist falsch, es handelt sich eigentlich um das Haus meines Onkels. Die Trögers hätten aus eigener Kraft nicht das Geld gehabt, so einen Koloss hier oben hinzustellen. Wir stammen nicht vom Schlosserbauer ab. Onkel Max, wie wir ihn nennen, hatte neben seinem erstgeborenen

Bruder Rudolf in Allsberg keine Aufgabe und ging in russische Dienste. Dort hat er unter dem Zaren Fjodor III. in dessen osmanischen Kriegen gekämpft. Er wurde General und sehr reich. Sein Einfluss wuchs, als der Zar 1682 starb. Die minderjährigen Halbbrüder Iwan und Peter wurden zu Zaren gekrönt, aber Fjodors Schwester Sofia übernahm die Regentschaft. Onkel Max erwarb das Vertrauen der Dame. Als nur sechs Jahre später Peter, den man den Großen nannte, die Macht an sich riss, quittierte Onkel Max den Dienst. Zunächst lebte er auf seinen immens großen Gütern in Russland und ist dann offenbar beim Zaren in Ungnade gefallen. Er hat alles in Russland verkauft und stand gegen Ende des Jahrhunderts hier wieder auf dem Acker und wusste nicht, wohin mit seinem vielen Geld. Rudolf, sein Bruder, wohnte damals eher kümmerlich in der alten Wasserburg drunten im Dorf. Von ihr ist nichts übriggeblieben. Sie stand auf der Insel, die von der Alls umflossen wird. Onkel Max bat seinen Bruder um die Erlaubnis, hier oben ein seiner Bedeutung entsprechendes Schloss bauen zu dürfen. Da er unverheiratet sei, werde es an die Familie gehen. Er bat den aus dem Tessin stammenden Architekten Antonio Petrini, für ihn zu bauen. Der zierte sich zunächst, weil er eigentlich der Modearchitekt der Fürstbischöfe von Würzburg und Bamberg war. Offenbar hat ihn das Geld von Onkel Max dann doch überzeugt. Die Kleriker schimpften. Sie fanden, von einem lutherischen Baron könne man sich doch nicht ins Brot setzen lassen. Petrini hat trotz des Skandals diese nach Westen offene Anlage entworfen und damit seinem Lebenswerk ein kleines Krönchen aufgesetzt. Er hat die Vollendung des Baus nicht mehr erlebt. Seine Meisterschaft zeigt sich insbesondere darin, dass er den

Nord- und den Südflügel je in einem Turm ausklingen lässt, die beide ein Stockwerk höher sind als die drei Ebenen des restlichen Bauwerks. Wenn abends die untergehende Sonne den Buntsandstein des Schlosshofs mit den beiden Türmen beleuchtet, dann merkst du, dass das Ganze ein Angeberschloss ist. Keine der fränkischen reichsritterschaftlichen Familien konnte sich so etwas Protziges leisten. Es ist in den fast 160 Jahren seit seiner Errichtung nie etwas daran gemacht worden. Für größere Reparaturen fehlte meistens das Geld, aber – und das ist ein Glück – es fehlte auch das Geld für Veränderungen. So ist das Schloss Allsberg bis heute aus einem Guss geblieben. Kannst du verstehen, weshalb mir der Erhalt dieses Hauses fast wichtiger ist als die Weitergabe des Besitzes auf die mir nachfolgende Generation?"

„Du sprichst von Generation und meinst männliche Erben."

„Also wirklich, Thea, manchmal bis du in deiner Hartnäckigkeit richtig *agassant*, um ein Wort zu benutzen, das du in die Familie gebracht hast. – Warum ist das eigentlich damals mit deinem österreichischen Verlobten nichts geworden?"

„Vater, darüber möchte ich wirklich nicht sprechen."

„Naja, ist ja vielleicht auch gut so, wie es gekommen ist, sonst wärst du jetzt Kriegswitwe."

Später, vor dem Einschlafen dachte Thea an ihre Zeit mit Anselm. In der Nähe des *k.k. Thierarznei Instituts* war es ihm gelungen, mit Tante Erzsys „Douceur" eine kleine Wohnung zu mieten. Dort trafen sie sich. Natürlich war es ihnen klar gewesen, dass sie eine Schwangerschaft vermeiden mussten. Deshalb war ihnen damals eine Vielzahl von Techniken und Spielen eingefallen, die ihnen die ersehnte körperliche Erfüllung bereiteten, ohne die eigentliche Vereinigung herbeizuführen. Mit ihren Fingern berührte sie sich jetzt dort, wo sie Anselms Hand, seine Zunge oder sein Zauberstab, wie sie es nannten, liebkost hatten. Es gelang ihr diesmal, den Höhepunkt zu erreichen.

Bevor sie einschlief, dachte sie, dass sie sich über die unbedachten Worte ihres Vaters geärgert hatte. Sie Kriegswitwe?

Und noch etwas huschte ihr durch den schläfrigen Kopf:

Als Anselms Witwe hätte ich wenigstens vorher ein Kind bekommen und wüsste, wie es ist, Mutter zu sein.

6. Kapitel

Allsberg, August 1871

Die Erinnerung an Anselm hatte sie etwas aus dem mühsam aufrechterhaltenen seelischen Gleichgewicht geworfen. Sie merkte, sie musste mal weg. Weg von den Pferden, weg von dem einsamen Leben auf dem Schloss. Sie brauchte Zeit für sich.

„Vater, bevor wir das mit dem Arbeitsvertrag machen, möchte ich für zwei Wochen zur Kur nach Bad Kissingen. Es wird mir guttun, andere Menschen zu sehen, und es kann nicht schaden, wenn ein Mediziner mich einmal auf Herz und Nieren prüft."

Der alte Baron brummte etwas, und dann rief er den Frieder herbei und hieß ihn, die Baroness nach Seligenstadt an die Bahn zu fahren.

„Frieder, das hat Zeit, ich werde den Mittagszug nach Würzburg nehmen. Dann bin ich am späten Nachmittag in Bad Kissingen. Aber erst muss ich noch packen."

Thea fuhr nicht nach Bad Kissingen, sondern nach Bad Brückenau. Dort nahm sie eine Droschke zum Tröger'schen Forstamt und bat den Förster, Herrn Bräuter, um den Schlüssel zur Jagdhütte ihres Vaters am Hirtensee. Die wenigen Kilometer zur Jagdhütte lief sie, sie nahm nur etwas für ihre Körperpflege mit. Der Förster hatte versprochen, ihren Koffer und etwas Proviant am kommenden Tag vorbeizubringen.

Der Schlüssel klemmte etwas im Schloss und drinnen roch es muffig. Es war lange keiner mehr in der Hütte gewesen. Nachdem alle Fenster geöffnet waren, setzte sie sich auf die kleine Terrasse und schaute auf die in der Abendsonne glitzernde Oberfläche des Sees. Sie dachte an nichts und genoss es einfach. Als es kühl wurde, beschloss sie, sich schlafen zu legen. Sie fand nur eine grobe Pferdedecke, einen Woilach, um sich zu bedecken.

Am nächsten Morgen weckte sie die Sonne. Sie lief zum See hinunter, legte ihre Kleider zusammen und stürzte sich ins Wasser. Es war herrlich, sie fühlte sich eins mit der Natur. Waren es Fische oder waren es Wasserpflanzen, die ihre Beine berührten? Einerlei! Das war Freiheit, das war es, was sie sich schon lange einmal gewünscht hatte: Niemand will etwas von mir.

Als sie am kleinen Steg aus dem Wasser gestiegen war, ließ sie ihren Körper an der Sonne trocknen, zog das Wenige an, worin sie die Nacht verbracht hatte, und legte sich ins Gras. Ihr fielen die Augen zu.

Sie wachte auf von Pferdegetrappel und beobachtete, wie der Förster Bräuter Bettwäsche und einen Korb, der hoffentlich etwas zu essen beinhaltete, in die Hütte trug. Als sie merkte, dass er auf sie zukam, stellte sie sich schlafend. Zu ihrem Erstaunen legte sich der Besucher neben sie ins Gras und sagte nichts. Es schien, als sei eine Stunde vergangen, und sie bemerkte, dass die Anwesenheit dieses ihr an sich fremden Mannes beruhigend auf sie wirkte. Sein regelmäßiger Atem, sein schieres Hiersein machte sie sicher und seltsam sorglos. Irgendwann, die Sonne hatte den Zenit gerade überschritten, nahm sie seine Hand und sagte:

„Es ist gut, dass du da bist.“

Sie spürte, wie der Druck auf ihre Hand stärker wurde, dann zog er sie zu sich und küsste sie. Nichts davon überraschte sie, vielmehr erwiderte sie den Kuss mit großer Leidenschaft, und als er aufstand und sie zum See mitnahm, war es nur folgerichtig, dass sie sich ihrer Kleider entledigten und in den See sprangen. Im Wasser stehend umarmten sie sich, und Thea bemerkte mit wachsender Lust, wie sich sein heißes Glied an ihren Unterleib presste. Ohne den Kuss zu unterbrechen, schlang sie ihre Schenkel um seine Hüften. Das so lange ungestillte Verlangen nach der Vereinigung zweier Körper zuckte wie eine Flamme durch ihren Bauch. Sie gab sich dem unverhofften Glück ganz hin. Ein Jubelschrei entrang sich ihrer Kehle, als sie spürte, wie die Kraft des Mannes sich in sie ergoss. Mit ihm zusammen erreichte sie den Höhepunkt, den sie so plötzlich gar nicht erwartet hatte.

Erst als sie sich voneinander lösten, fanden beide zur Sprache zurück. Thea fragte belustigt:

„Wie soll ich dich eigentlich nennen? Bis vor wenigen Minuten warst du in meinem Kopf nur als Herr Bräuter präsent."

„Ach Thea, nenn mich, wie du willst. Du bist in meinem Kopf schon seit Jahren verwurzelt. Bevor du nach Wien gegangen bist, hast du oft deinen Vater auf seinen Inspektionsreisen begleitet. Ich sah dich zum ersten Mal, da warst du fünfzehn, und als du mit achtzehn plötzlich verschwunden warst, da war ich längst in dich verliebt und wusste, dass ich nie eine andere so lieben würde."

„Das sagst du mir jetzt? Ich will gar nicht ausrechnen, wie viele Jahre wir verloren haben. Sie hätten erfüllt sein können von vielen, vielen solchen Erlebnissen wie jetzt! Wie dumm von dir!"

„Thea, vergiss nicht: Wie hätte ich es anstellen sollen? Der Förster verliebt sich in die Tochter des Barons? Das geht nicht gut. Jede romantische Geschichte in der *Gartenlaube* endet in einer Katastrophe. Ich weiß das, meine Frau ist eine regelmäßige Leserin dieses Blattes."

„Vergessen wir mal für einen Moment deine Frau. Mir ist das Hier und Jetzt wichtig. Ich habe in meinem Leben lernen müssen, dass man die Liebe nicht ewig festhalten kann. Aber man kann sie in dem Moment, in dem sie stark ist, genießen."

Sie sah ihn voller Hingabe an und lächelte.

„Ich spüre, dass deine Liebe wieder stärker wird. Bitte trag mich hinaus auf die sonnige Wiese, aber verlass mich nicht."

Als sie nach einer aufregenden Weile ermattet in der Sonne lagen, murmelte Thea:

„Heißt du nicht Hubert, Herr Bräuter?"

„Ja, aber jetzt leg dich ganz eng zu mir, damit ich fassen kann, worauf ich so lange habe warten müssen."

„Ach, du meinst, das geht so munter weiter?"

„Ich werde dich nicht mehr loslassen und um dich kämpfen, denn seit einer guten Stunde weiß ich, dass du wunderbar bist, wunderbarer als ich es mir je erträumen konnte. Mit dir habe ich zum ersten Mal bemerkt, dass eine Frau nach einem Mann ebenso verlangen kann wie er nach ihr. Wenn wir uns lieben, habe ich nicht den Eindruck, dass du es eben über dich ergehen lässt. Du willst es, und womöglich willst du es heftiger als ich selbst. Das finde ich unaussprechlich aufregend. Wer um eine solche Frau nicht kämpft, gehört ins Kloster."

„Dass du mir das sagst, freut mich. Vor dir kannte ich nur einen Mann. Der hat nie über das gesprochen, was wir taten. Er sagte immer: Unanständigkeiten macht man, aber man redet nicht darüber. Dabei finde ich es überaus anregend, über diese sogenannten Unanständigkeiten zu sprechen. Aber jetzt lass uns etwas überstreifen. Ich habe Hunger, seit gestern habe nichts mehr gegessen."

Wenig später saßen sie auf der Terrasse der Jagdhütte und taten sich an der mitgebrachten Brotzeit gütlich.

„Den Wein heben wir für heute Abend auf. Ich lege ihn zum Kühlen in den See."

„Kannst du denn über Nacht bleiben? Was wird deine Frau sagen?"

„Gut, dann wollen wir das gleich besprechen. Du kannst dir ja denken, dass ich Dagmar – so heißt sie – nur deshalb geheiratet habe, weil ich gewiss war, dich nie erobern zu können. Sie war nicht einmal meine zweite Wahl, weil sich die Wahl Thea für mich außer Reichweite befand. Unsere Ehe hätte glücklich werden können. Dem Glück stand leider unser Sohn Ulrich im Weg: Er wurde mit einer Hasenscharte geboren. Sie meinte von Anfang an, das liege an mir, es liege an meinem Blut."

„Was ist denn mit deinem Blut los?"

„Ach, das erzähle ich dir später. Jetzt sollst du nur wissen, dass unsere Ehe nicht mehr existiert. Wie leben nebeneinander her. Mittlerweile ist es ihr gelungen, dass Ulrich mich hasst. Mein Leben zu Hause ist unerquicklich. Wenn ich es irgendwie möglich machen kann, bin ich fort. Sie weiß von meinen Liebschaften, aber das scheint ihr egal zu sein."

„Liebschaften?"

„Ja, ich werde morgen aufbrechen und ihnen allen sagen, dass es vorbei ist."

Thea knuffte ihn in die Seite:

„Es *ist* vorbei, aber das musst du ihnen nicht sagen."

„Sie werden untröstlich sein."

„Aufschneider!"

„Ja, du hast recht, so viele sind es derzeit auch wieder nicht."

„Hör jetzt auf. Ich weiß nicht, ob das Ernst oder Spaß ist. Lass uns lieber das Pferd versorgen, und danach machen wir einen Spaziergang durch den Wald. Nenn es eine Inspektion, dann ist es dienstlich."

„Muss ich jetzt zwischen der dienstlichen und der liebenden Thea unterscheiden?"

„Manchmal fragst du schon sehr dämlich."

Es wurde in der Tat fast dienstlich, denn Hubert zeigte Thea seinen neu angelegten Pflanzgarten.

„Hier droben in der Rhön züchten wir keine Pferde, sondern Bäume. Ich möchte einmal versuchen, ob es möglich ist, Nachpflanzungen nach Sturmschäden oder starkem Einschlag aus eigenen Quellen vornehmen zu können. Irgendwie traue ich den Baumschulen nicht. Da sitzt sicherlich irgendwo in einem Labor ein pfiffiger Biologe und tüftelt daran herum, wie er die Forstleute davon abhängig machen kann, nur noch bei denen zu kaufen."

Nach einem dreistündigen Fußmarsch erreichten sie die Jagdhütte wieder. Wie sie so Hand in Hand davorstanden, fragte Hubert unvermittelt ganz leise:

„Darf ich mir was von dir wünschen?"

„Ja, natürlich, mein Liebster."

„Darf ich dich heute Abend ganz, ganz langsam ausziehen?"

„Nur wenn ich mir auch etwas wünschen darf. Ich habe noch nie erlebt, wie es sich anfühlt, wenn ein männliches Glied in meiner Hand wächst. Findest du das unanständig?"

„Nein, überhaupt nicht, aber wir sollten das jetzt gleich machen, denn sonst wird das Ding vor lauter Erwartung heut den ganzen Tag nicht mehr klein."

Nach diesem wissenschaftlichen Experiment, wie Thea es nannte, liebten sie sich ausgelassen auf dem Bett in der Jagdhütte.

„Wir sollten das Bett nachher überziehen. Es kratzt halt schon ein wenig ohne ein leinernes Laken. Dabei frage ich mich, wozu hat mein Vater eigentlich so ein großes Bett gebraucht? Zur Hirschbrunft ist er doch immer allein in die Rhön gekommen."

„Kannst du dir das nicht denken? Pass auf, wir machen Feuer im Ofen, und dann zaubere ich ein Omelett aus den Eiern und Pilzen, die ich mitgebracht habe. Danach erzähle ich dir, was es mit den Jagdhütten auf sich hat."

Thea holte die Flasche Wein aus dem See und beobachtete, wie aus dem Schornstein der Hütte erst langsam, dann drängender heller Rauch quoll. War es richtig, was sie zugelassen hatte? Ihre Frage führte zu einem leisen Selbstgespräch: *Thea, belüge dich nicht selbst, du hast gar nichts zugelassen, du hast es vom ersten Moment an so gewollt. – Trotzdem ist die Frage erlaubt, ob es richtig ist. – Da gibt es zwei Antworten: Gesellschaftlich ist das, was du tust, unmöglich. Ich bitte dich, ein Verhältnis mit dem eigenen Förster! Das darf nicht sein! Noch dazu ist er verheiratet. Die zweite Antwort ist, dass es dir guttut. Deiner Seele tut es gut und deinem Körper auch. – Aber ich breche in eine Ehe ein. Das ist Sünde. – Sünde? Was heißt da Sünde? Denk an das, was Tante Gisela damals gesagt hat: „Nach einer Sünde geht man beichten und gut ist es." – Erinnere mich nicht an Tante Gisela. Wäre ich ihr damals in Wien nicht begegnet, wäre vieles anders verlaufen. Ja, ich hätte Kinder bekommen. Jetzt kann ich keine mehr bekommen. – Und? Siehst du das nicht gerade als Vorteil an? – Ja, weil ich unbekümmert mit Hubert unsere Lust ausleben kann. Kinder hätte ich aber dennoch gern bekommen.*

„Essen ist fertig!"

Huberts Stimme riss sie aus ihren Überlegungen. Sie ergriff die Weinflasche und kehrte zur Hütte zurück.

„Das ist ein wunderbares Abendessen. Schenk unsere Gläser voll, und dann erzähl mir das mit den Jagdhütten."

Sie tranken einen Schluck und dann begann Hubert:

„Ja, das ist so: Fast niemand weiß, wie wichtig die Jagdhütten für die Forstwirtschaft sind. Ohne sie wäre es schwer, qualifizierten Nachwuchs zu finden. Die Wälder würden nicht richtig gepflegt, sie würden verwildern, und die Holzwirtschaft müsste sich für teure Devisen das Holz aus Russland oder gar Kanada kommen lassen."

„Übertreibst du da nicht etwas?"

„Überhaupt nicht. Die Eigentümer dieser riesigen Forstbetriebe in den deutschen Mittelgebirgen von der Eifel bis zum Riesengebirge, im Böhmerwald oder im Schwarzwald, sie alle haben ihre Jagdhütten, in denen sie etwa drei, manchmal vier Wochen im Jahr wohnen. In der Morgendämmerung und am Abend sind sie draußen, beobachten die Hirsche und bereiten sich auf den Abschuss vor. Was sie sehen, ist pure Sexualität. Es geht da draußen bei den Hirschen den ganzen lieben Tag um nichts anderes als um die Frage, wer die Weibchen besteigen darf. Da kommt ein Jäger zwangsläufig auf brunftige Gedanken und denkt sich: Warum der Hirsch und ich nicht?"

„Was du dir da zusammenspinnst!"

„Das sind keine Fantastereien, das ist Realität. Eine davon sitzt gerade neben dir. Ja, ich bin das Produkt einer Hirschbrunft-Romanze. Meine Mutter war die Tochter eines

Lehrers aus der Gegend um Olmütz. Im Herbst kam immer ein hoher Herr aus Prag und machte ein junges Mädchen in sich verliebt. Blieb es folgenlos, bekam sie ein ansehnliches Geldgeschenk, kam ein Kind, wurde abgewartet, ob es ein Bub oder ein Mädchen wurde. Letztere wurden ein paar Jahre später als Dienstmädchen auf eines der Schlösser der Donaumonarchie vermittelt, war der Bub gescheit, bekam die Mutter ein Haus, der Sohn aber kam auf die Waldbauschule und wurde später der Förster der Familie. Irgendwann stellte man fest, dass die Förster sich von ihren Grafen, Fürsten oder Baronen nur noch dadurch unterschieden, dass sie keine Hüte, sondern Kappen auf dem Kopf trugen. Die Erfindung der Eisenbahn hat sich da als segensreich erwiesen, denn nun konnte man auch zu Jagdfreunden in entlegene Gegenden reisen, um an den Großjagden im Winter teilzunehmen. Da ergaben sich immer Gelegenheiten zu fragen, ob nicht jemand einen solchen Förstersbub hätte, und ob man den nicht gegen den tauschen könne, der gerade zu Hause den Argwohn der hochverehrten Frau Gemahlin erregte. Meine Mutter hat mir nie gesagt, wer mein Vater war. Nur dass der gegen mich ausgetauschte Bub nun Förster bei einem böhmischen Grafen geworden ist."

„Was, dein Vater war ein Graf? Dann bist du ja gar nicht unstandesgemäß!"

„Nach dem Papier schon. Nach dem Blut allerdings wärst du für mich nicht standesgemäß, haha!"

Thea rauschte kurz das Wort „verplempern" durch den Kopf. Darüber nachzudenken, blieb keine Zeit, denn Hubert erzählte weiter:

„Und das mit dem Blut ist nun mein Problem. Dagmar ist fest davon überzeugt, dass mein Blut durch ständige Inzucht in der Familie meines Vaters verdorben sei, und dass deshalb unser Ulrich mit einer Hasenscharte zur Welt gekommen sei. Meine Herkunft ist schuld am Unglück dieses Kindes. Das wird sie mir nie verzeihen."

„Du bist also Böhme. Mein erster und bisher einziger Geliebter, mein Verlobter, war auch Untertan der Habsburger. Mit wie vielen Jahren bist du denn hierher in die Rhön gekommen?

„Ich war wohl zehn."

„Und wie alt bist du jetzt?"

„Ich bin zweiunddreißig, im Jahr 1839 geboren."

„Na, dann kann ich nur hoffen, dass dein Austauschbub ähnlich alt war. Er brächte sonst die Erzählung meines Vaters ins Wanken, wonach die Ehe mit meiner Mutter die reinste Liebe gewesen ist."

„Meistens waren die Auszutauschenden gleichaltrig. Aber ich sage dir, die Eskapaden in den Jagdhütten hatten mit Liebe nichts zu tun. Schau, diese Herren wurden alle zu Beginn dieses Jahrhunderts auf irgendwelchen Schlössern geboren. Ihre Erziehung oblag Priestern oder alten Jungfern, die ihnen den Kopf heiß machten mit allerlei Sünden. Ganz wichtig: die schwere Sünde der Selbstbeschmutzung. Erinnerst du dich noch daran, was dir nach dem Nachtgebet gesagt wurde?"

„Natürlich: Engelchen haben die Hände brav auf der Decke, gell?"

„Eben! Aber wenn es auf der Hirschbrunft um den Jäger herum immer nur um das Ausleben des Geschlechtstriebs geht …"

„Ja, du hattest das schon vorher erwähnt."

„Und bevor so ein brunftiger Jäger sündigt, holt er sich

ein Liebchen in die Jagdhütte. Das war bekannt und wenn auch nicht gern gesehen, so doch toleriert. Abgesehen von einigen Schweinehunden wusste man, dass die Herren für Mutter und Kind sorgen würden."

„Interessante Geschichte. Ob sie auch wahr ist?"

„Ich denke schon. Für mich ist meine Sprache ein Beleg, und mein Name auch. Weder Hubert noch Bräuter sind hier gebräuchliche Namen. Fränkisch beherrsche ich nur sehr schlecht. Meine Mutter böhmakelt, und wenn ich mit ihr spreche, tu ich das auch. Sonst rede ich hochdeutsch, weil ich auf eine Waldbauschule im Harz geschickt wurde."

„Ist noch etwas in der Flasche?"

„Ja, ein Schlummertrunk. Danach lass uns hineingehen, wir haben ja noch etwas vor."

„Glaubst du, es geht noch einmal?"

„Thea, hör zu: Wir haben Jahre nachzuholen, und ich gestehe, ich muss nur an deine Brüste denken, und dann weiß ich, dass es geht und geht."

Es war wundervoll. Hubert löste ein Kleidungsstück nach dem anderen von ihrem Körper und bedeckte das jeweils entblößte Körperteil mit heißen Küssen. Thea erfuhr an diesem Abend, dass Liebkosungen in der Kniebeuge, am Nabel und am Schlüsselbein überaus sinnlich sein können. Als seine Lippen ihre Brüste umschmeichelten, stöhnte sie auf, und als seine Zunge das Zentrum ihrer Lust berührte, zitterte sie am ganzen Leib. Sehnsüchtig erwartete sie, dass er endlich in sie eindringen würde, und als dies geschah, erlebte sie sofort einen Höhepunkt, und einen weiteren, als sie das Zucken seiner finalen Lust in sich spürte.

Bevor sie in seinen Armen einschlief, hörte sie noch, wie er ihr ins Ohr flüsterte:

„Erinnere mich daran, dass ich dich morgen etwas frage."

Als Thea aufwachte, kitzelten sie Sonnenstrahlen in der Nase. Der Platz neben ihr war leer. Sie glaubte schon, enttäuscht sein zu müssen, als sie von draußen Prusten und Planschen hörte. Hubert machte seine Morgentoilette im Hirtensee. Thea stürmte hinaus, hüpfte ins Wasser und umarmte den geliebten Mann zärtlich.

„Guten Morgen, mein Liebster!"

„Guten Morgen, du Angebetete! Könntest du das wissenschaftliche Experiment noch einmal wiederholen?"

„Das tue ich mit Freuden!"

Diesmal dehnte sie das Experiment etwas aus. Thea genoss es, Huberts Gesicht zu beobachten, während die wissenschaftliche Versuchsanordnung in ihrer Hand bebte.

Das Frühstück fiel etwas knapp aus, sie hatten am Abend zuvor fast alles aufgegessen.

„Hubert, gestern Nacht hast du noch gesagt, dass du mich heute Morgen etwas fragen willst."

„Ja, es ist etwas, was wir bedenken sollten. Wie du bemerkt haben wirst, genieße ich es unendlich, mit dir ganz eng zusammen zu sein. Wenn unsere Liebe und unsere Affäre publik würden, wäre das ein gesellschaftlicher Skandal. Was aber, wenn wir ein Kind bekämen?"

„Das ist ein trauriges Kapitel. Ich kann dir nur so viel sagen, dass ich keine Kinder bekommen kann. Ich weiß, du willst jetzt fragen, wie es dazu kam. Ich möchte dich aber bitten, es für den Moment dabei zu belassen. Ich erzähle dir die ganze Geschichte irgendwann, ganz bestimmt aber bitte nicht jetzt."

Als sie das sagte, wirkte sie so traurig, dass Hubert ihre Hand nahm und zart einen Kuss darauf hauchte.

„Ich reite jetzt nach Bad Brückenau und komme später mit ein paar Lebensmitteln wieder."

„Ich werde sehnsüchtig auf dich warten, Hubert."

Eine gute Woche später kehrte Thea nach Allsberg zurück. In der Bahn hatte sie Zeit, um über das nachzudenken, was in den vergangenen Tagen geschehen war. Sie musste sich zwingen, nicht an die herrlichen Momente der Lust, der Zweisamkeit und des Verstehens zu denken. Nun war es an der Zeit, sich darüber klar zu werden, ob das mit Hubert eine Zukunft haben könnte. Sie erinnerte sich daran, dass im Schloss ein Dienstmädchen sofort entlassen wurde, wenn sie mit einem Burschen aus dem Dorf erwischt wurde. Sollte sie ihren Vater bitten, dem Förster der Familie zu kündigen? Eine absurde Idee. Damit würde eine Lawine von Gerüchten und Spekulationen losgetreten. Genau das galt es zu vermeiden. Eines war sonnenklar: Niemand würde ihre Liaison billigen. In ihr lag ein Anschlag gegen das, was immer wieder als gottgewollte Ordnung bezeichnet wurde und als Begründung für alles herhalten musste. Es war ein Begriff, der wie eine graue Wolke über allem schwebte und garantierte, dass sich nichts änderte.

Neulich stand in der *Franken-Post*, der starke Mann in Berlin, dieser Bismarck, warne vor allen, die, wie er sich ausdrückte, *rerum novarum cupidi* seien, die also nach neuen Verhältnissen strebten. Dennoch veränderte sich alles. Die Menschen strömten vom Land in die Städte. Die Schlotbarone an der Ruhr holten die Arbeiter sogar aus Polen. Nichts blieb, wie es war. Nur die gottgewollte Ordnung bewahrte den Adel und das reich gewordene Bürgertum davor, dass sie aus ihrem liebgewordenen Status quo verjagt werden konnten. Dazu mussten Überkommenes, Lebenslügen, Bigotterie und

Standesdünkel genau das bleiben, was sie schon immer waren: die Stützen der besseren Leute.

Thea bemerkte, dass sie zornig wurde. Allerdings dachte sie, dass sie dazu auch allen Grund hatte. Wenn es denn wirklich zutreffen sollte, dass Hubert ein illegitimer Sohn eines Adeligen war, was unterschied ihn dann von den Battenbergs, von den Merans, von den Hohenbergs? Klar, die Männer waren königliche oder kaiserliche Prinzen und hatten ihre Verhältnisse geheiratet. Wahrscheinlich war Huberts Vater bereits verheiratet, da lag der Hase im Pfeffer. Aber was nützte es, mit den Ungerechtigkeiten dieser Welt zu hadern? Thea musste sich entscheiden, ob sie das Verhältnis aufrechterhalten wollte oder nicht. Sie war jetzt sechsundzwanzig Jahre alt. Hatte sie nicht ein Recht auf Liebe? Biologisch auf jeden Fall, aber als Mitglied der Familie Tröger? Als Mitglied des fränkischen Adels? Als Mitglied der europäischen Aristokratie, die sich überall als die Stütze des Staates verstand? Würde es etwas ausmachen, wenn sie geächtet würde, wenn sie „in Verschiss" geraten würde? Sie beschloss, die ganze Sache vorerst für sich zu behalten. Sie wusste nicht einmal, wie Hubert darüber dachte. Aber wie dachte sie über Hubert? Wie war es möglich gewesen, dass sie, ohne dass ein Wort gefallen war, sich zusammen mit ihm auszog und sie sich liebten? Sie hatte keine Antwort. Aber sie wusste, dass das alles richtig gewesen war.

Ihrem Vater berichtete sie, Bad Kissingen sei tatsächlich ein wunderbares Kurbad. Sie komme gut erholt zurück. Darüber hinaus hätte sie sich Gedanken gemacht, und sei nun mehr denn je dazu entschlossen, die Leitung der Familienbetriebe zu übernehmen.

7. Kapitel

Allsberg, 27.3.1880

Es war ein nicht enden wollender Winter gewesen. Es war Ostersonntag und noch immer lag zum Teil vereister Schnee auf Flur und Wegen. Trotz der eisigen Kälte strahlte die Sonne am wolkenlosen Himmel. An den kahlen Ästen hingen gefrorene Wassertropfen und glitzerten, als wären sie Diamanten.

Der Baron Tröger liebte solche Tage über alles. Weil er wusste, dass ihm seine Tochter schon lange verboten hatte, alleine auszureiten, lief er heimlich hinunter in den Gutshof, sattelte Perle, seine treue Stute, und ritt mit ihr über die Flur, die er nun seit Jahrzehnten kannte, die Teil seines Ichs geworden war.

Er hatte Glück im Unglück, denn der Arzt aus Volkach, Doktor Drechsler, hatte den Unfall beobachtet. Er war zu einem Hausbesuch in seinem Einspänner aus dem Maintal heraufgekommen. Er lud den Gestürzten zu sich in den Wagen, ehe er sich auf dem kalten Boden eine Unterkühlung holen konnte. Das Pferd war durchgegangen. Der Arzt lieferte den Verunglückten im Allsberger Schloss ab und untersuchte ihn.

„Baroness, Ihr Vater hat sich einige Rippen gebrochen. Das macht ihm das Atmen schwer. Es ist jetzt von vitaler Bedeutung, dass Ihr Vater trotz aller möglichen Schmerzen gut atmet. Bleiben Sie unausgesetzt bei ihm, animieren Sie ihn, richtig Atem zu holen. Es besteht sonst die Gefahr einer Lungenentzündung. Er würde sie wahrscheinlich nicht überleben."

Thea wies zwei Dienstmädchen an, einen bequemen Sessel aus der unteren Bibliothek heraufzuholen, und setzte sich neben das Bett ihres Vaters. Sie erinnerte sich nicht daran, das Schlafzimmer ihres Vaters je betreten zu haben. Es war erstaunlich spartanisch eingerichtet. In der Mitte, mit dem Kopfende zur Wand stand ein schmales Eisenbett und neben der Tür befand sich ein Waschtisch mit Schüssel und Wasserkanne aus Porzellan sowie einer Schale, in der ein Schwamm lag. Das musste der sogenannte Untenschwamm ihres Vaters sein, um den immer so viel Aufhebens gemacht wurde. Jedes Jahr zu Weihnachten schenkte der Baron sich selbst einen neuen Untenschwamm. Das Problem war, dass man in Würzburg nicht immer Naturschwämme in der von ihm gewünschten Größe auf Lager hatte. Es war schon vorgekommen, dass der Frieder mit dem Zug nach Nürnberg oder Frankfurt geschickt wurde, um das begehrte Stück dort zu erwerben. Thea lächelte. Es schien, als wäre das Brimborium um diesen Schwamm der einzige Luxus, den sich ihr Vater gönnte. Ein Waschtisch wie seiner stand in jedem Schlafzimmer des Hauses. Wenn es sehr kalt war, konnte es passieren, dass das Wasser im Krug mit einer Eisschicht bedeckt war. Deshalb waren diese Möbel immer möglichst weit entfernt vom Fenster platziert. Sie hatte sich erhoben und stand nun mit dem Rücken zum Bett ihres Vaters vor dem Waschtisch. Sie stellte fest, dass die Schale für den Untenschwamm aus edlem Porzellan war. Als sie sie umdrehte, entdeckte sie die beiden gekreuzten Säbel – das Signet von Porzellan aus Meißen. Noch ein Luxus, den er sich gönnte.

„Was machst du denn hier?“

Sie hörte die leicht röchelnde Stimme ihres Vaters.

Thea wandte sich zu seinem Bett um.

„Eigentlich müsste ich mit dir schimpfen. Du bist ausgeritten. Du weißt, ich will nicht, dass du allein ausreitest. Es ist gefährlich in deinem Alter. Du bist gestürzt und hast dir mehrere Rippen gebrochen. Doktor Drechsler hat dich gefunden und hergebracht.“

„Wo ist Perle?“

„Es fehlt von ihr jede Spur. Es ist wohl so, dass sie durchgegangen ist, nachdem sie dich abgeworfen hat. Ich habe bereits Männer ausgeschickt, die dein Pferd suchen.“

„Ich erinnere mich nur dunkel. Irgendein Tier, ein Fuchs oder ein aufgescheuchtes Reh, hat Perle erschreckt. Auf vereistem Boden hat sie gescheut. Ich war nicht geistesgegenwärtig genug, um mich im Sattel halten zu können.“

„Vater, du musst nicht so viel reden. Doktor Drechsler hat gesagt, dass ich bei dir wachen soll. Es ist wichtig, dass du regelmäßig atmest, auch wenn das wegen der gebrochenen Rippen schmerzt. Bitte konzentriere dich jetzt darauf, ganz normal Luft zu holen.“

Thea setzte sich in den Sessel und lauschte den Atemzügen ihres Vaters. Als sie aufschaute, entdeckte sie an der Wand zum Fußende des Bettes ein Porträt. Es hing so, dass ihr Vater es im Bett liegend sehen konnte. Sie stand auf und bald war ihr klar, dass es sich um ein Bildnis ihrer Mutter handelte. Von alten, sepiafarbenen Fotos wusste sie, wie ihre Mutter aussah, aber so strahlend, so lebensvoll wie auf diesem Bild hatte sie ihre Mutter noch nie gesehen. Offenbar hatte man sich alle Mühe gegeben, das störrische rote Haar zu bändigen. Der Maler war klug genug gewesen, es nicht ganz unter dem Blumenkranz zu verstecken. Intensiv grüne Augen blickten den Betrachter an und das Lächeln, das ihren Mund umspielte, konnte Fröhlichkeit ausdrücken, aber auch eine gewisse Gleichgültigkeit – dass sie es nicht so besonders wichtig nahm, porträtiert zu werden. Thea stellte fest, dass ihre Mutter hübscher gewesen war als sie. Ihre Nase war schmaler und das Kinn weniger pointiert. Das Bild war signiert: F.G. Waldmüller 1835.

„Das Bild hat sie mir zur Verlobung geschenkt."

Die Stimme des Vaters hörte sich angestrengt an.

„Bevor ich einschlafe und wenn ich aufwache, ist sie bei mir."

„Vater, du sollst jetzt nicht reden."

„Der Maler war damals ein sehr berühmter Mann. Mit dem Geld vom Bischof-Onkel kann man sich halt so was leisten."

„Vater, bitte! Ruh dich aus. Ich setz mich jetzt neben dich und pass auf, dass du richtig atmest."

Bald schon sank der Baron in einen unruhigen Schlaf. Sein Atem ging flach. Thea nahm seine Hand und bemerkte, dass er sie immer wieder drückte. Als er Stunden später erwachte, entzog er ihr seine Hand.

„Ich bin kein Kind mehr, du musst mir die Hand nicht halten."

„Ich dachte, es würde dich beruhigen."

„Trotzdem!"

Er schien nun auf seine Atmung zu achten, sie ging regelmäßig und tief.

„Thea, eines musst du mir versprechen …"

„Du sollst jetzt bitte nicht reden, es tut dir nicht gut."

„Such den Cord. Er muss kommen und heiraten, sonst ist es aus mit den Trögers."

Thea nahm erneut seine Hand und nickte ihm zu.

„Versprichst du es?"

„Ja, Vater, ich verspreche es dir."

Erneut sank der Kranke in den Schlaf. Gegen Mitternacht bemerkte Thea, dass ihr Vater zu fiebern begann. Sie machte ihm Wadenwickel und schlief danach ermattet in ihrem Sessel ein. Als sie im Morgengrauen des Ostersonntags erwachte, war Gotthilf Freiherr von Tröger gestorben.

Doktor Drechsler wurde gerufen, der den Tod feststellte und den Totenschein ausstellte.

Als sich Thea gerade eine kleine Pause gönnte und eine heiße Schokolade im Esszimmer zu sich nahm, erschien der Frieder, der ihr mit Tränen in den Augen kondolierte. Gleich darauf erzählte er, dass seinerzeit nach ihrer Hochzeit der Herr Baron zusammen mit der Frau Baronin in die Rhön gefahren sei. Dort hätten sie gemeinsam eine Eiche ausgesucht, aus deren Holz dereinst ihre Särge gezimmert werden sollten.

„Die Bredder fürn Herrn Baron senn nuch drohm auf'n Dachbodn. Die müssn edserd nunder nein Dorf bei'n Schreiner."

„Lieber Frieder, eigentlich müsste ich dir kondolieren. Du hast deinen Herrn verloren und einen Freund. Du kanntest ihn besser als wir alle zusammen."

„Nix für ungud, mei Herr is immer der Herrgodd do drohm gsenn. Der Herr Baron war immer mei Chef und der had so manchs Mal mehrer verlangd als wie der Herrgodd."

Thea lächelte traurig.

„Da magst du recht haben. Der Herr Baron war ein umtriebiger Mann mit ständig neuen Ideen. Niemand konnte so geschickt mit ihm umgehen wie du. Könntest du jetzt das mit den Brettern veranlassen? Ich habe davon nichts gewusst. Das liegt vielleicht daran, dass ich eigentlich nie auf dem Dachboden war. Ich hatte immer Angst vor den Fledermäusen.“

Nach dem Frühstück lief Thea hinunter ins Dorf und berichtete zuerst dem Pfarrer vom Tod seines Patronatsherrn. Er werde dieses traurige Ereignis der Gemeinde im Gottesdienst, der bald beginnen würde, mitteilen, sagte er.

„Ich habe allerdings eine Bitte. Entbinden Sie den Postmeister Dürr von der Pflicht, dem Ostergottesdienst beizuwohnen. Ich muss die Verwandtschaft und einige weitere Persönlichkeiten vom Tod meines Vaters per Telegramm unterrichten. Sonst schaffen wir es nicht, den Verstorbenen am kommenden Donnerstag beizusetzen. Ist Ihnen der Termin recht?“

Dann holte sie den Wellers Franz bei ihm zu Hause ab. Es stellte sich heraus, dass er überhaupt nicht vorhatte, zur Kirche zu gehen.

„Ich hab's ned so mid'n Bädn.“

„Und was sagt Ihre Frau dazu?“

„Die dud für mir midbädn, fromm für zwaa is s' ja.“

„Das trifft sich gut, denn ich muss Sie bitten, heute das Postamt für mich aufzusperren. Es müssen dringend Telegramme verschickt werden. Mein Vater ist heute Nacht gestorben.“

„Mei herzlichs Beileid, Baness. Ich hab ja nie mid ihm z'dun ghabd, aber die wu na gakennd ham, ham in die Wirshafd immer verzähld, ässer für an Baron gar ned so schlechd is, noja, war.“

Sie verschickten dann an alle Schlösser in Mainfranken und an die Verwandten in Wien Telegramme, um Nachricht zu geben vom Versterben eines der Ihren.

Die Tage bis zur Beerdigung gingen dahin in rastlosen Vorbereitungen. Es war zu erwarten, dass die von weitherkommenden Verwandten mindestens eine Nacht in Allsberg übernachten würden. Alle verfügbaren Betten und Gästezimmer mussten vorbereitet werden, und für den Tee nach der Beerdigung brauchte man Kuchen und Gebäck.

Thea beschloss, den Körper ihres Vaters zunächst in seinem Sterbebett zu belassen. Bei geöffneten Fenstern würde es dort kalt genug sein. Als am Abend des Osterdienstags der Schreiner den Sarg brachte, zog man dem Toten seinen Gehrock an und bahrte ihn im Gartensaal auf.

Später saß Thea in der unteren Bibliothek und starrte ins Kaminfeuer. Es traf sie wie ein Schlag, als ihr klarwurde, dass sie mit ihrem Vater gerade ganz allein in diesem riesigen Schloss war, und – schlimmer noch – sie würde nach der Beerdigung das Haus ganz allein bewohnen, wollte man von den drei Dienstmädchen absehen, die sich oben im Nordflügel ein Zimmer teilten. Die waren aber jetzt auch fort. Sie baten bei ihren Eltern unten im Dorf schlafen zu dürfen, weil sie sich mit einem Toten im Haus fürchteten.

„Warum hältst du eigentlich nicht Totenwache bei deinem Vater?“ Dieser Gedanke kam vollkommen unvorbereitet. Sie konnte gar nicht anders, als aufzustehen und hinunterzugehen, um bei ihrem toten Vater zu sein. Die Tür zum Gartensaal war nur angelehnt. Ein fahler Schein beleuchtete die Eingangshalle. Vorsichtig öffnete sie die Tür ganz und sah, dass die Kerzen am Kopfende angezündet worden waren, neben dem Sarg saß der Frieder. Als er Thea sah, stand er auf, holte einen Stuhl und stellte ihn auf die andere Seite des Sarges. Zunächst hielten sie stumm die Totenwache.

Als im Park draußen der Morgen graute, stand der treue Diener auf und sagte:

„Ganz alaans hätt mer den Herrn Baron ja ned könn gelass." Dann drehte er sich um und ging seiner Wege.

Thea dachte, dass es nicht der Herr Baron war, den man ganz allein gelassen hatte, das war vielmehr sie selbst.

Am Tag der Beerdigung kamen zu Theas Erleichterung nicht so viele Trauergäste, wie sie befürchtet hatte. Nachdem ihr Vater verwitwet war, hatte er außer an Jagden am gesellschaftlichen Leben auf den Schlössern Frankens nicht mehr teilgenommen. Tante Fee aus Wien schickte einen Kranz, und natürlich war der Graf von Hüben anwesend, der so tat, als wäre er der offizielle Vertreter des fränkischen Adels.

Der Leiterwagen, auf dem der Sarg vor dem Trauerzug in die Kirche gefahren wurde, war mit schwarzem Stoff und Fichtenzweigen drapiert. Etwas spärlich, aber es gab ja noch keine Blumen, und den Wagen mit Weidenkätzchen zu schmücken, wäre doch etwas lächerlich gewesen. Unter Frieders Anleitung trugen Martin Dietrichkeit, mittlerweile von allen nur der „Preußen Marddin" genannt, und fünf weitere Reitknechte den Sarg in die Kirche, wo die ersten Reihen für die Trauergäste aus dem Schloss reserviert worden waren. In den übrigen Bänken saßen die Dorfbewohner, vollzählig, wie es Thea schien. Auch Doktor Drescher war gekommen. Dass auch Aaron Seligmann erschienen war, berührte Thea sehr. Er hatte als einziger Mann seinen Hut aufbehalten, und als sich ihre Augen trafen, grüßte er mit einer angedeuteten Verbeugung.

Ob Hubert wohl gekommen war?

Der Pfarrer hielt eine nichtssagende Predigt. Erlösung vom Leid dieser Welt mit Aussicht auf das ewige Leben.

Thea fand das ziemlich hirnlos dahingesprochen, denn ihr Vater war ja gerade nicht erlöst, sondern urplötzlich aus dem Leben gerissen worden. Als der Pfarrer es nicht lassen konnte, zu erwähnen, dass es dem Verstorbenen noch vergönnt gewesen sei, diese heroischen Zeiten mitzuerleben, in denen das deutsche Kaiserreich dem Phönix gleich aus der Asche der Kleinstaaterei erstanden sei, da schaute sie den Prediger zornig an. Der verstand und sagte Amen.

Nach dem Vaterunser wurde der Sarg hinausgetragen. Die wiedergefundene Perle lief hinter dem Sarg. Der Frieder hatte sie gesattelt, aber die Steigbügel weggelassen. Zunächst in Richtung Schloss, dann durch die Allee, die der Vater des Verstorbenen hatte anlegen lassen, ging es nun zu dem der Familie Tröger vorbehaltenen Teil des Friedhofs. Dort sprach der Pfarrer ein kurzes Gebet, anschließend ließen die Träger den Sarg ins Grab hinab. Thea wusste, dass die nun folgenden Reden am offenen Grab unvermeidlich waren. Es sprach der Bürgermeister, der die gute Zusammenarbeit mit dem Schloss rühmte, es sprach der Vorsitzende des Winzervereins und lobte den vom Baron hergestellten Wein. Der Vertreter eines Regiments fehlte, denn Gotthilf Freiherr von Tröger war nie Soldat gewesen, eine Ausnahme. Als Letzter trat Friedrich Graf von Hüben vor und hielt eine Rede, von der nur Thea und Aaron Seligmann wussten, dass sie verlogen war. Der Vetter Gotthilf habe sich für den Fortschritt in der Landwirtschaft verdient gemacht und den Kleinbauern in Not geholfen. Er selbst habe den geliebten verstorbenen Vetter für seine Aufrichtigkeit und seine Liebe zur Gerechtigkeit bewundert.

Thea fand das unerträglich. Sie ließ ihre Augen über die Trauergemeinde schweifen. Endlich entdeckte sie Hubert.

Er trug eine forstliche Uniform. An seinem grünen Hut hatte er einen schwarzen Trauerflor befestigt. Ihre Blicke begegneten sich nicht, er folgte der Rede des Grafen.

Anschließend trafen sich die Dorfbewohner in den beiden Wirtschaften, wo ein Leichenschmaus vorbereitet worden war. Zum Entsetzen der adligen Trauergäste hatte Thea es gewagt, die Angestellten ins Schloss zum Tee zu bitten. Sie wusste, dass das unüblich war, aber sie dachte, so wäre sie wenigstens von Menschen umgeben, die sie kannte. Da sie ihre Jugend in Wien verbracht hatte, war sie nie auf den Bällen und Hochzeiten in fränkischen Schlössern gewesen und kannte deshalb eigentlich niemanden ihrer Standesgenossen.

Plötzlich stand Hubert vor ihr. Er kondolierte und sagte einige Worte zum guten Arbeitsverhältnis, das er zum Herrn Baron gehabt hatte. Dann bat er, ob er die Baroness hernach noch in einer dienstlichen Angelegenheit sprechen könne.

„Kommen Sie bitte um sechs Uhr in meines Vaters Büro im Erdgeschoss."

Thea versuchte, mit allen Geladenen zu sprechen und fragte alle, die angereist waren, ob sie über Nacht bleiben wollten. Zu ihrem Erstaunen blieben nur zwei sehr weit verwandte Ehepaare, der Rest hatte sich in den Gasthäusern von Volkach eingemietet.

Um sechs Uhr wartete Hubert bereits vor der abgeschlossenen Tür des Arbeitszimmers, wie Theas Vater sein Büro immer genannt hatte. Thea schloss die Tür auf und entzündete die Petroleumlampe auf dem Schreibtisch nicht. Stattdessen umarmte und küsste sie Hubert stürmisch, der ihre Liebkosungen seltsam steif erwiderte.

„Was ist los mit dir?"

„Ich glaube, du solltest Licht machen, ich möchte tatsächlich etwas rein Dienstliches mit dir besprechen."

Thea entzündete die Lampe und setzte sich auf ihres Vaters Stuhl.

„Nimm bitte auf dem Sofa Platz. Ich bin gespannt, zu erfahren, was du auf dem Herzen hast."

„Durch den Tod deines Vaters hat sich Einiges geändert. Du bist nun meine direkte Vorgesetzte. Wir können uns nicht mehr hinter der Autorität des gemeinsamen Chefs verstecken. Ich halte es unter diesen Umständen für angebracht, dir meine Kündigung zu präsentieren."

Thea war wie vom Donner gerührt. Zugegeben, es war in den vergangenen Tagen viel Trubel um sie herum gewesen. Zum Denken war da wenig Zeit geblieben. Dabei war es ihr unbewusst stets eine Stütze gewesen, dass es Hubert gab. Allerdings war Huberts Vorschlag nicht vollkommen aus der Luft gegriffen. Es war üblich, dass die ersten Minister beim Tod ihres Souveräns dem Nachfolger ihren Rücktritt anboten, der auch durchaus häufig angenommen wurde. Aber war der Tröger'sche Besitz mit einem noch so kleinen Herzogtum zu vergleichen? Griff da ihr geliebter Hubert nicht ein wenig zu hoch? Es war eine noble Geste, gewiss, aber es wäre abwegig, den Förster zu entlassen. Und sie würde es sich nie verzeihen, die endlich gefundene Liebe vor die Tür zu setzen. Es dauerte ziemlich lange, bis Thea in der Lage war, mit klaren Worten zu antworten:

„Beginnen wir mit dem Dienstlichen: Ich kann einen gut eingearbeiteten, fachlich exzellenten Mann, der sich um die Forste der Familie kümmert, nicht entlassen. Das wäre Irrsinn. Und nun zum Privaten: Ich will dich, meinen geliebten Hubert, nicht verlieren. Wenn du gingest, bräche es mir das Herz."

„Gut, dann können wir ja privat dort weitermachen, wo wir gerade dienstlich wurden."

„Besser nicht, dieses Haus hat tausend Augen und tausend Ohren."

Wie sehr das zutraf, mussten beide feststellen, als sie das Büro verließen. Vor der Tür stand der Graf von Hüben und tat so, als habe er Thea gesucht, um sich zu verabschieden. Er küsste ihre Hand und versicherte ihr, stets mit Rat und Tat zur Stelle zu sein, wenn Not am Mann sei, wobei er das Wort „Mann" betonte.

Als er noch in Hörweite war, fragte Thea:

„Und Sie, Herr Bräuter, haben Sie im Dorf einen Schlafplatz gefunden?"

„Ja, Baroness, ich komme beim Frieder unter."

8. Kapitel

Ein Jahr später

Immer wieder hatte Thea versucht, Kontakt zu ihrem Bruder Cord aufzunehmen. Immer wenn einer seiner Artikel in einer großen Zeitung veröffentlicht wurde, fragte sie in der Redaktion an, ob man ihr nicht seinen Aufenthaltsort bekanntgeben könne. Als Antwort kam stets, man wisse nicht, wo der Autor sich aufhalte. Man überweise seine Honorare stets an die Schweizerische Kreditanstalt in Zürich. Dort bekam Thea natürlich unter Berufung auf das Bankgeheimnis überhaupt keine Auskunft.

Theas Bemühungen bei der Suche nach ihrem Bruder wurden immer im Winter intensiviert. Dann gab es wenig anderes zu tun. In der übrigen Zeit wurden ihre Zeit und Kraft zur Gänze vom Betrieb absorbiert.

Sie stellte bald fest, dass es ein Unterschied ist, ob sie als Frau im Auftrag ihres Vaters handelte, oder ob sie selbst oberste Instanz war. Der Kellermeister im Örtchen Fahr am Main machte Thea bei ihrem ersten Besuch klar, dass sich der alte Herr Baron um das Weingut nicht gekümmert habe, er daher unabhängig wirtschaften konnte und nur jährlich einen anständigen Gewinn droben im Schloss abliefern musste.

„Des war so und des bleibt so!“

Zwar zeigte der Mann Thea bereitwillig alle Keller, alle Lager und alle Bücher, nichtsdestotrotz ließ er keinen

Zweifel daran aufkommen, dass er nicht gedenke, irgendetwas zu verändern.

Abends, als sie wieder mutterseelenallein in der unteren Bibliothek saß, dachte sie, sie werde den Kellermeister umgehend entlassen müssen. Aber was dann? Vom Weinbau verstand sie nichts und es war ja richtig, dort wurde Geld verdient. Es blieb ihr nichts anderes übrig, als den Dingen ihren Lauf zu lassen.

Schlimmer lief es in den Pferdeställen. Dort gab es ausschließlich männliche Mitarbeiter, die der „Preußen Marddin" trotz seiner Jugend mit harter, umsichtiger und gerechter Hand führte. Er war von Theas Vater, als die Remontenzucht begann, für ein Jahr auf das königliche Stammgestüt Achselschwang in Oberbayern geschickt worden, wo man sein „Händchen" für Pferde perfektioniert hatte. Der Marddin wusste, dass er der Protegé seines Herrn war, der ihm einmal in einer sentimentalen Stunde gestand, er wäre froh, wenn er einen Sohn wie ihn gehabt hätte.

Als nun Thea auch die Leitung der Remontenzucht übernahm, leistete er keinen aktiven Widerstand, aber wo er nur konnte, versuchte er, irgendetwas anders zu machen, als Thea angeordnet hatte. So zeigte er ihr, dass er hier das Sagen hätte. Für Thea war das Schlimme, dass er bei diesen Aktionen nie etwas falsch machte. Es gab halt immer zwei Wege zum Ziel und er nahm jeweils den, der anders verlief als der von ihr vorgegebene.

Das war zwar ärgerlich, aber störte den Betrieb nicht wirklich und ging so lange gut, bis der Preußen Marddin beschloss, die Zusammensetzung des Kraftfutters für Epaminondas, den Zuchthengst, zu verändern.

Bei ihrem täglichen Kontrollgang bemerkte Thea, dass

der Hengst unruhig war und mit den Hufen scharrte, sogar manchmal aufstampfte. Das war ein vollkommen neues Verhalten. Sie gab Anweisung, sie sofort zu informieren, sobald sich der Zustand des Pferdes veränderte. Am Abend wälzte sich Epaminondas in seiner Box und schlug lautstark gegen die hölzernen Begrenzungen.

Thea beschloss, die Nacht im Pferdestall zu verbringen. Sie befürchtete eine Kolik und war sich in ihrem Befund bald sicher, nachdem der Marddin zugeben musste, dass er die Fütterung eigenständig verändert hatte. Gegen Mitternacht verbreitete sich plötzlich ein fremder starker Geruch im Stall, und der Hengst begann auf dem Bauch liegend zu flehmen.

„So reißt er det Maul sonst nur uff, wenn er ne rossige Stute riecht."

„Ja, Martin, und siehst du hier eine rossige Stute? Hier ist das Flehmen der eindeutige Beweis, dass das Tier eine Kolik hat. Wir brauchen jetzt zwei Kälberstricke und vier kräftige Männer."

„Aber ..."

„Nix aber! Jetzt wird genau das gemacht, was ich sage, und zwar sofort."

Thea wusste aus der Zeit, als sie Anselm für dessen Prüfungen abgefragt hatte, was man bei einer Pferdekolik tun musste.

Als die Stallburschen gekommen waren, wies sie sie an, Epaminondas auf den Rücken zu drehen.

„Der schläächd doch aus", wandten die Männer ein, die offenbar Angst hatten.

„Das Tier ist geschwächt und nervös. Ihr müsst beherzt und alle gleichzeitig zupacken. Der Überraschungseffekt ist wichtig. Ich zähle auf drei und dann packt jeder einen Lauf. Dreht ihn nach links. Wenn er auf dem Rücken liegt, bindest du, Martin, die Vorderläufe zusammen, ich mache das hinten. – Eins – zwei- drei!“

Tatsächlich gelang es, den Hengst auf den Rücken zu drehen und dann griff Thea die unterdessen zusammengebundenen Hinterläufe und drehte mit aller Kraft das Tier von links nach rechts und von rechts nach links. Immer wieder, immer wieder. Die Männer schauten ihr verwundert zu und dachten wohl, es sei dies die verrückte Idee einer Verzweifelten, als plötzlich die aufgestauten Gase aus dem leidenden Tier entwichen. Sofort löste Thea die Stricke an den Läufen des Pferdes und befahl, den über und über mit kaltem Schweiß bedeckten Pferdekörper mit Stroh abzureiben. Thea wich nicht vom Kopf des schwer atmenden Tieres und beruhigte es durch leises Zusprechen. Als nach einer vermeintlich schrecklich langen Zeit Epaminondas wieder aufstand, legte sie ihm eine wärmende Decke auf den Rücken, befahl Wasser und das übliche Futter zu bringen.

„Ich danke euch allen, die ihr geholfen habt. Unser Hengst hätte dabei verenden können. Geht jetzt bitte alle nach Hause. Du aber, Martin, du wachst heute Nacht neben dem Tier, und morgen sprechen wir uns. Ist das verstanden?“

„Jawoll, Baroness!“

Am nächsten Morgen, beim Bäcker, in der Metzgerei, in der Milchküche und natürlich auch in den beiden Wirtshäusern erzählte man sich, was da in der Nacht in den Stallungen vorgefallen war.

„Ach Goodla, die Baness had fei die Baa genumma und had den Gaul gawölcherd, so lang von aaner Seidn auf die annera, bis des Viech an mords drümmer Furz galossn had.

Des had dermaßen gschdungn, aber nacher is der, noja, ihr wissd scho, ich kam er denn verreggdn Nama ned gemerk, nacher isser wieder aufgstandn und gsund warer."

Aber nicht nur im Dorf spürte man eine wachsende Hochachtung vor der Frau, die nun als Herrin im Schloss wohnte. Besonders im Gestüt flüsterte man sich zu, dass die „Baness Dea" offenbar etwas von Pferden verstand und dass man künftig gut daran täte, ihren Anweisungen aufs Wort zu folgen.

Martin Dietrichkeit erwartete, dass an diesem Morgen der Anpfiff seines Lebens über ihn niedergehen werde. Er sollte sich irren. Als die Baroness Thea am späten Vormittag in den Stall kam, besuchte sie zunächst Epaminondas und stellte mit Befriedigung fest, dass er ruhig in seiner Box stand. Einem in der Nähe stehenden Stallburschen schaffte sie an, den Hengst eine halbe Stunde lang sachte zu longieren. Sodann wandte sie sich dem Preußen Marddin zu, der, die Mütze in den Händen drehend, nähergekommen war.

„Guten Morgen, Herr Dietrichkeit. Sie wissen, dass Sie durch Ihr eigenmächtiges Verhalten nicht nur das Leben unseres Hauptbeschälers aufs Spiel gesetzt haben, womöglich sogar die Zukunft dieses Gestüts. Eigentlich müsste ich Sie fristlos entlassen. Ich habe das Für und das Wider lange abgewogen, und die Waagschale hat sich deutlich in die Richtung der Entlassung gesenkt. Ich habe allerdings überlegt, was mein Vater getan hätte, und dabei ist mir klar geworden, dass Sie zu Lebzeiten meines Vaters nie und nimmer einfach so die Futtermischung für unseren Hengst geändert hätten. Daraus ergibt sich, dass das, was gestern vorgefallen ist, eine Frage der Autorität ist. Zu meinem Vater waren Sie loyal, ihn haben Sie als Vorgesetzten angesehen und wären nie auf die Idee gekommen, irgendetwas zu unternehmen, was nicht seinem Willen entsprochen hätte. Diese Überlegung hat mich zu dem Entschluss gebracht, Sie vorerst nicht zu entlassen, allerdings unter einer Voraussetzung: Sie versprechen mir hier und jetzt bedingungslose Loyalität. Kann ich mich darauf verlassen, Herr Dietrichkeit?"

Martin nickte.

„Ich will es hören!"

„Na jut ..."

„Nicht *na gut*, ich will es ohne Einschränkung hören. Wenn es nicht Ihr fester Wille ist, dann gehen Sie besser."

„Nee, ick will ja hierblei'm. Wo soll ick denn sonst hinne?"

„Ich höre!"

„Baroness Thea, ick vasichre Ihn'n uneinjeschränktn Jehorsam, und ick entschuldje mir für mein Vahaltn. Et is halt so, dat ick noch nich vawundn hab, dat der Gnädje Herr nich mehr is."

„Nun bin eben ich da. Ich bin jetzt Ihre Vorgesetzte und will von Ihnen auch entsprechend angeredet werden."

Sie reichte ihm die Hand, die er dankbar ergriff.

„Also abgemacht, ich bin die Baroness Thea, und du bist ab jetzt wieder der Martin."

„Abjemacht, jawoll ... und danken tu ick ooch."

9. Kapitel

Mai 1882

Es war nicht der erste Remontenmarkt, an dem die Pferde aus Allsberg teilnahmen, aber es war der erste große, nach Theas Übernahme der Leitung des Gestüts. Zuvor waren die Remontierkommisionen immer direkt nach Allsberg gekommen und hatten unter den dort vorhandenen Dreijährigen ausgesucht. Dies war für das Militär ebenso praktisch wie für das Gestüt, aber es hatte zu Protesten der kleineren Züchter geführt, die ihre rossigen Stuten gegen Bezahlung einem Hengst zuführen mussten und die mangels Masse gegen ein Gestüt wie das in Allsberg nicht wirklich konkurrieren konnten. Deshalb wurde nun rechtzeitig durch Anzeigen in der *Franken-Post* ein Remontenmarkt auf den Mainwiesen von Dettelbach einberufen.

Der Preußen Martin und Thea waren sich einig, dass dies eine Herausforderung ersten Ranges war, denn bisher blieb der Ankauf der Pferde durch das Militär mehr oder weniger eine Sache zwischen dem Gestüt und dem Militär. Nun aber schaute das ganze pferdeinteressierte Franken zu. Alle wussten, dass die Pferde aus Allsberg den ohne wirkliches Zuchtziel entstandenen Tieren aus den bäuerlichen Betrieben überlegen waren. Darauf vertrauen wollten die Bauern aber nicht, schon allein deshalb nicht, weil es bisher noch nie einen allgemein zugänglichen Markt gegeben hatte. Mit großer Sorgfalt unterzogen Thea und der

Preußen Martin die Pferde einer Vorauswahl. Zwar waren alle Vollblüter und stammten auch alle von Epaminondas ab, aber Thea konnte nicht wirklich einschätzen, wie die Remontenkommission einkaufen würde. Das bayerische Heer brauchte auch Zugpferde für die Artillerie und den Train, die Nachschubversorgung. Die hatte man in Allsberg nicht zu bieten.

„Martin, wir schicken in erster Linie gleichfarbige Tiere nach Dettelbach. Das gefällt den Offizieren. Versteht sich von selbst, dass wir wendige, nicht zu hohe und natürlich kerngesunde Dreijährige ausgewählt haben. Sie stehen alle gut im Futter und sind gesund. Wenn wir nach Dettelbach ziehen, soll je ein Bereiter zwei oder drei Dreijährige mit sich führen. Mehr als dreißig Tiere sollten wir nicht verkaufen, es wäre nicht gut, wenn wir als großes Gestüt den kleinen Züchtern keinen Platz ließen."

Damals konnte man für ein gesundes Pferd gute tausend Mark bekommen. Da lohnte jede Anstrengung.

Es begann nun eine betriebsame Zeit der Vorbereitung. Ursprünglich hatte Thea vorgehabt, die Pferde, die sie auf den Markt bringen wollte, bei ihren Verwandten in Mainsontheim auf der anderen Seite des Mains unterzubringen. Dann aber dachte Thea, dass es nicht sicher war, dass am Markttag die Mainfähre betriebsbereit wäre, zumal man keine Erfahrung darin hatte, wie die Pferde reagierten, wenn sie dicht an dicht auf einer schwankenden Fähre transportiert wurden. Es gelang ihr, eine Wiese hinter den Weinbergen des Ortes an einem Bach für eine gute Woche zu pachten. Sie wurde eingezäunt und so hergerichtet, dass die Pferde zwei bis drei Tage vor dem Markt würden eintreffen können. Thea selbst würde im Schloss in Mainsontheim wohnen. Sie kannte den Schlossherrn nur wenig, er war ein Jagdfreund ihres Vaters gewesen.

Die Familie war katholisch. Das merkte man sofort. Im Haus wohnte ein Priester, der allmorgendlich die Messe las. Es wurde erwartet, dass alle Schlossbewohner dort erschienen. Natürlich nur die abkömmlichen, denn irgendjemand musste ja das anschließende Frühstück vorbereiten. Aus ihrer Zeit in Wien kannte Thea die Liturgie. Sie erinnerte sich lächelnd an das, was Anselm zu diesem Thema gesagt hatte: „Eigentlich ist es ganz einfach. Du musst nur wissen, wann du knien, wann du wieder aufstehen und wann du das Kreuz schlagen sollst. Ansonsten genügt es, die Lippen zu bewegen."

Im Mainsontheimer Schloss war es anders. Dort war man wirklich fromm. Das hatte sie so noch nicht erlebt. Ihr Vater war jeden Sonntag brav in die Kirche gegangen, schließlich war er als Patron der evangelisch-lutherischen Gemeinde Allsberg formell deren Oberhaupt. Da musste er Präsenz zeigen, das war er den Allsbergern schuldig. Manchmal äußerte er sich beim sonntäglichen Mittagessen abfällig oder anerkennend über den Inhalt der Predigt, aber ansonsten war von Sonntagmittag bis zum Kirchgang am darauffolgenden Sonntag von der Religion keine Rede mehr.

Im Gegensatz dazu war süddeutsche katholische Frömmigkeit damals durchaus politisch. In Mainsontheim fürchtete man das protestantische Preußen, besonders diesen herzlosen Machtmenschen Bismarck. Man schlüpfte unter den weiten Mantel der Wittelsbacher Monarchie, von der man wusste, dass ihr Verhältnis zu Rom eng und gehorsam war.

In Allsberg baute man auf Preußen als Schutz vor dem katholischen Bayern und in katholischen Häusern baute man auf den Schutz Bayerns vor dem protestantischen Preußen. Thea kam das alles ziemlich absurd vor. Dennoch war sie beeindruckt von der alles durchdringenden Frömmigkeit, die bei den Bewohnern des Schlosses in Mainsontheim gelebt wurde. Sie war aber mit sich selbst ehrlich genug, um sich darüber klar zu sein, dass sie es lange nicht aushalten würde, wenn alles nur nach Anrufung der Heiligen Mutter Gottes entschieden, oder der Wille Gottes bei jeder Gelegenheit aufgerufen wurde.

Am Tag des Remontenmarktes ließ sie sich wie auch schon die Tage zuvor mit der Siebenuhrfähre hinüber nach Dettelbach rudern.

Zusammen mit dem Preußen Martin sorgte sie für eine geordnete Aufstellung der aufgebotenen Pferde und wich ab neun Uhr dem Chef der Remonten-Aufkaufskommission nicht mehr von der Seite. Es war ein Oberst der bayerischen Armee, der versuchte, Thea zu ignorieren, und so tat, als sei Martin sein Ansprechpartner. Das war dem zunächst unangenehm. Als seine Dienstherrin ihm durch Gesten zu verstehen gegeben habe, er solle ruhig das Heft der Verhandlungen in die Hand nehmen, lief alles reibungslos und alle dreißig Pferde wurde unter der Kategorie „Reitpferd 1“ zu guten Preisen verkauft und mit den entsprechenden Mähnentäfelchen versehen.

Thea war äußerst zufrieden, bis sie bemerkte, dass die übrigen Züchter beieinanderstanden und schimpften.

„Martin, geh doch mal zu den Männern hin und versuche herauszubekommen, was da los ist.“

Bald schon berichtete er, die bäuerlichen Züchter seien wütend, weil ihre Pferde nicht genommen wurden, die aus Allsberg aber schon. Die Inspekteure hätten an allen den von ihren angebotenen Tieren etwas auszusetzen, hätten Krankheiten festgestellt und so fort.

Der Verdacht lag auf der Hand, dass die Remontenkommission ein Exempel statuieren wollte. Nach Allsberg zu kommen, war bequemer, als einen allgemein zugänglichen Markt zu veranstalten. Die Wut der derart ausmanövrierten kleinen Züchter konnte sie gut verstehen und sie wollte diese offenbare Manipulation den Offizieren nicht durchgehen lassen, auch wenn diese das Wasser auf Allsberger Mühlen geleitet hatten.

Thea kannte einen der Züchter aus Volkach, den Ehrbachers Franz, und fragte ihn, was sich zugetragen habe. Mit vor Wut zitternder Stimme und wild gestikulierend erklärte er, der Inspektor habe einfach behauptet, eines seiner Pferde habe die Dämpfigkeit. Das sei Unsinn, aber er könne dem Offizier nicht das Gegenteil beweisen. Seinem Freund aus Sommerach sei Gleiches passiert. Thea bat den Franz, ihr die beiden Pferde zu zeigen, und stellte fest, dass beide Tiere alles Mögliche haben könnten, nicht aber Dämpfigkeit.

Sie nahm beide Pferde am Backenstück und führte sie zur Mitte der Mainwiese, wo die Soldaten unterdessen damit beschäftigt waren, den gekauften Pferden die Jahreszahl 82 auf die linke Halsseite zu brennen.

Martin wies sie an, die für alle Fälle mitgeführte Krachmaschine zu betätigen. Sofort richtete sich alle Aufmerksamkeit auf sie, wie sie da im Zentrum des Geschehens mit zwei Pferden stand. Sie bat den Ehrbachers Franz, die beiden Stuten zu halten, und trat einige Schritte vor. Nachdem Stille eingetreten war, rief sie so laut sie nur konnte:

„Herr Oberst, Ihre Inspektoren haben bei diesen beiden

und vielen anderen Gewährsmängel entdeckt. In diesem Falle Dämpfigkeit. Wie Sie als Pferdekenner ebenso gut wissen wie ich, erkennt man diese Krankheit an der sogenannten Dampfrinne zwischen Rippenbogen und Bauchmuskulatur. Ich habe bei keinem der beanstandeten Pferde dieses Symptom feststellen können. Offenbar wird hier die veterinärmedizinische Unwissenheit der Züchter dazu benutzt, ihnen den Schneid abzukaufen, damit sie künftig gar nicht erst zum Markt kommen. Es ist ja auch viel bequemer, nach Allsberg zu kommen, gell?“

Der Oberst war zunächst kreidebleich geworden, dann schien sein Kopf vor Röte fast explodieren zu wollen. Wutentbrannt und mit klirrendem Säbel stampfte er auf diese unverschämte Person zu. Thea ließ ihn ganz nah herankommen, dann sagte sie laut in die gebannte Stille:

„Ich verlange, alle aufgebotenen Pferde erneut zu inspektionieren. Sollte das nicht geschehen, werde ich es nicht versäumen, dem Kriegsminister persönlich in München Bericht zu erstatten. Er wird mir glauben, zumal ich hier nicht meine ureigenen Interessen vertrete, sondern die meiner benachbarten Landwirte und Bauern.“

Der Oberst zischte: „Das wird ein Nachspiel haben!“ Dann gab er Befehl, die aufgebotenen Tiere der Kleinzüchter erneut zu begutachten. Diesmal wurden sie fast alle angekauft, wenn auch auf den Mähnentäfelchen meist Stangenzugpferd I oder II zu lesen war.

Als sie sah, dass sich die Angelegenheit in ihrem Sinne entwickelte, bat sie Martin, den Markt noch bis zu dessen Ende zu verfolgen, und ließ sich von einem der Bereiter nach Allsberg kutschieren. Sie wollte sich eine weitere Konfrontation mit dem in seiner männlichen Offiziersehre verletzten Oberst ersparen. Auch wollte sie vermeiden, dem Mann Gelegenheit zu geben, sich erneut lächerlich zu machen. Er war auch so schon zu ihrem Erzfeind geworden.

Aus der Kutsche konnte sie nun von der Anhöhe aus das Maintal überblicken. Thea war mit sich selbst zufrieden. Der Markt war ein wirtschaftlicher Erfolg gewesen und würde ihrem Ansehen in der näheren und womöglich weiteren Umgebung sicherlich nicht schaden.

„Iustitia omnium est domina et regina virtutum." Das war der Wahlspruch der Grafen von Grosser. Anselm machte sich immer etwas lustig über den hochtrabenden Satz, wonach die Gerechtigkeit alles beherrsche und die Königin aller Tugenden sei.

Wie kommt es, dass mir diese Weisheit ausgerechnet jetzt einfällt?

Sie wusste, dass ihr eine unruhige Nacht bevorstand. Immer wenn sie an Anselm denken musste, trieb sie eine ungesunde Mischung der Gefühle um. Einerseits dachte sie an die zärtlichen Momente mit ihm, andererseits aber auch an seine Feigheit – die letztlich dazu geführt hatte, dass sie nie Mutter werden würde.

10. Kapitel

Sommer 1882

„ankomme 1. august – stopp – mittagszug seligenstadt – stopp – bitte um abholung – stopp – cord“

„Na, das nenne ich eine Überraschung.“

Thea ließ das Blatt mit dem Telegramm in ihren Schoß sinken. Sie saß mit Hubert nach dem Mittagessen beim Mokka im Wohnzimmer.

„Cord kommt am nächsten Dienstag.“

„Er weiß nichts davon, dass ich jetzt hier wohne. Was wird er davon halten?“

„Ehrlich gesagt, habe ich keinen Schimmer. Er hat aber nur zwei Möglichkeiten: Entweder er akzeptiert es, oder er wirft dich hinaus. Dann gehe ich mit dir, und wir müssen zusehen, wie wir unser Brot verdienen.“

Kurz nach dem Remontenmarkt hatte Hubert Thea mitgeteilt, dass das Amtsgericht in Bad Brückenau das Scheidungsurteil gesprochen habe.

„Es ging erstaunlich schnell. Dass ich schuldhaft geschieden werden würde, war von vornherein klar. Ich habe ja den gemeinsamen Haushalt verlassen. Allerdings hat Dagmar ihre Möglichkeiten, die Angelegenheit hinauszuzögern, nicht ausgeschöpft. Ihr und Ulrich ein lebenslanges Wohnrecht in einem Haus nahe Bad Brückenaus anzubieten, hat sie wohl überzeugt. Ohne die Scheidung hätte sie in der ehelichen Wohnung bleiben müssen, dem Forsthaus mitten in der Rhön. Das wäre auch schlecht für Ulrichs berufliche Möglichkeiten gewesen."

„Hubert, ich freue mich für dich und für uns. Wir müssen jetzt überlegen, wie es weitergehen soll. Lass uns heute Abend bei einer guten Flasche Wein darüber nachdenken."

Beiden war klar, dass es nach so vielen Jahren einer mehr oder weniger heimlich gehaltenen Liebschaft an der Zeit war, die Sache in geregelte Bahnen zu lenken. Natürlich hat es Getuschel gegeben, wenn die Dienstmädchen Hubert beim Frühstück mit Thea zusammensitzen sahen und natürlich haben sie ihr Wissen im Dorf weitererzählt. Sehr zur Verwunderung Theas blieb die Nachricht aber auf das Dorf beschränkt.

Am Abend setzten sich Thea und Hubert in den Park unter die Rotbuchen. Nachdem Hubert den Bocksbeutel entkorkt hatte, sinnierte Thea:

„An sich wäre es am einfachsten, wenn wir heirateten. Aber das geht noch nicht."

„Du verwunderst mich. Ich hätte erwartet, dass du sagst, das ginge nicht, stattdessen sagst du, das ginge noch nicht. Was steckt denn da dahinter?"

„Mir ist das sonnenklar, aber dir offenbar nicht. Es geht um den Namen Tröger. Er muss erhalten bleiben. Wenn ich dich heirate, heiße ich Bräuter, und wenn Cord keinen Erben in die Welt setzt, ist der Name unserer Familie weg. Ich muss mir also die Möglichkeit offenhalten, einen Erben zu adoptieren, der den Namen fortführt. Und deshalb kann ich dich noch nicht heiraten. Aber wir sollten ab sofort so zusammenleben, als wären wir verheiratet."

„Das wird einen Skandal geben."

„Genau, und deshalb habe ich Papier und Bleistift mitgebracht, damit wir die Vor- und Nachteile dieses Schrittes festhalten können."

„Gut, dann schreib auf die Seite, die dafürspricht, dass wir viel öfter miteinander aufwachen können."

„Ist ja gut, Hubert. Wir können die Vorteile ruhig bei Namen nennen. Dafür spricht, dass du mich jeden Abend langsam ausziehen kannst und mich mit deinen Küssen schier verrückt machst. Dafür spricht, dass ich dich jeden Abend in mir spüren werde und am Morgen womöglichst auch."

„Aber musst du das aufschreiben? Kann doch sein, dass das später jemand liest."

„Aufschreiben werde ich nichts, aber ich darf's ja wohl noch sagen! Auch nach so vielen Jahren der Liebe mit dir finde ich deinen Körper noch immer das Aufregendste, was mir im Leben passiert ist."

„Wechseln wir das Thema, sonst müssen wir gleich in den Busch da hinten krabbeln."

„*Un peu de contenance, mon cher*. Dafür ist später noch immer Zeit."

„Typisch, erst bringst du mich auf reizvolle Gedanken, und dann heißt es warten."

„Das macht es doch nur noch reizvoller."

„Gut, dann eben wie du willst, machen wir mit dem Papier weiter."

„Ja, wie du schon zuvor sagtest, es wird einen Skandal geben. Und was passiert dann? Man wird uns schneiden. Man wird uns nicht einladen, und die Leute werden auf der Domstraße in Würzburg den Gehsteig wechseln, wenn man uns zusammen sieht. Nur frage ich dich, genießen wir allein oder zu zweit das gesellschaftliche Leben zusammen mit der fränkischen Aristokratie? Seit der Beerdigung meines Vaters war ich weder auf Einladungen, Jagden, Hochzeiten oder Taufen. Ja, ich wurde eingeladen, aber ich habe immer abgesagt. Was soll ich da? Ich bin eine Frau mit einem Beruf. In Männerrunden bin ich fehl am Platz, und bei den Damen stehe ich daneben und weiß nichts beizutragen, wenn sie über ihre Kinder reden oder, schlimmer noch, wenn sie sich über ihre Domestiken beklagen. Nein nein, da werden wir nichts vermissen."

„Aber könnte es sein, dass der Betrieb darunter leidet?"

„Wir müssen uns immer überlegen, wer letztlich das abkauft, was wir herstellen. Nimm den Wein. Er wird in den Wirtshäusern der Umgebung ausgeschenkt. Der Rest geht an einen der Weinhändler in Würzburg. Die Buchen und Eichen aus der Rhön kaufen die Sägewerksbesitzer. Nur bei den Remonten haben wir es mit Leuten zu tun, die sich über den Skandal aufregen können, nämlich die zumeist adeligen Offiziere der Remontenkommisionen. Dort ist mein Name aber seit dem Vorfall in Dettelbach im Mai sowieso mit rotem Stift markiert. Ich glaube nicht, dass deshalb unsere Pferde abgelehnt werden. Erst in der vergangenen Woche waren wieder Aufkäufer hier. Sie brauchen mehr Reitpferde und hier in Franken gibt es eben erheblich weniger Pferdezüchter als in Altbayern. Staatsgüter fehlen hier zur Gänze. Natürlich gab es Bemerkungen wegen des Remontenmarkts in Dettelbach, aber gekauft haben sie dann doch. Das wird sich nicht ändern. Wir sind Teil der Rüstungsindustrie. Oder glaubst du, dass der Kaiser bei Krupp keine Kanonen mehr kauft, wenn der eine Affäre hat?"

„Meine Liebste, wie immer siehst du alles mit einer beneidenswerten Klarheit. Und genau das hindert dich daran, die Feinheiten zu bemerken. Wenn ein Schlotbaron das macht, was wir machen, dann ist das womöglich nicht akzeptiert, aber es ist normal. Deshalb wackelt kein Baum. Aber das zwischen dir und mir, das rüttelt an den Grundfesten dieses Staates. Wir wenden uns für alle sichtbar gegen die Institution der Ehe. Wir zeigen allen, dass es auch ohne Trauung geht. Wenn am Morgen einer in Essen aus dem Bett einer Konkubine steigt, das war das eben *nur* eine Konkubine, ein Ausrutscher. Aber wir werden ein permanenter Stachel im Fleisch derer sein, die dauernd von der gottgewollten Ordnung reden. Sie tragen sie wie eine Monstranz ständig vor sich her. Mich erinnert sie eher an einen Popanz. Eines ist sicher: Man wird uns das Leben schwer machen. Werden wir das durchhalten?"

„Mein liebster Hubert, das weiß ich nicht und du weißt es auch nicht. Wir müssen es versuchen und wenn es gar nicht mehr geht, dann heiraten wir eben. Irgendwann ist mir der Fortbestand des Familiennamens auch nicht mehr *soo* wichtig."

„Wo du vom Heiraten sprichst. Du weißt schon, dass ich katholisch bin? Das ist ein weiterer Beweis meiner Herkunft. Alle anderen, die in den ehemals Tröger'schen Gebieten wohnen, sind evangelisch. Wäre es ein weiterer Skandal, wenn du einen Katholiken heiratest?"

„Ich denke, das ist dann auch schon egal."

„Wenn ich dich richtig verstanden habe, werden wir ab sofort hier im Schloss gemeinsam wohnen und dies auch vor niemandem geheim halten."

„Genau so machen wir's."

Am Tag vor Cords Ankunft wurde es Thea denn doch etwas mulmig. Sie hatte Cord zum letzten Mal gesehen, bevor sie nach Wien ging. Da war sie achtzehn, heute war sie siebenunddreißig. Was wollte Cord überhaupt? Der Besitz der Familie war in der Hand des Fideikommisses. Jeder männliche Tröger war Mitherr. Nur: der einzige Tröger war Cord. Würde er die Leitung der Betriebe übernehmen wollen? Würde er im Schloss wohnen wollen? Würde er das Arbeitsverhältnis mit ihr aufkündigen? Was würde er zu der wilden Ehe mit Hubert sagen?

Zunächst sorgte sie dafür, dass das Zimmer, in dem Cord als Kind und später als junger Mann gewohnt hatte, hergerichtet wurde. Und dann kam jener Dienstag. Thea stand aufgeregt im Schlosshof, nachdem sie vom Turmzimmer aus gesehen hatte, dass sich die Kutsche näherte. Der alte Frieder hatte es sich nicht nehmen lassen, den gnädigen Herrn selbst von der Bahn abzuholen.

Cord war nur ein Jahr und wenige Tage älter als seine Schwester. Aber er sah nicht aus wie ein Achtunddreißigjähriger. Offenbar hatte er Schmerzen, als er aus der offenen Kutsche stieg. Sofort eilte Thea auf ihn zu, um ihn zu stützen. Statt sich helfen zu lassen, umarmte er Thea herzlich und murmelte:

„Ich hätte früher kommen sollen. Wie ich hörte, ist Vater gestorben."

„Ja, ich habe immer wieder versucht, Kontakt zu dir aufzunehmen. Die Einzigen, die wohl immer wussten, wo du gerade warst, waren deine Bankiers aus Zürich. Aber die haben eisern den Mund gehalten."

„Ja, das Bankgeheimnis ist ihnen heilig in der Schweiz."

„Komm, lass uns in den Park gehen. Ich habe unter den Rotbuchen einen keinen Imbiss vorbereiten lassen."

Als sie durch den Gartensaal liefen, meinte Cord:

„Und hier habt ihr Vater aufgebahrt?“

„Ja, und der Frieder und ich haben bei ihm die Totenwache gehalten. Es war sonst keiner da.“

„Das hätte Vater sicher gefreut. Mit seinen Söhnen hat er sich nicht so exzellent verstanden. Bei Karl Werner verstand er dessen Liebe zum Militär nicht, und bei mir war es halt meine Lust, in die weite Welt zu ziehen, die er nicht nachvollziehen konnte.“

Während sie zu dem kleinen gedeckten Tisch im Park gingen, bemerkte Thea, dass ihr Bruder hinkte.

„Tut dir das Bein weh, Cord?“

„Der Schmerz ist immer da, aber ich habe gelernt, damit umzugehen. Es war ein Reitunfall, besser gesagt: ein Jagdunfall. Ich war mit einem Maharadscha auf Tigerjagd. Na ja, das erzähle ich dir später. Jetzt setzen wir uns erst mal hin.“

Es gab kalten Rehrücken, gutes fränkisches Brot und ein Glas vom eigenen Wein in Fahr.

„Ach, ich liebe das alles! Vermisst allerdings habe ich es nicht. Der Wein ist mit den Jahren auch nicht besser geworden.“

„Ich weiß, es ist ein echter Häckerwein. Durchschnitt, wenn überhaupt. Ich verstehe nichts vom Wein. Ich habe nichts verändert, weil die Kellerei immer einen guten Gewinn abgeworfen hat. Ich fand, wenn da etwas anders werden soll, dann muss das der Familienrat entscheiden. Ach, was rede ich denn da, der Familienrat bist ja jetzt du allein.“

„Ja, das stimmt. Kurios, nicht wahr? Wir müssen das besprechen und einer langfristigen Klärung zuführen. Wenn du sagst, du verstündest nichts vom Wein, dann muss ich sagen, dass ich weder etwas vom Wein noch vom Wald, und erst recht nichts von den Remonten verstehe. Ich sage dir deshalb gleich jetzt: Ich werde hier einige Tage, womöglich

Wochen verbringen. Aber ich werde nicht bleiben. Lass uns das heute Abend besprechen. Bring dazu den Hubert Bräuter mit. Ich habe schon alles gehört."

„Was? Das ging aber schnell! Und was hältst du davon?"

„Auch das besprechen wir heute Abend. Nur so viel: Man redet über euch, aber du wirst nichts anderes erwartet haben. So, und nun schenk mir noch etwas von unserem Häckerwein nach. Dann werde ich etwas ausruhen. Wie haltet ihr's? Abendgarderobe zum Diner?"

„Cord, stell dich nicht so an! Du weißt doch, bei uns gibt es abends eine Brotzeit. Dazu passen weder Frack noch Abendkleid."

Am Abend begrüßten sich Cord und Hubert freundlich, ohne dass es für einen Beobachter klar geworden wäre, was sie voneinander hielten. Es gab so viel zu erzählen. Wie war es zu Cords Unfall gekommen?

„Ich erzähle es, wenn du mir die Blutwurst gibst. Ich habe so etwas seit Jahren nicht mehr gegessen. Früher habe ich jeden Abend Blutwurst gegessen. Im Ausland ist mir entfallen, dass es so was gibt. Jetzt kann ich mir gar nicht mehr vorstellen, wie ich es ohne sie ausgehalten habe."

„Cord, ich bitte dich, mach's nicht so spannend. Sag uns, wie das war, die Jagd mit dem Maharadscha."

„Gut, dann fang ich mal an. Es war so: Ein schottischer Herzog und ich waren zu Besuch bei einem der Maharadschas im Norden Indiens. Dort gibt es im Dschungel haufenweise Tiger. Sie stellen für die Bauern eine große Gefahr dar und deshalb sind die dem Landesherrn dankbar, wenn er möglichst viele Exemplare erschießt. Man sitzt in einem Kasten auf einem Elefanten und feuert von dort aus auf das Tier, das von Treibern und Hunden dem Elefanten zugetrieben wird. Ich fand diese Praxis wenig waidmännisch und bestand gegen den Rat des Dukes und des Maharadschas darauf, vom Pferd aus zu jagen. Mir schien das sportlicher, den Tiger selbst aufzuspüren. Das war allerdings erheblich gefährlicher, als vom Elefanten herunter Salven zu feuern. Mich trieb der Nervenkitzel. Und tatsächlich, plötzlich hatte ich in einer Lichtung einen Tiger vor mir. Ich legte an und schoss. Allerdings habe ich nicht getroffen. Das Pferd war nervös geworden und bewegte sich. Da ist schlecht schießen … Nun griff der Tiger mein Pferd und mich an. Das Pferd scheute und ging durch. Ich flog aus dem Sattel und der Tiger hätte mich auf der Stelle getötet, wenn sich mein Stiefel nicht im Steigbügel verfangen und das Pferd mich mitgeschleift hätte. Ich war natürlich nicht ganz allein. Die Jagdgehilfen haben den Tiger etwas später erschossen. Mein Bein hat das alles nicht sehr komisch gefunden. Wem bekommt es schon, über Stock und Stein mitgerissen zu werden? Ich habe mir mehrere Brüche zugezogen. Dort in Indien konnten sie nicht optimal behandelt werden. Der Maharadscha war auch keine große Hilfe. Er war empört über meinen Leichtsinn, der auch seine Bediensteten in Gefahr gebracht hatte. Noch ehe das Bein versorgt war, gab er mir zu verstehen, ich solle sein Herrschaftsgebiet so schnell wie möglich verlassen. Der Duke sah mein Abenteuer wenigstens als sportlichen Versuch und meinte, das Ganze sei doch *jolly dangerous* gewesen. In einer Sänfte brachte er mich zum nächsten Bahnhof. In Hyderabad, fünf Tage später, wurde ich endlich verarztet. Nun, seither hinke ich eben."

„Wenn ich mir überlege, dass du dabei hättest sterben können, wird mir ganz anders. Ich will mal gleich zu einem wichtigen Punkt kommen …"

„Halt, halt, halt! Habt ihr hier die Sitten und Gebräuche geändert? Früher war es so, dass wir abends geschöppelt haben. Hast du denn keinen Wein im Keller, der etwas besser ist als unser Eigengewächs aus Fahr?“

„Herr Baron, ich habe mir erlaubt, einen Mâcon heraufzuholen. Ich hoffe, das trifft Ihren Geschmack.“

„Herr Bräuter, ich danke Ihnen. Ich freue mich, in Ihnen jemanden zu sehen, der zumindest vom Weintrinken etwas versteht.“

Sie prosteten sich zu und dann begann Thea von Neuem dort, wo sie unterbrochen worden war:

„Cord, du darfst nicht so mit deinem Leben spielen. Ich habe unserem Vater auf dem Sterbebett versprochen, dich zu verheiraten, damit die Familie Tröger nicht ausstirbt.“

Ihr Bruder fand das offensichtlich sehr komisch, denn er lachte schallend.

„Thea, ich weiß, in diesen Mauern spricht man über solche Dinge nicht, aber auch wenn du dich noch sehr anstrengst, kannst du nicht dafür sorgen, dass ich Nachkommen zeuge. Der Lauf der Natur geschieht in diesen Dingen im Normalfall ohne das Ein- oder Mitwirken der Schwester des Kindsvaters. Und ich versichere dir, du wirst, wenn es denn so weit ist, die Kerze nicht halten.“

„Cord, du willst mich nicht verstehen! Behalte deine Anzüglichkeiten für dich, tu mir den Gefallen. Es geht um den Fortbestand des Hauses Tröger. In unserem Familienstatut heißt es, dass eine weibliche Tröger nur dann erbt, wenn es keinen männlichen Namensträger mehr gibt. Ich sage dir ganz ehrlich, dass ich Hubert nur deshalb bislang noch nicht geheiratet habe, weil ich mir die Option offenhalten muss, jemanden zu adoptieren, wenn du keine

Nachkommen haben solltest. Ich bin bei meinen Standesgenossen sowieso schon verschrien, mal als Flintenweib, mal als Xanthippe, mal als Offiziersschreck und jetzt auch noch als Gefahr für die Wohlanständigkeit. Ich sage dir gleich, wenn du dich nicht anstrengst, dann werde ich jemanden adoptieren, der dir überhaupt nicht gefallen wird."

„Gut, dann ergeht jetzt offiziell der Auftrag, dass du mir eine Frau suchst."

„Bist du dazu denn nicht selbst imstande?"

„Hast du nicht gerade gesagt, du hättest es unserem Vater versprochen? Also dann, mach dich an die Arbeit."

„Da hätte ich doch noch eine Frage. Beabsichtigen Herr Baron denn dann, in Allsberg zu leben und die Führung der Trögerschen Betriebe zu übernehmen?"

„Nein, Herr Bräuter, mein Sinn steht weiter nach Reisen und Berichte schreiben. Ich lebe gut davon und habe ein interessantes Leben. Dieser Aufenthalt im deutschen Kaiserreich hat mir gezeigt, dass ich hier nicht würde leben können."

„Was ist denn so schlimm hier in Deutschland? Du gerätst ganz nach deinem Vater. Der konnte die neuen Verhältnisse auch nicht gutheißen. Nur mitverdienen wollte er. Er hat immer gesagt, Deutschland werde aufrüsten, und dazu braucht man Pferde. Das mit den Remonten war seine Idee."

„Du fragst, was hier so schlimm ist? Das kann ich dir sagen: Das ganze Land riecht nach Krieg. Ursprünglich bin ich hergekommen, weil ich über Ostpreußen schreiben wollte. Dort befindet sich die weltweit größte Region, in der Pferde gezüchtet werden. Weder die Engländer noch die Franzosen mit ihrer wahrlich langen Erfahrung mit Pferden haben es geschafft, eine geradezu industrielle Pferdezucht auf die Beine zu stellen, so wie das weitab in Ostpreußen gelungen ist. Als ich von dort berichten wollte, wurde ich, wo es nur immer ging, daran gehindert. In Trakehnen sagte man mir, man könne dort nicht für meine Sicherheit garantieren. Darum hatte ich auch überhaupt nicht gebeten. Die kleineren Züchter, die allesamt größer sind, als das, was du hier in Allsberg veranstaltest, meinten, ich würde den geordneten Betriebsablauf stören. Als ich in Schlobitten beim Grafen Dohna Besuch machte – wir hatten uns in Argentinien kennengelernt –, habe ich mich beschwert wegen dieser Schikanen. Er hat aber nur gelacht und mich gefragt, ob mich die Franzosen ihre Stahlkocher bei Schneider Creusot beobachten ließen, wenn dort Kanonen hergestellt werden. Als ich entgegnete, dass das doch ein Rüstungsbetrieb sei, lachte mein Freund erneut und stellte fest, dass ganz Ostpreußen ein riesiger Rüstungsbetrieb sei. Da lasse man ganz bestimmt niemanden rein, von dem bekannt ist, dass seine Reiseberichte in Italien, den USA, in Großbritannien und Frankreich veröffentlicht werden. Das hat mir die Augen geöffnet. Plötzlich bemerkte ich diese Begeisterung für dieses Kaiserreich. Jetzt war man Deutscher, nicht mehr Badener oder Hesse. Nein, alle waren Deutsche und schrien Hurra, Hurra. Das ist nicht mein Land. Das Beispiel unseres Vaters ist typisch. Du erwähntest, dass er seine Bedenken gegen Berlin hatte. Mag es Geschäftssinn gewesen sein, aber vielleicht war es eben doch auch dieses merkwürdige Gefühl, als Deutscher mehr zu sein als er es als Franke zuvor war."

„Nein, Cord, da irrst du. Er musste etwas tun, damit Geld ins Haus kommt. Die Notwendigkeit, Geld zu verdienen, war ihm zuwider. Unser Vater hing noch den Zeiten nach, die er bewusst gar nicht mehr erlebt haben konnte. Er fühlte sich nach wie vor als reichsunmittelbarer Landesherr."

„Da magst du recht haben. Ich erinnere mich noch an ein geradezu bizarres Gespräch mit ihm. Wir fuhren mit der Kutsche hinunter nach Fahr in die Kellerei. Es war kurz bevor ich zu meiner ersten Reise aufbrach. Wie zu erwarten, ermahnte er mich, meine Wurzeln nicht zu vergessen, dann außerhalb Frankens sei bisher nur ein Tröger etwas geworden, nämlich Onkel Max, und der sei mit all seinem Reichtum in Russland letztendlich doch gescheitert und nach Allsberg zurückgekommen. Damit aber nicht genug, setzte er mir auch noch auseinander, was er vom Adel hielt. Der Militäradel habe seine Berechtigung, solle aber bitte in den Offizierscasinos bleiben. Schlimm sei der Beamtenadel. Da werde irgendein verdienstvoller Minister in den Adelsstand erhoben. Er bleibe aber ein Beamter. Die Nachkommen dieses verdienstvollen Ministers lebten dann in den verschiedenen Residenzstädten weiter, machten in der Verwaltung oder der Justiz Karriere wie alle anderen auch. Wenn solch ein sogenannter Standesgenosse nach Allsberg zum Mittagessen eingeladen werde, könne es passieren, dass er nach dem Tischgebet Mahlzeit sagt oder gar guten Appetit wünscht. Vater sprach nur dem grundbesitzenden Adel eine Berechtigung zu. Mich hat das damals abgestoßen, weil ich merkte, dass Vater einer Vorstellung nachlebte, die es schon damals nicht mehr gab. Unser Vater war tatsächlich der Meinung, dass nur der Adel, der aus der Tradition des Landesherrn komme, staatstragend sei. Ich erinnere mich noch, wie er damals mit erhobenem Zeigefinger sagte, fast deklamierte:

„Cord, es gibt eine besorgniserregende Entwicklung. Plötzlich wird Majorität wichtiger als Autorität, das kann und darf nicht gutgehen.“

Ich habe ihn gefragt, weshalb denn der Adel staatstragend sein müsse. Da hat er mich angesehen, als ob ich den Verstand verloren hätte. Er hat damals etwas gesagt, was mich tief verletzt hat. Er sagte:

„Wenn du so denkst, ist es wohl besser, du gehst in die Welt hinaus."

Am darauffolgenden Morgen bat Cord seine Schwester, ihm die Kellerei und natürlich die Remontenzucht zu zeigen. Sie bat darum, zwei Pferde vor die sogenannte kleine Kutsche zu spannen und auf den Schlosshof zu bringen. Sie wollte selbst kutschieren, weil sie mit ihrem Bruder ohne Zeugen sprechen wollte.

Cord verstand das sofort und noch ehe sie die Straße, die nach Volkach hinabführt, erreicht hatten, kam Cord zum Thema.

„Thea, ich verspüre wenig Lust, in Deutschland zu bleiben. Womöglich kannst du mich nach dieser Betriebsbesichtigung eines Besseren belehren. Wie du weißt, redet man in unseren Kreisen über dich und über Hubert. Euer trauringloses Zusammenleben wird als Skandal ohne Gleichen empfunden. Die Familie Tröger ist zum Synonym für den Sittenverfall geworden, der den Staat in Gänze in Frage stellt. Bevor ich gestern nach Allsberg kam, war ich im neuen Kaiserreich unterwegs. Mehrmals hat man mich in deutschen Schlössern gebeten, diesem Zustand hier ein Ende zu setzen. Wenn Ehe und Familie nichts mehr bedeuten, dann wird der Pöbel die Macht übernehmen. Der hat keinen Sinn für Werte, es sei denn die ureigensten Interessen. Das haben mir unsere Standesgenossen gebetsmühlenhaft vorgebetet. Auf meinen Reisen hatte ich sicherlich mehr Kontakt zum sogenannten Pöbel, als diejenigen, die da so wohlfeil über ihn urteilen.

Der Pöbel oder das Proletariat, wie man jetzt sagt, hat sehr wohl Werte. Allerdings muss man eine materielle Grundlage haben, um diese Werte hochhalten zu können. Wenn es darum geht, täglich kämpfen zu müssen, damit die eigene Frau, die eigenen Kinder und man selbst nicht verhungern, denn kann man sich nicht auch noch hehre Werte leisten. Deshalb entsteht bei denen, die im Wohlstand leben, der Eindruck, der Pöbel kenne nur seine ureigensten Interessen. In den USA war ich zu Gast bei einem dieser Eisenbahnmillionäre. Er und seine Frau entrüsteten sich, die Proletarier gingen ja nicht einmal zur Kirche. Ich war unvorsichtig genug, zu bemerken, dass die armen Leute die Mülltonnen der Reichen durchsuchten, während diese in der Kirche Choräle sängen. Ich wurde dann von den besseren Kreisen der Stadt nicht mehr eingeladen. Aber ich schweife ab. Ja, man redet über euch, aber man redet auch über dich und da ist das Echo einhellig: Der Thea Tröger hätten wir das nicht zugetraut. Es ist ihr gelungen, die Allsberger Remontenzucht zu einer über Bayern hinaus strahlenden Institution zu machen. Thea, man hat Respekt vor dir, vor deiner Person und deiner Leistung als ‚entrepreneur', wie man vornehm in den Salons von Berlin, Hamburg und Essen sagt. Das Wort ‚Unternehmer' klingt dort wohl zu hemdsärmelig. Wie dem auch sei: Es gibt zurzeit keinen Grund, dich zu ersetzen."

„Danke, dass du das in so schöner Offenheit sagst. Lernt man das im Dschungel oder in den Tälern des Himalayas? Hier liebt man es, über die Bande zu spielen, alles durch die Blume zu sagen. Wenn du aber keinen Grund findest, mich zu ersetzen, dann muss mein Status geklärt werden. Derzeit bin ich Angestellte des Fideikommisses. Das ist gut und schön, beinhaltet aber einige Beschränkungen. Ich hätte des Öfteren gerne ein paar Wiesen drunten im Tal der Alls gekauft, wenn notleidende Bauern nicht mehr weiter konnten. Das ging aber als Angestellte nicht. Was ich damit sagen möchte: Wenn du willst, dass ich so weitermache, dann brauche ich Generalvollmacht des Fideikommisses und das bist du."

„Das kann ich verstehen. Das besprechen wir nachher. Bald sind wir in Fahr bei der Kellerei. Gibt es dort Probleme?"

„Eigentlich nur eines, nein es sind zwei: Das erste Problem ist, dass ich vom Wein nichts verstehe und das zweite ist das Beharrungsvermögen unseres Kellermeistern, des alten Hönisch."

„Was, den alten Hönischs Karl gibt es immer noch? Er war mein Freund, weil er mir hinter Vaters Rücken Trauben zu essen gab."

Im engen Hof der Kellerei angekommen, trafen sie mehrere Männer an, die Weinfässer säuberten. Ohne gefragt worden zu sein, riefen sie den Ankömmlingen zu:

„Der Master is drundn in Keller."

Dort trafen sie den alten Mann an, wie er im Lichte einer Petroleumlampe einem Unsichtbaren Anweisungen gab. Als er die beiden Ankömmlinge bemerkte, schaute er missmutig auf, dann erhellten sich seine Züge und er sagte:

„Cord, ald bisd worn!"

Dann schlug er sich mit der Hand auf den Mund.

„Ach Godd, der gnädich Herr müssn scho verzeihn. In mein Kopf isser hald immer nuch des Bübla, wo die Draubn so gern naschn dud."

Es folgte eine tiefe, ehrerbietige Verbeugung.

Gleichzeitig hörte man aus dem Fass eine helle, aber hallende Stimme:

„Obba, was issn los?“

Und dann schaute aus dem Spundloch der Kopf eines blonden Jungen heraus, der Thea und Cord neugierig ansah.

„Des is der Bub vo meiner Ingrid. Den hat sa ledicherweis hamgabrachd. Die Ingrid schafft als Pfarrköcha in Veitshöchheim. Drum is der Bub hald bei uns.“

Unterdessen war der etwa zehn Jahre alte Junge aus dem Fass geklettert und beäugte neugierig, wer da zu Besuch gekommen war.

„Und ihr, wer seid edserd ihr zwa?“

Er war noch nicht richtig fertig mit seiner Frage, da hatte er bereits eine Schelle von seinem Großvater eingefangen.

„Wie redsdn du mid die Herrschaftdn ausn Schloss? Des is die Baness und der Herr Baron. Soch amol schö grüß Godd.“

Der Bub wischte sich die Hand an seiner kurzen Hose ab, ergriff Theas Hand und schüttelte sie.

„Grüß Godd, ich bin der Mamfred.“

„Manfred, was für ein schöner Name. Interessierst du dich denn auch wie dein Großvater für den Weinbau? Willst du vielleicht auch später Kellermeister werden?“

Manfred schaute Thea direkt in die Augen und antwortete:

„Scho, aber der Obba sechd, Bangerdn hams ned leichd und a Lehrstelln grichd so aaner wie ich scho gleich garned.“

„Pass auf Manfred, ich sag dir jetzt was.“

Cord ergriff seine Hand und fuhr fort:

„Du strengst dich in der Schule an. Wenn die Volksschule vorbei ist, kommst du rauf ins Schloss und zeigst der Baroness dein Zeugnis. Wenn du gute Noten hast, besorgt sie dir eine Lehrstelle im Bürgerspital in Würzburg. Und wenn du da guttust, dann schicken wir dich auf eine Weinbauschule. Wenn du dann willst, kannst du deinen Großvater ablösen. Hönisch, wie alt sind Sie jetzt?"

„Im Herbsd werd ich sechzich."

„Halten Sie es noch so lange auf dem Posten aus?"

„Wenn unner Herrgodd die Graft dazu gibd, scho."

„Sie wissen, dass ich nur etwas davon verstehe, Ihre süßen Trauben zu naschen. Auf meinen Reisen habe ich aber festgestellt, dass der Weinbau ungeahnte Fortschritte macht. Die Anbaumethoden ändern sich, es gibt neue Rebsorten und man könnte auch einmal daran denken, elektrisches Licht in diesen Keller zu bringen."

„Desdo is ned Würzburch. Die ham schon Schdrohm, mir nuch ned."

„Gut, wie dem auch sei, ich werde einen Weinbauexperten bitten, hier mal nach dem Rechten zu sehen, und was der sagt, das wird dann auch umgesetzt. Kann ich mich darauf verlassen?"

„Häßd des, dass der Herr Baron edserd unner Chef is?"

„Nein, meine Schwester wird voraussichtlich die Geschäfte weiterführen. Ich erwarte Respekt und Gehorsam. Ach ja, und bitte schicken Sie noch heute ein Dutzend Flaschen von unserem besten Wein aufs Schloss."

Als sie wieder in der Kutsche saßen, meinte Thea zu ihrem Bruder:

„Du hast aber eine merkwürdige Art, Anweisungen zu geben."

„Du irrst, ich habe keine Ahnung, wie man das macht. Ich habe nur dem Buben zugehört. Er leidet, weil der alte Hönisch darunter leidet, dass seine Tochter ihm ein uneheliches Kind zum Aufziehen gegeben hat. Das lässt er ihn spüren, so wie das ganze Dorf ihn diesen Makel täglich spüren lässt. Jetzt hat er ein Ziel, einen Grund, sich in der Schule anzustrengen. Besorg ihm eine Lehrstelle, es muss ja nicht das Bürgerspital sein."

„Und du glaubst, der alte Hönisch hört jetzt auf mich und auf das, was dein Experte ihm sagt?"

„Das liegt an dir. Wenn du schon den Mumm hast, dem Remontenkommissar Paroli zu bieten, dann wirst du es auch beim alten Hönisch schaffen."

Nach dem Mokka liefen Thea, ihr Bruder und Hubert hinunter ins Dorf. Sie besichtigten die Pferdeställe, die Reithalle, wie das Futter gelagert und wie es je nach Bedarf der Stuten, der tragenden Stuten und des Hengsts gemischt wurde. Den Preußen Martin trafen sie in der Hufschmiede, wo ihn Thea ihrem Bruder vorstellte.

„Vater hat ihn aus Trakehnen mitgebracht, wie alt warst du damals?"

„Der alte gnädje Herr hat jesacht sechzehne."

„Er ist jetzt unser Stallmeister. Ich habe ihn im Staatsgut Achselschwang eine Lehre machen lassen."

„Da druntn in Oberbayern, da jibt et Berje, die sind höher wie hier die Kirchtürme. Det fand ick doll."

„Haben Sie denn die Bayern verstanden?"

„Nee, gnädjer Herr, die haben mir nich verstandn. Ick die aba ooch nich. Nur die Gäule, die ham mir verstandn."

„Wir sind sehr glücklich, dass wir den Martin hier haben. Wir arbeiten jetzt sehr gut zusammen."

Auf dem Rest des Rundgangs begleitete sie der Stallmeister und erklärte die Aufgaben der Bereiter, lobte die herausragenden Eigenschaften von Epaminondas und einiger der Mutterstuten.

Als sie vor der großen Tränke im Hof standen, fragte Cord:

„Martin, verzeihen Sie, wie heißen Sie denn mit Nachnamen?“

„Dietrichkeit, wenn's recht is.“

„Herr Dietrichkeit, wieso ist eigentlich keiner der Stallburschen oder der Bereiter auf uns zugekommen? Hätte es sich nicht so gehört, mir wenigstens guten Tag zu sagen?“

„Ach wissen Se, gnädjer Herr, den Leuten jeht die Muffe.“

„Denen geht was?“

„Mit Verlaub, die Leute ham Schiss.“

„Angst? Wovor denn nur?“

„Det is ne längere Jeschichte. Wie der alte gnädje Herr von uns jegang is, hattn wa det scho mal. Keener wußte, wat kommn würde. Und dann hat sich die Baroness durchjesetzt und seither wissen wa, dat wa hier Arbeet und Brot ham. Aba Ihnen kenn'n wa nich. Wat soll nur werdn? Da hängn doch an fast jedem Mann Frau und Kinder dran.“

Cord war erschrocken. Er hatte mit seinem Kommen nun wirklich nicht vorgehabt, Unruhe zu schüren. Ganz im Gegenteil. Er hatte es noch nicht gesagt, aber ihm war schon bei seiner Anfahrt klargeworden, dass sein Platz nicht in Allsberg war. Er fasste einen schnellen Entschluss:

„Bitte, Martin, so darf ich Sie doch nennen? Bitte holen Sie alle, die hier arbeiten auf dem Hof.“

Hubert bat er, ihm dabei zu helfen, einige herumliegende Bretter quer über eine der Tränken zu legen. Als Martin meldete, nun seien alle da, ließ Cord sich dabei helfen, auf die Tränke zu steigen. Dort verharrte er einen langen Moment, den er dazu nutzte, die vielen Männer einzeln anzusehen. Dann begann er zu reden:

„Grüß Gott. Ich nehme an, ihr wisst, wer ich bin, der Baron Cord. Nach dem Tod meines Vaters bin ich der Obmann des Familienbesitzes geworden und somit euer Vorgesetzer. Bisher hat die Geschäfte für mich meine Schwester geführt. Ich war im Ausland. Ich danke ihr und all Ihnen dafür, was hier geleistet wurde. Bevor ich hierher nach Allsberg zurückkehrte, habe ich in Westfalen und sogar im fernen Ostpreußen davon gehört, welchen hervorragenden Ruf sich das Gestüt in Allsberg mit eurer Hilfe und unter der Leitung meiner Schwester erworben hat. Sollten wir daran etwas ändern?"

Unruhe kam auf. Die Männer kommentierten das Gesagte. Dann drängte der Grieders Adolf, der Hufschmied mit seiner schweren Lederschürze nach vorne, und rief mit lauter Stimme:

„Herr Baron, ich waas, wenn bei an Gaul die Eisn runder müssn. Und ich sooch ihna edserd awos: Bei unnerer Chefin, der Baness Dhea, do müssn die Eisn nuch lang ned runder. Mer sechd ja nix, aber des schdimmd fei."

„Der Grieders Adolf, da schau her! Ich erinnere mich, dass du es warst, der mir beigebracht hat, Hufnägel zu schmieden, und was man macht, wenn man sich die Pfoten verbrennt. Verzeihung, darf ich noch du sagen?"

„No freilich, und weidersochn du mer a ned, wie oft ich mit meina schwarzn Händ die Dräna vo sein Gsichdla hab abwischn müssn."

Einige der Zuhörer begannen zu lachen und kommentierten das Gehörte.

Mit seinen Händen bat Cord nun wieder um Ruhe.

„Ich bin noch nicht fertig. Ihr wisst ja, dass ich in der Welt herumgekommen bin. Einmal, da gab es noch wenige

Eisenbahnen, aber viele Büffel und Indianer, bin ich mit einem Treck durch den wilden Westen Amerikas gereist. Ich habe dabei viel gelernt unter anderem auch diesen Satz, den mir einer der Kutscher der Planwagen mit auf den Weg gegeben hat. Er sagte: *Never change horses in midstream.* Man soll die Pferde nicht mitten in der Furt wechseln. Und so werden wir es auch halten. Meine Schwester Thea wird weiterhin die Leitung der Familienbetriebe innehaben und ich gehe davon aus, dass Hubert Bräuter an ihrer Seite sie dabei unterstützen wird."

Die absolute Stille schien eine Ewigkeit zu dauern, dann sagte der Hufschmied:

„Schönner hädd ich des fei aa ned könn sooch."

War der Applaus lauter oder das Gelächter? Die Spannung hatte sich gelöst, Cord stieg mit Huberts Hilfe von der Tränke herunter und alle Männer, die Stallburschen, die Bereiter, der Stallmeister, die Kutscher, der Hufschmied mit seinen Gehilfen und ganz zum Schluss der alte Frieder reihten sich auf, um einer nach dem anderen dem gnädigen Herrn die Hand zu schütteln. Dass Thea ein paar Tränen wegwischen musste, bemerkte nur Hubert, der seinen Arm um ihre Schultern legte.

Später liefen sie zu dritt zurück zum Schloss. Es dauerte länger als sonst, weil Cord nun stärker hinkte. Auf der Höhe, wo die Allee zum Friedhof abzweigte, schlug Thea vor, das Grab des Vaters zu besuchen. Es war deutlich, dass Cord wenig Verlangen danach hatte, an das Grab zu treten, an dem er nicht stand, als es noch offen war.

„Hab dich nicht so! Ein Vaterunser am Grab der Eltern zu sprechen, schadet weder denen noch uns. Wir tun immer so, als stammten wir allein von unserem Vater ab, weil wir an unsere Mutter keine Erinnerungen haben. Als Vater im Sterben lag, habe ich zum ersten Mal sein Schlafzimmer betreten. Seinem Bett gegenüber hängt noch heute ein wunderbares Porträt unserer Mutter. Ich habe den Namen des Künstlers vergessen, aber offenbar ein bedeutender Maler, denn das Bild ist ganz hervorragend."

Unterdessen waren sie an den beiden nebeneinander liegenden Gräbern ihrer Eltern angekommen und sprachen zusammen das allen so bekannte Gebet.

„Das war gut so. Ich glaube das war es, was mir noch fehlte, um mich von meinem Vater lösen zu können. Es hat mir damals sehr wehgetan, als er sagte, ich solle besser ins Ausland gehen, als hier seine Ordnung zu stören."

Im Schloss erwartete sie eine wunderbare Brotzeit und eine Kiste voller Bocksbeutel. Nachdem sie eine Flasche entkorkt hatten und die Gläser gefüllt waren, ergriff Cord erneut das Wort:

„Lasst uns anstoßen auf das, was wir heute Nachmittag angestoßen haben. Es soll dir alles gelingen, liebe Thea, und es soll euch gelingen, eure Liebe über die Jahre zu erhalten."

„Apropos Liebe. Willst du es nun übernehmen, die Familie nicht aussterben zu lassen? Sonst übernehme ich das."

„Interessant, und nach welchen Kriterien suchst du den geeigneten Nachfolge Tröger aus, wenn ich fragen darf?"

„Das weiß ich schon genau. Ich stehe mit dem Vater des Jungen in sehr guter menschlicher und geschäftlicher Beziehung. Er ist jetzt dreizehn Jahre alt, kommt aus der Gegend und hat meines Erachtens das Zeug dazu, mein würdiger Nachfolger zu werden."

Hubert war von dieser so konkreten Ankündigung nicht

weniger überrascht als Cord. Beide fragten wie aus einem Munde:

„Und wer ist das?"

„Ich dachte an Benjamin Seligmann. Er ist Sohn und Enkel vom Viehjuden aus Kitzingen. Du entsinnst dich vielleicht noch seines Großvaters Herschel Seligmann. Er und Vater sind sich immer sehr freundlich begegnet. Die Sympathie und Ehrerbietung waren ganz offensichtlich beidseitig. Ich weiß unterdessen auch, weshalb das so war. Der alte Seligmann …"

„Hör auf Thea! Du weißt, dass du mir das nicht antun kannst! Wenn du einen Juden ins Allsberger Schloss setzt, dann kann er zehnmal Tröger heißen. Aber dann vergiss Remonten, vergiss Weinbau und vergiss die schönen Eichen in der Rhön. Dann ist die Familie endgültig unten durch, und ich an erster Stelle. Wenn es sich herumspricht, dass ich Platz gemacht habe, um einem Juden das jahrhundertealte Erbe der Familie Tröger in den Rachen zu schmeißen, würde man mich gesellschaftlich ächten. Schließlich lebe ich ja nicht nur im Urwald. Ein solcher Coup würde nur wieder die alten Ressentiments gegen das Judentum anfachen. Nein, Thea, das kommt überhaupt nicht in Frage."

Hubert erhob sich, um einen weiteren Bocksbeutel zu holen, obwohl der erste nur halb leer war. Er wollte sein Lachen verbergen, denn er wusste genau, welches Spielchen Thea da trieb. Neulich erst hatte sie ihm gesagt, sie grübele immer darüber nach, wie sie ihren heiratsunwilligen Bruder in eine Ehe zwingen könne, und langsam habe sie da eine Idee. Als er mit der neuen Flasche zurückkehrte, hörte er Cord.

„Wenn man um die Welt reist, hat man keine Zeit für eine

feste Liebe. Wie auch? Einmal habe ich in der Nacht unseren Vater in Würzburg mit einer Dame am Arm vor einem Hotel überrascht. Ich glaube, mir war das peinlicher als ihm, denn er schaute mich nur an und meinte: Aus den Rippen kann man es schließlich nicht rausschwitzen. Was er damit wirklich meinte, habe ich erst begriffen, als ich selbst in ähnlicher Situation war. Kein Mensch kann enthaltsam leben, da lass ich mir nichts vormachen. Wenn man durch die Welt reist, hat man es in dieser Beziehung leicht. Bei einigen Eingeborenen Afrikas oder Südamerikas gehört es zur Gastfreundschaft, dass der Häuptling dir ein Mädchen ins Zelt schickt. In den Metropolen der Welt laufen einem als Abenteurer sowieso nicht nur die Töchter deiner Gastgeber nach. Was ich damit sagen will, ist, dass ich nicht genug Übung habe, um eine Frau zu werben. Noch weniger Übung habe ich darin, dies in den Kreisen zu tun, die für uns standesgemäß sind."

„Thea offenbar auch nicht …"

„Hubert, das war jetzt wirklich unpassend."

Thea wirkte etwas beleidigt.

„Hubert hat ja recht, wenn man das alles aus dem Blickwinkel der unterdessen strapazierten gottgewollten Ordnung betrachtet. Aber ich mache dir einen Vorschlag: Du suchst mir eine standesgemäße Frau, die ich bestimmt heiraten werde. Sollte Liebe daraus entstehen, wäre das schön, ansonsten sind wir uns einig, dass es darum geht, einen oder zwei Söhne in die Welt zu setzen. Habe ich das so richtig verstanden?"

„Ja, so machen wir das. Es geht um das große Ganze. Lasst uns auch darauf anstoßen."

Später, Cord war schon gegangen, als Thea und Hubert die zweite Flasche leerten, machte er ihr Vorwürfe:

„Thea, was geht nur in dir vor? Zuerst spielst du die Antisemitismuskarte und als du merkst, dass sie sticht, kommst du mit einer Alternative, die, so sieht es doch aus, auf dem Rücken eines armen unschuldigen Mädchens ausgetragen werden wird. Du setzt plötzlich das Wohl der Familie vor das persönliche Glück der beteiligten Menschen. Da kann ich ja nur froh sein, dass du dir das alles nicht überlegt hast, als wir unser persönliches Glück im Hirtensee begonnen haben."

„Hubert, verzeih, aber das kannst du nicht verstehen!"

„Aha! Das gnädige Fräulein meint da gerade, dass ein schlichter Bangert nicht begreifen kann, was im erhabenen Herzen einer Aristokratin vorgeht, nur weil seine ledige Mutter benutzt und dann abgeschoben worden ist. So einer kann selbstredend nicht verstehen, was Familientradition bedeutet, weil er selber keine hat. Und erst recht geht ihm das Verständnis dafür ab, wie wichtig es sein kann, dass eine Frau ihr Leben dafür opfert, dass irgendein Name erhalten bleibt. Pfui! Ich finde, das ist menschenverachtend."

Abrupt stand Hubert auf und verließ den Raum. Als Thea später ihr Schlafzimmer betrat, lag Hubert bereits im Bett und hatte sich ostentativ weggedreht. Thea musste zum Hilfsmittel des wissenschaftlichen Experiments greifen, um zu erreichen, dass sie dann doch noch versöhnt in den Armen des anderen einschliefen.

Am darauffolgenden Morgen schien es Cord plötzlich sehr eilig zu haben.

„Wir müssen zum Notar wegen der Vollmacht und wir müssen das Wirtschaftliche klären."

„Was meinst du damit?"

„Nun, ich bin nun Obmann des Fideikommisses. Als solchem steht mir eine Aufwandsentschädigung zu."

„Und welchen Aufwand hast du, wenn ich fragen darf? Wenn ich das recht sehe, habe den Aufwand ich. Du übst das Amt des Obmanns nicht aus und beschränkst dich auf deine Rolle als Mitherr, wobei wir das „mit“ streichen können, denn du bist der Einzige. Als solcher hast du Anrecht auf eine Gewinnausschüttung. Wenn du mir Generalvollmacht gibst, vertrete ich dich auch im Familienrat, der, ich wiederhole mich, nur aus dir besteht. In unseren Statuten steht, dass der Familienrat nach Abwägung der wirtschaftlichen Situation per Mehrheitsbeschluss über die Gewinnausschüttung beschließt. Niemand zwingt dich, mir Generalvollmacht zu geben. Aber wenn du es nicht tust, musst du entweder hierbleiben, oder du wirst sehen, dass es bald keinen Gewinn mehr geben wird.“

„Du erpresst mich!“

„Keineswegs, ich zeige dir nur, dass du als Obmann und Mitherr nicht nur Rechte, sondern auch Pflichten hast. Du entscheidest. Hubert und ich werden schon unser Auskommen finden, wenn du hierbleibst. Für uns beide, für dich und mich, so fürchte ich, ist hier kein Platz.“

Cord brütete vor sich hin. Die Stimmung schien zu kippen. Er stand auf und ging zum Fenster. Minutenlang starrte er in den Park. Dann lachte er.

„Erinnerst du dich noch daran, was unser Vater immer sagte, wenn er irgendetwas mit einem Verwandten oder anderem Adeligen verhandeln musste?“

„Ja, ich weiß es noch genau. Er schimpfte immer, dass man sicher sein könne, dass ein Aristokrat beim Frühstück schon nicht mehr zu dem stehe, was man vor dem Zubettgehen per Handschlag ausgemacht hätte.“

„Genau! Wir aber haben gestern etwas ausgemacht und

dazu stehe ich. Lass uns zum Notar gehen und dann nehme ich den nächsten Zug nach Wohin-auch-immer. Ich gebe der Bank in Zürich Anweisung, alle deine Nachrichten, auch die wegen einer möglichen Braut, unverzüglich an mich weiterzuleiten."

12. Kapitel

Allsberg, Herbst 1882

Eines Tages brachte der Postbote ein veilchenblaues Kuvert, das auch entsprechend roch. Verwundert musterte Thea den Absender:

Caroline Gräfin von Ringer, z.Z. Hotel Nassauer Hof, Wiesbaden.

Aha, Tante Caro meldet sich mal wieder, dachte Thea. Sie war ihre Patentante, eine Cousine ihrer Mutter. Nach deren Tod war sie öfter nach Allsberg gekommen, um sich um die kleine Thea zu kümmern. Das dauerte aber nicht lange, denn sie ging Theas Vater schrecklich auf die Nerven. Er sorgte daraufhin dafür, dass Tante Caro sich nicht willkommen fühlte. Der Kontakt zur Patentante beschränkte sich dann bis zu Theas Konfirmation auf die allweihnachtliche Zuwendung einer Dose Nürnberger Lebkuchen. Später brach er ganz ab.

Neugierig geworden, öffnete Thea den Brief und las, dass sich ihre Tante auf ihrem alljährlichen Kuraufenthalt in Wiesbaden befand. Auf dem Rückweg nach Prag wolle sie in Allsberg Station machen und bat um Abholung in Seligenstadt.

Beim Mittagessen zeigte sie Hubert den Brief.

„Was will sie nur von mir? Seit Jahren habe ich keinen Ton mehr von ihr gehört, und jetzt will sie hier sogar ein paar Tage verbringen? Ich habe keine Erinnerung an sie, weiß nur, dass mein Vater sie nicht mochte. Er sagte immer, sie mische sich überall dort ein, wo sie nichts verloren habe."

„Das sollte uns nicht daran hindern, sie mit Pomp und Ehren zu empfangen. Neulich, als ich in Volkach die Messe gehört habe, hat der Pfarrer gesagt, dass sich die Sünden der Väter bis ins fünfte Glied vererben. Ich nehme aber nicht an, dass sich auch die Antipathien der Väter vererben."

„Ach komm, du gehst ja nur deshalb zur Messe in Volkach, um danach im Wirtshaus das Neueste zu erfahren."

„Ich höre die Messe, weil ich katholisch bin. Wenn da neben der Kirche eine Wirtschaft steht, kann ich doch nichts dafür!"

„Nun gut, lassen wir das. Was Tante Caro angeht, hast du recht. Wir werden sie wie einen Ehrengast behandeln. Sie hat einen schwerreichen Grafen geheiratet. Von Prag aus leitet er seine Ländereien und Fabriken."

„Vielleicht ist er ja mein Vater?"

„Jetzt bist du schon mit einem Grafen zufrieden? Bisher hast du immer behauptet, es sei ein Fürst gewesen. Angeber!"

Tante Caros Ankunft gestaltete sich durchaus spektakulär. Sie entstieg in Seligenstadt dem Zug in Begleitung einer Zofe, dann wurde der Gepäckwagen geöffnet, aus dem mehrere Hutschachteln, zwei Truhen und drei Überseekoffer entladen wurden. All das passte nicht in die Kutsche. Ein Ochsengespann wurde gefunden, das die schwere Last erst Stunden nach Ankunft der Tante auf dem Allsberger Schlosshof ablieferte. Für die unerwartete Zofe wurde ein Zimmer hergerichtet.

Derweil nahmen Thea und ihre Tante den Tee in der unteren Bibliothek.

„Schön hast du es hier. Ich habe dieses Haus immer

geliebt, es ist so prächtig und dennoch erstaunlich wohnlich. Ich finde es reizend von deinem Bruder, dass er dich hier wohnen lässt. Als Unverheiratete hättest du ja sonst keine Bleibe."

„Liebste Tante, da bist du wohl unzureichend unterrichtet. Mein Bruder Cord ist dauerhaft abwesend. Du wirst seine Reiseberichte sicherlich auch in der Presse verfolgt haben. Er hat mir die Leitung aller unserer Betriebe übergeben. Das Schloss ist sozusagen meine Dienstwohnung."

„Ach, das freut mich aber für dich. Ich dachte, du seist hier auf Gedeih und Verderb auf das Wohlwollen deines Bruders angewiesen. Die typische unverheiratet gebliebene Tante – geliebt, aber eben doch nur geduldet."

Tante Caro machte eine Pause, stand auf und strich mit den Fingerspitzen über die Rücken der vielen Bücher. Während sie das tat, überlegte sich Thea, ob sie sich über das Gesagte ärgern oder amüsieren sollte.

Vor dem noch kalten Kamin blieb die Tante plötzlich stehen, wandte sich zu Thea und nahm den Gesprächsfaden wieder auf:

„Du kannst dir denken, dass ich nicht ganz ohne Grund hierhergekommen bin. Rainer, mein Mann, ist alt und gebrechlich geworden. Es treibt ihn nur noch eines um. Er möchte sein Haus bestellen. Wie du weißt, haben wir nur einen Sohn, den Erwein. Mehr Kinder hat uns der liebe Gott nicht geschenkt. Der Bub hat es schwer, Bekanntschaften zu machen. Er kränkelt ein wenig, ist deshalb schüchtern, und Rainer hält nicht viel von ihm. Er hätte sich wohl einen Pfundsbuben gewünscht."

„Wie alt ist denn dieser Pfundsbub?"

„Im Jänner wird er achtunddreißig. Ihr seid fast auf den

Tag gleichaltrig. Ich hab mir gedacht, wenn du bisher nicht den Ehemann gefunden hast und er noch keine Frau … du verstehst. Schau, meine Ehe war auch nicht die große Liebe, aber ich habe meine Pflicht als Frau erfüllt und dem Haus der Grafen von Ringer einen Erben geschenkt. An seiner Ahnentafel ist nichts zu bemängeln, da sind nur Grafenkronen und sogar ein paar geschlossene Kronen drauf. Eine siebenzackige Krone einer Baronin könnten wir da durchaus verkraften. Wenn du meinen Erwein heiratest, wärst du mit einem Schlag eine der reichsten Damen der Prager Gesellschaft. Du würdest in den Palais der Liechtensteins, der Lobkowicz, der Kinskys und der Thun-Hohensteins aus und ein gehen. Schenk dem Rainer einen Enkel, und du bist eine glückliche Frau, du verstehst, was ich damit sagen will?"

Gerade wollte Thea antworten, als sich die Tür auftat und Hubert den Raum betrat. Formvollendet küsste er die Hand des hohen Besuchs, während Thea mit der kleinen Glocke ein Dienstmädchen heranholte und bat, noch ein weiteres Teegeschirr aufzulegen.

„Tante Caro, das ist Hubert Bräuter. Er lebt mit mir hier im Hause."

Es schien, als sei die Angesprochene zur Salzsäule erstarrt. Unverwandt starrte sie Hubert an. Nach einer Weile stammelte sie:

„Dann ist es also doch wahr …"

„Ja, liebe Tante, es ist wahr, dass ich mit diesem Mann, den ich liebe, hier zusammenlebe, ohne mit ihm verheiratet zu sein."

Offenbar hatte sich Tante Caro unterdessen gefangen, denn sie erwiderte mit einem gewissen sarkastischen Unterton:

„Nun, eine Verehelichung würde den Skandal dann wirklich perfekt machen. Es ist eh schon schlimm genug, was in der Gesellschaft über dich geredet wird."

Sie unterbrach sich, weil eben das Teegeschirr für Hubert hereingebracht wurde. Noch ehe ihre Tante weiterreden konnte, fragte Thea:

„Du findest es also schlimmer, wenn ich Herrn Bräuter heirate, als wenn ich mit ihm eine sogenannte wilde Ehe führe?"

Statt zu antworten, begann Tante Caro zu weinen. Sie schluchzte hemmungslos und hörte auch nicht auf, als Thea sich zu ihr aufs Sofa setzte und sie tröstend in den Arm nahm. Es schien, als weine sie seit Jahren Aufgestautes heraus, als sei ein Damm gebrochen, dessen Undurchlässigkeit sie über lange Zeit eisern bewahrt hatte. Nach einer schier endlosen Weile nahm Tante Caro die Serviette, die Thea ihr reichte und wischte damit ihre Tränen ab.

Sie schien sich gefangen zu haben und stand erneut auf.

„Es scheint an der Zeit zu sein, dass wir hier Einiges klären. Natürlich geht das nicht, dass du hier mit einem Mann einfach so zusammenlebst. Es gibt gewisse Regeln, die unsere Gesellschaft, ja unsere beiden Kaiserreiche zusammenhalten. In glücklicher Fügung geht da unser verehrtes Erzhaus Hand in Hand mit dem Heiligen Vater. Wenn wir beginnen, angestammte und bewährte Konventionen über Bord zu werfen, dann ist das Ende unserer Ordnung, unserer Monarchien bald in Sicht. Die Konventionen sind wie das Geländer, das uns im Treppenhaus davor bewahrt, hinunterzustürzen. Unsere Gesellschaft fußt auf Ehe und Familie."

Thea wollte etwas sagen, aber ihre Tante fuhr unbeeindruckt fort:

„Ich bin noch nicht fertig. Als ich mich entschloss, hierherzukommen, hatte das einen Grund: Ganz Wiesbaden sprach von dem Skandal in der Familie Tröger. Der einzige Mann kümmert sich nicht um den Besitz, und die Schwester macht sich mit einem nicht standesgemäßen Liebhaber gemein, ja sie leben sogar im Schloss. Jaja, schau nur empört. Das waren die Worte, die ich mir täglich in der Wandelhalle des Kurhauses anhören musste. Hätte ich noch öffentlich gemacht, dass ich deine Patin bin, wäre der Schmutz und Unrat auch noch kübelweise über mir ausgeschüttet worden. Ich bin gekommen, um dir einen ehrenvollen Ausweg aus dieser unschönen, aus dieser sündhaften Situation anzubieten. Aber jetzt …"

Sie holte ein veilchenfarbenes Taschentuch aus den Falten ihres Rocks und trocknete damit die erneut fließenden Tränen.

„Aber jetzt", fuhr sie fort, „jetzt ist alles noch viel, viel schlimmer. Ich habe das nicht verdient, ich habe es doch nur gut gemeint! Was hat man mir nur angetan?"

Hubert hatte sich erhoben und versuchte, die alte Dame zum Sofa zu geleiten, aber sie fauchte nur:

„Fass mich nicht an!"

„Warum duzt du Herrn Bräuter?"

Thea gelang es nicht, all ihre Verwunderung in dieser Frage unterzubringen.

„Siehst du es denn nicht? Sind dir die Augen verbunden? Merkst du denn nicht, dass du mit einem der Bastarde meines Mannes sündigst? Ich habe es immer geahnt, und nun steht einer vor mir. Er ist deinem Onkel Rainer wie aus dem Gesicht geschnitten. Mit deinem Verhalten verhöhnst du deine eigene Patentante."

„Naja, dann hat sich das mit meiner mangelnden Standesgemäßheit ja wohl in Luft aufgelöst."

Hubert war amüsiert.

„Ach, halt doch den Mund, davon verstehst du nichts! Ein Bastard bleibt ein Bastard!"

„Halt!"

Es war Thea, die dieses Wort brüllte. Tatsächlich setzte sich Tante Caro wieder auf das Sofa, und aus Huberts Gesicht war das Grinsen gewichen. Nun stellte sich Thea vor den Kamin.

„Es ist jetzt der Moment gekommen, euch etwas zu erzählen. Ich berichte darüber nur ungern. Bitte unterbrecht mich nicht. Die Geschichte wird euch nicht gefallen, aber sie ist ebenso traurig wie wahr. Ihr wisst, dass meine Verlobung mit Anselm heimlich geblieben ist, weil seine überaus reiche, überaus katholische Tante Erzsi damit gedroht hat, ihn, den Grafen, zu enterben, wenn er mich, eine protestantische Baroness, heiratet. Er meinte, wir sollten mit der Hochzeit warten, bis die Erbtante gestorben wäre. Er wollte weder auf das riesige Vermögen der Székelys verzichten noch auf mich. Er hatte sich das alles wunderbar zurechtgelegt. Womit er nicht gerechnet hat, war, dass ich kurz darauf bemerkte, in gesegneten Umständen zu sein. Tante Caro, du musst das jetzt nicht sagen, ich weiß, gesegnet sind die Umstände nur nach dem heiligen Sakrament der Ehe. Wie dem auch sei, ich war überglücklich, denn nichts hatte ich mehr ersehnt, als Mutter zu werden, nachdem ich selbst keine Mutter gekannt hatte. Von Anselm hatte ich einen Blumenstrauß und die Festsetzung des Hochzeitstermins erwartet. Stattdessen erhielt ich eine Einladung zum Tee bei seiner Tante Gisela. Sie war die unverheiratete Schwester von Anselms Vater. Als ich das Palais der Grafen Grosser in Wien betrat, verstand ich, weshalb es sich Anselm mit seiner Erbtante Erzsi nicht verderben wollte. Nach ihres Bruders Tod, der offenbar große Schulden hinterlassen hatte, hatte Tante Gisela ebenso wie meine Tante Fee das Palais in einzelne Mietwohnungen unterteilen müssen und lebte selbst im Mezzanin zur lauten Gasse hinaus. Ich hatte Anselms Tante vorher noch nie gesehen und war sehr gespannt auf das, was nun geschehen sollte. Ich war noch keine zwanzig geworden, und meine Fähigkeiten, mit dem Leben umzugehen, waren noch rudimentär. Ich kam bei Tante Gisela an in der Erwartung, dass sie mich mit offenen Armen in der Familie willkommen heißen würde. Tante Gisela jedoch kam gleich zur Sache und empfahl mir, einen bekannten Wiener Frauenarzt aufzusuchen, der der peinlichen Situation ein Ende bereiten werde. Ich war vollkommen überrascht und zunehmend empört. Ich sehe mich noch vor mir, wie ich da in einem Sessel saß und die Tante fassungslos anstarrte. Aber das kann man doch nicht machen, das ist eine Sünde, das ist die Tötung eines ungeborenen Kindes, brach es aus mir heraus.

Tante Gisela schaute mich nur aus lebenserfahrenen Augen an und sagte lange nichts. Es war dann eher ein Flüstern, als sie antwortete:

‚Ja, Thea, du hast ja recht. Es ist eine Ungerechtigkeit. Der Pallawatsch bleibt immer an uns Frauen hängen. Schau, der Anselm ist heute nicht dazugekommen. Er weicht den Dingen aus. Männer sind immer nur auf dem Schlachtfeld Helden. Daheim sind sie arge Feiglinge, die froh sind, wenn ihre Frauen das Unangenehme erledigen. Aber schau, das mit der Sünde ist so eine Sache. In unseren Familien hatte immer die Konvention Vorrang vor der Konfession. Wenn du das Kinderl bekommst, bist du auf ewig gebrandmarkt. Wenn du zum Doktor gehst, ist das eine Sünde. Die begehst, hernach beichtest sie, dann ist alles vorbei und niemand hat etwas bemerkt. Geh nur hin, es ist besser so.'"

Thea machte eine Pause. Sie musste tief Luft holen. Sie ließ es unkommentiert, dass Tante Caro wie zu sich selbst sagte:

„Recht hat's g'habt, die Gisela. Sie war eine Jugendfreundin meiner Mamá."

„Ich hab mich dann schnell verabschiedet und bin stundenlang wie in Trance durch die Gassen der großen Stadt gelaufen. Ich hatte es nicht für möglich gehalten, dass in einer so erzkatholischen und so erzkonservativen Familie solche Lösungen überhaupt denkbar waren. Andererseits dachte ich, dass ich ganz offenbar nicht die Erste war. Tante Gisela wusste ganz genau, wovon sie sprach. Bei all der Lauferei wurde mir klar, dass mir in meiner Situation keiner helfen würde. Man ließ mich so lange allein, bis ich die, wie sie sagte, peinliche Situation aus der Welt geschafft hätte. Sollte ich gegen Tante Giselas Rat und die Konvention verstoßen, das war mir klar, würde ich Anselm verlieren. Wie mein Vater in Allsberg reagieren würde, konnte ich mir ausmalen. Ich dachte, es sei danach ja immer noch nicht zu spät, Anselm zu heiraten und Kinder mit ihm zu bekommen. Ich ging also zu dem Arzt und ließ den Eingriff vornehmen. Wenige Tage später bekam ich Fieber. Der Arzt meinte, da habe sich etwas entzündet. Glücklicherweise gelang es ihm, die Infektion erfolgreich zu behandeln. Danach sagte er mir, nun könne ich wahrscheinlich keine Kinder mehr bekommen.

Ihr seid die Ersten, denen ich das erzähle. Ich behielt diese fürchterliche Geschichte für mich. Mir war es damals erst mal wichtiger, mit Anselm glücklich zu sein. Wir gingen weiter zusammen seine Lehrbücher durch, und ich verstand bald von Pferden und ihren Krankheiten ebenso viel wie der angehende k.k. Militärveterinär. Anselm sprach nie über den Abbruch, er tat so, als sei nichts vorgefallen. Ich hielt das ein halbes Jahr aus, dann sagte ich ihm, wenn er mich heiraten wolle, dann solle er mich in Allsberg suchen. Das Nächste, was ich von ihm hörte, war, dass er bei Königgrätz gefallen ist."

Thea setzte sich und schluchzte. Während Hubert versuchte, sie zu trösten, sagte Tante Caro:

„Und dann ist bald drauf die Erzsi Skéleky vor ihren Herrn getreten. Geerbt hat alles der Rudolf, dem Anselm sein Bruder. Der ist gerade dabei, das Riesenvermögen durchzubringen. Im Übrigen, liebe Thea, wirst du verstehen, dass unter all diesen Umständen mein Angebot bezüglich der Heirat mit meinem Sohn nicht aufrechterhalten werden kann. Das sind unzumutbare Zustände hier."

Sie hatte es kaum gesagt, da sprang Thea auf und brüllte sie an:

„Und dir ist es nicht zuzumuten, mit dem Bastard deines Mannes, der mit deiner Patentochter sündigt, unter einem Dach zu schlafen. Ein Kutscher wird dich und deine Zofe nach Volkach in einen Gasthof bringen. Dein Gepäck lasse ich morgen direkt nach Seligenstadt zum Bahnhof bringen. Adieu, verehrte Tante."

Den Rest des Tages und die Nacht verbrachte Hubert damit, die immer wieder aufwallenden Weinkrämpfe seiner geliebten Thea tröstend zu begleiten.

Beim Aufwachen fragte er:

„Willst du darüber reden?"

„Jetzt nicht. Es ist an der Zeit, Nägel mit Köpfen zu machen. Du musst einen Status bekommen. Du wirst ab sofort Güterdirektor. Den Vertrag soll der Anwalt in Würzburg aufsetzen. Das bedeutet, dass du Chef von allem wirst. Du kümmerst dich um den alltäglichen Betrieb. Nur die wichtigen Entscheidungen werden wir gemeinsam besprechen. Neulich habe ich gehört, so etwas nennt man heute *Weichenstellungen.*

„Ist das denn notwendig?"

„Ja, ist es. Tante Caros Besuch hatte ein Gutes. Sie hat mir die Augen geöffnet. Es ist nämlich tatsächlich so, dass wir auf Gedeih und Verderb von dem guten Willen meines Bruders abhängen. Wenn er geheiratet hat, will er womöglich das alles hier selbst übernehmen. Dann stehen wir auf der Straße. Und deshalb musst du ein anständiges Gehalt bekommen. Wir werden künftig einen Teil unserer Einkünfte zurücklegen. Für den Fall der Fälle."

„Aber er hat doch selbst gesagt, dass er nicht zurückkommen will."

„Hubert, es wäre nicht das erste Mal, dass ein Mann heiratet und dann die Welt mit anderen Augen sieht. Ich als Frau kenne meine Geschlechtsgenossinnen!"

„Nun gut. Nehmen wir an, ich werde Güterdirektor. Was machst du dann, wenn ich mich nicht mehr nur um den Wald kümmere?"

„Naja, ich habe ja vorerst noch die Aufgabe, meinem Bruder eine Braut zu finden. Dafür müsste ich eigentlich noch ein Extragehalt bekommen."

„Ich sehe, da lebt meine alte Thea wieder auf."

„Von alt kann keine Rede sein. Ich bin siebenunddreißig und will spüren, dass mein Herr Fast-Graf mich noch ebenso liebt wie zuvor.“

Mit einer schnellen Bewegung warf sie die Bettdecke auf den Boden und setzte sich auf ihren sündhaften Geliebten.

„Ich habe immer gesagt, dass diese leinernen Nachthemden stören“, stöhnte dieser, während er sich und Thea auszog. Da spürte Thea bereits, dass er sie wie eh und je liebte und begehrte.

13. Kapitel

Allsberg, Winter 1886

Thea musste sich eingestehen, dass sie mit ihren Bemühungen, ihren Bruder zu verheiraten, auf der Stelle trat. Es gab mehrere Probleme. Das erste war sie selbst. Sie wollte natürlich eine standesgemäße Verheiratung herbeiführen. Allerdings war sie in den einschlägigen Familien verfemt, um es milde auszudrücken. Wahrscheinlich hätte man sie auch dann nicht ins Haus gelassen, wenn sie zerlumpt, verarmt und von Mördern gejagt angeklopft hätte. Selbstredend gab es überall eine Vielzahl von zerrütteten Ehen. Man hielt sich Soubretten, Damen spielten nicht nur aus sportlichen Gründen Tennis und man erzählte sich von einem hohen Hause, wo beide ein Verhältnis mit dem Kutscher unterhielten. Man sprach davon und dennoch wurde der Mantel des Schweigens darübergebreitet. Es war eben ein Unterschied, ob man eine Sache auf der „Hast-du-schon-gehört"-Ebene behandelte, oder ob man für alle hörbar darüber beim Mokka nach dem Mittagessen sprach. Und über die Zustände in Allsberg sprach man beim Frühstück, beim Tee und beim Abendessen. Man sprach so darüber, damit die Kinder und Jugendlichen einen ersten Einblick in Abgründe bekamen, in denen man landete, wenn man sich dem entgegenstellte, was als das Übliche, das Gute, das Anständige erachtet wurde.

Thea war sich bewusst, dass man sie nicht nur wegen ihres

Verhaltens fernhielt. In erster Linie wollte man vermeiden, dass die Kinder entdecken könnten, dass diese als Fratze der Schamlosigkeit dargestellte Person ein ganz normaler Mensch war.

Das zweite Problem war ihr Bruder selbst. Cord war jetzt zweiundvierzig Jahre alt. Ein gesetzter Herr. Seine Altersgenossen hatten längst Kinder im heiratsfähigen Alter. Wie sollte Thea da eine passende Partie finden? Welches junge Mädchen würde sich schon mit einem Abenteurer einlassen, von dem man annehmen konnte, dass er in seinen sämtlichen Lebensjahren durch so manche Betten oder was sonst noch gewandert war? Hinter Cords Rücken wurde gemunkelt, dass es womöglich nicht die Frauen seien, die er liebte. Thea hielt das für Unsinn. Aber kannte sie denn ihren Bruder wirklich?

„Du brauchst ein – wie nennt ihr das gleich? – ja, du brauchst ein Mauerblümchen, eine Frau aus gutem Hause, die bisher keines Mannes Interesse geweckt hat."

Sie saßen in der unteren Bibliothek beim Mokka vor dem Kamin.

„Verzeih, Hubert, das sind entweder unerträgliche Betschwestern oder noch unerträglichere Megären."

„Was ist eine Megäre? Nichts Gutes, nehme ich an."

„Das sind in der griechischen Mythologie die Rachegöttinnen. So eine ist wie eine Xanthippe, nur dass niemand mit ihr verheiratet ist."

„Und was ist eine Xanthippe?"

„So hieß die Frau des Sokrates, und sie war eine ganz besondere Megäre."

„Und da schließt sich der Kreis wieder. Ihr immer mit eurer Bildung. Statt das verständliche Wort Sauluder zu benutzen, müsst ihr die alten Griechen bemühen."

„Sauluder sagt man ja auch nicht.“

„Ach ja, Thea, eh ich es vergesse, das letzte Wort darf die für Cord Erwählte natürlich auch nicht immer haben wollen.“

Thea warf mit einem Kissen nach Hubert, verfehlte ihn jedoch, und seine Tasse barst auf dem Parkettboden.

„Das hast du nun davon!“

„Pass auf, gleich werfe ich einen harten Gegenstand nach dir.“

“Besser, wir schließen Frieden. Komm gib mir einen Kuss. Dabei fällt mir ein, es ist Sonntag, die Jagdzeit ist vorbei, Kirche war heute Morgen, lass uns ins Bett gehen.“

„Nein, das tun wir nicht, mir fällt nämlich ein, dass die Mädchen frei haben. Ich bemühe wieder meine Bildung und fordere: Hic et nunc!“

„Hast du dir eine neue Stellung ausgedacht?“

„Nein, das heißt *hier und jetzt*! Alles Übrige überlasse ich dir, mein Lieber.“

Thea und Hubert atmeten noch immer schwer, als er den Gesprächsfaden wieder aufgriff:

„Meine Liebste, wenn das alles so kompliziert ist, dann wirst du bald doch Aarons Sohn adoptieren müssen.“

„Kannst du nicht ein Mal ernsthaft bleiben? Ich stehe vor einem schwierigen Problem und du machst dich über mich lustig.“

„Das ist ja gerade das Lustige: Du hast ein Problem, das nur Adelige haben. Für unsereinen ist es piepegal, ob der Enkel Bräuter oder Müller heißt.“

„Du hast es erfasst, genau da liegt der Unterschied.“

„Und da liegt die von euch selbst geschaffene Tragik.

Schau mich an: Ich bin der Sohn eines Grafen, bin kerngesund, aber an wen muss er das Vermögen weitergeben? An meinen Halbbruder, den unfähigen, kränkelnden Weichling. Der wird alles zugrunde richten."

„Da liegst du womöglich richtig. Nur, wer sind wir beide, dass wir die *Lex Salica* abschaffen könnten?"

„Was ist das denn schon wieder?"

„Um es kurz zu machen, das ist ein uraltes Gesetz, wonach Frauen immer benachteiligt werden, besonders dann, wenn sie nicht durch den heiligen Bund der Ehe an einen Mann gebunden sind."

„Tja, und doch sind wir noch keinen Schritt weitergekommen in der Suche nach einer Schwägerin für dich."

„Doch ich glaube schon, du hast mich da auf eine gute Idee gebracht."

„Und was bekomme ich dafür?"

„Ich denke, da fällt mir was ein. Hat dir das vorhin gefallen?"

Thea war froh, dass die Mädchen frei hatten. Ihr schien, als hallten wenig später Huberts Lustlaute durch das ganze Haus.

Nachdem sie den Kamin angezündet hatten, fragte Hubert, was denn die gute Idee nun gewesen sei.

„Das kann ich dir noch nicht sagen, weil ich nicht weiß, ob es funktionieren wird. Aber morgen lasse ich meine Koffer packen, und übermorgen nehme ich die Bahn nach Wien."

14. Kapitel

Wien, 8. Oktober 1886

Nach München zog sich die Bahnreise hin, und das war gut. Thea musste sich eingestehen, dass sie noch nicht Zeit gefunden hatte, sich einen Plan auszudenken. Sie hatte sich lediglich an Tante Caros Worte erinnert, als Hubert spottete, sein Halbbruder werde das Familienvermögen durchbringen. Tante Caro hatte erzählt, Anselms Bruder Rudolf habe das riesige Vermögen der Székelys geerbt und sei gerade dabei, es durchzubringen. Thea nahm an, dass Tante Erzsi Rudolf nicht zu ihrem Erben gemacht hatte, ohne zu wissen, wen er geheiratet hatte. Da musste sie ansetzen. Einen wirklichen Plan gab es noch nicht, als sie sich vom Fiaker vor dem *Hotel Sacher* absetzen ließ. Dort war telegrafisch eine Suite für sie reserviert worden.

„Küss die Hand, meine Verehrung, Frau Baronin."

So in einem Hotel begrüßt zu werden, war Thea nicht gewohnt. Dabei erinnerte sie sich, dass sie seit der Zeit, als sie ihre Liebe noch geheim hielt, nicht oft in einem Hotel abgestiegen war. War sie während all der Jahre in Allsberg provinziell geworden? Nun, ihr Besuch in Wien würde ihr sicherlich Aufschluss darüber geben.

„Ich hoffe, Sie werden mich hier gut behandeln", erwiderte sie die Begrüßung des Portiers und schob ihm unter der Hand ein größeres Geldstück zu. Es amüsierte sie, mit welcher Behändigkeit und Schnelligkeit die Münze verschwand.

„Frau Baronin werden zufrieden sein, das versichere ich."

„Gut, ich habe da nämlich noch ein Anliegen. Sobald ich mich installiert habe, werde ich herunterkommen, um Sie etwas zu fragen."

Vor den Fenstern der Suite erhob sich die erst kürzlich eröffnete Oper, auf der Gasse konnte sie das Kommen und Gehen beobachten. Fußgänger, Offiziere zu Pferde und Droschken drängten geschäftig aneinander vorbei. Thea hatte einen Salon für sich. Das Schlafzimmer war durch eine Schiebetür abgetrennt und verfügte über ein Bad *en suite*. Sogar das Klo hatte seinen eigenen Raum. So viel Luxus gab es in Allsberg nicht. Sie war mit der Wahl des Hotels und der Suite zufrieden. Sie wusste noch nicht, wen sie würde empfangen wollen oder gar müssen. Da gab eine repräsentative Unterkunft Halt und Sicherheit.

Später ging sie hinunter in die Halle. Als der Portier sie sah, gab er ihr durch Zeichen zu verstehen, ihm zu folgen. In einem Gang öffnete er eine Tür und bat Thea, einzutreten. Sie befanden sich in einem kleinen Büro mit Schreibtisch und einigen Stühlen.

„Es muss ja nicht ein jeder hören, was gnädige Frau auf dem Herzen haben."

Mit diesen Worten zeigte er auf einer der Stühle und setzte sich selbst hinter den Schreibtisch, nachdem Thea Platz genommen hatte. Er holte Papier und Bleistift aus einer Schublade und sah nun sein Gegenüber erwartungsvoll an.

„Womit kann ich dienen?"

„Es ist an sich ganz einfach. Ich suche den Bruder meines Verlobten, der leider bei Königgrätz gefallen ist."

„Er hat den Heldentod gefunden, wie wir hier sagen. Ich möchte der Frau Baronin mein Beileid aussprechen."

„Danke, es ist ja auch schon wieder zwanzig Jahre her."

„Da hat die Dame recht. Die Zeit vergeht, der Schmerz bleibt. Wer war denn der Verlobte, wenn ich fragen darf?"

„Sein Name war Anselm Graf von Grosser."

„Ich erinnere mich an den Herrn Grafen. Ein begnadeter Tänzer und charmanter junger Mann."

„War er denn Gast des Hotels?"

„Solche Fragen beantworten wir grundsätzlich nicht, aber so viel darf ich sagen: Vor oder nach den großen Bällen hat man ihn oft bei uns im Café gesehen. Fesch hat er ausgesehen. Noja, unsere Offiziere sehen halt durch die Bank fesch aus, ned so feldgrau wie draußen im Reich."

„Schön, dass Sie sich noch an Graf Anselm erinnern können. Jetzt suche ich seinen Bruder Rudolf. Damals sagte er, er sei Dichter."

Der Portier legte seine Stirn in Falten und blickte plötzlich sehr betrübt auf das leere Blatt Papier vor sich.

„A Dichter? Aufgführt haben's no nix von ihm. Ich mein, in der Angelegenheit sollte die Frau Baronin eher mit dem Chef sprechen, besser noch mit der Frau Chefin. Wäre morgen Nachmittag um vier Uhr angenehm? Zu der Zeit ist die Chefin immer im Haus."

Nach dieser Unterredung dachte Thea, in ihrem Plan einen Schritt weitergekommen zu sein. Offenbar hatte man im Hotel Sacher keine gute Meinung von Anselms Bruder, weshalb sich der Portier nicht die Zunge verbrennen wollte.

Beschwingt ging sie die Kärntnerstraße hinunter und bewunderte im Graben einmal mehr die Pestsäule. Danach setzte sie sich in ein Kaffeehaus. Mit Glück konnte sie einen Fensterplatz ergattern, von wo aus sie das Treiben im Graben beobachtete. Sie trug noch immer ihr schlichtes

Reisekostüm und musste sich eingestehen, dass sie mit den eleganten Kleidern der flanierenden Damen nicht mithalten konnte. Sollte sie zu einer Modistin gehen? Nein! *Wozu soll ich mich verkleiden? Ich bin eine Frau, die auf dem Land wohnt und dort mit Pferden arbeitet. Weshalb sollte ich so tun, als sei ich eine Städterin?,* dachte sie.

Nach dem Besuch im Kaffeehaus lief sie um den Stephansplatz herum bis zur Nicolaigasse. Dort war sie in die Malschule Hladik gegangen. Das Emailleschild wies noch immer in den dritten Stock. Sie klopfte an die Tür, an der mit geschwungenen Lettern „Bureau" stand. Eine Frauenstimme bat, einzutreten.

Sie erkannten sich sofort wieder.

„Du bist die Thea aus Deutschland!"

„Und du bist die Renate!"

Sie umarmten sich zur Begrüßung.

„Setz dich her und erzähl. Was führt dich nach Wien?"

„Das ist eine lange Geschichte. Wenn du Zeit hast, lade ich dich zum Mittagessen ein. Ich hätte mal wieder Lust auf einen guten Tafelspitz. Aber sag, hast du jetzt die Malschule von deinem Vater übernommen?"

„Ja, er ist leider vor fünf Jahren gestorben. Seither mache ich das, mit mehr oder weniger Erfolg. Du weiß es ja selbst, mein Vater war ein begnadeter Pädagoge. Der brachte auch den zum Malen, der zuvor nur am Bau eine Schaufel in der Hand gehabt hatte. Ich denke, ich bin die bessere Malerin, aber um eine Malschule zu betreiben, muss man nicht gut malen können, aber das Malen beibringen, das muss man halt gut können."

Thea freute sich sehr, Renate wieder getroffen zu haben. Sie waren Freundinnen geworden, als sie beide vom alten

Meister Hladik Unterricht nahmen. Es war Renate gewesen, der Thea damals ihr Leid klagte, als sie schwanger geworden war und sich entschlossen hatte, Tante Giselas Rat zu befolgen. Ihre Gespräche damals waren sehr wichtig für Thea gewesen, zumal sie ihr die Augen öffneten und sie erkennen konnte, dass Anselms Verhalten feige war und berechtigte Zweifel an seinem Charakter zuließen.

„Ich freue mich, dass ich dich so schnell wieder gefunden habe, Renate. Du weißt ja selbst am besten, wie wichtig du damals für mich gewesen bist."

„Das war eine schreckliche Zeit für dich. Aber auch mich hat diese Geschichte umgetrieben. Hat es sich denn schlussendlich bewahrheitet, dass du keine Kinder bekommen kannst?"

„Ja, leider."

„Aber geheiratet hast du schon, oder?"

„Wie kann ich mit dem Wissen einen Mann heiraten? Wie hätte ich das Geschehene verheimlichen können? Entweder ich sage es ihm vorher, dann heiratet er mich nicht, oder ich verheimliche es, und wenn dann keine Kinder kommen, wie wird er reagieren?"

„Aber so ganz ohne Liebe …"

„Ja, du hast recht, ich habe einen geliebten Mann an meiner Seite. Aber wir sind nicht verheiratet. Aber auch das ist eine lange Geschichte. Komm, lass uns jetzt in ein gutes Restaurant gehen. Bei einem Glas Wein lässt es sich doch viel besser reden."

Der Tafelspitz schmeckte zum Niederknien, ebenso der Wein aus der Wachau.

Sie waren schon beim kleinen Schwarzen, als Thea fragte:

„Hast du eigentlich geheiratet? Ich sehe keinen Ring an deinem Finger."

„Ach Thea, es ist ein Kreuz mit den Männern. Imre und ich haben uns wirklich geliebt. Wir haben geheiratet, kurz nachdem du Wien verlassen hast. Er ist Maler, sogar recht erfolgreich. Wir wollten Kinder haben, aber zuvor wollten wir Europa bereisen, Italien, Griechenland, Paris, halt überall dort, wo man als Maler einmal gewesen sein muss. Zum Schluss besuchten wir seine Eltern in der Nähe von Miskolc, das ist ganz weit im Osten des Landes. Der Ort liegt mitten in der Puszta. Hätte sich Imre darauf beschränkt, Szenen von dort zu malen, wir hätten ein prächtiges Auskommen gehabt. Dort aber traf er auf seinen Bruder, der ihm den Kopf heiß redete. Das hatte zur Folge, dass Imre die Politik für sich entdeckte, und seither geht er in ihr auf. Er ist ungarischer Nationalist und Separatist. Ein Revolutionär, der alles gutheißt, was gegen das Haus Habsburg geschieht. Nicht nur, dass ich seinen politischen Ansichten nicht zustimmen konnte, ich wollte auch nicht in Ungarn leben müssen, trotz aller Puszta-Romantik. Wir leben seit Jahren getrennt. Um ein Scheidungsverfahren haben wir uns nie gekümmert. Ich fühle mich nicht wie eine alleingelassene Ehefrau, eher wie eine Witwe, eine politische Witwe."

„Ach du Arme, das tut mir aber leid!"

„Das muss dir nicht leidtun. Mein Leben ist seit der Trennung einfacher geworden. Ich muss nur noch für mich entscheiden und ab und zu finden sich auch Momente und Gelegenheiten, bei denen mein Körper das erhält, wonach er verlangt. Ich bin nicht politisch, aber ich bin eine unabhängige Frau. Weißt du, manchmal habe ich den Eindruck, dass allein diese Überzeugung schon eine politische Haltung ist."

„Wenn ich ehrlich bin, habe ich während der vergangenen Jahre wenig über mich nachgedacht. Ich verwalte ein großes

Vermögen, das meiner Familie gehört. Der eigentliche Eigentümer, mein Bruder, reist in der Welt umher. Ich bin Chefin von mehreren Dutzend Arbeitern, verkaufe Pferde, Holz und Wein, aber bin ich unabhängig? Ich habe einen wunderbaren Mann an meiner Seite, den ich nicht heiraten kann. Bin ich von ihm abhängig? Ich glaube, ich bin nicht unabhängig, weil der Betrieb wie ein Klotz an meinem Bein hängt."

„Geh, Thea, mach dich nicht lächerlich! Du bist der Inbegriff einer unabhängigen Frau, die selbst bestimmt, was sie tut und was sie lässt."

„Alles gut und schön, aber diese Stellung und diese Möglichkeiten habe ich nur wegen der besonderen Bedingungen meiner Familie. Nicht jede Frau hat einen Weltenbummler zum Bruder."

„Thea, sei nicht blind. Du magst durch besondere Umstände in diese Stellung gekommen sein. Aber du füllst sie aus! Das macht dich zu dem, was du bist."

„Renate, darüber muss ich nachdenken. Jetzt aber sag mir, wieviel Trinkgeld ich dem Kellner geben muss."

Zum Hotel zurück nahm sie einen Fiaker. Sie dachte an Renates Worte und lächelte. Es war wie in der Weihnachtsgeschichte: „Thea aber behielt alle diese Worte und bewegte sie in ihrem Herzen."

Im Hotel übergab ihr der Portier ein Telegramm. Thea erschrak, denn um ein Telegramm loszuschicken, musste schon etwas Wichtiges, womöglich Schreckliches passiert sein. Hastig entfaltete sie das Papier und las:

„epaminondas ist verendet – hubert."

Thea schämte sich ein wenig, als sie merkte, dass sie erleichtert war. Natürlich war der Tod ihres ältesten und wichtigsten Deckhengstes ein trauriges Ereignis, aber es war keine Tragödie. Die beiden anderen Hengste konnten Epaminondas nicht ersetzen. Sie waren für die Züchtung edler Reitpferde ungeeignet. Deshalb kabelte sie umgehend zurück.

„schick martin nach trakehnen – soll ersatz kaufen. in liebe thea."

Abends ließ sie sich ein leichtes Abendessen in ihrer Suite servieren und dachte darüber nach, dass Hubert in sein Telegramm ruhig auch ein persönliches Wort hätte hineinschreiben können. Wahrscheinlich war er über den Tod des Hauptbeschälers so erschrocken, dass er entweder ein persönliches Wort vergaß oder, was sie für wahrscheinlicher hielt, er fand es unangemessen, diese Nachricht mit einem Liebesschwur zu verknüpfen. Es war ja auch ein einschneidendes Ereignis. Mit Epaminondas hatte es angefangen, er wurde mit den Jahren der Vater ungezählter Fohlen und es war auch ihm zu verdanken, dass die Remonten aus Allsberg einen so überregional guten Ruf genossen. Thea gestand sich ein, dass sie das Pferd betrauerte. Als sie zu Bett ging, dachte sie:

„Hoffentlich findet Martin guten Ersatz, aber vielleicht mit einem etwas weniger prätentiösen Namen."

Den nächsten Morgen vertrödelte sie. Es war herrlich, einfach im Bett liegen zu bleiben und spät dennoch ein Frühstück zu bekommen. Sie umrundete die Oper und kaufte eine Karte für die Vorstellung am Abend. Der letzte Opernbesuch war nun schon Jahre her. Es war mit Anselm gewesen. Damals stand die k.k. Oper noch gar nicht. Sie hatten *La Traviata* von Guiseppe Verdi gesehen. Der Zufall wollte es, dass diese Oper am Abend auf dem Programm stand. Obwohl sie wusste, dass es schmerzliche Erinnerungen in ihr wachrufen würde, wenn sie ebendiese Musik erneut hören würde, entschloss sie sich spontan. Als die Karte in der Hand hielt, wünschte sie plötzlich sehnlichst, Hubert wäre an ihrer Seite. Ob er wohl Opern mochte? Sie hatten nie über Musik gesprochen. Kurz entschlossen ging sie ins Hotel und bat, ein Telegramm an Schloss Allsberg zu senden. Als sie den Text diktierte, lächelte der Portier und sagte: „Ich kann das verstehen. Unser Haus ist wunderschön, aber wenn man allein ist, ist es nur eine halbe Sach'. Hoffentlich kommt er schnell, der Herr Gemahl."

Am Nachmittag, pünktlich um vier Uhr betrat sie erneut die Hotelhalle, wo bereits eine Dame auf sie wartete. Sie war sehr elegant gekleidet und hatte zwei freche Französische Bulldoggen bei sich.

„Guten Tag. Habe ich die Ehre mit der Baronin Tröger?"

„Die Ehre ist ganz auf meiner Seite, Frau Sacher. Ich danke Ihnen, dass Sie für mein Anliegen Zeit gefunden haben."

„Nun, wir werden sehen. Wir legen größten Wert auf Diskretion und geben daher nur ungern Auskunft über die Gäste, die uns besuchen. Wir sollten deshalb unser Gespräch in meinem Büro fortsetzen. Darf ich vorangehen?"

Den Arbeitsraum einer Hoteldirektorin hatte sich Thea größer und besser ausgestattet vorgestellt. Tatsächlich war der Raum nur um weniges größer als der, in dem sie gestern mit dem Portier gesprochen hatte. Allerdings gab es neben dem Schreibtisch und einigen Stühlen auch eine Sitzecke, bestehend aus zwei bequem aussehenden Sesseln, auf die Frau Sacher deutete. Nachdem sie sich erkundigt hatte, ob im Hotel alles zu Theas Zufriedenheit arrangiert worden sei, kam sie schnell zum Grund ihres Gesprächs.

„Mein Mitarbeiter hat mir berichtet, Sie interessierten sich für Rudolf Graf von Grosser. Darf ich den Grund dieses Interesses wissen?“

„Es ist so: Bevor er im unglücklichen Krieg 1866 gefallen ist, war ich mit Rudolfs Bruder verlobt, Anselm Graf von Grosser.“

„Ich erinnere mich an ihn. Ein fescher Dragoner. Ein ebenso eleganter wie galanter junger Herr. Ewig schad ist’s um ihn. Darf ich Ihnen nach so vielen Jahren noch mein Beileid ausdrücken?“

Thea bemerkte, dass ihr das Mitgefühl tatsächlich guttat. Sie nickte kaum merklich.

„Ich habe Anselms Bruder nicht kennengelernt. Er hat immer nur gesagt, Rudolf sei ein Dichter.“

Die Lippen der Hotelbesitzerin kräuselten sich unmerklich. War sie amüsiert?

„Nun ja, dass er Dichter sei, hat er jedenfalls immer behauptet. Darf ich ehrlich zu Ihnen sein?“

„Ich bitte sogar darum.“

„Der Graf Rudolf hat immer sein Leben genossen. Einem Erwerb ist er nie nachgegangen. Wenn ich richtig unterrichtet bin, ist die Familie der Grafen von Grosser nach dem Tod des Vaters der beiden Brüder durch eine Zeit wirtschaftlicher Not gegangen. Rudolf hat sich von seinen, pardon, Liebhaberinnen aushalten lassen. Er sah blendend aus. Das Flair des unentdeckten Künstlers gab ihm etwas Geheimnisvolles, was die Damenwelt enorm attraktiv fand. Eigenes Geld hat er nie gehabt, aber dafür Schulden. Beim Schneider, beim Schuhmacher, in Hotels, auch dem unseren. Da alle wussten, dass immer irgendwann eine reiche Dame für die Schulden aufkommen würde, gelang es ihm immer wieder, Kredit zu bekommen. Im sechsundsechziger Krieg hat er irgendeinen

Posten in der Etappe gehabt. Der Heldentod von seinem Bruder hat ihn halt doch unvorbereitet erwischt. Er hat zum Saufen angefangen. Das war für seinen Ruf bei den Damen nicht zuträglich. G'spielt hat er auch noch, und so sind zu den üblichen Schulden auch noch Spielschulden hinzugekommen. In seinem Suff hat er überall erzählt, er werde das sagenhafte Székely-Vermögen erben, nur die richtige Frau müsse er vorher noch heiraten. Aber hier in Wien fand er keine, die ihn hätte haben wollen. Er hat dann seine Braut in Ofen gefunden."

„In Ofen?"

„Draußen im Reich hat man sich ja unterdessen an das ungarische Buda gewöhnt, Budapest, die Hauptstadt der Magyaren. Aber wir alten Österreicher sagen halt immer noch Ofen, wenn wir die Burg droben meinen. Also, ich war ja nicht dabei, aber es wurde erzählt, dass seine spätere Frau, eine Gräfin Bercsényi, Ida mit Vornamen, recht kümmerlich mit ihrer Mutter in einer kleinen Wohnung in Ofen droben gewohnt hat. Sie waren vollkommen verarmt und ich nehme an, das war der Grund, weshalb sich das Madl den Herrn nicht so genau angschaut hat, der da um sie warb. Die Hochzeit wurde groß in Budapest gefeiert, die Gräfin Erzsi Székely hat alles bezahlt. Kurz drauf ist sie gestorben und tatsächlich, der Graf Rudolf hat alles geerbt. Womit er nicht gerechnet hatte, war der Umstand, dass nun jeder, dem er etwas schuldig geblieben ist, geklagt hat. Jetzt war bei ihm endlich was zu holen. Zunächst aber wohnte das junge Paar luxuriös im Palast der Familie Székely im sogenannten Palastviertel. Dort kam auch die Tochter des Paares zur Welt, a bisserl früh, wie die Leut meinten. Dem Rudolf ist es in den Jahren darauf tatsächlich gelungen, das riesige

Vermögen, das er geerbt hat, durchzubringen. Er hat mit dem Geld nur um sich geschmissen. Seine Frau saß derweil in Budapest und weinte sich die Augen aus, weil ihr Graf Rudolf von Deauville bis Monte Carlo, von Biarritz bis Karlsbad den Mann von Welt gegeben hat. Am Spieltisch hat er verloren und das Versprechen ehelicher Treue geriet dabei in Vergessenheit. Ich weiß das deshalb so genau, weil die Wiener Presse seine Geschichte breitgetreten hat. Er ist vor einem guten Jahr in Monte Carlo gestorben. Man sagt, er habe alles zugunsten der Spielbank verpfändet. Als er vollkommen ruiniert sein Hotelzimmer aufgesucht hat, soll er dort eine versilberte Pistole vorgefunden haben. Es heißt, er habe sie benutzt. Seine Frau und die Tochter wohnen wieder in Ofen bei der alten Mutter."

Thea bemühte sich, betroffen zu wirken. Tatsächlich war das, was sie gehört hatte, genau das, was sie zur Verwirklichung ihres Planes benötigte.

„Ich danke Ihnen, Frau Sacher, dass Sie mir diese schreckliche Geschichte so schonungslos erzählt haben. Ich denke, ich werde nach Ofen reisen und der unglücklichen Familie meine Hilfe anbieten. Das bin ich dem Andenken meines Verlobten schuldig."

Damit verabschiedete sich Thea. In der Halle überreichte ihr ein Piccolo ein Telegramm.

„ankomme morgen – in liebe hubert."

Glücklich stieg Thea die Treppe zu ihrer Suite hinauf und bereitete sich auf den Opernbesuch vor. Sie würde nicht die eleganteste Erscheinung sein, das wusste sie, doch es war ihr einerlei.

Sie hatte einen guten Platz im Parkett. Als sie sich setzte, bemerkte sie, dass sie aufgeregt war. Sie erinnerte sich noch an den traurigen Inhalt der Oper. Anselm hatte ihr damals gesagt, Liebe sei immer auch mit Tragik verbunden. Er empfände die Geschichte der Kameliendame jedoch als ein Hochamt für die Liebe. Die Erinnerung machte sie euphorisch, und so genoss sie die Ouvertüre und den ersten Akt. Als im zweiten Akt der Vater Alfredos ihr klarmacht, dass sie für seine Familie nicht akzeptabel sei, sah sie sich selbst auf der Bühne stehen. Thea, die wegen ihrer großen Liebe zu Hubert von allen angefeindet wird und verfemt ist. Sie musste weinen und es machte ihr nichts aus, dass die Tränen für alle sichtbar über ihre Wangen liefen. Das schien ansteckend zu sein, denn ihre Sitznachbarin musste ebenfalls ständig mit dem Taschentuch ihre Augen abtupfen. Nachdem Violetta gestorben war, ging sie traurig ins Hotel. Dort bestellte sie ein Schinkenkipferl und trank dazu zwei Viertel Veltliner. Sie fühlte sich schrecklich einsam und ging traurig zu Bett.

Wieder war es ein wunderbares Erwachen, das nicht zum Aufstehen zwang. Sie erwartete, dass Hubert am Nachmittag kommen werde, mit dem Zug, der auch sie nach Wien gebracht hatte. Sie hatte nichts vor, es gab also keinen Grund, das gemütliche Bett zu verlassen.

Am späten Vormittag klopfte es an die Tür. Thea nahm an, dass das Stubenmädchen zum Aufräumen gekommen war. Die Tür wurde geöffnet, sie hörte Schritte und plötzlich stand Hubert in der Schiebetür, die das Schlafzimmer vom Salon trennte.

„Schön hast du es hier."

Thea sprang aus dem Bett und fiel überglücklich dem geliebten Mann um den Hals.

„Wie hast du es geschafft, so früh zu kommen?“

„Ich habe gestern gerade noch den Nachtzug erreicht. Im Schlafwagen war alles besetzt, aber ich sehe, du hast hier ein wunderbares Bett.“

„Willst du wirklich schlafen?“

„Nein, ich will zu dir ins Bett, und zwar sofort.“

Thea zog ihr Nachthemd aus und legte sich nackt auf das Bett.

„Damit du schon mal sehen kannst, was dich erwartet.“

Später dann berichtete Thea, was seit ihrer Ankunft in Wien vorgefallen war und erklärte die Idee, wie und wo sie eine Braut für ihren Bruder zu finden hoffte.

„Neulich habe ich an den unerfreulichen Besuch von Tante Caro gedacht. Ich erinnerte mich plötzlich daran, dass sie erwähnte, Anselms Bruder sei gerade dabei, das riesige ererbte Vermögen zu verjubeln. Da kam mir die Idee, dass Rudolf womöglich eine Tochter haben könnte. Tante Erzsi hätte ihn nicht zum Erben eingesetzt, wenn er vor ihrem Tod nicht zufriedenstellend geheiratet hätte. Wenn es denn stimmte, dass selbst das Székely-Vermögen endlich ist und es eine Tochter gibt, dann könnte es sein, dass für diese das Angebot, Cord zu heiraten, eine materielle Sicherheit bietet.“

„Das klingt ganz danach, dass du eine Braut kaufen willst.“

„Ja, ich gebe es zu, es ist ungewöhnlich und vielleicht auch fragwürdig. Aber was soll ich machen? Wir waren uns doch neulich noch einig, dass es extrem schwierig sein wird, für Cord eine Frau zu finden. Not macht erfinderisch. Weißt du was, wir nehmen jetzt einen Fiaker und besuchen meine Freundin Renate Hladik. Vielleicht weiß die noch einiges, was wir noch nicht wissen.“

Sie hatten Glück und trafen Renate in der Malschule an.

Nachdem Thea ihr Hubert vorgestellt hatte, meinte sie nur lakonisch:

„Na, lang scheinst du es ja ohne ihn nicht auszuhalten. Kompliment, mein Lieber."

Hubert schien geschmeichelt.

„Lasst diese Albernheiten, gehen wir lieber in ein Kaffeehaus, wir haben viel zu besprechen."

Dort bestätigte Renate alles, was Thea im Hotel erfahren hatte. Alle Zeitungen waren damals voll davon gewesen. Sie wusste aber noch etwas mehr:

„Die Grafen von Bercsényi sind nie sehr bedeutend oder vermögend gewesen. Nur einer von Ihnen, László, hatte es zum Marschall von Frankreich und damit zu Reichtum gebracht. Davon bekamen die in Ungarn verbliebenen Verwandten etwas ab, sodass in Buda ein kleines Palais gekauft werden konnte. Ida, die Frau, die Rudolf geheiratet hat, war die Tochter des letzten Bercsényi. Er hatte sich bei der Revolution von 1848 für ein unabhängiges Ungarn stark gemacht und darum 1866 den Ausgleich mit Österreich strikt abgelehnt. Deshalb wusste Imre, mein Immernoch-Ehemann, von ihm. Für ihn war er ein Held, für die aufstrebende ungarische Gesellschaft war er ein aus der Zeit gefallener Romantiker. Er vereinsamte und verarmte zusehends, und als er 1870 starb, wohnte seine Witwe mit Ida in einem winzigen Teil des sowieso schon nicht großen Palais in Buda. Als die Tochter den Székely-Erben heiratete, dachte man, nun habe sie das große Los gezogen. Das lag wohl daran, dass Rudolf in Ungarn bis dahin ein unbeschriebenes Blatt gewesen war. In der Zeitung stand, dass seine Witwe mit der Tochter zurück zur Mutter gezogen ist."

„Na, das sind ja wunderbare Nachrichten."

Renate sah ihre Freundin verständnislos an. Ihre Stimme vermittelte Unverständnis und Ablehnung: „Thea, ein bisserl wundere ich mich schon über dich. Lass das arme Kind doch selbst sein Glück finden, statt es an einen viel älteren Mann zu verkuppeln. Dein Bruder Cord ist jetzt zweiundvierzig. Wie alt mag die Tochter von Rudolf sein? Naja, älter als sechzehn bestimmt nicht."

„Du vergisst, dass sie ein Frühchen gewesen sein soll, wenn du verstehst, was ich meine. Es könnte daher sein, dass sie schon siebzehn ist."

„Thea, damit die Familie Tröger nicht ausstirbt, gehst du zwar nicht über Leichen, über Jungfrauen aber schon."

„Wer weiß, ob sie noch Jungfrau ist. Nicht umsonst nennt man Budapest das Paris des Ostens. Da soll es ja richtig toll zugehen."

„Thea, nun mal langsam. Dein Bruder Cord ist ein sympathischer Mann, aber er ist weit mehr als doppelt so alt wie dieses Kind. Wie heißt das Mädchen überhaupt? Welche Perspektive bietest du ihr? Sie soll einen Weltenbummler heiraten, den es nicht zu Hause hält. Denkst du, der kommt jedes Jahr zu Weihnachten heim, macht ihr ein Kind, und dann bewundert er im kommenden Jahr das Resultat? Jetzt fahren wir erst mal nach Budapest und besuchen die drei Damen im Bercsényi-Palais. Erst dann können wir uns überlegen, wie spinnert dein Plan ist."

„Hubert, unterstütz mich doch mal!"

„Dein Hubert unterstützt dich, indem er dich womöglich davon abhält, eine Dummheit zu machen. Was ist denn daran so schlimm, wenn die Familie Tröger ausstirbt?"

Renate schaute immer fassungsloser.

„Renate, insistier nicht. Das habe ich die liebe Thea auch

schon oft gefragt. Sie hat geantwortet, das könnten wir mit unserer bürgerlichen Herkunft einfach nicht verstehen."

„Sag's nicht weiter", flüsterte Renate, „aber das muss man nicht verstehen. Aber offenbar müssen es Adelige verstehen!"

15. Kapitel

Budapest, 11. Oktober 1886

Als Thea und Hubert in der ungarischen Hauptstadt ankamen, quartierten sie sich in einem Hotel am Bahnhof ein. Thea machte erst gar nicht den Versuch, das Hotel zu suchen, in dem sie damals mit Anselm übernachtet hatte. Sie wollte diesen, ihren zweiten Besuch in Budapest nicht mit zu vielen Erinnerungen belasten. Als sie aber am Nachmittag durch die eleganten Einkaufsstraßen der Stadt flanierten, konnte sie es sich doch nicht verkneifen, in einem Café eine Esterházy-Schnitte zu genießen. Damals hatte der Genuss ihre Tränen gestillt. Und diesmal?

„Hubert, wir haben uns noch keinen Plan zurechtgelegt, wie wir zu den Bercsényis vordringen. Wie wissen nicht einmal, wo das Palais droben in Buda überhaupt steht."

„Das ist ganz einfach. Wir fragen den Portier, und wenn der es nicht weiß, fragen wir einen Droschkenkutscher. Der soll uns dorthin fahren, und wenn wir vor dem Haus stehen, ziehen wir an der Glockenschnur."

„So einfach stellst du dir das vor?"

„Genau so einfach."

Nach dem Café fanden sie ein riesiges Kaufhaus, in dem es fertige Bekleidung für Damen und Herren gab. So etwas kannte man in Würzburg nicht. Thea nutzte die Gelegenheit, sich und Hubert neu einzukleiden. Gerade hier im eleganten Budapest empfand sie ihre Kleidung, die von einer

Schneiderin in Volkach stammte, denn doch etwas altbacken.

Später flanierten sie durch die Straßen der Stadt und standen unvermittelt im Palastviertel vor dem Palais Székely, dem ehemaligen Domizil der Familie. Es waren Bauarbeiten im Gange und eine große Tafel unterrichtete davon, dass eine Elektrizitätsfirma dort ihr Hauptquartier einrichten werde.

„Wenn man dieses mächtige Gebäude hier mitten in der Stadt, im besten Viertel, anschaut, dann kann man sich eine Vorstellung davon machen, welches enorme Vermögen dahintergesteckt haben muss. So was kostet schließlich Geld."

„Ja, es ist eine Schande, dass Rudolf das in so kurzer Zeit durchgebracht hat. Ich hoffe nur, Tante Erszi wird sich droben im Himmel darüber klargeworden sein, dass es besser gewesen wäre, wenn sie alles dem Anselm vermacht hätte, obwohl der nur eine Baroness aus lutherischem Haus heiraten wollte. Auch wenn er gefallen wäre, wir hätten vorher geheiratet und ich hätte das Kind bekommen. Ich hätte als seine Witwe das Zeug schon beieinander gehalten. Dann würden hier heute noch die livrierten Diener herumschwirren."

„Meine liebe Thea, das sind alles Hypothesen. Weißt du, ob du mit Anselm glücklich geworden wärest? Und was würdest du als reiche Witwe aber ohne mich in diesem Palast machen?"

Thea schaute zu Hubert verliebt hoch und schmiegte sich an seine Schulter.

„Ja, da hast du recht. Dennoch wäre ich froh, wenn ich mit diesem Haus etwas bessere Erinnerungen verbinden könnte. Komm, lass uns ins Hotel gehen. Ich hoffe, dort gibt es ein gutes Restaurant."

Am nächsten Morgen fragten sie den Portier nach dem Palais Bercsényi. Thea hatte nicht erwartet, von ihm Auskunft zu erhalten, so bekannt war das Gebäude sicher auch wieder nicht. Der Mann begleitete sie zu einer der vor dem Hotel wartenden Droschken und fragte den Kutscher, den er wohl kannte. Was die beiden besprachen, verstanden weder Thea noch Hubert, doch wenig später gab ihnen der Portier ein Zeichen zum Einsteigen und erklärte, der Kutscher werde sich in Ofen schon durchfragen. Es war ein wunderschöner kalter Herbstmorgen. Glücklicherweise konnten sie sich mit warmen Decken zudecken, sodass die Fahrt durch die Stadt, über die Donau, die sich unter einer Nebeldecke verbarg, hinauf zum Burgberg ein wahrer Genuss wurde. Oben fragte der Kutscher einige Passanten und schließlich hielt er vor einem Haus in der Uri Utca, nicht weit von der Matthias-Kirche. Nachdem sie die Droschke bezahlt hatten, standen sie vor einem Haus mit einem Obergeschoss. Ein großes Tor war wohl dazu gedacht, das Haus trockenen Fußes von der Kutsche aus zu betreten. Statt einer Kutsche hätte es aber auch ein Heuwagen sein können.

„Also, unter einem Palais habe ich mir etwas anderes vorgestellt. Fehlt nur eine Wiese mit einer Linde drauf, und es ist ein Bauernhof."

„Hubert, sei nicht überheblich. Buda ist halt ein sehr alter Stadtteil. Hier sind die Häuser nicht so pompös wie drunten in Pest. Wir sollten uns lieber mal überlegen, mit welcher Begründung wir um Einlass bitten können."

„Mit der einfachsten! Du sagst, du seist auf der Durchreise und wolltest Ida, der verwitweten Schwägerin deines Verlobten das Beileid aussprechen. Kannst ja sagen, dass du von Rudolfs Sterben aus der Zeitung erfahren hast."

Während Thea noch überlegte, ob das ein guten Plan sei, öffnete sich im großen Tor eine kleinere Tür. Heraus stürmte eine sehr junge Frau, die sich beim Heraustreten noch einmal umdrehte und etwas auf Ungarisch ins Haus rief. Es klang nicht freundlich.

„Verzeihen Sie, darf ich Sie fragen, ob in diesem Haus die Gräfin Grosser wohnt?". Thea hatte sich auf gut Glück in deutscher Sprache an die zornige junge Dame gewendet. Diese stutzte, dann betrachtete sie Thea und Hubert eingehend und fragte:

„Und wer sind Sie beide?"

„Oh, ich bitte um Verzeihung, ich bin die ehemalige Verlobte des Grafen Anselm."

„Mein Onkel war verlobt?"

„Müssen wir das hier auf der Straße besprechen?"

„Nein, gehen Sie nur hinauf. Mutter und Großmutter sind oben. Ich gehe beiden wohl besser heute Vormittag aus dem Weg."

„Sie hat einen niedlichen ungarischen Akzent", bemerkte Hubert, während er die Tür aufhielt, bevor sie wieder ins Schloss sprang.

Hinter dem großen Tor befand sich ein breiter Gang, der, wie Hubert fachmännisch feststellte, mit vertikal gestellten Eichenpflöcken gepflastert war.

„So können die Kutschen reinfahren und durch das andere große Tor kommt man auf einen Hof, der entweder zum Wenden dient oder zu den Stallungen führt. Das gibt es in eleganter auch in der Bamberger Residenz."

„Ich sehe, du bist halt doch ein echter Franke. Das Frankenland ist für dich das Maß aller Dinge."

„Ist ja auch so!"

„Gut, jetzt lass uns aber mal hier die Treppe hinaufgehen. Irgendwas stimmt hier nicht."

In der Tat hörte man schon im Parterre eine weinende, manchmal kreischende Frauenstimme und eine andere, die beruhigend auf sie einsprach.

„Wir sollten Ungarisch lernen", kommentierte Thea den Vorgang, während sie langsam die Stufen nahmen. Oben stand eine Tür zum Gang offen und aus einem der Straße zugewandten Raum kamen die Stimmen nun sehr laut. Sie stellen sich vor die Tür des Zimmers, das offenbar der Salon war. Die Einrichtung ließ darauf schließen, dass die Möbel, als sie erworben wurden, teuer gewesen sein mussten. Jetzt sahen sie heruntergekommen aus. Die Bezüge hatten Risse, einem Schrank fehlte die Tür. Da waren die besseren Tage Vergangenheit.

Sie wurden nicht bemerkt. Nach einem kurzen Moment räusperte sich Thea lautstark. Die beiden Damen verstummten, schauten entsetzt in Richtung Tür und sagten etwas Unverständliches.

„Verzeihen Sie. Die junge Dame, die das Haus verließ, sagte uns, wir sollten die Treppe nehmen. Hier waren alle Türen offen, und so haben wir gewagt … Ich bitte erneut um Verzeihung."

„Wer sind Sie und was wollen Sie von uns?"

„Ich bin Dorothee von Tröger, die ehemalige Verlobte von Anselm, Ihrem Schwager. Das hier ist Herr Bräuter, mein Begleiter. Sind Sie Ida, Rudolfs Witwe?"

Die junge Frau schaute Thea misstrauisch und fast feindselig an. Sie war eine Schönheit, dunkle Haare umgaben ein ungeschminktes Gesicht, dessen helle Haut besonders auffiel. Sie trug ein hellblaues Schneiderkostüm, das aus der Zeit des Reichtums herübergerettet schien. Ihre braunen Augen blitzten. War es Wut?

„Aha, dann wissen Sie schon alles! Ich sage Ihnen aber schon jetzt, hier gibt es nichts zu holen."

„Ich fürchte, wir missverstehen uns. Wir sind auf der Durchreise und wollten es nicht versäumen, hier einen Höflichkeitsbesuch abzustatten. Aber ich sehe, wir kommen ungelegen. Können wir ein andermal wiederkommen?"

„Nein nein, jetzt sind Sie schon mal hier, da können Sie auch gleich bleiben. Allerdings muss ich gestehen, dass Sie in einem dramatischen Moment kommen. Jetzt setzen Sie sich erst einmal hin. Mamá, bist du wohl so nett und bringst den Tokaier und einige Gläser?"

Das Gesicht der alten Dame drückte nicht gerade freudige Zustimmung aus, aber dann sagte sie doch „Igen" und kam kurz darauf mit dem Erbetenen zurück. Während Ida einschenkte, verließ ihre Mutter vor sich hinmurmelnd den Raum.

„Wir sollten uns duzen, schließlich wären wir fast Schwägerinnen geworden."

„Danke, liebe Ida. Das mit unserer Eheschließung wäre schwierig geworden. Anselm hat mich Tante Erszi hier in Budapest vorgestellt und die hat uns beide eher unsanft vor die Tür gesetzt. Meine Familie, die Trögers, sind nur Barone und das reichte ihr nicht aus. Darüber hinaus hängt meine Familie nicht dem alleinseligmachenden Glauben an."

„Seid ihr etwa Juden?"

Ida fragte das mit allen Zeichen des Entsetzens.

„Nein, Protestanten, aber für Tante Erzsi war es inakzeptabel, dass meine Familie in ihren Territorien die Reformation eingeführt hat. Anselm meinte, wir müssten die Verlobung geheim halten und nach Tante Erzsis Tod heiraten."

„Hatte denn Tante Erzsi schon immer Anselm als Erben vorgesehen?"

„Ja, denn er war ihr Patensohn und der Ältere der beiden Grosser-Buben."

„Interessant! Mir hat Rudolf erzählt, die Tante sei über Anselms Heldentod zwar traurig gewesen, aber auch erleichtert, weil dieser Umstand sie der Wahl zwischen Patensohn und Lieblingsneffen enthoben hätte."

Thea lächelte in sich hinein. Sie zögerte einen langen Augenblick, das zu sagen, was ihr spontan eingefallen war. Wage es, sag es, das wird dir zeigen, wes Geistes Kind Ida ist, dachte sie.

„Nun ja, Rudolf hat ja selbst von sich behauptet, ein Dichter zu sein."

Thea erschrak, als sie sah, wie auf der Stirn ihres Gegenübers eine Ader schwoll und sich zwischen ihren Augen eine Zornesfalte bildete. Es schien endlos zu dauern, dann entspannte sich Ida und lächelte Thea halb resigniert, halb belustigt an.

„Ich sehe, ich muss dir nichts vormachen. Man soll über Tote nichts Schlechtes sagen, aber die Wahrheit schon: Rudolf war ein Hallodri, ein Tunichtgut, ein Liederjan, ein Haderlump, das alles überzuckert mit unendlichem Charme. Der hat ihn überhaupt erst dazu befähigt, dass er mit alldem anderen durchkam. Er hat alle Welt betrogen und es gelang ihm, dass alle Welt genau dies über Jahre nicht bemerkt hat. Das Problem ist, dass Victoria, meine Tochter, ihren Vater vergöttert."

„Wo ist das Problem?"

„Vicky, so nennen wir sie, hat ihren Vater im engeren Sinn des Wortes nicht gekannt. Er kam sporadisch vorbei und dann hat er sie nach allen Regeln der Kunst verwöhnt. Aber nicht nur das. Während seiner Aufenthalte in Budapest ließ er das Palais Székely in allem Glanz erstrahlen. Wir speisten zu dritt im großen Ballsaal. Die Diener in ihren Livreen umtänzelten uns, rauschende Soireen lockten *tout Budapest* in unser Haus. Wenn er wieder weg war, nahm Vicky es mir übel, ja sie rechnete es meiner Unfähigkeit zu, dass es nicht so pompös weiterging. Natürlich wurde sie Zeugin heftiger Auseinandersetzungen, die ich mit Rudolf hatte. Ich war es ja, die die Gläubiger empfangen und vertrösten musste. Ich ahnte, wo das hinführen würde. Er aber wiegelte nur ab. Einmal schrie er mich an, mit meiner Nörgelei brächte ich ihn zum Wahnsinn. Das hat Vicky gehört. Wenige Wochen später erreichte uns die böse Nachricht aus Monte Carlo. Vicky ist davon überzeugt, dass mein Verhalten zum Freitod ihres Vaters geführt habe. Natürlich leidet sie. Es war für sie ein traumatisches Erlebnis, als wir mit Schimpf und Schande aus dem Székely-Palais vertrieben wurden. Wir mussten unsere wenigen Habseligkeiten selbst tragen und fanden nach einer mühseligen Schlepperei vorne vor dem Museum eine Droschke, die uns hierher zu meiner Mutter brachte. Die musste uns vor den Augen meiner Tochter auch noch bei dem schimpfenden Kutscher auslösen, weil ich nicht genug Geld hatte. Vickys Leben hat sich radikal verändert. Wir müssen sparen. Glücklicherweise hilft Tante Hildegard."

„Eine Verwandte, die ich nicht kenne?"

„Nein."

Ida lachte.

„Tante Hildegard ist eine stehende Redensart, mit der die Mütter ihre Kinder dazu bringen, Deutsch zu lernen. Es heißt ja, jede Familie in Budapest habe Verwandte in Wien. Und wenn die zu Besuch kommen, müssen die Kinder eben deutsch sprechen können. Wer keine Verwandten in Wien hat, erfindet halt eine Tante Hildegard. Beim aktuellen politischen Klima wird hier kein großer Wert auf Deutschunterricht in den Schulen gelegt. Deshalb verdiene ich meinen Unterhalt in den besseren Kreisen mit Deutschstunden und manchmal auch Klavierunterricht. Vicky flieht vor diesen für sie schrecklichen Umständen. Aber wohin soll sie schon fliehen? Doch nur zu denen, die auch kein Geld haben."

„Zu den Bettlern unter der Kettenbrücke?" Thea war sichtlich entsetzt.

„Nein, ganz so schlimm ist es noch nicht. Es ist die schnell wachsende Bohème von Budapest, deren Nähe sie sucht. Dort macht man ihren Kopf hitzig und nun weiß sie überhaupt nicht mehr, an was sie sich festhalten kann."

„Arme Ida, was kann man denn da machen?"

„Ich sollte es vielleicht nicht sagen, zumal ich dich ja fast nicht kenne. Aber jetzt seid ihr da und mein Herz verlangt danach, ausgeschüttet zu werden."

Ida holte tief Luft und schaute zum Fenster hinaus auf die Uri Utca. Thea glaubte zu sehen, wie sich ihre Augen mit Tränen füllten. Hubert entspannte die Situation, indem er Tokaier nachschenkte und die Gläser wortlos Ida und Thea reichte. Als er wieder saß, prostete er beiden zu. Ida leerte das kleine Glas in einem Zug.

„So, das musste jetzt sein. Es ist nämlich so, die Situation ist komplizierter geworden. Nach Rudolfs Tod forderten mich die Behörden auf, einen Vormund für Vicky vorzuschlagen.

Ich dachte an einen Freund ihres Vaters. Aber der hatte keine Freunde, zumindest keine verlässlichen. Einen Vormund aus meiner direkten Familie hätten die Beamten sicher nicht akzeptiert. Sie hätten dann von Amts wegen einen Vormund bestellt. In meiner Not suchte ich nach Freunden von Rudolfs Bruder. Aber die kannte ich doch gar nicht. Anselm war ja gefallen, bevor wir heirateten. Ich erinnerte mich nur daran, dass Tante Erzsi darauf bestanden hatte, den Oberst Graf von Tallócz mit seiner Frau zur Hochzeit zu laden. Die Begründung fand ich kurios. Tante Erzsi sagte, der Oberst, ein entfernter Verwandter, sei Anselms Vorgesetzter gewesen. Er habe ihr damals einen so netten Kondolenzbesuch abgestattet. Ich hatte ihn von der Hochzeit in sehr guter Erinnerung. Er hat sogar mit mir, der Braut, getanzt und dabei sehr nett von meinem unbekannten Schwager, erzählt. Sein Tod verdiene die Bezeichnung Heldentod, hat er gesagt. An ihn erinnerte ich mich, und nachdem ich wusste, dass er seinen Abschied genommen hatte und nun in Budapest wohnte, bat ich ihn, Vickys Vormund zu werden. Er willigte ein und hat sich seither liebevoll um sein Mündel gekümmert. Vor einem knappen Jahr starb seine liebe Frau an einer schrecklichen Krankheit. Er hat sehr unter ihrem Siechtum gelitten und sie ehrlich betrauert. Aber nun …"

„Ida, ich ahne, was jetzt kommt."

„Ja, das ist der Lauf der Dinge. Baltazár hat begonnen, mir den Hof zu machen, und du kannst dir vorstellen, dass mir das nicht unangenehm ist."

Thea ergriff Huberts Hand.

„Mir musst du das nicht sagen. Wir sind seit Jahren ein Paar."

„Aber Baltazár möchte mich heiraten. Er hat mir gestern

am Abend einen Antrag gemacht. Das habe ich heute Morgen meiner Tochter erzählt. Sie verließ daraufhin unter wüsten Beschimpfungen das Haus. Sie hält das Ganze für einen Verrat an ihrem Vater."

„Wenn ich mich einmischen darf." Hubert räusperte sich. „Erzählen Sie Vicky nicht die Wahrheit über ihren Vater, sie würde es nicht glauben und Sie nur noch viel mehr hassen."

„Glauben Sie denn, dass sie mich hasst? Das wäre schrecklich!"

„Ida, es ist so, dass Hubert Erfahrung darin hat, wenn ein Elternteil auf den anderen schimpft. Er hat keinen Kontakt mehr zu seinem Sohn."

„Oh, das tut mir leid. Eine Entzweiung zwischen mir und meiner Tochter sollten wir unbedingt vermeiden. Was kann man da tun?"

„Womöglich habe ich eine Idee. Komm doch mit Baltazár heute um halb acht Uhr in unser Hotel. Ich werde ein gutes Abendessen in einem Separee bestellen. Dort können wir ungestört reden. Hubert und ich laufen jetzt zur Donau hinunter. Das wird uns guttun. Dort werden wir schon eine Droschke finden. Ida, ich danke dir von ganzem Herzen für deine Offenheit. Wir freuen uns auf heute Abend."

Thea und Hubert wollten ihre Gäste nicht im Foyer des Hotels empfangen. Deshalb baten sie an der Portiersloge, dass man den Grafen von Tallócz mit Begleitung ins Separee führen möge. Man hatte für sie den osmanischen Salon reserviert und so sah er auch aus.

„Genau so habe ich mir einen Harem vorgestellt."

„So ganz ohne Haremsdamen und Eunuchen?"

„Also wirklich, Hubert, ich spreche von der ganz normalen Einrichtung, und du denkst ans menschliche Interieur."

„Wer hat denn vom Harem angefangen?"

„Harem ist eher noch untertrieben ..."

Eine helle Stimme unterbrach ihren kleinen Disput. Sie hatten nicht bemerkt, dass ein Piccolo die Tür geöffnet und Ida und einen älteren Herrn hereingeführt hatte.

„Thea, Hubert, das ist Oberst Graf Tallócz, von dem ich euch erzählt habe."

Der beugte sich über Theas Hand und küsste sie. Dann begrüßte er Hubert.

„Das mit dem Oberst war einmal. Ich habe schon lange meinen Abschied genommen."

Nachdem die Damen sich begrüßt hatten, als kennten sie sich schon seit Jahrzehnten, betrachtete Thea den Grafen, der mit Hubert sogleich in ein lockeres Gespräch vertieft war. Ihm haftete etwas Militärisches an. Er hielt sich kerzengerade, jedoch es fehlte ihm vollkommen das Zackige, das deutschen Militärs eigen war. Statt stocksteif dazustehen, wiegte er sich in den Hüften, als säße er gedanklich auf einem Pferd.

Thea wurde in ihrer Betrachtung unterbrochen, weil ein Kellner eine Flasche Champagner und vier Gläser hereinbrachte. Nachdem diese gefüllt waren, zog er sich zurück und man prostete sich zu.

„Auf einen gemütlichen Abend. Wir freuen uns, dass Sie es möglich machen konnten, herzukommen."

„Lasst uns Du sagen. In der Donaumonarchie duzen sich Offiziere und ihre Damen."

„Da werde ich dich enttäuschen müssen, ich habe es beim Militär nicht weit gebracht, jedenfalls nicht zum Offizier."

„Macht nichts, dann sind wir sicher irgendwie verwandt."

Thea flehte zum Himmel, dass Hubert jetzt nichts sagen würde, aber offenbar war das oben nicht angekommen.

„Auch da muss ich dich enttäuschen. Ich bin das Produkt einer Jagdhüttenliebe während der Hirschbrunft im Mährischen."

Thea hielt den Atem an und Ida schaute entsetzt. Auch der Oberst brauchte einige Sekunden, bis er Hubert auf die Schulter schlug und sagte:

„Das ist der Beweis, dass wir verwandt sind. In Mähren gibt es keinen, der eine Jagdhütte hat, mit dem ich nicht verwandt wäre."

Thea atmete erleichtert auf. Womöglich hingen die Ungarn weniger ihrem Stand und dem damit verbundenen Dünkel an. Sie bat ihre Gäste Platz zu nehmen.

„Thea, du weißt, ich heiße Baltazár. Ida hat mir gesagt, dass du mit Anselm verlobt warst. Ich war sein direkter Vorgesetzter. Ich wusste, dass es eine Herzensdame gab, aber er hat mir nie verraten, wer das war. Es ist ewig schad um ihn. Er ist wahrlich den Heldentod gestorben. Ich habe damals vorgeschlagen, ihm posthum den Maria-Theresia-Orden zu verleihen. Das wurde abgelehnt, weil die Auszeichnung nur an Lebende geht. So blieb es bei der Tapferkeitsmedaille, die seinem Sarg auf einem Samtkissen vorangetragen wurde."

„Oh, das habe ich alles nicht gewusst. Ich war ja nur seine heimliche Verlobte. Für seine Tante Erzsi war ich nicht gut genug, ich glaube, in erster Linie war ich ihr nicht katholisch genug."

„Das sieht dem alten Drachen ähnlich. Sie war eine entfernte Cousine meiner Mutter. Wir mussten sie immer besuchen. Da sie kinderlos geblieben war, dachte so manche Mutter, ihr Sohn sei doch als Erbe sehr geeignet. Ich mochte die Tante Erzsi überhaupt nicht. Sie kam mir immer vor wie eine lauernde Spinne in ihrem Netz, in dem Fall in ihrem Palais. Dass sie später überall verkündet hat, dass der Anselm ihr Erbe wäre, fand ich sehr vernünftig. Ich mochte den Anselm sehr. Dass er ein Held werden würde, war nicht abzusehen. Ich habe ihr damals einen Kondolenzbesuch abgestattet."

„Wie kam es denn zu dieser Heldentat?" Thea war nun doch neugierig geworden.

„Ich weiß nicht, liebste Thea, ob das hier der richtige Rahmen ist, vom Sterben eines hervorragenden Soldaten zu berichten. Ich werde es dennoch tun, weil es schon lange her ist, weil du ein Recht darauf hast, es zu erfahren und weil solche Heldentaten nicht in Vergessenheit geraten dürfen."

Thea war plötzlich nicht mehr sicher, ob sie die Geschichte hören wollte. Als sie die aufmerksamen Blicke von Ida und Hubert bemerkte, die förmlich an Baltazárs Lippen hingen, nickte sie ihm auffordernd zu.

Die Erzählung musste allerdings noch warten, denn der Kellner kam mit einer Terrine herein und füllte die Suppenteller mit einer wunderbar duftenden Waldpilzsuppe. Die Gläser füllte er mit einem leichten Welschriesling aus Etyek.

„Der Wein wächst fast vor meiner Haustür. Vicky und ich haben schon öfters einen Ausflug dorthin gemacht."

„Das muss aber schon länger her sein, denn derzeit interessiert sie sich nicht für die Natur und das bukolische Leben."

„Baltazár, verdirb uns nicht die Laune."

„Wenn ich mich recht erinnere, dient dieses kleine Abendessen doch dazu, über deine Tochter Victoria zu sprechen. Hubert und ich konnten heute Morgen ihren temperamentvollen Abschied miterleben. Wir haben nicht verstanden, was sie ins Treppenhaus hineinbrüllte, aber auch auf Ungarisch klang das nicht nach *Bis bald, meine liebe Mami.*"

Hubert lachte.

„Wir sprechen beide eure Sprache nicht. Thea kann immerhin *igen hölgyem* sagen. Das hat einer der livrierten Diener während ihres denkwürdigen Besuchs im Székely-Palais zu Tante Erzsi gesagt. Es heißt wohl *Jawohl, gnädige Frau.*

„Etwas anderes hätten ihre Diener auch nicht zu sagen gewagt. Sie hat sie *meschant* behandelt."

Sie wurden unterbrochen, weil mehrere Kellner den Raum betraten, um die Suppenteller abzuservieren. Baltazár sprach mit einem in ungarischer Sprache und erklärte dann Thea:

„Ich habe ihn gefragt, was es als nächsten Gang gibt. Er meinte Kaiser-Gulyás. Das kann noch etwas weiterköcheln. Ich bat ihn, mir eine Viertelstunde zu geben. Ich möchte dir vom Helden Anselm berichten."

Er nahm einen Schluck Wein, setzte sich zurecht und schien darüber nachzudenken, wie er seine Geschichte beginnen lassen sollte.

„Ihr wisst alle, was ein Croissant ist?"

„Ja, in Franken sagt man Bamberger Hörnla."

„Gut, wir sind uns einig, worüber wir sprechen. Anselms Regiment befand sich am Tag der Schlacht von Königgrätz in einer Situation, die wir damals Croissant nannten. Vorne Preußen, links Preußen und rechts auch. Nur hinter ihm war noch niemand, allerdings war abzusehen, dass die beiden Enden des Croissants sich bald treffen würden, und dann wäre das Regiment umzingelt gewesen. Ich konnte das von meinem Befehlsstand genau erkennen und schickte einen Melder zu Anselm mit dem Befehl, sofort durch die noch vorhandene Öffnung den Rückzug anzutreten. Mir war klar, dass das bei der überlegenen Feuerkraft der Preußen mit erheblichen Verlusten auf unserer Seite geschehen würde. Bald schon sah ich, wie das Regiment sich in die gewünschte Richtung in Bewegung setzte. Nur die Regimentsfahne bewegte sich nicht. Durchs Fernrohr konnte ich erkennen, dass Anselm auf seinem Pferd saß und die Standarte umklammert hielt. Dann wendete er sein Pferd und ritt langsam auf das Zentrum des Croissants zu. Ich traute meinen Augen nicht und schrie ebenso verzweifelt wie zornig Befehle zu ihm hinunter, wonach er sofort umzukehren habe. Er hat das im Gefechtslärm natürlich nicht gehört. Plötzlich wurde mir klar, was dieser Kerl vorhatte. Von der Hauptmacht der preußischen Truppen trennte ihn ein vollkommen unübersichtliches Gelände. Büsche, Schilf, Hügel und kleine Wälder verhinderten, dass der Feind sehen konnte, was dort vorging. Nur die langsam fortschreitende Regimentsfahne war immer wieder zu sehen. Die Preußen mussten annehmen, dass sich das schon fast eingekesselte Regiment auf ihre Linien zubewegte. Ihnen blieb gar nichts weiter übrig, als mit allen Rohren, mit Gewehren und Kanonen auf diesen nicht sichtbaren Feind zu schießen. Das taten sie dann auch mit Vehemenz. Sie zielten nicht auf die Regimentsfahne, sondern auf die Soldaten, die ihr vermeintlich durch Schilf und Buschwerk folgten. Der Erfolg war, dass das abrückende Regiment nicht bemerkt wurde. Stattdessen glaubten die Preußen, die anrückenden Soldaten im Tal zu besiegen. Derweil bewegte sich die Regimentsfahne weiter stetig auf die feuernden Preußen zu. Und dann stand plötzlich der Fahnenträger auf seinem Pferd mutterseelenallein vor den preußischen Linien und hielt die Regimentsfahne hoch. Ich als Offizier kann mir vorstellen, wie wütend, wie agassiert und wohl auch beschämt der preußische Befehlshaber war. Es war nicht fein und er wird es unterdessen bereuen, aber er gab Befehl, das Feuer auf den unbewaffneten Offizier zu eröffnen. Mit dieser Heldentat hat Anselm den Rückzug seiner Leute ermöglicht und wahrscheinlich Hunderte von Menschenleben gerettet."

„Ich wünschte, du hättest mir das nicht erzählt, denn nun muss ich bangen, auf der anderen Seite habe das Regiment meines Bruders gestanden, die Magdeburger Ulanen. Weißt du, für euch Männer, für euch Soldaten mag das eine heroische Geschichte sein. Für mich und mit mir für viele andere jungen Frauen ist es eine Wunde, die nie verheilt. Viele von uns haben durch Kriege unsere Ehemänner oder Verlobte verloren und so manche von uns damit auch ihre Zukunft. Weshalb dieser 1866er Krieg geführt wurde, war nur den Männern in den Ministerien klar. Wahrscheinlich ging es um Macht und Machtgehabe, ich weiß es nicht. Ich weiß nur, dass es noch eines Krieges bedurfte, in dem dann mein Bruder starb, damit ein Deutsches Reich gebildet wurde und Österreich sich endgültig verabschiedet hat. Und? Leben wir jetzt besser?"

„Thea, du musst zugeben, für Habsburg und Hohenzollern war in einem gemeinsamen Reich kein Platz. Und, liebe Thea, das sage ich dir als Ungar: Ich beneide euch Deutsche, weil ihr jetzt eine eigene Heimat habt, die uns hier noch verwehrt wird."

Thea spürte, wie in ihr der Zorn aufstieg. Was redet der da? Heimat? Wenn man es Heimat nennen wollte, dass es ihr vorkam, als würde das ganze Leben von preußischer Zackigkeit und einer nicht enden wollenden Zuversicht in die güldene Zukunft Deutschlands bestimmt, dann hatte er recht. In all den betriebsamen Jahren, die hinter ihr lagen, war ihr nie in den Sinn gekommen, dies könne womöglich nicht ihre Heimat, nicht ihr Land sein. Sie nahm das volle Glas und versuchte, mit dem Wein ihren Ärger hinunterzuspülen. Sie wollte die Atmosphäre nicht vergiften, immerhin hatte sie etwas geplant mit diesem Abendessen. Sie nahm die kleine Glocke, die vor ihr auf dem Tisch stand, und gab dem Kellner das Zeichen für den nächsten Gang.

Zum köstlichen Kaiser-Gulyás wurde ein wunderbarer Blauburgunder gereicht, der ebenfalls aus Etyek kam.

„Lasst uns jetzt bitte das besprechen, weshalb ich euch heute Abend hierher gebeten habe."

Die Kellner hatten den Raum verlassen und Thea wollte den Gesprächsverlauf an sich ziehen. Sie wollte verhindern, dass ein weiteres Thema für Konflikte sorgen könnte.

„Wir haben heue Morgen durch Zufall Vickys Unmut miterleben dürfen. Für so ein junges Mädchen sind in dem Alter die häuslichen Gegebenheiten nur beengend zu empfinden. Ich spreche aus Erfahrung, denn als ich etwa so alt war wie Vicky jetzt, setzte ich mit aller Macht durch, nach Wien gehen zu dürfen. Malen zu lernen war nur ein Vorwand. Ich wollte weg vom ewigen Einerlei eines Haushalts ohne Mutter …"

„Was war denn mit deiner Mutter?", fragte Ida.

„Sie ist im Kindbett gestorben und danach hat mein Vater nicht wieder geheiratet. Es war eben ein Männerhaushalt, in dem ich lebte. Nach Wien zur Schwester meiner Mutter zu gehen, schien mir damals der einzige Weg, einmal nicht von Jagd, vom Reiten oder von der Kartoffelernte sprechen zu müssen. Dass ich dort meine erste Liebe finden würde, war von mir nicht eingeplant, aber hochwillkommen, als es dann geschah. Vicky macht eine schwere Zeit durch. Nicht nur ist ihr Idol, der Vater, gestorben, dieses Ereignis hat auch den wirtschaftlichen und gesellschaftlichen Niedergang ihres Lebens bewirkt. Das Schlimme ist, dass sie den wahren Schuldigen an dieser Entwicklung nicht sehen will oder kann. Du, Ida, hast das Pech, übriggeblieben zu sein. Du bist jetzt der Prellbock, an dem sie all ihren Zorn, all ihre Enttäuschung ausleben kann."

„Darf ich dazu etwas sagen?", mischte sich Hubert ein und fuhr gleich fort: „Ich denke, der Grund für den heutigen Auftritt war die Nachricht, dass du, lieber Baltazár, Ida heiraten möchtest. Ich habe lange darüber nachgedacht und bin zu dem Ergebnis gekommen, dass der Grund für Vickys Zorn nicht eure künftige Ehe ist, sondern die Befürchtung, ihre Mutter als *Prellbock*, wie Thea es nannte, zu verlieren. Zurzeit lebt sie recht kommod damit, an Jedem und Allem ihrer Mutter die Schuld geben zu können. Sie weiß, dass das nicht mehr geht, wenn ein Ehemann ihrer Mutter zur Seite steht. Wenn ihr heiratet, müsste sie ihr Leben ändern, sie wäre dann die behütete Tochter in einem wohlsituierten Haus. Die Rebellin, die sie jetzt spielt, wäre nur dann weiterhin möglich, wenn sie erst gar nicht einzieht ins Palais Tallócz. Wenn sie aber einzieht, wird sie versuchen, das junge Glück zu bekämpfen."

„Naja, ein Palais ist es gerade nicht, aber ich bewohne eine sehr schöne und geräumige Wohnung nahe der neuen Oper. Was Hubert gerade gesagt hat, alarmiert mich aufs Äußerste. Ich bin nicht mehr der Jüngste, ich habe mehrere Feldzüge überstanden und mir dabei Verwundungen zugezogen. Ich habe das lange Siechtum meiner verstorbenen Frau miterlebt und ich habe meine Liebe zu dir, meine bezaubernde Ida, entdeckt. Ich mache mir womöglich etwas vor, aber ich denke, ich habe ein paar Jahre Glück und Zufriedenheit verdient."

Er machte eine Pause und schaute dabei der neben ihm sitzenden Ida tief in die Augen.

„Und dies noch, Ida", fuhr er fort, „ich habe keine Kinder, keine Erben. Eine Vermählung mit mir würde dir bis an dein Lebensende eine gesicherte Existenz bieten."

Thea bemerkte, dass Ida errötete.

Sie fühlt sich ertappt, dachte sie. Natürlich sucht sie in dieser Ehe die seelische Sicherheit, die sie nie hatte, und die wirtschaftliche Sicherheit, die sie verloren hat. Sie schaute zu Hubert an ihrer Seite. Der nickte ihr zustimmend zu, als wolle er sagen: Jetzt oder nie!

„Hubert und ich haben uns heute Nachmittag überlegt, dass wir euch einen Vorschlag machen möchten: Euer und Vickys Einverständnis vorausgesetzt, nehmen wir sie mit nach Allsberg. Dort gibt es Pferde, Natur im Überfluss, eine riesige Bibliothek, Würzburg ist nah und im Dorf gibt es viele Gleichaltrige. Vicky kann jederzeit nach Budapest zurückkehren, aber wir beide werden unser Bestes tun, damit sie Zeit findet, zu sich kommt und eine Perspektive für ihr Leben findet."

„Warum tust du das?" Ida schien von dem Vorschlag vollkommen überwältigt zu sein.

„Das kann ich dir leicht erklären. Durch Victoria fühle ich mich noch auf gewisse Weise mit meinem ehemaligen Verlobten Anselm verbunden. Nenn es Balsam für meine Seele, nenn es die Fantasien einer Frau, die nie Mutter werden durfte. Ich denke, mit diesem Vorschlag tun wir alle uns gegenseitig einen Gefallen.“

Hier schaltete sich Baltazár erneut ins Gespräch ein:

„Liebe Ida, als Vickys Vormund habe ich ja auch Pflichten. Dazu gehört, dass ich in etwa weiß, welchen Umgang sie hat. Neulich sah ich sie zu später Stunde in einer Straße der Innenstadt. Ich bin ihr gefolgt und Tage später bin ich in das Kellerlokal gegangen, hinter deren Tür ich sie damals habe verschwinden sehen. Ich wurde freundlich begrüßt, man rief mir ‚nos nagypapa‘ zu, das bedeutet so etwa: Was ist los, Opa? Ich war der Älteste. Ich habe mich zu den jungen Leuten gesetzt, um mit ihnen zu reden. Vorab: Ich kann euch beruhigen, da ist keiner von unsereinem dabei. Man muss Vicky verstehen, sie ist umständehalber aus der ihr vorgesehenen Rolle gefallen. Dort treffen sich Söhne und Töchter des reich gewordenen Bürgertums. Die Eltern sind zum Teil Akademiker und Künstler, in der Mehrheit aber Bauunternehmer, Kaufleute, Spekulanten und dergleichen. Der Anteil an Juden, würde ich sagen ist überproportional. Es ist eben so wie immer. Die Aristokratie lebt von ihrer Gesinnung, die ihren Gliedern genau zeigt, wo sie hingehören und was sie zu tun haben. Wir alle zusammen sind die Stütze dieser Gesellschaft. Die Eltern derer, mit denen ich geredet habe, hatten noch gar keine Gesinnung, weil sie entweder Juden sind oder bis vor wenigen Jahrzehnten so arm waren, dass sie gar keine Zeit hatten, sich eine Gesinnung zuzulegen. Wen wundert's, dass deren Kinder nun auf der Suche sind. Was sie finden und sich zu eigen machen, ist die übliche Melange. Natürlich wollen sie alle weg von Habsburg. Damit aber nicht genug. Ihr Augenmerk ist auf die Arbeiterschaft gerichtet. Mir hat einer dieser jungen Männer erklärt, ich sei ein Ausbeuter. Ich habe ihn gefragt, wen ich denn ausbeute.

Da hat die junge Dame an seiner Seite geplärrt: Na, die Arbeiterklasse natürlich. Mein Einwand, ich hätte keine bei mir angestellten Arbeiter, wurde beiseite gewischt mit dem Argument, ich sei Nutznießer der herrschenden Umstände. Aber das Schönste kommt noch, denn als ich meinte, wenn sie weg von Habsburg wollten, dann würden sie doch sicherlich am Aufbau Ungarns mitarbeiten. Ich ließ mich zu einem Éljen a Magyarország, einem Hoch auf Ungarn, hinreißen. Ich erntete Unverständnis und Ablehnung. Stellt euch vor, diese jungen Menschen wollen überhaupt keinen Staat, kein Militär, keine Justiz, keine Autorität. Dort werden Unmengen an Alkohol konsumiert und sogar Frauen rauchen Zigaretten. Mit der Moral haben sie es auch nicht so sehr. Die haben sich in aller Öffentlichkeit geküsst. Darauf angesprochen antwortet mir ein wild aussehender junger Mann, sie unterschieden da auch nicht immer zwischen Mann und Frau. Ich war entsetzt und bin gegangen. In meinen Tagen als Offizier hätte ich dieses Lokal von einem Dutzend Infanteristen räumen lassen."

„Liebster Baltazár, was willst du uns eigentlich mit dieser langen Geschichte sagen?"

„Aber Ida, das liegt doch auf der Hand: Für Vicky wäre es gut, wenn sie aus diesem Umfeld herausgelöst würde."

Während Baltazárs Vortrag hatte Thea bemerkt, wie Huberts Gesichtsfarbe zwischen leichenblass und dunkelrot changierte. Sie trat ihm leicht auf den Fuß und legte gleichzeitig die Hand auf die seine, um zu verhindern, dass er explodierte.

Thea klingelte erneut und mehrere Kellner servierten ab. Als Dessert gab es etwas, was weder Thea noch Hubert je gegessen hatten.

Baltazár erklärte, das seien Somlói galuska.

„Ihr nennt das Somlauer Nockerln. Dieses himmlische Gericht heißt nach dem erloschenen Vulkan Somlói und müsste eigentlich himmlische Sünde heißen. Süß und nahrhaft. Im Moment ein Genuss, den man jedoch sofort danach bitter bereut."

Die Damen lachten etwas gequält, nur Hubert lachte laut auf und rief:

„Wie wahr, wie wahr!"

Dafür trat ihm Thea unter dem Tisch erneut auf den Fuß.

„Ich denke, du und Ida habt noch viel zu besprechen. Wir sollten diesen netten Abend hier abschließen. Ihr wisst ja, wo ihr uns erreichen könnt. Hubert und ich warten auf eure Entscheidung."

Sie verabschiedeten sich im Foyer und dann stiegen Thea und Hubert hinauf auf ihr Zimmer. Beim Etagenkellner bestellten sie eine Flasche Welschburgunder und ließen sich dann in die beiden Sessel am Teetisch fallen. Lange sahen sie sich wortlos an, und nachdem die Flasche entkorkt und die Gläser gefüllt waren, ächzte Hubert:

„Mein Gott, was ist denn das für eine Gesäßöffnung!"

„Besser kann man es nicht ausdrücken, mein Lieber. Es war schon grausam genug, dass er mir Anselms Tod haarklein erklärte. Was mich innerlich so empört ist, dass ich denke, er hätte ebenso gehandelt, wenn wir ein Ehepaar mit Kindern gewesen wären. Ich hätte damals keinen Helden gebraucht, sondern einen, der zu mir steht. Letzteres habe ich nun in dir. Ansonsten wäre ich froh, in einem Land leben zu können, das für Helden keinen Gebrauch hat."

„Aber das, was er dann verzapft hat, das war schon arg an der Grenze des Erträglichen."

„Ja, Hubert, und ich bin dir dankbar, dass du nicht vor Zorn geplatzt bist. Mir war es wichtig, die Atmosphäre nicht zu sehr zu belasten. Wir wollen ja schließlich was von denen."

„Du willst was von denen, wollen wir präzise bleiben. Aber das, was dieser Herr über Gesinnung geschwafelt hat, das ist eigentlich gemeingefährlich."

„Ich glaube, und das, Hubert, macht mir Sorgen, dass ein Gutteil der Aristokraten in Deutschland genauso denkt wie dieser Herr Oberst a.D. Die halten alle, die nicht zu ihnen gehören, einfach für unfähig, eine leitende Position einzunehmen, vielleicht mit der Ausnahme der Juden. Das ist genau der Punkt, weshalb sie sie nicht mögen. Sie merken, dass sie ihnen das Wasser reichen können. Einen bürgerlichen Bauunternehmer braucht man nicht, einen jüdischen Arzt, Rechtsanwalt oder Bankier aber schon. Du hast gehört, wie er gesagt hat: „Da ist keiner von unsereinem dabei." Er meinte, diese jungen Leute mit ihren verqueren Ideen sind für den status quo nicht gefährlich. Aber hast du auch das andere gehört? Die Juden haben keine Gesinnung. In diesen fünf Worten steckt eine Weltanschauung: Während wir, die Aristokraten eine Gesinnung haben, die uns dazu befähigt, diesen Staat, diese Monarchie, diese berühmte gottgewollte Ordnung zu stützen, haben die Juden nichts außer ihrer Selbstsucht. Deshalb müssen sie mit allen Mitteln von den Staatsämtern ferngehalten werden. Man befürchtet, sie würden nur ihre ureigensten Interessen und die ihresgleichen vertreten. Das hält man für gefährlich."

„Was ist daran gefährlich? Gefährlich ist es, so eine Meinung zu haben. Und unter uns: Das derzeitige System vertritt doch auch nur die Interessen der Aristokratie."

„Da magst du recht haben, aber der Unterschied ist der, dass dieses System sich bewährt hat."

„Meine liebe Thea, ich habe den leisen Verdacht, dass das mal wieder eine Theorie ist, die nur ein Adeliger verstehen kann, ich jedenfalls nicht. Aber weiter in der Manöverkritik. Ich finde, die erbärmlichste Figur heute Abend hat Ida gegeben."

„Sie hat doch fast nichts gesagt."

„Eben! Es schien mir so, als bete sie die ganze Zeit: ‚Meine Hoffnung setze ich auf dich, oh Herr.' Dabei meinte sie aber nicht der Herrgott da droben, sondern den Herrn von Tallócz an ihrer Seite. Er ist ihre letzte Chance, aus der Misere herauszukommen. Offenbar ist er vermögend genug, um ihr ein bequemes Leben bis ans eigene Ende zu sichern. Der Herr will sich nicht langweilen, er möchte wissen, dass jemand im Salon und im Schlafzimmer auf ihn wartet. Ida weiß ganz genau, dass es da nur ein Hindernis gibt: ihre Tochter Victoria. Mit der gäbe es täglich Diskussionen, Streit und Zerwürfnisse. Genau das, was der alte Herr nicht haben will. Als du ihnen deinen Vorschlag, Vicky mit nach Allsberg zu nehmen, unterbreitet hast, hätte es mich nicht gewundert, wenn er spontan gesagt hätte: ‚Ja, das macht mal, denn es ist eine Voraussetzung dafür, dass ich meinen Heiratsantrag nicht zurücknehme.'"

„Führt dich deine Antipathie gegen diesen Herrn nicht zu weit?"

„Ich glaube nicht. Tallócz hat eine gute Erziehung genossen. Deshalb würde er so etwas nie so direkt sagen, das muss ich dir zugestehen, aber gedacht hat er es gewiss."

„Das würde ja bedeuten, dass wir unserem Ziel ein gutes Stück nähergekommen wären."

„*Deinem* Ziel, liebe Thea, deinem Ziel."

16. Kapitel

Budapest, 12. Oktober 1886

„Wir werden warten müssen. Auch wenn wir ahnen, dass den Turteltäubchen mein Vorschlag gelegen kommt, müssen sie sich zieren. Einfach so zuzustimmen, würde ja bedeuten, dass sie das bestätigen, was wir an Eigennützigkeit bei ihnen bereits ausgemacht haben."

„Thea, meine Liebste! Du überspannst den Bogen meiner Toleranz gerade. Sieh doch nicht immer die Eigennützigkeit bei anderen. Dein Vorschlag, Vicky nach Allsberg zu holen, ist auch nicht gerade auf Selbstlosigkeit gebettet. Ich werde dich wohl in Zukunft Macchiavellina nennen müssen."

„Immerhin geht es bei mir um ein höheres Ziel, während Baltazár ein Heimchen in Küche und Schlafgemach sucht. Und Ida? Ganz einfach, sie will nie wieder Geldsorgen haben. Der Erhalt der Familie Tröger ist da moralisch ein ganz anderes Kaliber."

„Verzeih mir, mit Moral hat das nichts zu tun, es ist auch kein Ziel, geschweige denn ein höheres. Ich zitiere deine Wiener Freundin Renate: ‚Was daran so wichtig ist, kann nur ein Adeliger verstehen.'"

„Eben!"

„Gut, bevor wir uns weiter streiten, schlag ich vor, dass wir ins Rudas Bad gehen. Der Portier hat mir das gestern als Zeitvertreib empfohlen. Es wurde unter einem türkischen Pascha gebaut und verströmt noch heute den Glanz vergangener Herrlichkeiten. Gleich nach dem Frühstück sollten wir aufbrechen."

Es kam allerdings nicht dazu, denn als sie im Frühstückssaal saßen, führte ein Piccolo eine junge Dame an ihren Tisch. Noch ehe dieser etwas sagen konnte, war Thea geistesgegenwärtig genug, zu sagen:

„Guten Morgen Vicky, setzt dich doch bitte zu uns."

Sie bat den Piccolo, ein weiteres Gedeck aufzutragen.

„Müssen wir uns vorstellen? Du weißt, ich bin die Baroness Tröger, und das ist mein Begleiter Hubert Bräuter."

Vicky hatte bisher noch kein Wort gesagt. Ein Kellner brachte ein drittes Gedeck. Vicky schien die dadurch entstandene Pause zu nutzen, um Worte zu finden.

„Bitte entschuldigt, dass ich euch so überfalle. Meine Mamá hat mir von Eurem gestrigen Abendessen berichtet und auch davon, dass ihr vorgeschlagen habt, mich vorerst mit nach Deutschland zu nehmen."

„Ja, Vicky, ich habe diese spontane Idee gestern vorgetragen. Was hältst du davon?"

„Ich weiß es nicht. Ich kenne euch doch gar nicht. Andererseits fühle ich mich hier in Budapest nicht mehr so wohl wie früher. Aber soll ich die Stadt deshalb verlassen? Es hat sich so viel verändert, und jetzt will Mamá diesen alten Mann heiraten."

Vicky brach abrupt ab und Hubert schien es, als unterdrücke sie einige Tränen.

Thea, die während Vicky gesprochen hatte so getan hatte, als untersuche sie ihr Frühstückskipferl, sah nun Vicky direkt an.

„Ja, so war es, meine Liebe. Ich habe deiner Mamá vorgeschlagen, dich für eine gewisse Zeit nach Allsberg mitzunehmen. Wir wohnen dort. Du wirst das Treiben einer modernen Großstadt vermissen, aber es gibt dort Pferde und ganz viel Natur."

„Pferde! Das finde ich toll. Ich reite für mein Leben gern."

„Eines muss ich noch fragen. Wir haben deinen furiosen Abgang gestern vor eurem Haus in der Uri Utca miterleben dürfen. Später hat uns deine Mutter von ihren eigenen Problemen und denen erzählt, die sie mit dir hat. Ich kann verstehen, dass dir eine Verheiratung deiner Mutter mit deinem Vormund nicht behagt. Dem steht gegenüber, dass Ida zugleich auch deine Mutter ist, und als solche eigene Interessen hat. Hast du damit ein Problem?"

„Ich finde das ... ich suche das Wort dafür, ja, ich finde das abstoßend!"

„Was findest du abstoßend?"

„Die beiden sind doch viel zu alt dafür."

„Vicky, du musst nicht um den heißen Brei herumreden. Es ist nicht unmoralisch, wenn sich auch ältere, sogar alte Menschen lieben. Daran ist nichts Abstoßendes. Es ist Teil unseres Lebens."

„Verzeiht, ihr beiden. Das ist zwar auch wichtig, aber nicht das Thema, um das es jetzt geht. Thea, du solltest, so denke ich, für Vicky noch mal genau das wiederholen, was du gestern ihrer Mutter gesagt hast."

„Was meinst du? Ich habe gestern so vieles gesagt."

„Gut, dann sage ich es dir: Thea war mit deinem Onkel Anselm verlobt. Wie du weißt, ist er gefallen und jetzt bist du die einzige Person auf dieser Welt, die mit dem ehemals geliebten Mann verwandt ist. Du bist das letzte Glied zu ihm."

„Ja, und deshalb hatte ich die Idee, meine Hilfe anzubieten.

Komm mit nach Allsberg. Bring Ordnung in deinen Kopf und in deine Gefühle. Später entscheidest du, wohin du gehen willst und was du unternehmen möchtest."

Plötzlich wurde Vicky sehr ernst und zusehends traurig.

„Was ist mit dir, mein Liebes?"

„Ich will Budapest nicht hinter mir lassen. Seit wir aus dem Palais ausziehen mussten, hat sich alles geändert. Das Schönste war für mich zunächst, dass mich nicht weiter Zofen und Diener in altmodischen Uniformen umgaben. Ich hatte zum ersten Mal Kontakt mit Gleichaltrigen, die nicht in Palästen wohnen. Das ist toll, das ist aufregend, aber auch schmerzhaft und enttäuschend."

Thea nahm Vickys Hand und schaute sie lange an. Sie hatte die dunklen Augen ihrer Mutter.

„Weißt du Vicky, Enttäuschungen sind hart, aber sie zeigen uns auch auf, wo wir uns von etwas oder von jemandem zu viel erwartet haben. Die ersten Verliebtheiten enden immer in Enttäuschungen."

„Woher weißt du das? Ich habe mit niemandem darüber gesprochen."

„Für dich bin ich eine alte Frau. Aber glaub mir, die Tränen, die ich aus Liebeskummer geweint habe, passen nicht in einen Stalleimer. Ich weiß, was du meinst, wenn du von Schmerz und Enttäuschung sprichst."

Hubert versuchte, das Thema zu wechseln. Er fragte Vicky, was sie sich denn von Allsberg erwarte. Vicky dachte einen langen Moment nach, bevor sie antwortete:

„In erster Linie erwarte ich Distanz. Abstand von allem, was mich in Budapest bedrückt hat. Natürlich leide ich an Szerelmesbetegség …"

„Bitte an *was*?", fragte Hubert lachend.

„Das ist nicht lustig, weil es weh tut, wenn man jemanden liebt, und der tanzt Csárdás auf deinen Gefühlen."

„Ah, du meinst Liebeskummer."

„Bei euch mag das ein Kummer sein, wir sagen dazu Betegség, Krankheit."

„Jedenfalls macht es die Seele krank, ich weiß das ganz genau."

„Aber abgesehen davon brauche ich Distanz zu meiner Mutter. Für sie war der Absturz nach Papás Tod schlimm. Sie musste plötzlich arbeiten, um nicht zu verhungern. Dabei war sie an seinem Tod nicht ganz unschuldig."

„Wie kommst du denn auf diese absurde Idee?"

Tante Thea, du hast nicht erlebt, wie sich die beiden, während Papás letztem Besuch in Budapest, gegenseitig angeschrien haben."

„Besuch ist wahrscheinlich das richtige Wort. Dein Vater hat sich seit deiner Geburt in Europa herumgetrieben, statt in Budapest mit seiner Familie zu leben und seinen Besitz zu verwalten. Es ist ihm gelungen, eines der größten Vermögen Europas in knapp zwanzig Jahren durchzubringen."

„Jetzt fängst du auch damit an! Papá hat einfach Pech gehabt. Er war falsch beraten worden. Es war eine Verzweiflungstat."

„Vicky, du bist fast erwachsen. Es führt zu nichts, wenn du dich vor der Wahrheit versteckst. Ich kann nicht mit dir zusammen in Allsberg leben und immer Rücksicht auf deine Sicht der Dinge nehmen. Die Wahrheit ist die, und bitte nimm es mir nicht übel, dass ich der erste Mensch bin, der sie dir sagt: Dein Vater hat im Spielcasino den Rest seines Vermögens verpfändet, damit ihm die Spielbank frisches Geld gab. Dann hat er alles am Roulette-Tisch verloren. In Monte Carlo ist es üblich, ruinierten Spielern einen silbernen Revolver aufs Zimmer des Hotels zu bringen. Davon hat dein Vater, wie viele vor ihm, Gebrauch gemacht. Er hat sich nie um sein Erbe gekümmert, er hat, und das ist auch irgendwie beneidenswert, so lange aus dem Vollen geschöpft, bis nichts mehr da war. Er hat sein Leben genossen."

„Warum sagst du mir das?"

„Weil es den Tatsachen entspricht. Es ist nichts mehr da. Du musst bei Null anfangen. Das hat immerhin den Vorteil, dass du selbst entscheiden kannst, was du mit deinem Leben anfangen willst."

Hubert unterbrach diese harschen Vorhaltungen.

„Thea, glaubst du nicht, dass du zu hart mit der jungen Dame umgehst? Mir – und jedem anderen auch – wäre es lieber gewesen, einige Millionen im Rücken zu haben und im Gegenzug nicht über meinen Lebensweg entscheiden zu müssen."

„Hubert, du bist ein Fantast! Natürlich wäre das jedem lieber gewesen. Aber du sprichst im Konjunktiv. Und zu dir, Vicky: Wenn ich dich beleidigt habe, wenn ich zu hart mit dir umgegangen bin, dann tut mir das leid. Wir haben geplant, morgen den Zug nach Hause zu nehmen. Wenn du willst, kannst du mitkommen. Wenn du dich dazu entschließt, dann musst du wissen, dass du jederzeit zurückkehren kannst."

„Nein, ich komme mit euch. Ich will es versuchen, den die Distanz, die ich zu dem brauche, was hier passiert ist, die finde ich in Ungarn nicht. Ich werde nicht viel Gepäck haben. Ich komme morgen wieder zum Frühstück und dann fahren wir los. Geht das so?"

„Ja, so machen wir das, liebe Vicky. Ich freue mich, in

dir eine entschlussfreudige junge Dame kennengelernt zu haben. Dann bis morgen!“

Nachdem Vicky sich verabschiedet hatte, trank Hubert den letzten Schluck aus seiner Kaffeetasse und nach einer langen Pause fragte er:

„Geht dir das nicht ein bisschen zu schnell?“

„Ach, mein Hubert, wahrscheinlich hast du recht. Ich will darüber jetzt nicht nachdenken. Lass uns eine Droschke nehmen, die uns zum Rudas Bad bringt. Mir scheint, dass ich vollkommen verkrampft bin. Das warme Wasser und vielleicht eine Massage, das ist es, was ich jetzt brauche.

17. Kapitel

13. Oktober 1886

Am nächsten Tag in der Bahn beobachtete Thea ihre Lieblingsnichte. Lieblings war einfach, sie hatte ja keine andere. Nichte, das wusste sie, stimmte nicht. Sie fand, wenn es schon Nenn-Tanten gibt, dann haben auch Nenn-Nichten ihre Daseinsberechtigung. Vicky wirkte schmal, ohne hager zu sein. Ihre vollen Lippen waren nicht rot, sondern dunkel wie auch ihr Teint und ihre Augen. Thea erinnerte sich daran, dass Anselm einmal lachend erzählte, die Belagerung Wiens durch die Türken habe eben ihre Spuren hinterlassen. Vicky sah nicht orientalisch aus, aber für Theas fränkisches Auge sah Vicky anziehend, weil fremd aus. Thea kannte ihre Vorfahren alle bis etwa 1600 beim Namen. Die davor waren ihr irgendwie egal, weil die, die sie kannte, schon langweilig genug waren: Lauter fränkische, hessische oder schwäbische Familien, die zum Teil bereits ausgestorben waren. Nichts Besonderes war darunter. Wenn Thea sich Vickys Stammbaum vorstellte, dann sah sie Reiter über ostische Weiten stürmen, Feldherren, sicher auch versteckte Kleriker und einen furchterregenden osmanischen Krieger, von dem Anselm gesprochen hatte. In der k.u.k. Monarchie wurden die Völker verquirlt, in Franken verquirlte man allerhöchstens mal ein Eiweiß, wenn einem die Lust auf ein Hoppelpoppel stand. Ohne darüber nachzudenken, fragte sie ins Zugabteil hinein:

„Vicky, weißt du, wie man ein Hoppelpoppel macht?"

Es schien, als wache sie aus einem Tagtraum auf. Verständnislos schaute sie zuerst Thea, dann Hubert an:

„Wie kommst du denn darauf?"

„Ach weißt du, ich habe gerade an das Völkergemisch in Österreich-Ungarn gedacht."

„Klar, und dabei fällt meiner geliebten Thea das Hoppelpoppel ein. Manchmal würde ich gern in deinem Hirn sitzen. Ein Irrgarten ist wahrscheinlich eine gerade Linie dagegen."

„Hubert, mach dich nur über mich lustig, aber was ein Hoppelpoppel ist, weiß die Vicky trotzdem nicht. Es geht so: Du trennst ein Ei, quirlst das Eiweiß schaumig, dann gibst du den Dotter dazu, vermengst alles und streust dann so viel Zucker darüber, wie du willst. Wir liebten es als Kinder, weil nur beim Hoppelpoppel die Babett, die Schlossköchin, ein Auge zudrückte, wenn wir es mit dem Zucker übertrieben."

„Und deshalb denkst du an den Vielvölkerstaat?"

„Liegt doch auf der Hand, oder?"

„Ich finde das nachvollziehbar. Es fällt mir nur schwer, mir den Kaiser in Wien als Quirl vorzustellen. Manchmal habe ich mich im Székely-Palais in die Küche geschlichen. Dort hatte der französische Koch einen Quirl, von dem er mir erzählte, dass der liebe Gott, Bon Dieu, wie er sagte, eigentlich vorgehabt hätte, daraus eine mächtige Tanne zu machen. Aber dann wäre ein fahrender Händler vorbeigekommen und habe der jungen Tanne den Kopf abgeschnitten. Auf seinem Weg hat er daraus einen Quirl geschnitzt, und dafür sei er ihm dankbar. Wenn man so lange im Zug sitzt, kann man sich auch mal über Hoppelpoppel und Quirls unterhalten, finde ich."

Später klagte Hubert immer, die Hoppelpoppel-

Verschwörung intrigiere mal wieder gegen ihn, wenn Thea und Vicky sich gegen ihn einig waren.

Es war an Hubert, ein anderes Gesprächsthema zu suchen, und so fragte er Vicky, ob sie reiten könne.

„Natürlich kann ich reiten! Die Sommer haben wir immer auf einem der Landgüter der Familie verbracht. Dort gab es Pferde und dort habe ich reiten gelernt. Ich liebe es, durch die Weiten der Puszta zu stürmen. Nichts hält mich auf, es scheint, als bewege man sich in der Unendlichkeit."

Also, diese Unendlichkeit wirst du in Allsberg nicht finden. Das Dorf mit den Stallungen liegt unten im Tal der Alls. Das Schloss, in dem wir wohnen, thront darüber und dahinter geht es wieder ins Tal. Dort fließt der Main und an seinen Hängen wächst guter Wein. Pferde jedenfalls wirst du bei uns in genügender Zahl finden. Thea züchtet sie, um sie dann ans Militär zu verkaufen, wenn sie drei Jahre alt sind."

„Wenn du so gut im Reiten bist, trifft sich das gut. Pferde gibt es in Allsberg nun wirklich genug."

Der Anschlusszug nach Frankfurt ging erst gegen Mittag des kommenden Tages. Sie wohnten wieder im Sacher. Als Thea den Portier nach Billets für die Oper fragte, hob der nur bedauernd die Schultern, um zu sagen, es stehe erneut „La Traviata" auf dem Spielplan.

„Dann besorgen Sie mir bitte drei Karten. Ich will einmal sehen, wie sich diese Oper anfühlt, wenn man sie nicht allein anschaut."

Für Vicky war es der erste Opernbesuch. Sie war aufgeregt und voller Vorfreude. Das steckte sogar Hubert an, der zunächst gebrummelt hatte, Oper sei etwas für unglückliche Romantiker und wenn es sich um Wagner handele, dann müsse man schon ein ganz verstockter Germane sein.

Diesmal hatten sie eine Loge für sich allein. Vicky beugte sich neugierig über die Brüstung und bestaunte die vielen Damen in Abendgarderobe und die Herren im Frack. Sie fielen auf, weil Thea und Vicky nur ein schlichtes Kostüm trugen und Hubert einen Trachtenanzug. Thea hatte versucht, ihm das zu verbieten, aber dem Argument, der Kaiser liefe auch dauernd in Tracht umher, hatte sie wenig entgegenzusetzen:

„Aber in die Oper geht der Kaiser in Uniform."

„Ich ja auch, schließlich bin ich Förster."

Diesmal achtete Thea nicht auf die Handlung. Sie ließ sich von der Musik wegtragen, sie hörte wunderbare Stimmen und das Schluchzen Violettas im zweiten Akt gehörte ebenso zum Hochamt der Liebe wie ihr Aufbäumen gegen den Tod. Beim Schlussapplaus bemerkte sie, dass all die Zeit Hubert ihre Hand gehalten hatte.

„Danke, dass ihr beide mitgekommen seid. Neulich habe ich diese Oper allein besucht und es war schrecklich."

„Ich weiß auch warum. Es geht um euch beide", stellte Vicky fest.

„Ja, aber es macht einen Unterschied, allein zuzuhören oder aber den geliebten Menschen an der Seite zu wissen. Dann merkst du, dass es unwichtig ist, was die anderen denken. Sogar, dass sie nichts mehr mit dir zu tun haben möchten, ist egal. Wenn du fühlst, dass dich diese Liebe durch das Leben tragen wird, dann ist alles andere nicht mehr so wichtig."

„Die Erwachsenen reden immer so viel von Liebe. Was ist das? Gerade haben wir gesehen und gehört, dass Liebe sehr schmerzhaft und traurig sein kann."

Hubert legte ihr seine großen Hände auf die Schultern:

„Ja, aber die Hölle der Liebenden sind immer die anderen. Schau, Vicky, hätte die sogenannte gute Gesellschaft, allen voran Alfredos Vater, ihre Vorurteile nicht für so wichtig gehalten, hätte der Liebe nichts im Wege gestanden."

18. Kapitel

Zurück in Allsberg

Nach einem erneuten Zwischenstopp in München kamen sie endlich an einem sonnigen Nachmittag an. Am Bahnhof in Seligenstadt holte sie zu Theas Überraschung der Preußen Martin ab. Er war ganz aufgeregt und berichtete von seinen Erlebnissen in Ostpreußen, besser gesagt, er wollte berichten, aber Thea wollte nur wissen, ob es ihm gelungen sei, Ersatz für Epaminondas zu erhalten.

Ja, es sei ein ganz prachtvoller Hengst, vier Jahre alt, ein Rappe, darauf habe er geachtet, weil die Remontenkommissionen in letzter Zeit immer herummäkelten, die Pferde aus Allsberg seien zu hell.

„Und hat das Tier wieder so einen komplizierten Namen?"

„Nee, der Neue heest Xerxes, is 'n türkischer Könich oder so."

Dann aber brach es aus dem Preußen Martin heraus, denn erstens hätte er aus seiner alten Heimat eine Braut mitgebracht und zweitens sei da droben halt richtig was los.

„Nich so'n lascher Laden wie hier."

In Ostpreußen stehe man wie ein Mann hinter dem Kaiser. Man bereite sich dort für die große Zukunft des Deutschen Reiches vor.

„Unsre Feinde tun jetzt schon zittern!"

„Welche Feinde?" Hubert hatte sich das Gerede des

Stallmeisters mit zunehmendem Unbehagen angehört. Die Antwort beruhigte ihn nicht:

„Na, det wissen Se doch, Herr Jüterdirekter. Die Feinde von det Deutsche Reich, det is doch immer der Franzose, der Russe und det perfide Albion."

„Albion? Wo liegt denn das Land?" Vicky hatte davon noch nie gehört und war umso verblüffter über die Antwort:

„Wo det zu findn is, wees ick ooch nich, aba mögn tunse dort unsern Kaiser nich."

„Ich glaube, wir schließen das jetzt mal ab. Martin, fahr uns bitte zum Schloss. Die Reise war anstrengend."

„Und was ist mit Albion?" Vicky ließ nicht locker.

„Man sagt Albion und meint England. Dass das ganze Land perfide ist, ist sogar mir neu."

Hubert wirkte verärgert.

Sie näherten sich dem Schloss von Westen kommend. Die nachmittägliche Sonne beleuchtete das aus Buntsandstein errichtete Gebäude. Es schien zu glühen und wirkte auf der kleinen Anhöhe noch größer als es tatsächlich war.

„Wer wohnt denn da alles? Da ist ja Platz für eine halbe Armee!"

„Da wohnst ab heute du, die Dienstmädchen und natürlich Hubert und ich. Ein großer Teil des Hauses ist unbewohnt. Es wird dringend Zeit, dass da wieder eine intakte Familie wohnt mit vielen Kindern. In so einem Haus muss ständig Lärm sein, Kinder, die kreischen, Großeltern, die ermahnen, Kochtöpfe, die aneinanderschlagen und alte verbitterte Tanten, die an allem etwas auszusetzen haben. Jetzt ist Allsberg fast stumm. Die Babett, die Schlossköchin kommt am Morgen und geht nach dem Mittagessen. Sie macht ein wenig Lärm, aber sonst passiert da wenig."

„Machst du morgen mit mir eine Schlossführung? Und danach, darf ich dann die Pferde sehen? Bestimmt wird eines auf mich zukommen, weil es will, dass es mir gehört."

„Du weißt, wir züchten Remonten, Pferde für die Armee. Du kannst gern bei der Ausbildung helfen, behalten kannst du keines. Alle werden als Dreijährige verkauft. Es bleiben nur die Mutterstuten und der Deckhengst, aber die werden nicht beritten, nur bewegt."

19. Kapitel

November 1886

Vicky hatte sich erstaunlich schnell eingelebt. Es mag an den Pferden gelegen haben, zu denen sie alltäglich ins Dorf hinunterlief. Sie half den Stallburschen in allem, was getan werden musste, aber glücklich war sie nur, wenn sie auf einem ungesattelten Pferd über die Flur galoppieren konnte.

Der Preußen Martin sah das nicht gern. Er war der nicht ganz unbegründeten Ansicht, dass Remontenpferde, die als Reitpferde verkauft werden sollten, stets nur im Sattel beritten werden sollten.

Vicky setzte sich darüber hinweg und wurde darin von Thea unterstützt. Sie war davon überzeugt, dass es für die Familie wichtiger sei, dass Vicky sich in Allsberg wohl fühlt, als dass ein Pferd mehr oder weniger das Wohlwollen der Remontenkommission verdient.

Eines Abends, Hubert hatte in der Rhön zu tun, saßen Thea und Vicky allein beim Abendbrot.

„Hab ich dir eigentlich schon die Geschichte von Onkel Max, dem Schlosserbauer, erzählt?"

„Nein, das hast du nicht. Wenn ich ehrlich bin, interessiert sie mich nicht so sehr. Aber wie ist das eigentlich mit dir und Hubert? Dass ihr nicht verheiratet seid, habe ich mitbekommen. Ihr habt keine Kinder, weshalb sollte man also heiraten?"

„Huch, das sehen unsere lieben Nachbarn hier in Franken

aber anders. In all den Schlössern und Burgen des Landes redet man über den Skandal, der es bedeutet, dass Hubert und ich in wilder Ehe leben.

„Es gibt in diesem Haus, es gibt in dieser Familie keine Kinder. Ist das nicht etwas ungewöhnlich?"

Irgendwie hatte Thea gewusst, dass ihr diese Frage gestellt werden würde. Allerdings hatte sie sie jetzt weder erwartet noch sich darauf vorbereitet. Sie überlegte kurz. Was sollte sie dieser jungen Frau sagen? Was konnte sie ihr zumuten? Thea stellte fest, dass sie keinen Plan hatte. Sie hatte es verdrängt, die in der Luft liegende Frage beantworten zu müssen.

Thea lächelte.

„Warum grinst du? Komisch ist das doch sicherlich nicht gewesen, oder?"

„Nein, liebe Vicky, ich grinse nicht. Ich lächle, weil ich feststelle, auf dieses Gespräch nicht vorbereitet zu sein. Somit bleibt mir nichts anderes übrig, als dir die Wahrheit zu sagen. Diese Erkenntnis birgt schon irgendwo eine gewisse Komik."

„Hast du es mit der Wahrheit nicht so?"

„Die Wahrheit ist eine schwierige Sache. Wenn wir immer die Beweggründe unseres Handelns preisgeben würden, kämen wir in vielen Dingen nicht voran. Oder hast du deiner Mutter von deiner Krankheit erzählt?"

„Von welcher Krankheit sprichst du? Ich bin doch kerngesund!"

„Bei uns ist es ein Kummer, in Ungarn ist es eine Krankheit. Erinnerst du dich?"

„Ach, das meinst du! Ich kann nur wiederholen, ich bin kerngesund. Womöglich haben die Pferde mich geheilt.

Aber du kommst vom Thema ab, du wolltest mir die Wahrheit erzählen."

Es dauerte ziemlich lange, bis Thea die ganze Geschichte ihrer Liebe zu Anselm erzählt hatte. Vicky unterbrach sie kein einziges Mal, sie wagte es nicht, weil sie fürchtete, dadurch den Strom der Wahrheit zu unterbrechen.

„Und dann kam ich wieder hier in Allsberg an und hatte nichts mehr. Meine Liebe war verloren gegangen, das Kind hatte ich der Konvention geopfert, meine Geschwister waren aus dem Haus und mein alter Vater trauerte um seine Frau und um die vergangenen Zeiten. Weißt du, ich bin noch in der Überzeugung erzogen worden, dass eine Frau erst wirklich zur Frau wird, wenn sie heiratet und Kinder bekommt. Aber nicht nur das: Die Fortführung einer alten Familie ist ein Beitrag zur Erhaltung der gegebenen Ordnung. Es ist ein Akt der Staatsbejahung und ein weiterer Sandsack für den Notdeich gegen die drohende Woge der Demokratie. Nur wenn wir Aristokraten der Monarchie und ihren Werten treu ergeben handeln, werden wir uns gegen das gemeine Volk behaupten können."

„Das glaubst du wirklich?"

„Nein, in diesem Glauben wurde ich erzogen. Als ich nach Franken zurückkam, wurde mir bewusst, dass ich ehrlicherweise keinen dieser staatstragenden Barone würde heiraten können, weil ich die Bedingung, die damit verknüpft war, nicht erfüllen konnte. Kinder konnte ich nicht bekommen. Aber wenn ich das, wofür ich als Frau bestimmt war, nicht erfüllen konnte, was war dann noch von mir übrig? Ich war aus der Erwartungshaltung meiner Standesgenossen herausgefallen. Sie wussten es nicht, aber ich wusste es."

„So wie meine Mamá aus allem herausgefallen ist, als wir das Palais verlassen mussten.“

„Verzeih, Vicky, ich sehe da einen gewissen Unterschied. Es ist etwas anderes, materiell auf den Hintern zu fallen, als wenn du merkst, für deine gesellschaftliche Umwelt nutzlos geworden zu sein. Es hat einige Zeit gedauert, bis sich diese Erkenntnis in meinem Kopf bilden konnte: Wir Frauen werden in der Welt, wie sie gerade ist, nach unserer Nützlichkeit beurteilt. Das zu verstehen, war für mich ganz ganz schlimm. Wenn du nicht mehr nützlich bist, dann bekommst du das Gnadenbrot und darfst als unverheiratete Tante bei der Erziehung der Neffen und Nichten mithelfen. Nur, bei uns gabs ja nicht einmal Kinder. Stell dir nur mal den Abgrund vor, den ich entdecken musste: Mein sehnlichster Wunsch, Kinder zu bekommen, war nicht mehr zu verwirklichen, meine Liebe gescheitert. War mein aktives Leben damit beendet? Langsam bemerkte ich, dass dieses aktive Leben noch nicht einmal begonnen hatte. Bisher war mein Leben passiv verlaufen. Bei allen Freiheiten, die ich mir herausgenommen habe, war mein Leben eben doch von der Konvention bestimmt. Die Annahme, mich in der mir zugedachten Frauenrolle wohlzufühlen, erwies sich zunehmend als Schimäre. Manchmal schäme ich mich, dass ich es erst bemerkt habe, als ich die Rolle nicht mehr aufzufüllen vermochte. Nicht ich war falsch, nein, die mir zugedachte Rolle war falsch.“

„Was hast du dann gemacht?“

„Zunächst war ich verzweifelt. Mit wem hätte ich auch reden können? Mein Vater hätte mich nicht verstanden, selbst dann nicht, wenn ich ihm die ganze Wahrheit erzählt hätte. Meine Rettung war, so befremdlich es klingt, die Idee meines

Vaters, in die Rüstung zu gehen. Er meinte damit, nach der Proklamation des Kaiserreiches Remonten zu züchten, weil Deutschland nun aufrüsten werde. Dazu braucht man Pferde. Ich sagte zu, ihm bei der Pferdezucht zu helfen, bat mir aber aus, darüber in Bad Kissingen nachdenken zu können. Ich entschied mich damals um und wohnte für einige Tage in Vaters Jagdhütte in der Rhön. Dort entdeckten Hubert und ich unsere Liebe füreinander. Auf der Zugfahrt nach Hause kam mir dann der Gedanke, dass ich die Verbindung zu Hubert nur dann würde aufrechterhalten können, wenn ich mit allen Konventionen brach."

„Wieso das denn?"

„Ich bitte dich! Hubert war noch verheiratet, er war unehelich geboren worden und er war der Förster der Familie. Daraus mache ich drei Skandale."

„Weiß man den unterdessen, wer sein Vater war?"

„Ja stell dir vor, es kam während des Besuchs meiner Patentante Caro heraus. Sie ist eine Cousine meiner Mutter. Sie wollte mir Vorhaltungen wegen meines unsittlichen Lebenswandels mit Hubert machen. Als ich ihn ihr vorstellte, war sie wie versteinert, weil er ihrem Mann wie aus dem Gesicht geschnitten ist. Rainer Graf von Ringer ist sein Vater."

„Ein Graf also. Bist du ihm dann überhaupt ebenbürtig?"

Sie gingen lachend in ihre Betten, aber Vicky konnte lange nicht schlafen. In ihr bohrte ein Verdacht.

Beim Frühstück fragte sie daher direkt:

„Sag mal, liebe Tante Thea, hat mein Hiersein etwas mit der Kinderlosigkeit in diesem Haus zu tun?"

In dem Moment war Thea froh, dass Hubert nicht da war. Er hätte ihre Argumente durch sarkastische Bemerkungen zunichte gemacht.

„Gut, dass du fragst. Tatsächlich spiele ich mit dem Gedanken, dich meinem unverheirateten Bruder Cord vorzustellen."

„Willst du mich verkuppeln? Wie alt ist dein Bruder überhaupt?"

„Er ist jetzt zweiundvierzig."

„Das ist ja mehr als doppelt so alt wie ich es jetzt bin! Was denkst du dir dabei? Merkst du nicht, dass du mich in genau die Rolle schubsen willst, von der du mir gestern erzählt hast, wie schmerzhaft deine Befreiung aus derselben war? Du befreist dich aus der Konvention und schickst mich geradewegs in sie hinein. Was bist du doch für eine Heuchlerin!"

„Reg dich nicht auf. Ich will dich ihm vorstellen, mehr nicht. Niemand zwingt dich zu irgendetwas. Du kannst auch jederzeit wieder nach Budapest fahren. Ich will dir nur eines sagen: Hier in Allsberg bist du gern gesehen. Ob dir Cord gefällt oder nicht, solange ich lebe, hast du hier dein Heim."

„Also willst du mich doch verkuppeln!"

„Nein, ich stelle euch gegenseitig vor und dann mache ich nichts mehr. Klappt's, ist es gut, klappt's nicht, dann muss ich einen jungen Mann adoptieren."

„Warum das denn?"

„Weil sonst die Familie Tröger ausstirbt."

„Aber dann kann ich doch deinen jungen Adoptivsohn heiraten."

„Nein, wenn ich schon jemanden adoptiere, dann einen verheirateten Mann mit Kindern. Da gehe ich kein Risiko ein."

„Tante Thea, du bist eine gespaltene Persönlichkeit. Als Thea hast du alle Fesseln abgestreift, aber als die Baroness Tröger hängst du all dem Überkommenen nach."

„Ja, das sagt Hubert auch. Was du nicht weißt, ist, dass ich meinen Vater auf dem Totenbett versprochen habe, für den Fortbestand der Familie zu sorgen. Ich habe mit so vielem gebrochen. Vielleicht verstehst du, dass ich es nicht wage, auch noch dieses Versprechen zu brechen."

„Gut, ich will es hinter mich bringen. Schreib deinem Bruder, dass er kommen soll. Mal sehen, was passiert." Noch am selben Tag schrieb Thea einen Brief an ihren Bruder, der, wie vereinbart, an die Adresse der Bank in Zürich geschickt wurde.

Im Januar 1887 erhielt Cord folgende Nachricht in Manila:

Allsberg, am 1. November 1886

Lieber Cord,

Hier ist alles in bester Ordnung. Ich schreibe Dir, weil ich denke, dass ich eine junge Dame gefunden habe, die zu Dir passen wird: Victoria Gräfin von Grosser. Sie ist die Nichte meines ehemaligen Verlobten Anselm Grosser.

Ich bitte Dich, so rasch wie möglich nach Allsberg zu kommen.

Deine Schwester Thea.

Kurz von Ostern kam in Allsberg ein Telegramm an:

„kamm suhn – äm on schipp"

Thea versuchte den Inhalt zu entschlüsseln. Hubert hatte die glänzende Idee, es mit Englisch zu versuchen. Es war anzunehmen, dass der Postbeamte in Würzburg nicht in Oxford studiert hatte, man müsse das phonetisch lesen.

„Aha, dann kommt er ja bald."

„Bald ist relativ, wenn es Viertel vor zwölf ist, gibt es bald, in fünfzehn Minuten, Mittagessen. Wenn man in Manila aufs Schiff geht, kann bald auch ein Jahr sein."

Es wurde fast ein Jahr, denn das Schiff nahm nicht wie erwartet Kurs von Manila nach London oder Amsterdam, sondern nach San Francisco. Man erfuhr in Allsberg davon, als in der *Vossischen Zeitung* ein Bericht aus Cords Feder erschien, in dem er sehr anschaulich und humorvoll seine Reise mit der Eisenbahn von San Francisco über Santa Fe nach New Orleans beschrieb. Die mitreisende Damen der besseren Gesellschaft fürchteten sich nicht mehr vor den Indianern, vielmehr war ihnen eine weibliche Vaudeville-Truppe ein Dorn im Auge. Sie fürchteten um die Tugend der anwesenden Herren, besonders dann, wenn sie mit ihnen ehelich verbunden waren. Die Truppe reiste zurück nach New Orleans und der Unmut der Damenwelt entlud sich über dem Autor, als dieser begann, mit den Damen französisch zu sprechen. Eine resolute ältere Dame aus Boston stellte ihn, so schrieb Cord, zur Rede, um zu verlangen, er solle englisch sprechen, denn Unsittlichkeiten hörten sich in der Sprache Balzacs nicht als solche an, in der von Edgar Allan Poe aber schon. Der Artikel endete folgendermaßen:

„Ich gratulierte der neuenglischen Dame zu ihrem literarischen Verständnis und fuhr fort, mit den Tänzerinnen über Balzac zu philosophieren.“

Vicky las den Artikel und war amüsiert. Sie bat Thea, ihr weitere Veröffentlichungen des weltreisenden Bruders zu geben. Cord hatte schon vor Jahren die Redaktionen gebeten, stets ein Belegexemplar nach Allsberg zu schicken. Sie las alle seine Artikel, und als Cord im Herbst 1887 in Allsberg ankam, glaubte sie, ihn zu kennen. Er war ihr sympathisch geworden.

20. Kapitel

April 1887

Vicky traf Cord zum ersten Mal beim Nachmittagstee des Tages seiner Ankunft. Die Sonne hatte bereits erahnen lassen, dass die warme Jahreszeit bevorstand. Man beschloss ,im Park unter den Blutbuchen zu sitzen.

Vicky wunderte sich über sich selbst, denn sie war überhaupt nicht aufgeregt. Sie hatte so viel aus Cords Feder gelesen, dass sie annahm, alles über ihn zu wissen: Er war gebildet, kannte sich in der antiken Mythologie aus, die deutsche und europäische Literatur des gegenwärtigen und vergangenen Jahrhunderts war ihm nicht fremd, er liebte die gotischen Kathedralen Frankreichs und Englands, war humorvoll und hatte durch seine Erfahrung in der Welt einen kritischen Blick auf die Geschehnisse in Europa entwickelt. Wo er nur konnte, argumentierte er gegen den wachsenden Nationalismus und erklärte ihn als eine politische Verirrung, die aus der romantischen Bewegung zu Beginn des gegenwärtigen Jahrhunderts entstanden war.

„Wenn ganze Staatsgebilde durch ein Gefühl getragen werden – und man behaupte nicht, ‚die Nation' sei kein Gefühl – dann bedarf es nur noch eines Demagogen und das Volk brüllt Vaterland und meint damit Krieg."

Dieser Satz hatte Vicky sehr beeindruckt, obwohl sie sich eingestehen musste, ihn nicht vollständig verstanden zu haben.

Vicky deckte gerade den Tisch im Garten, als sie Schritte hörte. Sie drehte sich in Richtung des Geräusches. Vor ihr stand Cord Freiherr von Tröger, der alleinige Eigentümer der Besitzungen der Familie. Er trug einen leichten Anzug aus hellem Leinen, wodurch sein sonnengebräuntes Gesicht unter seinem roten Haarschopf noch dunkler wirkte. Er war das, was man einen stattlichen Mann nannte, aber eine Schönheit war er nicht. Er sah Vicky direkt in die Augen, nahm ihre Hand und küsste sie.

„Willkommen in meinem Haus."

„Willkommen? Sie sind es doch, der ankommt!"

„Ja, aber dies ist mein Haus. Ich wollte nur ausdrücken, dass ich deine Anwesenheit, wenn auch nachträglich, gutheiße. Ich bin Cord, wir sollten du zueinander sagen. Ohne Königgrätz wären wir ja verwandt."

Vicky fand diese Worte anmaßend. Was hatte Cord gutzuheißen, wenn er nie da war und alles in die Hände seiner Schwester gelegt hatte? Und warum sollte sie diesen wildfremden Mann gleich duzen?

Bevor sie etwas antworten konnte, kamen Thea und Hubert in den Park.

„Aha, ihr habt euch ja bereits kennengelernt."

Der Rest der Teestunde verlief in eher nichtssagenden Gesprächen. Cord bat, dass es zum Abendbrot Kochkäse gäbe, und behauptete, den habe er im Ausland am meisten vermisst.

„Was, dieses stinkende Zeug hast du vermisst? In Ungarn würde man so etwas nicht einmal den Hühnern im Hof vorwerfen."

Cord ging darauf nicht sofort ein. Er verabredete sich für den kommenden Morgen mit Thea im Büro und schlug

Vicky vor, ihn um elf Uhr im Einspänner zu begleiten. Er habe im Weinkeller in Fahr zu tun und anschließend werde er ihr in Volkach zeigen, dass die fränkische Küche mehr zu bieten habe als Kochkäse.

An diesem Abend ging Vicky zu Bett mit der Überzeugung, dass Cord eine Enttäuschung sei. Er hatte weder einen guten noch einen schlechten Eindruck auf sie gemacht.

Am nächsten Morgen kam sie etwas verspätet zum Frühstück und fand nur noch Hubert vor, der in die Lektüre der *Franken-Post* vertieft war.

„Ich bin leidenschaftlicher Zeitungsleser und habe das Glück, dass es zu meiner Aufgabe gehört, die *Franken-Post* jeden Morgen genau zu studieren."

„Das ist doch eine Ausrede, gib's zu, Hubert."

„Nein, ist es nicht. Ich muss wissen, was die Winzer von der kommenden Weinlese erwarten. Dann versuche ich aus der wirtschaftlichen Entwicklung herauszulesen, ob der Holzpreis fallen oder sinken wird …"

„Hat denn das eine mit dem anderen zu tun?"

„Sehr viel, denn wenn es der Wirtschaft gut geht, wird gebaut. Jedes Haus hat eine Dachkonstruktion aus Holz."

„Stimmt, und was musst du noch lesen?"

„Was die Remontenkommission so treibt. Der Preußen Martin hatte tatsächlich recht: Auch Pferde für's Militär sind der Mode unterworfen. Derzeit werden dunklere Tiere bevorzugt."

„Hubert, darf ich dich was fragen?"

„Natürlich, schieß los!"

„Was hältst du von Cord?"

„Die Frage ist eher, was du von ihm hältst, oder?"

„Das ist es eben! Ich weiß es nicht genau. Ich fand ihn

gestern überheblich, aber ansonsten langweilig. Ich habe alle seine Artikel gelesen und die fand ich überhaupt nicht langweilig."

„Es ist unmöglich, stets und andauernd witzig, unterhaltsam und sprühend zu sein. Außerdem hatte er eine lange Reise hinter sich. Es gibt eben auch Menschen, die besser schreiben als reden. Cord gehört aber meines Wissens nicht dazu."

„Na, dann will ich ihn auf unserer Kutschentour mal auf die Probe stellen."

Vicky hatte nie gelernt, im Damensitz zu reiten. Ihr Reitkostüm bestand daher, revolutionär für die Zeit, aus Reithose und enganliegender kurzer Jacke. Ihre Kleider, so fand sie, waren ihr für einen Ausflug in der Kutsche zu plüschig, Spitzchen da und Volants dort.

Cord kommentierte diese unübliche Kleidung mit keinem Wort, als er sie auf dem Schlosshof wartend vorfand. In dem Moment kam auch schon ein Stallbursche mit dem Einspänner, der von einem hässlichen Pferd gezogen wurde.

„Muss das sein? Hättest du mir nicht ein schöneres Pferd vor die Kutsche spannen können?"

Cord ging den verschüchterten jungen Mann ziemlich heftig an. Offenbar ärgerte es ihn, dass sein Einspänner von einem fehlfarbenen Tier gezogen wurde.

„Das Vieh sieht ja aus wie ein braunes Zebra. Vicky, siehst du diese Streifen in seinem Fell?"

„So etwas nennt man Brindle …"

„Das weiß ich selbst! Wer hat angeordnet, dass man dieses Pferd einspannt?"

„Des war fei der Breußn Marddin. Der Gaul is der allerledse, wo der Ebaminondas gemachd had. A Hengsdfohlen.

Kanner had na ned kaafn gewölld, unnern Bondifex. Mir ham na müss kasdrier. Der Marddin, der had erkennd, äs des a Guder is. An so an gudn Kudschngaul ham mir do noch nie ghabd. Der Marddin had gsechd, der Herr Baron wird na liem, lieben wird er ihn. Der Marddin blauderd ja so gschdeldsd."

Nach dieser Belehrung zuckte Cord resignierend mit den Schultern und half Vicky in den Einspänner. Sodann fuhren sie hinüber, dorthin, wo der Weg ins Maintal absinkt.

Cord sagte zunächst nichts. Er schien die Gangarten und Qualitäten des Pontifex austesten zu wollen. Schließlich murmelte er:

„Der Preußen Martin hat recht. Ein äußerst diszipliniertes, starkes und geschmeidiges Pferd. Nur halt hässlich wie die Nacht. Gut, dass man es kastriert hat. Er frönt jetzt dem Zölibat, ebenso wie sein Namensvetter in Rom."

Vicky lachte: „Auf die Idee bin ich noch gar nicht gekommen."

„Das ehrt dich. Wie du weißt, ehrt die Jungfrau alles, was sie nicht weiß."

„Pardon? Das ist nun wirklich einer der dümmeren Sprüche. Lernt man das draußen in der Welt?"

„Nein, ganz und gar nicht. Der Satz stammt noch aus der Zeit, als ich noch in Franken lebte."

„Er war damals auch nicht gescheiter als heute. Ich finde es empörend, dass man glaubt, alles was mit der Fortpflanzung zusammenhängt, von jugendlichen Ohren fernhalten zu müssen. Meine Mutter hat nicht einmal das Wort Fortpflanzung benutzt. Sie sprach von ‚unten'. Klar, das war tabu."

„Findest du es passend, bei unserem ersten Gespräch von Fortpflanzung zu reden?"

„Wer hat denn angefangen?"

Das Gespräch wurde unterbrochen, weil sich unter ihnen plötzlich das Maintal auftat. Volkach lag ihnen zu Füßen, die Mainschleife mit der Vogelsburg und links der Ort Fahr, das Ziel ihres Ausflugs, all das bot einen prachtvollen Ausblick.

„Ich gestehe, dass ich Franken eben doch ein wenig vermisst habe. Diesen Ausblick kenne ich seit meiner frühesten Kindheit. Ich habe meinen Vater immer gerne begleitet, wenn er ausgefahren ist. Siehst du die Kapelle dort rechts zwischen Volkach und Fahr? Das ist Maria im Weingarten. Warst du schon einmal dort?"

„Für mich ist es etwas schwierig, in die Kirche zu gehen. Ich bin katholisch. In Allsberg ist man evangelisch. Allein da runterzulaufen oder hinzureiten, das finde ich blöd."

„Du hast mich falsch verstanden. Ich gehe nicht in Kirchen, um zu beten. Ich bin gläubig, aber nicht im Sinne der evangelischen Kirche. Ich habe sehr viele Religionen gesehen und erlebt. Dabei habe ich festgestellt, dass an allen etwas Wahres dran ist. Man kann sagen, ich sei Pantheist. Nur in Allsberg wird von mir verlangt, dass ich evangelisch-lutherisch bin. Schließlich bin ich der Kirchenpatron."

„Was ist das denn?"

„Das ist der letzte Rest unserer ehemaligen Souveränität. Nach dem Dreißigjährigen Krieg wurde im Westfälischen Frieden beschlossen, dass der Landesherr bestimmt, welche Konfession seine Untertanen haben sollen. Cuius regio, eius religio, hieß das damals, wie die Herrschaft so die Religion. Ich bin so etwas wie das Kirchenoberhaupt in allen ehemals Trögerschen Gemeinden. Die fränkischen Barone haben sich alle nicht aus Überzeugung dem lutherischen Glauben zugewandt. Sie taten es aus Opposition gegen die übermächtigen Äbte und die Bischöfe in Bamberg und Würzburg. Ich glaube, das war ein Fehler."

„Warum?"

„Wenn man schon Religion vorschiebt und Macht meint, dann sollte man auch richtig denken. Plötzlich gingen die Pfründen nicht mehr an zweitgeborene Söhne aus den Schlössern der Region. Fremde sickerten ins Land und bemächtigten sich der Geldbörsen und Schatzkammern der Geistlichkeit. Machen wir uns doch nichts vor. Nach der Reformation waren die Menschen doch auch nicht dümmer als heute. Die kirchlichen Ämter dienten nur dazu, sich zu bereichern. Fromm war von denen keiner. Nur die fränkischen Familien, die schauten fortan zu, wie sich die Zugereisten bereicherten."

„Bist du Zyniker?"

„Vielleicht, aber in erster Linie bin ich Realist."

Er machte eine Pause und ließ seine Augen über die wunderschöne Gegend schweifen.

„Wir sind vom Thema abgekommen. Ich fragte dich, ob du schon einmal die Kapelle Maria im Weingarten besucht hast."

„Nein. Ist da etwas Besonderes zu sehen?"

„Dort befindet sich eine Mariendarstellung von Tilman Riemenschneider, mein erstes Kunsterlebnis. Es zu betrachten, tröstet mich und macht mich zuversichtlich. Lass uns hinfahren. Die Kapelle liegt fast auf unserem Weg nach Fahr. Es ist eine Schande, dass Thea dich noch nicht hingebracht hat."

Sie fuhren zunächst ins Tal hinunter und dann an den Leidensstationen Christi vorbei hinauf zur Kapelle. Dort baten sie den Mesmer um den Schlüssel, nachdem sie

Pontifex an einem in die Mauer eingemauerten Ring angebunden hatten.

Vor dem Gnadenbild der Madonna, das vor dem Chor im Kirchenraum hing, setzten sie sich in eine Bank. Vicky gefielen die kleinen Engel, die den Strahlenkranz umschweben, wurde aber immer mehr von der Anmut der Madonna, die ihr Kind auf dem Arm trägt, angezogen. In der Stille hörte sie plötzlich Cords Stimme:

„Ich habe wirklich schon viele Gottheiten und Heilige gesehen. Keine Darstellung rührt mich so an, wie diese. Verstehst du, dass ihr Anblick mir Trost und Zuversicht bringt?"

„Brauchst du denn Trost und Zuversicht."

„Davon kann man nie genug bekommen, selbst dann, wenn man nicht traurig oder verzagt ist."

„Ich glaube, ich kann dich verstehen."

Der Rest des Weges nach Fahr verlief in fröhlicher Lockerheit, als ob die Madonna ihnen etwas mitgegeben hätte.

Den Kellermeister Hönisch trafen sie gleich als sie auf den engen Hof des Weinguts fuhren.

„Ach Godd, der Herr Baron", entfuhr es ihm. „Hädder doch was gsachd, na hädd mer do a wengla aufräuma gekönnd."

„Absichtlich habe ich nichts gesagt, und ich sehe mit Freuden, dass mein Freund, der Hönischs Karl, den Betrieb noch ganz gut im Griff hat. Wie geht es Ihnen?"

„Jünger wird mer in mein Alder nimmer. Ich bin edserd fümfesechzich, da mergd mer hald, wie die Ärbed nei die Gnochn fährd, gell?"

„Genau deshalb bin ich gekommen. Bei meinem letzten

Besuch habe ich deinen Enkelsohn kennengelernt. Hieß er Manfred?“

„Freilich, der Mamfred, der is der dir naufgschossn, fast scho a Mannbild.“

Er rief nach ihm:

„Mamfred, geh amol her, do is aaner für dir, und bring dei Zeuchnis mid.“

„Gell ihr habt’s nicht vergessen?“

„Bei an jedn Schmerz wo mir nein Greuz griechn dud, deng ich dra: Der Herr Baron had verschbrochn, äs mei Mamfred auf Würzburch derf. In Bürcherschbidal söll er awos lerna. A guds Zeuchnis haddder fei grichd. A Wunner bei den Vadder!“

Ob der junge Mann die letzten Worte seines Großvaters gehört hatte, ließ er sich nicht anmerken.

„Na, in ein Weinfass wie damals passt du heute nicht mehr, so groß wie du gewachsen bist“, begrüßte ihn Cord.

Sein Gegenüber grinste und antwortete:

„Der Obba joochd mich scho nuch nei. Er sechd, durchs Schbundloch basserd a Langer aber ka Digger.“

„Da hat er recht, dein Großvater. Sag mal, hast du dein Zeugnis dabei?“

„No freilich, wie ich den Baron sei Schesn aufn Hof fahrn geshn hab, hab ichs gleich ausn Schubber ganumma.“

Cord entfaltete das Blatt Papier und stellte fest, dass der Manfred wirklich ein gutes Zeugnis bekommen hatte. Lesen, Rechnen, Heimatkunde, alles Einser. Nur im Schreiben bekam er eine zwei und im Singen eine drei.

„Gell Manfred, du bist ein rechter Brummer? Mach dir nichts draus, ich kann auch nicht singen. Aber mit dem guten Zeugnis schick ich dich nach Würzburg. Die Lehre im Bürgerspital dauert drei Jahre, dann kommst du zurück und übernimmst das Geschäft von deinem Großvater, damit der sich endlich ausruhen kann. Vielleicht musst du auch noch auf eine Weinbauschule, aber das klären wir später. Abgemacht?

„Abgemachd! Und ich dang auch rechd schö."

Nun ergriff der alte Kellermeister wieder das Wort:

„Und wer, Herr Baron, is edserd die junge Dame, wo immer nuch in die Schesn drinna hoggn dud?"

„Oh, wie unhöflich von mir. Ich hätte sie ihm vorstellen müssen. Das ist Victoria Gräfin von Grosser, eine Patentochter meiner Schwester. Sie stammt aus Ungarn. Ob sie verstanden hat, was wir besprochen haben, wage ich zu bezweifeln."

Vicky grinste und antwortete:

„A wengla blaudern ka ich scho, aber verstehn kann ich noch nicht alles."

Die drei Männer lachten anerkennend. Dann kletterte Cord wieder in den Einspänner und sie fuhren nach Volkach.

„Wie kommst du auf Patentochter? Das stimmt doch gar nicht."

„Ob wahr ist oder nicht, ist egal. Wichtig ist für die Leute, dass du einen Status hast."

„Aha." Vicky amüsierte der subjektive Umgang mit der Realität.

„Sag mal Cord, was ist mit Manfreds Vater? Der Kellermeister meinte doch, es läge an ihm, dass sein Enkel so gute Noten hat."

„Sicher ist nur, dass die Hönischs Ingrid, dem Karl seine Tochter, Pfarrköchin in Veitshöchheim ist. Sie hat den Manfred ledigerweis bekommen, wie man hier so schön sagt."

„Ich verstehe."

Als sie in der Stube des Gasthauses *Schwane* saßen, informierte sie der Wirt, heute gäbe es „gebadschda Glöß mit Soß, breida Nudeln mit Soß oder Bradwörschd mit Graud."

„Was sind *gebadschda Glöß*?"

„Ja, ich gebe zu, das ist Fränkisch für Fortgeschrittene. Das sind die vom Sonntag übriggebliebenen Kartoffelklöße. Sie werden in Scheiben geschnitten und in er Pfanne angebraten. Es gibt Leute, die sagen, so seien sie besser als frisch."

Beide entschieden sich für die Bratwürste und einen Schoppen Hauswein.

Zuerst kam der Wein, und nachdem sie sich zugeprostet hatten, versuchten sie ihn. Es war ein rechter Sauerampfer und Cord fragte den Wirt, wo er denn diesen ungenießbaren Wein her habe.

„Von Dröcher aus Fahr", war die Antwort.

Das bestärkte Cord in dem Entschluss, aus Manfred einen guten Kellermeister zu machen.

„Habt ihr denn keinen trinkbaren Wein da herin?"

„Doch, den wo mir selber machn."

„Dann bring uns davon zwei Schoppen und erlöse uns von diesem Übel."

Der Wirt grinste und sagte im Hinausgehen:

„Nacher schüdd mer halt den Baronswein nein Graud nei. Des hälds aus."

„Ist dir das jetzt unangenehm?"

„Nein, es zeigt mir nur, dass es Zeit wird, dass der alte Hönisch abgelöst wird. Wir brauchen hier jemanden, der etwas vom Wein versteht."

Die Bratwürste wurden von der Wirtin zum Tisch

gebracht. Nachdem sie serviert hatte, blieb sie am Tisch stehen, stemmte ihre Fäuste in die Hüften und fragte:

„Senn Sie ned der Baron Cord, wo immer in der Weld rumbollern dud?“

„Rumbollern ist gut gesagt. Aber es stimmt. Ich reise halt in der Welt umher und schreibe dann darüber, was ich erlebt habe.“

“Ich sooch den Herrn Baron edserd aans: Er söll daham blei. Drohm nein Schloss ghörn wieder amol glaana Kinnerlich nei.“

„Was sind Kinnerlich?“ Es war Vicky, die das fragte.

„Kleine Kinder“, antwortet Cord und meinte, Vicky erröten zu sehen.

Auf der Rückfahrt meinte Vicky trocken, das kulinarische Angebot vom Tage sei über die Qualität von Kochkäse nur mühsam hinausgegangen.

„Ja, du hast recht. Ich habe vergessen, dass Franken ein armes Land ist. Bei den Bauern und in den Wirtschaften gibt es nur am Sonntag Braten. Richtig gutes Essen gibt es wahrscheinlich nur bei Hochzeiten. Dazu gibt es eine schöne und dennoch wahre Geschichte: Als Franken von Bayern geschluckt wurde, schickte der König Kundschafter aus, die ihm von diesem ihm vollkommen unbekannten Landstrich berichten sollten, sie sollten eine Bestandsaufnahme machen. Von Mainfranken steht da ein bezeichnender Satz im Bericht. Ich zitiere aus dem Kopf: ‚In den Gegenden, wo Weinbau betrieben wird, ist die Bevölkerung vom Auf und Ab guter und schlechter Ernten geprägt. Sie sind daher liederlich und nachlässig bei der Erhaltung ihrer Höfe. Nirgendwo ist der Verkehr mit den Juden stärker.‘ Das ist eine sehr zutreffende Einschätzung. Ich denke, dass das mit den Juden nur bestehende Vorurteile bediente und die Liederlichkeit der Bevölkerung unterstreichen sollte. Der Berichterstatter hat übersehen, dass die Juden ganze Landstriche retteten, wenn die Ernte wieder einmal schlecht ausging. Sie gaben Kredite oder kauften zukünftige Ernten auf. Ohne sie hätte hier große Not geherrscht.“

„Sprichst du in der Vergangenheit? Schau mal nach Allsberg hinunter. Da gibt es Familien, die tatsächlich in großer Not leben. Es sind die landlosen Familien. Wenn da nicht einer der Söhne in der Remontenzucht arbeiten könnte, gäbe es dort kein festes Einkommen. Manche Familien leben davon, dass der Vater Weidenkörbe flechtet, die Mutter die sterbende Bäuerin im Nachbarhaus pflegt und die Kinder aufpassen, wie die Gans das Gras am Wegrain zupft.“

Cord antwortete darauf nicht, vielmehr lobte er Pontifex, der nun bergauf zeigen konnte, was in ihm steckte.

Als Vicky an diesem Abend zu Bett ging, kam ihr der Gedanke, dass es heute Cord gewesen war, der sie als Erster wie einen erwachsenen Menschen behandelt hatte. Das war ein gutes Gefühl.

Einige Tage später fuhr Cord nach Würzburg. Er habe Einiges zu tun und ließ Thea ausrichten, dass er nicht wisse, wann er zurückkäme.

Zunächst lief er vom Bahnhof zum Bürgerspital und ließ sich beim Direktor melden. Bei ihm hinterlegte er einen größeren Betrag, der Manfreds Lehrgeld sowie Kost und Logis für drei Jahre abdecken sollte. Dann unterschrieb er den Lehrvertrag und bat, diesen an den Großvater des jungen Mannes zu schicken, damit dieser ihn gegenzeichne. Darüber hinaus wurde ausgemacht, dass Manfred nicht auf den Beginn des neuen Lehrjahres warten müsse, sondern sich gleich nach Neujahr beim Kellermeister melden könne.

Zum Mittagessen ging er ins *Lämmle* gleich hinter der gotischen Marienkapelle. Als er am Nordportal vorüberkam, amüsierte er sich wieder einmal über die Darstellung der unbefleckten Empfängnis Mariens: Ein Schlauch führt von Gottes Mund zu Marias Ohr. So geht's nicht, dachte er und freute sich schon auf seinen für den Nachmittag geplanten Besuch.

Das Gasthaus zum Lämmle hatte auch an Wochentagen Fleisch auf der Karte. Er bestellte eine fränkische Hochzeitssuppe und danach Sauerbraten mit rohen Kartoffelklößen. Dazu trank er einen Silvaner vom Würzburger Stein. Es war ein Genuss, den er auch allein zelebrieren konnte. Als Reisender ist man daran gewohnt, nicht immer jemanden zu finden, der beim Essen Gesellschaft leistet. Nachdem er gezahlt hatte, schlenderte er am Main entlang. Dass er sein „Tigerbein" noch etwas nachzog, war unterdessen fast nicht mehr zu sehen. Auf der Mainbrücke betrachtete er die zwölf Statuen, denen der Zahn der Zeit schon arg zugesetzt hatte. Sie standen hier seit hundertfünfzig Jahren und waren Wind und Wetter schutzlos ausgeliefert. Wieder einmal ärgerte er sich darüber, dass man an den Statuen und Häusern in Würzburg keine Wappen fränkischer Familien mehr finden konnte, Greiffenclau, Ingelheim, Schönborn, Seinsheim, Erthal. Alle waren aus dem Kurmainzischen gekommen und hatten die Posten übernommen, die die Fränkischen ohne Not geräumt hatten. Er wäre gern Kleriker geworden, damals, als die Bischöfe von Würzburg noch Fürstbischöfe waren und es sich leisten konnten, Balthasar Neumann als Architekt zu haben.

Neben dem Gefängnis unterhalb der Festung Marienberg bestellte er in einem kleinen Gasthaus noch einen Schoppen und lachte über den deplatzierten Baustil des monströsen Baus. Ferdinand von Habsburg, ein Bruder des Kaisers in Wien, war in der napoleonischen Zeit Großherzog von Würzburg geworden. Aus seiner Zeit stammte das Gefängnis. Unten Palazzo Pitti, darüber römischer Tempel und ganz oben toskanische Villa. Kein Wunder, dachte Cord, dieser Ferdinand hatte vorher in Florenz regiert.

Er nahm den Weg zurück über die Brücke in die Altstadt. Nach der Brücke ging er rechts am Mainkai entlang, und nach wenigen Schritten stand er in der Unteren Bockgasse vor einem Haus, das ganz Würzburg kannte und von dem alle davon überzeugt waren, dass, wenn man schon so etwas brauchte, es in der Bockgasse gut aufgehoben wäre.

Er zog am Klingelstrang und bald schon machte ein mürrischer Hausbediener mit grüner Schürze auf. Als er den Besucher erkannte, hellten sich seine Züge auf und er rief ins Haus hinein:

„Schüliëdd, der Baron vo Allsberg is wieder do. Hasd a weng an Schambanier in'n Eis?"

Kurz darauf erschien Juliette, die Madame. Sie trug ein pompöses Kleid und war üppig, aber nicht grell geschminkt.

„Herr Baron! Er gibt uns wieder die Ehre! Darf ich sagen, dass ich mich freue?"

„Juliette, meine Liebe. Du weißt, mein Herz wird immer an dir hängen, aber …"

„Ich weiß, ich weiß, Sie waren damals ja noch so jung."

„ … ja, so war das. Dennoch wirst du es mir nachsehen, wenn ich dich heute bitte, mich einer deiner jüngeren Freundinnen vorzustellen."

„Gehen Sie schon einmal hinauf in den Salon. Ich schicke meine Beste."

Während Cord oben wartete, erinnerte er sich daran, dass er Juliette kennengelernt hatte, als sie noch Hildegard hieß. Sie war die Tochter des Dorfschneiders von Thüngersheim. Er hatte ihr, nachdem sie ihn zum Mann gemacht hatte, das Geld gegeben, damit sie nach Paris reisen konnte. Von dort kam sie Jahre später als Juliette zurück und übernahm das Haus in der unteren Bocksgasse von ihrer Tante.

In den Empfangsräumen bereitete Juliette unterdessen eine junge Schönheit auf ihren Freier vor. Sie schien aus Tausend und einer Nacht entstiegen, stammte aber aus Werneck. Nachdem Juliette die Vorlieben des Gastes erklärt hatte, fügte sie am Ende hinzu:

„Wenn der Herr Baron fertig ist, kommst du sofort runter. Bleib keine Minute zu lang bei ihm."

Zwei Stunden später öffnete Cord die Tür zu Juliettes Salon. Sie hatte ihn schon ungeduldig erwartet.

„War die Mamsell nicht zu Ihrer Zufriedenheit? Warum hat es so lange gedauert?"

„Nein, nein, sie war sehr fleißig. Ich wollte nur ein paar Sachen ausprobieren, von denen ich in Saigon und Manila gehört hatte. Aber jetzt wie immer: Champagner. Du weißt, ich brauche Aufheiterung."

Juliette hatte die Champagnergläser bereits vorbereitet und rief nun nach Chloé, die kurz darauf eine Flasche Champagner im Eiskübel hereintrug. Cord erzählte von sich. Das war Juliette von ihren Besuchern gewohnt. Insofern war Cord keine Ausnahme, aber er erzählte interessant von fremden Welten und den Heldentaten, die er dort vollbracht hatte. Sie hörte ihm geduldig und aufmerksam zu. Nur als er vom Tiger bei der Jagd mit dem Maharadscha berichten wollte, unterbrach sie ihn. Die Geschichte hatte er schon öfter erzählt. Es gab dann noch eine weitere Flasche Champagner, und nachdem Cord eine größere Summe Geldes übergeben hatte, wartete – wie immer – vor der Haustür eine Droschke, die ihn ins Hotel brachte.

In den darauffolgenden Wochen machte Cord Vicky den Hof. Nicht weil er in sie verliebt war. Vielmehr machte es ihm Freude, mit einer so jungen Frau, fast noch ein Mädchen, umzugehen. Er merkte, dass sie ihm zuhörte und immer noch mehr wissen sollte. Wer hätte ihm je so zugehört, wer wäre je so daran interessiert gewesen, wenn er von der Geschichte der Familie Tröger oder von seinen Reisen erzählte? Mit der Zeit stellte er auch fest, dass es ihm Spaß machte, sie in ihn verliebt zu machen. Mehr nicht. Cord waren seine Mitmenschen einerlei. Ihm war es nur wichtig, ein abwechslungsreiches Leben zu führen, niemandem Rechenschaft schuldig zu sein. Dass Thea ihn hergerufen hatte, weil er für den Bestand der Familie Tröger sorgen sollte, hatte er nicht vergessen, aber das spielte in seinem Kopf keine Rolle. Immer wenn es ihm in Allsberg zu eng wurde, dieser geregelte Tagesablauf, die Ehrerbietung der Leute unten im Stall, das Schloss, das trotz seiner Größe wie ein Alp auf ihm lastete, dann sagte er zu sich selbst:

„Lass uns das hier abhaken und dann verschwinde ich wieder."

Vicky für ihren Teil war von Tag zu Tag mehr davon überzeugt, dass dieser mehr als doppelt so alte Mann sich wirklich zu ihr hingezogen fühlte und deshalb all die Zeit mit ihr verbringen wollte. Vicky empfand sich erstmals selbst als wichtig und musste sich eingestehen, dass sie auch ein wenig geschmeichelt war von Cords Interesse an ihr.

An einem Morgen im Mai fragte Cord:

„Vicky, hat dir eigentlich schon jemand die alte Bibliothek gezeigt?"

Als sie verneinte, sah Cord seine Schwester über den Rand seiner Kaffeetasse scharf an und stellte fest:

„Du hast der armen Vicky wohl gar nichts gezeigt oder erzählt. Man wird in diesem Haus nicht heimisch, wenn man seine Geschichte nicht kennt."

Auf dem Weg ins Obergeschoss berichtete Cord von Onkel Max, wie er als zweitgeborener Sohn nach Russland ging, um dort sein Glück zu suchen und auch fand.

„Schwerreich ist er zurückgekommen und hat mit diesem Bauwerk der Familie einen riesigen Klotz ans Bein gehängt. Die Trögers hatten immer genügend zu essen, viel Geld hatten sie jedoch nie. Aber wer glaubt das einem schon, wenn man in einem solchen Protzbau wohnt? Ich muss sagen, ich bewundere meinen Vater. Mit seiner Idee, Pferde für die Armee zu züchten, ist es ihm gelungen, endlich Geld in die Bude zu bekommen, nachdem die Zahlungen unserer Hintersassen weggeblieben waren."

„Was sind denn bitte schön Hintersassen? Was ist das denn für ein komisches Wort?"

„Das sind unsere ehemaligen Untertanen. Mein Vater war der Erste, der unseren Besitz wirklich bewirtschaften musste. Vorher haben das die Hintersassen getan und dafür Geld im Trögerschen Rentamt abgegeben."

„Was, die mussten zahlen dafür, dass sie arbeiten konnten?"

„Und wie, glaubst du, ist das Vermögen der Familie Székely zusammengekommen? Letztlich hat sich bis heute nicht viel geändert: Wer Land bewirtschaftet, das ihm nicht gehört, der zahlt Pacht."

Bei diesen Worten stieß er die beiden Flügel einer sehr hohen Tür auf. Vicky sah in ein dunkles Loch.

„Huch, da muss ich wohl erst die Fensterläden aufmachen. Licht, so sagt man, schadet den Büchern."

Die Morgensonne drang nun wie ein Eroberer in den großen Raum. Auf Regalen aus Eichenholz, das mit Schnitzereien verziert war, standen eine Unzahl von alten Büchern.

„Hier findest du mehr oder weniger alles, was man bis zur Jahrhundertwende wissen musste. Hier lagern sogar durchaus subversive Bücher, die von den Ideen der französischen Revolution handeln. Sie wurden den jungen Trögers in die Hand gedrückt mit den Worten: „Ihr müsst ja schließlich auch wissen, was unsere Feinde denken."

Cord lachte.

„Ich glaube nicht, dass alles wirklich gelesen wurde. Als junger Mensch interessiert man sich nicht für Theorien und Ältere geben vor, keine Zeit mehr zu haben."

Vicky zeigte auf ein besonders prächtiges Regal zwischen den beiden Fenstern. Es war wie die anderen aus Eiche und ebenfalls mit Schnitzereien verziert, diese aber waren mit Blattgold belegt.

„Was ist das denn? Sind das Heiligenbilder?"

Ja, das ist die Ikonensammlung, die Onkel Max aus Russland mitgebracht hat. Ich habe Thea schon mehrmals gebeten, dieses Zeug in Kisten zu verpacken und auf den Dachboden zu bringen. Ich kann diese ständige Heiligkeit nicht ausstehen. Ich glaube nicht daran, dass es nur einen Gott gibt und deshalb gibt es auch keine Heiligen."

„Die Ikonen müssen dich doch nicht stören, du warst sicher schon jahrelang nicht mehr hier. Thea und Hubert kommen auch nicht täglich zum Anbeten hierher."

„Ein weiser Mann, den ich einmal am Amazonas getroffen habe, hat mir gesagt, Götter, die man vernachlässigt, bringen Unglück in die Familie.“

„Wenn du sie wegpackst, vernachlässigst du sie nicht?“

„Doch, aber dann sieht sie niemand mehr. Vielleicht fallen sie so irgendwann der Vergessenheit anheim.“

„Wäre es da nicht besser, sie zu verbrennen?“

„Das habe ich den Mann am Amazonas auch gefragt. Er hat geantwortet, dass er das, was dann passieren würde, erst gar nicht in den Mund nehmen wolle. Dann ist er in den Urwald verschwunden.“

„Abergläubisch bist du nicht, oder?“

„Doch, der Aberglaube verfolgt all diejenigen, die sich im Glauben unsicher sind.“

„Meine Großmutter in Buda hat immer gesagt, Aberglaube sei etwas für Tiroler Bergbauern. In deren Herrgottswinkel solle man lieber nicht allzu genau hineinschauen.“

„Da mag sie recht haben. Wie dem auch sei, morgen kommen die Dinger auf den Dachboden.“

Cord schien sich darüber zu ärgern, dass Thea die Ikonen noch nicht weggeschafft hatte. Er schickte sich an, die Fensterläden zu schließen. Vicky hielt ihn davon ab, denn sie hatte an der Decke der Bibliothek etwas entdeckt.

„Das Wichtigste hast du mir nicht gezeigt. Das Fresko da oben, das ist doch sicher etwas ganz Besonderes.“

„Ja, das ist es tatsächlich. Fast hätte ich es vergessen. Onkel Max hat es nicht mehr gesehen. Wahrscheinlich hat man in seiner Hinterlassenschaft noch etwas Wertvolles gefunden, sonst hätte man kein Geld gehabt, um den Künstler zu bezahlen. Man weiß nicht mit Sicherheit, wer das gemalt hat. Vielleicht ein Tiepolo-Schüler, vielleicht sogar sein Sohn.

Von ihm ist bekannt, dass er seinem Vater beim Würzburger Fresko im Treppenhaus der Residenz geholfen hat. Dieses Fresko hier stellt griechische Gottheiten dar. Eos im Osten, die Göttin der Morgenröte. Ihr gegenüber Europa, die Göttin des Abends. Artemis, das griechische Gegenstück zur römischen Diana, jagt im Süden, und im Norden thront Pallas Athene auf dem Wappen der Familie Tröger, grünes Joch auf gelbem Grund."

„Ist Pallas Athene nicht die Göttin der Weisheit?"

„So ist es!"

„Und was hat die Weisheit mit der Familie Tröger zu tun?"

Cord lachte, dann nahm er Vickys Hände in die seinen. Er war ernst geworden und schaue ihr lange in die Augen. Es schien eine Ewigkeit gedauert zu haben, bis er die richtigen Worte gefunden hatte:

„Immerhin hat mir die Göttin so viel Weisheit gegeben, dass ich jetzt fragen kann: Willst du meine Frau werden?"

Darauf war Vicky nicht gefasst. Dennoch spürte sie, dass es für sie nur diese eine Antwort gab: „Ja!"

Als Nächstes spürte sie seine Lippen auf den ihren. Mehr nicht. Sie war enttäuscht, denn sie wusste, dass es da noch mehr gab. Sie hatte es erlebt in den verrauchten Kellern Budapests.

„Szeremelbetegség!" Das ungarische Wort für Liebeskummer schoss wie ein Blitz durch ihren Kopf. Sie verscheuchte den Gedanken und hakte sich bei ihrem Verlobten unter.

„Und wer ist der da in der Mitte, Lazarus etwa?"

„Nein, der Herr symbolisiert unsere Familie, zu der du jetzt auch gehörst. Er ist ein Wasserträger, ein Wassertröger, der den Armen und Dürstenden Labsal spendet. Ob das mit der Realität zu tun hat, muss jeder Tröger selbst herausfinden. Aber jetzt lass uns hinuntergehen. Thea wird von der Neuigkeit begeistert sein."

21. Kapitel

Juni 1887

Thea war nicht verwundert, dass alle, denen sie eine Einladung zur Hochzeit geschickt hatte, einen Grund fanden, absagen zu können. Eines musste man der fränkischen Aristokratie lassen: Konsequent war sie. Wenn es sich herumgesprochen hatte, dass im Schloss in Allsberg Zustände herrschten, die dazu angetan waren, das Gefüge von Tradition, Gottesfurcht und Anstand ins Wanken zu bringen, dann ging man da einfach nicht mehr hin.

Immerhin kündigten Ida und Baltazár ihr Kommen an. Sie waren auch nötig, denn als Mutter und Vormund mussten sie der Vermählung der noch nicht einundzwanzigjährigen Vicky zustimmen. Es war eine denkbar kleine Hochzeitsgesellschaft, die am ersten Samstag im Juni, es war der vierte Tag des Monats, in die Allsberger Kirche einzog. Cord hatte zunächst gemeint, die neue eingeführte standesamtliche Eheschließung würde ausreichen, aber Thea und der Ortspfarrer überzeugten ihn gemeinsam von einer kirchlichen Trauung, schließlich sei er der Kirchenpatron.

„Als solcher kann Herr Baron sich nicht den Segnungen der Kirche entziehen. Es ist schon problematisch genug, dass die Braut partout katholisch bleiben möchte."

Wider Erwarten war die Kirche am Hochzeitstag gesteckt voll. Das ganze Dorf und Abordnungen aus ehemals Trögerschen Orten hatten sich darin versammelt.

„ ...bis dass der Tod euch scheidet. So antworte mit Ja."

Vicky traf der erwartete Satz wie ein Keulenschlag. Das war endgültig. Das wurde ihr erst bei diesen Worten bewusst. Für Bedenken war jetzt keine Zeit mehr, zumal sie hoffte, dass sich ihr Eheleben über einen Kuss auf die Lippen hinaus entwickeln würde.

Nach dem Gottesdienst gingen die ehemaligen Untertanen in die beiden Gasthäuser des Dorfes. Dort gab es die übliche Brotzeit.

Im Schloss gab es ein etwas hastiges Diner, weil bald schon die Kutsche wartete, um das Brautpaar an die Bahn zu bringen. Die Hochzeitsreise sollte sie ins mondäne Wiesbaden führen. Thea hatte im Nassauer Hof eine Suite reservieren lassen.

Schon vier Tage später traf das junge Paar wieder in Allsberg ein. Vicky schloss sich sofort in ihrem Zimmer ein.

„Was ist denn passiert?" Thea war bestürzt und besorgt.

Statt einer Antwort brummte ihr Bruder nur:

„A Jungfrau war die fei nimmer." Dann packte er seine sieben Sachen und verschwand.

Trotz dieser Katastrophe war Thea ein wenig amüsiert: Auch Cord konnte Dinge, über die er mit seinem Vater nicht hatte reden können, nur auf fränkisch ausdrücken, weil er die Worte in der Küche gelernt hatte.

Thea hatte Cord antworten wollen, er sei ja schließlich auch nicht als Unberührter in diese Ehe gegangen. Sie hielt sich zurück, wohlwissend, dass er nur Hohn über sie ausschütten würde, hätte sie ihm das tatsächlich vorgehalten.

Am nächsten Morgen klopfte Thea an Vickys Tür und nach einigem guten Zureden öffnete sie. Sie hatte vollkommen verquollene Augen.

„Hast du die ganze Zeit geweint?"

Statt einer Antwort schlang sie ihre Arme um Thea und wimmerte: „Was hast du mir da nur angetan!"

Das wirkte wie ein Schock. Wie vom Donner gerührt stand Thea in der Tür und hielt Vicky, die nun wieder begonnen hatte zu weinen. Es war wohl ein befreiendes Weinen, sie schrie damit ihre Enttäuschung und ihre Wut in die Welt hinaus. Es schien sich ziemlich viel Wut und Verzweiflung angesammelt zu haben, dann das lauter werdende Schluchzen hörte und hörte nicht auf. Als Hubert kam, um nach dem Rechten zu sehen, winkte sie ihn davon. Das war ein Moment, wenn auch ein langer Moment nur für Frauen.

Als Vicky sich etwas beruhigt hatte, führte Vicky sie zurück zu ihrem Bett.

„Warte hier. Ich lasse uns ein Frühstück im Wohnzimmer servieren. Dort sind wir ungestört. Wenn du willst und kannst, ist dort Gelegenheit, mir zu erzählen, was dich so bedrückt."

Etwas später betrat Vicky das Wohnzimmer, wo Thea bereits auf sie wartete. In ihrem geliebten Reiterkostüm sah sie wieder aus wie die junge ungestüme Frau, die sich auf ungesattelte Pferderücken schwingt.

„Komm setz dich zu mir. Eine Tasse Kaffee wird dir guttun. Schau, es gibt sogar ein Frühstücksei, obwohl wir heute erst Donnerstag haben."

Noch Jahre später musste Vicky immer wieder an diesen banalen Satz denken. Mit diesen Worten war es Thea unwissentlich gelungen, sie wieder in die Realität zurückzuholen. Die Ausnahme, am Werktag ein Frühstücksei zu bekommen, hatte sie wieder zurückgeführt in die sichere Zone dessen, was sie kannte, einschätzen konnte und liebgewonnen hatte:

„In Allsberg gibt`s am Sonntag zum Frühstück ein Ei."

Das stand fest wie ein in Stein gemeißeltes Gesetz. So wie bisher alles, seit sie Budapest verlassen hatte, voraussehbar und geordnet gewesen war. Sogar, als sie herausgefunden hatte, was Thea wirklich dazu bewogen hatte, sie mit nach Franken zu nehmen, hatte das irgendwie gepasst. Jemanden zu heiraten war nun nicht wirklich ungewöhnlich.

Stumm saßen die beiden Frauen nebeneinander. Thea rührte fast nichts von dem an, was auf dem Tisch angerichtet worden war, und Vicky biss geistesabwesend von ihrem Marmeladenbrötchen Stückchen für Stückchen ab.

„Weißt du, er ist so gemein mit mir gewesen!"

Es war aus ihr herausgebrochen, ohne dass sie zuvor den Entschluss gefasst hätte, etwas zu sagen. Sie sah Thea von sich selbst überrascht an.

„Eigentlich sollte ich darüber nicht reden. Man kann darüber nicht reden, so etwas tut man nicht."

Thea ahnte Schlimmes und überlegte, was sie nun sagen könnte, ohne neugierig, verletzend oder auch nur aufdringlich zu erscheinen.

Sie nahm Vickys Hand in die ihre und sagte zunächst einmal gar nichts. Nach langen Minuten begann sie leise:

„Es ist eine Last unserer so züchtigen Zeit, dass wir über das nicht sprechen können, was unserem Leben Sinn und Halt gibt. Liebe kann so schön sein! Aber manchmal ist sie auch grausam und hinterlässt blutige Spuren."

„Ja, das war es auch! Er war die ganze Zeit gemein zu mir. Im Bummelzug von Seligenstadt nach Würzburg hat er noch mit mir geredet. Kaum saßen wir in unserem Abteil im Zug nach Wiesbaden, hat er ein Buch gelesen. Macht man das auf der Hochzeitsreise? Hat er die ganzen Wochen zuvor nur gespielt, dass ich für ihn wichtig bin? Später im Hotel gab er den galanten Kavalier, wenn wir unter Menschen waren. Aber kaum … ach, es war schrecklich!"

„Vicky, du musst nicht darüber reden. Ich bin mir aber sicher, dass es dir helfen wird, es zu tun. Jetzt oder später. Eines versichere ich dir aber auf jeden Fall: Ich werde mit niemandem darüber reden. Nicht mit Hubert, nicht mit Cord, nicht mit deiner Mutter, nicht einmal mit dir, es sei denn, du verlangst es."

„Apropos Mutter. Ist sie mit Baltazár bereits abgereist?"

„Ja, schon am Montag."

„Gott sei Dank! Ich würde es nicht aushalten, wenn sie mich so sähe. Ihr Gerede wäre mir unerträglich. Bei ihr klingt immer alles nach einem Vorwurf."

„Nun, einen Vorwurf müsstest du eigentlich mir machen. Es war ja meine Idee, das mit Cord."

„Das mit Cord! Gut gesagt! Du kennst ja nur seine Hülle! Man kann froh sein, dass er in der Welt rumbollert, wie sich die Wirtin von der *Schwane* drunten in Volkach ausgedrückt hat. Er denkt nur für sich, er fühlt nur für sich, er plant nur für sich, er lebt nur für sich. Er ist nicht mehr in der Lage, sein Leben in Gemeinschaft mit anderen zu verbringen."

„Womöglich ist das der Grund, weshalb er in so jungen Jahren in die Welt entschwunden ist."

„Hast du dir das nie überlegt, bevor du mich da ins Spiel gebracht hast?"

„Wie sollte ich, ich kenne ihn nur als Bruder. Du hast ihn als Mann kennengelernt."

Vicky zögerte, bevor sie das Gespräch wieder aufnahm.

„Thea, darf ich mit dir über so etwas sprechen?"

„Ob du darfst, musst du entscheiden. Wenn du fragst, ob

du über ‚so etwas' mit mir sprechen kannst, so ist die Antwort Ja."

„Erinnerst du dich daran, dass ich dir und Hubert von meiner Szcerd- meinem Liebeskummer erzählt habe?"

„Natürlich erinnere ich mich."

„Er hieß Sándor und führte bei den Diskussionen über die Zustände in der Donaumonarchie das große Wort. Er sah wild aus und hatte glühende Augen. Die jungen Frauen lagen ihm zu Füßen. Er konnte reden, er konnte tanzen, er konnte einfach alles. Ich war, wie alle anderen auch, in ihn verliebt. Eines Abends merkte ich, dass er beim Reden immer mich anschaute. Es war, als wolle er mir ganz allein die Welt erklären. Später führte er mich in einen Nebenraum, wo er mich, ohne etwas zu sagen, umarmte und leidenschaftlich küsste. Das mit der Zunge weiß ich erst seit damals. Es war so wunderschön, dass ich es zuließ, dass er mich streichelte … dass er mich auch unter der Kleidung streichelte. Das er mir die dann auch noch auszog, schien mir plötzlich als normal und logisch. Ich streichelte auch ihn und erkundete seinen nackten Körper. Es war wunderschön. Was ich erlebte, hatte ich mir nicht vorstellen können. Ich wusste ja nicht einmal ansatzweise, dass es so etwas gab. Ich war glücklich und freute mich auf den kommenden Abend. Aber da hatte er nur noch Augen für eine andere. Es war seine Schwester Réka, die mich an dem Abend getröstet hat. Sie sagte, Männer seien halt so und dann hat sie mit mir genau das gemacht, was Sándor am Abend zuvor gemacht hatte, naja, fast genau. Auch das war sehr schön. Und was passierte am Abend darauf? Da tröstete Réka die, für die Sándor am Abend zuvor schöne Augen gehabt hatte. Das war ein abgekartetes Spiel der beiden. Ich war wütend und verletzt. Kurz darauf kamst du und Hubert. Euer Angebot kam mir wie gerufen."

Sie machte eine kleine Pause.

„Du siehst, das waren meine ersten Erfahrungen mit dem, was meine Mutter pauschal als ‚unten' bezeichnet. Es war eine Enttäuschung, aber ich wusste nun, dass körperliche Liebe auch etwas Wunderbares sein kann. Ich freute mich auf meine erste Nacht mit Cord."

„Du musst mir das nicht erzählen, das weißt du."

„Nein, jetzt will ich es dir erzählen, dann ist es draußen."

Sie machte eine kleine Pause. Sie seufzte, bevor sie fortfuhr.

„Weißt du, was er gemacht hat? Als wir in die Suite kamen, hat er gesagt, ich soll mich ausziehen. Einfach so: Zieh dich aus und leg dich aufs Bett. Ich dachte, ich hätte mich verhört. Aber dann sah ich, dass auch er sich auszog. Es wirkte so gewöhnlich! Als ob es nichts Besonderes wäre, seine Frau zum ersten Mal ohne Kleider zu sehen. Er schaute mich auch gar nicht lange an, sondern legte sich auf mich und stieß sein Geschlechtsteil in mich hinein. Es tat höllisch weh. Außer Schmerzen spürte ich nichts, er aber stöhnte, bäumte sich auf und rutschte dann auf die Seite. Ich war vollkommen perplex. Dann hörte ich ihn etwas sagen, was ich nicht verstand. Ich bat ihn, es zu wiederholen. Er sagte: *Animal post coitum triste* und fügte auch gleich noch die Übersetzung hinzu: Nach dem Geschlechtsverkehr ist das Tier traurig. Ich verstand die Welt nicht mehr. Ich dachte, die Hochzeitsnacht sei etwas Schönes, etwas Aufregendes, etwas, an das man sein Leben lang freudig zurückdenkt. Und jetzt ist er traurig. Ich versuchte ihn zu trösten. Was dann allerdings passierte, kannst du dir in deinen kühnsten Träumen nicht vorstellen."

„Was ist denn geschehen?“

„Statt sich trösten zu lassen, ist er wütend geworden und hat mich verprügelt.“

„Was? Geh, Vicky, das hast du jetzt erfunden.“

Statt zu antworten erhob sich Vicky und zog ihre Bluse aus. Ihr gesamter Oberkörper war voller Hämatome.

„Am nächsten Morgen ist er in ein Juweliergeschäft gegangen und hat eine wertvolle Halskette gekauft. Mit vielen Beteuerungen, er entschuldige sich und dass es ihm leidtue, schenkte er mir den Schmuck. Ich fand das entwürdigend, sagte aber nichts, zumal er den ganzen Tag sehr freundlich zu mir war. Ich dachte schon, aufatmen zu können, aber am Abend wiederholte sich alles noch einmal: Post coitum …, Wutanfall, Prügel. Ich habe danach zwei Nächte auf dem Sofa im Salon unserer Suite geschlafen. Dass er so schnell bereit war, unsere Flitterwochen abzubrechen, lag nur daran, dass ich ihm drohte, zum nächsten Fotografen zu gehen, damit er mich samt meinen blauen Flecken nackt porträtieren solle. Er hat auf der ganzen Rückfahrt kein Wort mehr mit mir geredet und in seinem Buch gelesen. Diesmal war ich ihm dankbar dafür.“

Thea saß bewegungslos auf ihrem Stuhl und schaute in den Park hinaus. Mehrmals öffnete sich ihr Mund, als wolle sie etwas sagen. Es dauerte eine sehr lange Weile, bis sie stammelte:

„Aber Vicky, das ist, Vicky, ich dachte, ich meine, das konnte doch, wie soll ich es sagen, ich kannte diese Facette bei ihm nicht. In was für eine Katastrophe habe ich dich da nur hineinmanövriert? Wirst du mir je verzeihen können?“

„Thea, es geht nicht um dich! Es geht nicht darum, wer dir verzeiht oder nicht. Du denkst immer, du stehst im Mittelpunkt und ziehst an den Fäden, an denen deine Marionetten hängen. Vergiss dich selbst nur ein Mal und nimm bitte zur Kenntnis, dass ich erniedrigt und misshandelt wurde. Was soll ich nur machen? Zwei Mal haben wir unsere Ehe vollzogen. Was mach ich bloß, wenn das gereicht hat, um schwanger zu werden?"

„Wir benutzen dieses Wort hier nicht. Wir sagen: Ich erwarte ein Kind. Wenn das geschähe, dann hätte dein Missgeschick ja noch etwas Gutes gehabt."

„Was ist daran gut? Mich unterscheidet von einer Frau, der Gewalt angetan worden ist, nur die Tatsache, dass ich weiß, wer der Vater ist."

„Aber Thea, Mutter zu werden, das ist doch unter allen Umständen etwas Wunderbares."

„Das magst du so sehen. Ich sehe unter diesen Umständen überhaupt nichts Wunderbares. Ich muss jetzt hinaus. Ich werde mir ein Pferd nehmen und so lange galoppieren, bis uns beiden die Puste ausgeht."

22. Kapitel

Sommer/Herbst 1887

Schon seit längerer Zeit fanden die Remontierungen nur noch in Allsberg statt. Sowohl die Militärs als auch die kleineren Züchter hatten darum gebeten; diese auch deshalb, weil Thea im Gegensatz zu den Gemeinden keine Gebühren verlangte, wenn die Züchter ihre Pferde auf den Tröger'schen Wiesen zum Verkauf anboten. Einerseits mit Freude, andererseits mit großer Besorgnis stellte Thea fest, dass das Geschäft mit den Pferden ständig besser lief. Das lag auch daran, dass in Allsberg unterdessen edle und militärtaugliche Pferde gezüchtet wurden. Allsberg konnte mit den staatlichen Gestüten, die meist in Altbayern angesiedelt waren, mithalten. Thea führte das in erster Linie auf das Können des Preußen Martin zurück. Die Braut, die er zusammen mit Xerxes aus Trakehnen mitgebracht hatte, war unterdessen seine Frau geworden. Sie wohnten im ehemaligen Verwalterhaus und bekamen mit den Jahren viele Kinder, die zur Belustigung Theas zweisprachig aufwuchsen: Zu Hause sprachen sie den angestammten Dialekt der Eltern und im Dorf fränkisch, wie alle anderen auch.

Bei all dieser positiven Entwicklung konnte Thea nicht umhin, sich Sorgen zu machen, denn steigende Nachfrage bei Remonten bedeutete auch Aufrüstung. Wozu sollte das gut sein? Die Presse betete brav nach, was die Herren in Berlin sagten, besser gesagt schwadronierten. Deutschland sei von

Feinden umzingelt. Man müsse gewappnet sein, zumal in keiner Weise gesichert sei, dass im Krisenfalle Österreich-Ungarn an Deutschlands Seite stehen und kämpfen werde. Thea beobachtete diese Entwicklung mit unguten Gefühlen. Oft sprach sie mit Hubert darüber:

„Ich denke, durch diese dauernde Wiederholung einer nicht näher bezeichneten Bedrohung des Deutschen Reichs soll die Bevölkerung dazu gebracht werden, diese Bedrohung als real und gegeben zu akzeptieren. Du siehst doch auch die ständig wachsende Militarisierung unseres Landes."

„Thea, du musst dich schon entscheiden. Wenn du das als eine besorgniserregende Entwicklung ansiehst, dann musst du deinen Rüstungsbetrieb, die Remontenzucht sofort einstellen. Du kannst nicht eine deutsche Kopie von dieser österreichischen Pazifistin, wie heißt sie noch gleich?"

„Bertha von Suttner."

„Ja, danke, du kannst nicht einerseits Bertha von Suttner nachfolgen und andererseits Remonten züchten."

"Also wirklich, Hubert! Wir leben nun einmal in einer Welt, die ohne Soldaten nicht vorstellbar ist. Also braucht es auch Pferde. Das hindert mich doch nicht daran, das Erstarken eines deutschen Nationalismus mit Sorge zu sehen. Und nun habe ich den Nationalismus gepaart mit Antisemitismus hier vor der Haustür. Gestern bei der Remontierung habe ich den Martin dabei ertappt, wie er Propagandazettel dieser erst vor neun Jahren in Berlin gegründeten christlich-sozialen Partei verteilte. Ich habe ihm alle Zettel entrissen und vor allen Leuten ins Feuer geworfen. Der Martin war ziemlich wütend. Später habe ich ihm erklärt, dass ich keine antisemitischen Parolen auf meinem Hof dulde und auch keine nationalistische Hetze."

„Hat er sein Tun irgendwie begründet?"

„Ja, aber das hat er uns ja schon erzählt, als er uns damals am Bahnhof abholte, als wir mit Vicky aus Budapest zurückkamen. Er findet, dass hier zu wenig Patriotismus betrieben wird. Ihm ist das hier wohl nicht zackig genug. Ich habe ihm erzählt, dass die Remontenzucht ohne die Hilfe von Aaron Seligmann, des Viehjuden aus Kitzingen, gar nicht möglich gewesen wäre. Da hat er ziemlich verdutzt aus der Wäsche geguckt."

„Du erwähntest gerade Vicky. Wie geht es ihr? Hat sie sich damit abgefunden, dass ihr verehrter Ehemann durch Abwesenheit glänzt?"

„Ich glaube, sie ist froh, dass er nicht da ist. Ich habe ihr versprochen, niemandem davon zu erzählen, aber dass die Flitterwochen eine Katastrophe waren, ist ja auch dir nicht entgangen."

„Ich habe sie gestern dabei beobachtet, wie sie immer wieder von dieser Mauer im Park gesprungen ist."

„Ich weiß nicht, was sie damit bezweckt, aber die arme Vicky muss ziemlich verzweifelt sein. Was treibt sie nur an?"

„Ist diese Hüpferei ihr neuer Sport?"

Weder Thea noch Hubert hatten bemerkt, dass Vicky während ihres Gesprächs das Zimmer betreten hatte. Überrascht drehten sie sich zu ihr um, als sie ihre Stimme hörten.

„Nein, das ist kein Sport. Ich will das Kind nicht."

In Theas Kopf rasten die Gedanken. Sie sprang auf und versetzte Vicky links und rechts eine saftige Ohrfeige.

„Bist du wahnsinnig geworden? Du hast das Glück, ein Kind zu erwarten und statt dich zu freuen, gefährdest du das Leben dieses Kindes und womöglich dein eigenes auch! Ich sage es dir jetzt und nur jetzt, aber dafür mit aller Deutlichkeit:

Wenn du dieses Kind durch dein Zutun verlierst, kannst du deine Koffer packen. Das Letzte, was du dann von mir sehen wirst, ist, wie ich dir eine Fahrkarte nach Budapest in die Hand drücke. Du kennst meine Geschichte. Wie kannst du annehmen, dass ich dein Tun dulden würde? Mutter werden zu dürfen ist eine große Freude und ein großes Glück, ganz unabhängig davon, unter welchen Umständen das Kind entstanden ist. Haben wir uns da verstanden?"

Vicky stammelte ein ebenso erschrockenes wie verschüchtertes „Ja".

„Na, dann lass dich umarmen! Sieh mir die beiden Ohrfeigen nach. Die Zeit bis zur Geburt werden wir gemeinsam durchstehen. Ich werde dir helfen, wo ich kann. Ich freue mich, dass in deinem Leib und in diesem Haus neues Leben heranreift."

„Gut, ich bin einverstanden, aber bitte informiere Cord nicht. Weder vom Kind noch von der Hüpferei."

Die einschneidendste Veränderung für Vicky war zunächst, dass sie nicht mehr reiten durfte. Dennoch ging sie jeden Tag in den Pferdestall und half bei den dort anfallenden Arbeiten. Die Pferde lenkten sie von ihren noch immer trüben Gedanken ab. Wenn eine leidenschaftliche junge Reiterin plötzlich von ihrer Lieblingsbeschäftigung ablässt, führt das zu Gerede. Kein Wunder, dass bald das ganze Dorf davon sprach, dass die junge Baronin in guter Hoffnung sei. Der Preußen Martin brachte es auf den Punkt mit seiner Bemerkung:

„Wir könn doch hier nich züchtn uff Deibl komm raus und oben im Schlosse tut sich nüschte."

Wenn Vicky durchs Dorf lief, grüßten die Frauen besonders freundlich und die Männer zogen ihre Kappe.

Vicky wunderte sich zunächst über die Veränderung im Verhalten ihr gegenüber. Mit der Zeit wurde ihr klar, dass ihr durch die Eheschließung und die Schwangerschaft ein Status zugewachsen war, der sie dazugehören ließ. Zuvor war sie nur ein Wildfang aus dem fernen Ungarn gewesen.

Eines Tages, ihr Bäuchlein war schon sichtbar, sagte einer der Stallburschen, der Ellers Paul, wie nebenbei:

„Drohm in Schloss iss's a großa Freud, wenn a Glaans kummd. Mir arma Leud dengn bloß dra, wie mer des Würmla satt griegn."

Dieser Satz ging Vicky tagelang nicht aus dem Kopf. Ihr war schon lange klar gewesen, dass viele Familien Not leiden im Dorf, besonders dort, wo kein noch so kleiner landwirtschaftlicher Betrieb zum Haus gehörte. Bei den Bauern waren viele Kinder willkommen. Sie halfen bei der Ernte und mussten den Stall ausmisten, ehe sie zur Schule gehen durften. Aber was machte die Frau des Schusters mit sieben Kindern? Oder die des Mesmers? Dessen Familie lebte zwar umsonst in einem kleinen Anbau hinter der Kirche, aber Geld kam nur ins Haus, wenn der auf dem Friedhof ein Grab ausheben musste. Seinen Kindern fiel oftmals die Aufgabe zu, die Knochenfunde zusammenzutragen.

Vicky beschloss, die Armen des Dorfes zu besuchen, besonders die Familien, wo gerade ein Neugeborenes zur Welt gekommen war.

Die Babett hatte ihr erzählt, dass bei ihren entfernten Verwandten, im Fuchsen Haus Nachwuchs gekommen sei. Der Vater arbeitete als Aushilfe beim Dorfschmied, die Mutter und die älteren Kinder kümmerten sich um die Aufzucht der Stallhasen und der Hühner. Das Haus war klein und feucht. Es lag ja auch fast direkt an der Alls. Vicky klopfte an einem kalten Novembertag an die Tür. Sie hatte erwartet, dass eines der Kinder aufmachen würde. Stattdessen bat sie eine junge Frau herein und machte schnell die Tür hinter ihr wieder zu. Es gab keinen Gang, von der Straße aus ging es direkt in die Wohnküche. Es war warm, aber schrecklich stickig.

„Muss man hier nicht einmal richtig lüften?“ Vicky fragte das, ohne sich vorgestellt zu haben.

Neben dem Herd auf einem niedrigen Hocker saß die Mutter, die gerade ihr Kind stillte. Sie schaute die unerwartete Besucherin erstaunt an, dann lachte sie höhnisch und beantwortete Vickys Frage:

„Drohm in'n Schloss, do könnder die Fenster sperranglweid aufreisn. Aber mir glanna Leud? Mir wenn die warma Luft rauslassn, bleibds kald, weil zern Schürn hammer blos a boar Scheidla.“

Vicky war beschämt. Die Situation erinnerte sie an die wahrscheinlich erfundene Szene aus der französischen Revolution, als das Volk nach Brot rief und die Königin Marie Antoinette der Menge zugerufen haben soll, wenn sie kein Brot hätten, dann sollten sie doch Kuchen essen. Wie die Königin, so merkte Vicky, hatte auch sie von der Realität der armen Leute keine Ahnung.

Die junge Frau, die die Tür geöffnet hatte, mischte sich da ins Gespräch und erklärte, um Allsberg herum gäbe es fast keine Wälder.

„Wie sollen sie da Brennholz sammeln? Und wenn es Brennholz gäbe, könnten sie das Geld nicht aufbringen, das für die Holzlese bezahlt werden müsse.“

„Verzeihung, ich habe mich noch nicht vorgestellt, ich bin die Baronin Tröger.“

„Wie wenn mir des ned wisserdn!"

„Natürlich wissen wir alle, wer Sie sind."

Die junge Frau, die die Tür geöffnet hatte, stellte sich und die stillende Mutter vor:

„Das ist die Käthe Fuchs und ich bin die Hilde Gärtner, die Tochter des Pfarrers. Ich spiele am Sonntag auf der Orgel. Schade, dass Sie nie kommen."

„Ich bin katholisch, wussten Sie das nicht?"

„Ich denke, dass ist dem lieben Gott einerlei. Ich wollte Frau Baronin auch nur einladen, meinem Orgelspiel zu folgen, denn Pachelbel und Bach klingen auch in den Ohren katholischer Christen wunderbar. Jetzt räumen wir hier gemeinsam auf, füttern die Kinder und werfen das halbe Huhn, das ich mitgebracht habe, in den Suppentopf. Danach gehen wir in die Kirche und ich spiele Ihnen etwas vor."

Auf der Dorfstraße zischten sie giftig die Gänse an und die Hofhunde kläfften, während sie an ihren Ketten zerrten.

„Das Beste ist, nicht darauf zu reagieren. Ich stelle mir vor, wie sehr sich die armen Köter langweilen und welche Freude ich den Gänsen machen würde, wenn ich meine Beine unter die Arme nehmen würde. Aber das Beste ist, nicht auf sie zu achten."

Vor der Kirche holte sie einen großen Schlüssel aus ihrer Manteltasche und öffnete das Portal.

„Hier geht es hinauf zur Orgelempore. Es ist kalt, das macht jedoch nichts, denn es wird Arbeit geben. Irgendwer muss ja den Blasebalg treten."

Sie zeigte, wie Vicky sich an den beiden Griffen an der Orgel festhalten konnte, um dann kräftig die beiden großen Pedale zu treten.

Es dauerte noch eine Weile, bis das Orgelspiel begann.

Eine Melodie schwang sich immer wieder in die Höhe, um dann zu den sie tragenden Basstönen zurückzukehren, um von dort wieder aufzusteigen. Vicky hatte solche Musik noch nie gehört und vergaß fast zu treten, so sehr berührte sie, was da durch die Kirche brauste.

„Das war das Choralvorspiel zu *Jesu meine Freude* von Johann Sebastian Bach. Und jetzt spiele ich es noch einmal und singe den Text dazu. Bitte das Treten nicht vergessen."

Jesu meine Freude
Meines Herzens Weide
Jesus, meine Zier.
Ach wie lang ach lange
Ist dem Herzen bange
Und verlangt nach dir!
Gottes Lamm mein Bräutigam
Außer dir soll mir auf Erden
Nichts sonst Liebes werden.

Als die Musik geendet hatte, trat Vicky gedankenverloren weiter den Blasebalg. Was waren das für wunderschöne Worte? Wie konnte jemand solche Zuversicht, solches Vertrauen in Gott haben? Sie jedenfalls nicht. Ihr Bräutigam hatte für sie nichts Liebes mehr. Wäre Gott, wäre Jesus ein Ersatz? Würde der Glaube ihr die Stütze geben können, von der sie seit ihrer Hochzeit angenommen hatte, sie habe sie unwiederbringlich verloren?

„Immer am Dienstag Abend gebe ich hier ein kleines Konzert für die Frauen. Natürlich können nicht alle kommen. Für die, die sich Zeit nehmen können, ist es ein Moment, der es zulässt, die Alltagssorgen hintanzustellen.

Manchmal lese ich noch etwas vor. Hätte Frau Baronin nicht Spaß daran, einmal mitzumachen? In der Bibliothek oben im Schloss gibt es doch sicher vieles, was von Interesse wäre."

„Können wir bitte diese Förmlichkeiten hinter uns lassen? Wir sind doch gleichaltrig. Wir sollten Freundinnen werden. Mein Name ist Victoria, aber man nennt mich Vicky. Darf ich zu dir Hilde sagen?"

Die junge Frau antwortete nicht sogleich. Ihre blassblauen Augen schienen in die Ferne zu sehen. Die zarten Hände, denen es soeben noch gelungen war, mit ihrer Musik eine ganz Kirche und das Herz Vickys auszufüllen, schienen sich in den Stoff der hellgrünen Schürze zu vergraben, die sie vor ihr schlichtes Kleid gebunden hatte. Hilde sah so anders aus. Vicky wusste von sich selbst, dass sie groß war und als Reiterin einen durchtrainierten Körper hatte. Ihr dunkelblondes Haar war kaum zu bändigen. Hilde war fast schon Vickys Gegenteil. An ihr gab es nichts Kräftiges. Ihre Statur, der Teint unter den blonden Locken und ihre Bewegungen wirkten irgendwie verhalten. Es schien, als sei Hilde ihr Gegenentwurf: Hier das wilde Naturgeschöpf aus der Puszta, dort das zarte Geschöpf, das sich um diejenigen im Dorf kümmerte, denen es das Leben nicht leicht machte.

Es dauerte eine gute Weile, bis Hilde den Blick hob und leise antwortete:

„Ja, Vicky, sehr gerne wäre ich deine Freundin."

23. Kapitel

Winter 1887/88

Für Vicky war es eine willkommene Ablenkung, in der Bibliothek Bücher zu suchen, anhand derer sie mehr über Frauenliteratur nach 1800 erfahren konnte. Sie hoffte, dort etwas zu finden, das auf Interesse der Zuhörerinnen der Dienstags-Konzerte stoßen würde. Zunächst fand sie aber keine Novelle oder gar einen Roman, sondern eine Briefesammlung. Die Autorin war Caroline Schlegel, deren Stil, deren Denken und deren Schicksal sie sofort in den Bann schlugen. Es dauerte bis in den Januar hinein, Vicky war bereits hochschwanger, bis sich die Gelegenheit ergab, nach dem Orgelkonzert von ihrer Entdeckung zu berichten. Die Zuhörerinnen hatten an diesem kalten Abend im Januar Decken mitgebracht und folgten dem unerhörten Leben dieser Frau. Sie wurde nur 46 Jahre alt, heiratete mehrmals, bekam Kinder, die alle vor ihr starben. Sie kam in Festungshaft, weil sie mit der französischen Revolution sympathisierte und starb schließlich als angesehene Ehefrau des in München lehrenden Philosophen Friedrich Wilhelm Schelling.

„Was für ein Leben! In so wenigen Jahren so viel Leid, so viel Liebe, so viel Tod, so viel Auf und Ab. Das kann man sich fast nicht vorstellen."

„Naa, vorstell könna mir uns des ned. Bei uns gild nuch: Bis dass der Dood euch scheidet. Mir arma Leud dun aamol heiradn und dann griech mer a jeeds Jahr a Glaans und sonsd müss mer schaff. Für södda Fiesemadendn wie die Fraa ham mir fei ka Zeit ned."

Es war Käthe Fuchs, in deren Haus sie Hilde Gärtner kennengelernt hatte, die sie nun schon zum zweiten Mal auf den Boden der Tatsachen holte.

Als die Frauen gegangen waren, umarmte Hilde die Freundin lachend und stellte fest:

„Ich hoffe, du hast die Frauen nicht überfordert. Sicher aber hast du an ihnen vorbeigeredet. Das ist nicht die Welt einer Frau auf dem Land."

„Oh, das bedaure ich. Ich wollte vermeiden, den Eindruck zu erwecken, die Frauen im Dorf wollten nur Eiapopeia-Literatur hören."

„Ich denke, dass sie gar keine Literatur hören wollen. Sie haben keine Zeit, sie zu hören und sie haben weder Muße noch Zeit, darüber nachzudenken."

„Was ist denn für sie der Unterschied zwischen Zeit und Muße?"

„Das ist ganz einfach: Zeit ist ein Ablauf von Minuten, aber Muße ist, um ein Beispiel zu nehmen, wenn wir alleine statt mit dem halben Dorf über Frauenliteratur unseres Jahrhunderts sprechen würden."

„Gut, dann besuche mich doch bitte im Schloss. Es wäre zu schön, wenn wir gemeinsam in der Bibliothek stöbern könnten."

Am zweiten März 1888 kam Vicky nieder. Sie gebar einen gesunden, aber zarten Sohn, wie die Hebamme feststellte. Cord war nicht da. Vicky und Thea beschlossen, dem Kind den Namen Ruppert zu geben.

„Cord hätte sicher einen Namen gewählt, den es in der Familie schon gegeben hat. Das hat er jetzt davon."

Thea unterrichtete ihren Bruder von der Geburt per Telegramm an die Bank in Zürich.

Am Tag nach der Geburt kam der junge Doktor Drechsler aus Volkach herauf. Er war unterdessen seinem Vater in dessen Konsultation nachgefolgt. Er stellte fest, dass der Neugeborene in der Tat gesund, aber zart sei.

„Es ist nun dringend erforderlich, dass er an der Brust seiner Mutter die Nahrung bekommt, die ihn kräftig machen wird."

„Muss das sein? Ich hatte gehofft, dass diese außerordentlichen Umstände mit der Geburt ihr Ende haben würden! Kann man denn nicht eine Amme finden?"

„Mit Verlaub, Frau Baronin! Eine Amme ist immer nur eine Notlösung für den Fall, dass die Mutter nicht stillen kann, oder, was Gott verhüten möge, im Kindbett stirbt. Ich habe mir große Mühe gegeben, die Hebammen der umliegenden Dörfer mit den Hygieneregeln des Doktor Semmelweis vertraut zu machen. Seither gab es hier kein Kindbettfieber mehr. Frau Baronin werden sich schon dazu bequemen müssen, das Kind selbst zu stillen, zumal die Milch der eigenen Mutter durch nichts zu ersetzen ist."

Nachdem Doktor Drechsler gegangen war, setzte sich Thea zu Vicky ans Bett und hielt ihr ihren Sohn entgegen.

„Du wirst ihn in den Armen halten wollen."

„Nein, das will ich nicht. Ich habe das Kind nicht gewollt. Du hast mich dazu gezwungen, es auf die Welt zu bringen. Damit habe ich das Meine getan."

„Nachher, wenn du das Kind stillst, wirst du merken, wie wunderbar es ist, Mutter zu sein."

„Das glaube ich eher nicht. Ich werde mich fühlen wie eine Kuh, deren Kalb an ihrem Euter saugt. Ich finde das alles mit der Fortpflanzung degradierend. Es stellt uns auf eine Stufe mit der Ziege, der Katze, und all diesen anderen Tieren. Ich kann nichts Wunderschönes dran finden. Bisher hat die Liebe mein Leben nicht schöner gemacht, ganz im Gegenteil. Ach, wie oft denke ich an einen Satz, den Caroline Schelling in einem Brief schrieb: ‚Ich kann ohne Lieb leben, aber wer mir die Freundschaft nimmt, der nimmt mir alles, was mir das Leben lieb macht.' Ich suche Freundschaft. Liebe stellt Ansprüche an mich und an meinen Körper. Am liebsten würde ich meinen Körper hinter mir lassen, er ist mir zur Last geworden."

„Was redest du da, bin ich denn etwa nicht deine Freundin?"

„Du wärest es, hättest du in mir nicht den Mutterschoß gesehen, der die Familie Tröger vor dem Aussterben bewahrt."

„Aber hast du denn hier nicht alles, was du brauchst?"

„Sogar sehr viel mehr, als ich brauche. Dieses Kind zum Beispiel hätte ich nicht gebraucht."

„Ja, aber wir brauchen es, verstehst du nicht?"

„Nein, ich verstehe nicht. Du hast meine Not ausgenutzt."

„Aber doch nur zu deinem Besten. Dir ist das Glück beschieden, Mutter geworden zu sein."

Nun schrie Vicky:

„Nein, ich wollte nicht Mutter werden und ich will erst recht nicht Mutter *sein.* Ich werde das Kind stillen, aber dann sieh du zu! Erzieh es zu einem Tröger. Ich stehe dafür nicht zur Verfügung."

Am Abend dieses Tages saß Thea mit Hubert in der neuen Bibliothek. Beide schauten stumm in die lodernden Flammen des Kamins. Hubert war nicht sonderlich erstaunt gewesen, als er vom Gespräch an Vickys Wochenbett erfuhr.

„Was hast du denn anderes erwartet? Ein blutjunges Mädchen hast du einem doppelt so alten Hagestolz ausgeliefert. Das war schon riskant genug. Aber offenbar war nicht einmal das eheliche Zusammensein der beiden unter einem glücklichen Stern gestanden. Ich weiß nicht, was da passiert ist. Cord reiste ab und Vicky versuchte das Kind loszuwerden. Das spricht eine beredte Sprache. Details brauche ich da nicht, um zu wissen, dass du Vicky in eine schreckliche, womöglich ausweglose Situation gebracht hast. Darüber kannst du nicht glücklich sein."

„Doch, ich bin glücklich. Wir haben einen Stammhalter! Das bedeutet, dass ich meinen Geburtsnamen nicht für eine etwaige Adoption aufheben muss. Ich habe meine Schuldigkeit getan, genauso wie Vicky ihre Schuldigkeit getan hat. Hubert! Endlich! Wir können heiraten.

„Willst du das denn wirklich? Ein Trauschein ändert bei uns beiden nichts mehr."

„Doch, ich will heiraten. Ich will dich heiraten. Wenn es mir schon verwehrt blieb, Mutter zu werden, dann möchte ich doch wenigstens Ehefrau sein."

„Nach allem, was du mir heute Abend berichtet hast, scheint es mir, dass du beim kleinen Tröger Mutter sein musst. Mal ehrlich: Möchtest du, dass Rupperts Ziehmutter Frau Bräuter heißen wird?"

„Nichts mehr als das, die Baroness Tröger war ich lange genug."

„Und was machen wir in der Hochzeitsnacht?"

„Die verbringen wir in der Hütte am Hirtensee und spielen alles noch einmal nach."

„Erinnerst du dich denn noch an alles?"

„An jedes Detail. Komm her, lass dich küssen."

Und dann hatten sie die Hochzeitsnacht schon mal geprobt.

Am nächsten Morgen stand in der *Franken-Post*, dass in Berlin Kaiser Wilhelm I. gestorben war. Die Zeitläufte in Allsberg änderten sich dadurch nicht.

Hubert sollte recht behalten: Thea musste die Rolle der Mutter des kleinen Ruppert übernehmen.

Keine Sekunde hatte Thea daran geglaubt, Vicky werde ihre Ankündigung, sich um ihr Kind nicht zu kümmern, wahrmachen. Gerade weil es ihr versagt geblieben war, selbst Mutter zu werden, war sie davon überzeugt, keine Frau könne sich den Freuden der Mutterschaft entziehen. Der Gedanke, nicht alle Frauen könnten dies als eine freudige Erfahrung empfinden, war ihr vollkommen fremd. Als Vicky Ruppert noch selbst nährte, beschränkte sie sich auf genau dies. Thea musste Lisa, eines der Dienstmädchen, damit beauftragen, nur noch für den kleinen Tröger da zu sein.

Vicky zog sich einen dicken Mantel an und suchte nach Frauenliteratur in der Bibliothek. Viel war es nicht. Es gab zwei Bände, in denen die Ausgabe von Schillers „Horen" in gebundener Form gesammelt waren. Ein erstaunlicher Fund, wie sie fand. Was die Bibliothek ansonsten preisgab, waren politische Schriften, Atlanten und es verwunderte sie nicht, eine Unzahl von Berichten, die ein ihr bis dahin unbekannter Alexander von Humboldt verfasst hatte. Sofort verstand sie, dass diese Publikationen, in denen der Verfasser von seinen Reisen in alle Welt berichtete, das Fenster waren, das dem jungen Cord den Blick in die weite Welt geöffnet hatte. Eine ihr bislang unerklärliche Wehmut erfasste sie, als sie die Abbildungen der Landschaften und insbesondere der dort lebenden Tiere betrachtete. Was wäre aus Cord ohne diese Bücher geworden? Wie war er als Kind und junger Mann? Hatten ihn erst seine Reisen zu einem Einzelgänger gemacht, der in der Wildnis nur auf sich gestellt zum Egoisten geworden war? Sie hatte durchaus seine charmanten und zugewandten Eigenschaften kennengelernt.

Als sie diesen Gedanken nachhängend in Humboldts Berichten blätterte, klopfte es zaghaft an die Tür. Verärgert stand Vicky auf, weil sie dachte, das Dienstmädchen würde ihr das Kind zum Stillen bringen. Zu ihrer Freude fand sie vor der Tür Hilde, die sie seit einigen Tagen vor der Geburt nicht mehr gesehen hatte.

„Wie schön, dass du heraufgekommen bist, meine liebe Freundin. Gehen wir hinunter, ich zeige dir das Kind. Es ist ein Bub, und er heißt Ruppert."

„Das weiß ich doch! Das ganze Dorf weiß es. Nein, nein, dir, der Freundin, gilt mein Besuch. Das Kind habe ich mir schon zuvor unten in der Küche angesehen. Ruppert sieht allerliebst aus, hat den Tröger'schen Rotschopf und ist gesund. Ich gratuliere, ebenso wie ich dir dazu gratuliere, die Geburt gesund überstanden zu haben."

„Du wolltest mich besuchen?"

„Ich will mich so ausdrücken: ich will mit meiner Freundin der Muße pflegen. Erinnerst du dich noch an unser Gespräch über Zeit und Muße?"

„Oh ja! Ich habe hier in der Tat Interessantes gefunden. Nur, und bitte sieh es mir nach, gerade steht mir der Sinn eher nach einem Gespräch mit dir im Park. Ein Spaziergang wird mir helfen, meine Seele zu öffnen. Es ist so vieles geschehen. Hier versteht man mich nicht. In dir, Hilde, habe ich eine verwandte Seele gefunden, so hoffe ich."

Als sie im Park angelangt waren, nahm sich Vicky ein Herz und begann Hilde ihre Geschichte zu erzählen. Sie begann mit ihrer frühen Jugend als Märchenprinzessin, berichtete vom jähen Absturz nach ihres Vaters Freitod, überging nicht ihre unschöne erste Erfahrung mit der Liebe und war gerade dabei, zu erklären, weshalb sie Theas Angebot, nach Allsberg zu kommen, angenommen hatte, als sich eines der Fenster im Schloss öffnete und Lisa lautstark nach der Frau Baronin rief, Ruppert habe Hunger.

Resigniert hob Vicky die Achseln.

„Die Pflicht ruft mich ins Haus. Hilda, ich wäre glücklich, wenn du mich morgen erneut besuchen kämst. Aber jetzt: Adieu."

Immer, wenn Vicky Ruppert anlegte, bemerkte sie von Neuem, welch ungemein niedlichen Säugling sie da in ihren Armen hielt. Der Umgang mit Kindern war ihr stets lieb und angenehm gewesen. Zu ihrem eigenen Sohn aber gelang es ihr nicht, eine besondere, ja auch nur eine normale Beziehung herzustellen. Zum wiederholten Mal fragte sich Vicky, woran das liegen könnte. Ruppert sog an ihrer Brust. Er war glücklich, warum war das ihr nicht vergönnt? Zunächst hatte sie gedacht, sie nähme ihm die Art seiner Entstehung übel. Immerhin war dies der Moment, der ihre Ehe beginnen lassen sollte. Stattdessen war es ein Akt der Beendigung gewesen, ein Akt der Erniedrigung. Dennoch, das war es nicht, schließlich konnte der kleine Ruppert ja nichts dafür.

Sie nahm sich vor, dieses Thema morgen mit Hilde anzuschneiden. Würde sie eine Erklärung finden, ihr einen Rat geben können?

Nach der Hochzeit mit Cord war Vicky plötzlich von einem Gast zur Frau des Eigentümers aller Trögerschen

Güter geworden. Ohne dass sie dies gewollt hätte, veränderte sich dadurch ihre Position im Haus. Sie wurde Theas Vorgesetzte. Vicky war klug genug, dies weder anzusprechen noch in irgendeiner Weise für sich zu nutzen. Dass Cord im ersten Stock des Nordturmes für sie ein eheliches Appartement hatte einrichten lassen, empfand sie nun als sehr angenehm, weil es ihr einen Rückzugsort verschaffte. Sah sie aus den Fenstern nach Süden, entging ihr nichts von dem, was auf dem Schlosshof geschah. Von Westen her tauchte die Abendsonne das gemütliche Sofa mit dem niedrigen Tisch, die Kommoden und ihren Sekretär in samtenes Licht. An der Wand hing das Waldmüller Porträt ihrer Schwiegermutter. Cord war verwundert gewesen, als sie bat, dies Gemälde, das jahrzehntelang fast unbeachtet im Schlafzimmer seines Vaters gehangen hatte, zu sich holen zu dürfen.

„Da schaut mich eine starke Frau an, die noch viel getan hätte, wäre sie nicht so früh gestorben."

Das genügte ihr als Begründung und Cord akzeptierte das.

Als Vicky am Vormittag des Tages nach dem Spaziergang mit Hilde Ruppert gestillt hatte, bat sie Lisa, Hilde Gärtner, sollte sie vorbeikommen, zu sich in ihre Wohnung zu führen.

Es war ein kalter Tag, manchmal regnete es, dann schneite es, nur damit der darauffolgende Regen den Schnee in Matsch verwandeln würde. Ihr Salon hatte keinen Kamin aber einen dunkelroten großen Kachelofen mit Röhre, in der man hätte Bratäpfel zubereiten können. An der Stirnseite oberhalb des Schürlochs war das gelb-grüne Wappen der Familie eingelassen worden. Sie hatte Cord damit geneckt, als sie es entdeckte:

„Wie ein Hund, der überall das Bein hebt! Wo es nur geht, bringt ihr euer Wappen an."

Cord hatte das nicht sehr komisch gefunden.

Vicky legte gerade ein paar Holzscheite nach, als es an der Tür klopfte. Sie öffnete selbst. Wie erwartet, war Hilde zu Besuch gekommen.

„Komm herein, meine liebe Freundin. Heute ist kein Tag zum Spazierengehen. Wir sollten drinnen bleiben."

Nachdem Hilde die schöne Einrichtung und das wunderbare Frauenporträt bewundert hatte, setzten sich die beiden jungen Frauen auf das Sofa.

„Ich habe über mich nachgedacht", begann Vicky das Gespräch. „Gestern habe ich aus meinem Leben berichtet. Ich schlage einen kleinen Sprung durch die Zeit vor. Das ‚Jetzt' bewegt mich und da brauche ich den Rat einer Freundin, der ich mich seelenverwandt fühle. Darf ich mich dir anvertrauen?"

Hildes Nicken war besser als jedes zustimmende Wort. Sie würden sich auch schweigend verstehen. Vicky fand zunächst keinen Anfang. Wie sollte sie auch? Aber es musste endlich heraus. Thea hatte nicht verstanden, wie sehr die Hochzeitsnacht sie verändert und womöglich erwachsen gemacht hatte. Nachdem Hilde alles geduldig angehört hatte, schien Vickys Schlusssatz im Raum stehen geblieben zu sein:

„Wenn dieses schreckliche Erlebnis nicht der Grund dafür ist, dass ich keine Liebe zu Ruppert verspüre, was ist es dann?"

„Ich kann es nur ahnen. Ich bin weder Ehefrau noch Mutter. Aber gehört nicht alles zusammen? Die Liebe zu einem Mann und die Liebe zum gemeinsamen Kind? Dir ist es nicht vergönnt, eine eigene kleine Familie zu haben, dir bleibt dieses Idyll versagt. Du hast ein Kind, ja. Und die Erwartungen einer Frau? Wurden deine Erwartungen erfüllt?

Wie kannst du Bedauernswerte das Gefühl der Erfüllung haben, wenn alles darauf hindeutet, dass du benutzt worden bist?"

Hildes Worte trösteten. Aber sie beseitigten nichts.

„Vicky, ich sehe doch, wie du leidest! Es fällt mir schwer, darüber zu sprechen. Liebe ist so nah, so kostbar und so zerbrechlich. Wie kann ich über die Liebe anderer reden, ohne selbst zu lieben?"

Hildes in eine Frage gekleidetes Bekenntnis traf Vicky unvorbereitet. Schlagartig wurde ihr klar, dass sie Cord nie geliebt hatte. Sie fühlte sich geschmeichelt, weil der so viel ältere, der so viel erfahrenere Mann sie umwarb, mit ihr ernsthafte Gespräche führte und ihr durch seinen Heiratsantrag eine sichere Zukunft in Aussicht stellte. Aber geliebt hatte sie ihn nicht. Erst nach dem schrecklichen Erlebnis ihrer Hochzeitsnacht ließ sie den Gedanken zu, dass Cord immer etwas Bedrohliches um sich hatte. Er war ihr nie nah. Wie hätte sie ahnen können, dass Liebe kostbar ist? Liebe zerbrechlich? Durch Gewalt war so manches in ihrem Leben zerbrochen. Aber Liebe zerbrechlich? Sie hatte neulich erst gesagt, die Liebe habe ihr in ihrem Leben nichts Gutes gebracht. Hatte nicht auch sie, Vicky aus Budapest, ein Anrecht darauf, endlich zu erfahren, was Liebe ist? Warum rührten Hildes Worte ihr Herz so sonderbar an?

Als sie es sagte, wusste sie nicht, woher ihre Worte kamen. Später verstand sie, dass sie aus ihrem Herzen sprudelten:

„Hilde, ich liebe dich. Ich liebe dich so, wie nur eine Frau lieben kann. Ich liebe deinen Geist, ich liebe deine Zuwendung, ich liebe dich ganz und gar."

Sie beugte sich hinüber und küsste ihre Freundin. Es erstaunte sie nur sehr kurz, dass Hilde ihren Kuss erwiderte.

Während ihre Zungen immer zügelloser miteinander spielten, tasteten ihre Hände am Körper der anderen, öffneten das Mieder, fühlten, wurden gefühlt, und endeten dort, wo unendliche Freude, nicht erwartete Wollust und Erfüllung ihren Anfang nahmen und beider bebende Körper eins werden ließen. Sie waren nur noch Gefühl, nur noch Atemlosigkeit, als sie ermattet in eine endlose Umarmung fielen.

Als sie sich später gegenüberstanden und ihre Kleider ordneten, flüsterte Hilde:

„Ist es das, was du suchtest?"

„Ja, meine Geliebte. Aber ich suche noch viel mehr, ich werde in allen Winkeln deines Verstandes, allen Weiten deines Gefühls und allen Wölbungen oder Falten deines Körpers suchen."

„Aber nur, wenn ich das auch darf."

„Darauf freue ich mich."

„Noch etwas muss ich dir sagen, auch du meine Geliebte. Ich kann dich nicht lieben, wenn ich Schuld empfinde. Ich würde Schuld empfinden, wenn ich dich deinem Kinde entziehen würde. Versuche unsere Liebe zu dem Quell zu machen, aus dem die Liebe zu Ruppert genährt wird."

Vicky konnte nicht antworten, denn als Hilde geendet hatte, klopfte es und Lisa brachte den hungrigen Säugling herein.

An diesem Abend begann Hilde, ihr Tagebuch mit Briefen an Vicky zu füllen. Keiner von ihnen wurde abgeschickt, die Adressatin würde keinen davon lesen.

Du, meine Geliebte!

Deine Hände! Ich wusste nicht, wie wohl sie mir tun. Ich wusste auch nicht, wie wundersam es ist, meine Fingerspitzen auf Deiner Haut zu spüren. Lass uns nicht denken, es sei Sünde, was wir tun. Wenn Gott es möglich macht, dass wir so glücklich sind, dann hat er das auch so gewollt. Wie werde ich je wieder Dein Gesicht vergessen, das in Verzückung die Vollendung erwartet? Wie werde ich je vergessen können, von Dir, Deinem Mund und Deinen Händen so unendlich schön, zart und gut behandelt worden zu sein?

Oh, Du meine Geliebte! Wie wird es weitergehen? Wird unsere Liebe uns Leiden bescheren? Werden wir von der Selbstgefälligkeit der allgemeinen Moral gequält werden?

Denken wir nicht daran! Lass uns unseren Weg gemeinsam bahnen. Lass uns zuversichtlich sein! Lass uns glücklich sein!

In herzlicher Liebe und Sehnsucht nach Dir küsst Dich innig – Deine

Hilde.

24. Kapitel

Juli 1888

Vicky hatte Dr. Drechsler gebeten, den frühesten Zeitpunkt zu benennen, an dem sie das Stillen beenden könnte. Der Arzt war nicht sehr begeistert. Als es auf den Sommer zuging, musste aber auch er zugeben, dass aus dem zarten Neugeborenen ein robuster Säugling geworden war. Als der Tag des Endes der Stillzeit gekommen war, bekam die junge Mutter von Thea einen großen Blumenstrauß. Sie überreichte ihn, nachdem Ruppert zum letzten Mal angelegt worden war und sagte:

„Diese Blumen sollen dich trösten. Bestimmt bist du traurig, weil nun diese wunderschöne Zeit der Innigkeit mit deinem Sohn vorüber ist."

Vicky zeigte zunächst keine Regung. Nachdem sie die Blumen betrachtet hatte, stand sie auf, öffnete das Fenster und warf den Strauß hinaus in den Park.

Zur vollkommen verblüfften Thea sagte sie in ruhigem Ton:

„Du musst mich nicht trösten. Dies ist ein Tag der Freude für mich. Ich habe mich darein gefügt, nun Mutter sein zu müssen. Dennoch habe ich es verabscheut, das Kind zu stillen. Daran hat sich nichts geändert. Ich hätte die Blumen behalten können als Zeichen der Freude über das Ende einer unangenehmen Zeit. Als Trost kann und will ich diese Blumen nicht um mich haben. Das hat einen einfachen

Grund: Blumen möchte ich zurzeit nur von Hilde Gärtner bekommen, der Tochter unseres Pfarrers. Ich liebe sie. Es ist gut, dass du es jetzt weißt."

Thea war zunächst sprachlos. Natürlich hatte sie die häufigen Besuche Hildes bemerkt und beobachtet, wenn die beiden jungen Frauen im Park spazieren gingen oder von weiten Wanderungen zurückkehrten. Auf die Idee, Liebe könne da im Spiel sein, wäre sie in ihren kühnsten Träumen nicht gekommen. Es lag meilenweit außerhalb ihrer Vorstellungswelt. Nachdem sie sich wieder gefasst hatte, fragte sie direkt heraus:

„Ist es Liebe? Ist es Liebe mit allem? … Wie soll ich mich nur ausdrücken?"

„Liebe Thea, versuch es erst gar nicht. Aber sei beruhigt, es ist Liebe mit allem, was dazugehört."

„Verzeih meine Frage, aber ist das nicht verboten?"

„Das habe ich Hilde auch schon gefragt. Sie hat mir versichert, dass es nicht verboten ist. Das Gesetz bestraft nur Liebe unter Männern, weil dabei der Kaiser keinen Nachschub an Soldaten bekommt."

„Ist das der Grund?"

„Ich weiß es nicht. Vielleicht hat sich Hilde das nur ausgedacht. Ihre Fantasie geht manchmal mit ihr durch. Für möglich halte ich es."

„Mag sein. Aber ist es nicht Sünde?"

Vicky lachte ihr ins Gesicht:

„Du musst reden!"

Theas Gesicht lief blutrot an. Sie schämte sich ihrer heuchlerischen und bigotten Frage. Nach den überkommenen Vorstellungen der Zeit war ihr Verhältnis mit Hubert auch Sünde. Allerdings nicht mehr lange. Ende des Monats sollte Hochzeit sein.

„Was wirst du Cord sagen?"

Wieder lachte Vicky und dann rief sie sehr laut:

„Cord, Liebster, komm mal bitte her. Ich muss dir etwas Wichtiges sagen. Ab sofort wird es nicht mehr notwendig sein, dass du mich aus Traurigkeit verprügelst, wenn wir zusammen waren. Es wird kein eheliches Zusammensein mehr geben. – Komisch, in letzter Zeit macht sich Cord so rar. Hast du ihn gesehen? Ist er etwa verreist?"

„Ja, Vicky, da hast du recht. Seine ständige Abwesenheit ist ein Problem."

„Ein Problem? Es ist ein Segen, dass er nicht da ist. Ich hätte seine Gewalt nicht länger ausgehalten."

„Schön und gut, aber das ist doch noch kein Grund, dein Herz an eine Frau zu hängen."

„Glücklicherweise nicht nur mein Herz. Thea, überleg mal, welche Wahl hatte ich denn? Meine Erfahrungen in der Liebe waren drei Mal negativ gewesen. Hilde ist zart, verständnisvoll, aber auch fordernd. Du wirst verstehen, dass mir all das viel wichtiger ist als das Gerede der Leute. Ich habe endlich mein Glück gefunden. Gerade du wirst mir zustimmen, wenn ich sage, dass die Liebe oft in unvermuteten Ecken blüht. Ist es deshalb sündhaft?

Am Abend berichtete Thea Hubert von dieser für sie so unerwarteten Entwicklung. Ihn schien das nicht zu interessieren.

„Hubert, hast du denn dazu überhaupt nichts zu sagen?"

„Nein, dazu habe ich nichts zu sagen, weil ich es schon lange weiß."

„Warum, um Himmels willen, hast du mir nichts davon gesagt?"

„Weil uns das nichts angeht."

„Da kann man durchaus verschiedener Meinung sein. Ich nehme an, dass man das im Dorf auch so sieht."

„Ich glaube, da irrst du dich. Die einen lachen, weil der Pfarrer nicht weiß, wie er sich verhalten soll, und die anderen sagen, dass es ihnen egal ist, was die da in der Feldscheune machen, solange sie damit niemandem Schaden zufügen."

„Was, habe ich da richtig gehört? Sie treffen sich in der Feldscheune der Familie Tröger?"

„Ich erinnere dich daran, dass wir uns in der Jagdhütte der Familie Tröger getroffen haben. Ich sehe da keinen Unterschied. Doch halt! Bevor du etwas sagst, fällt mir doch ein Unterschied ein. Unser wissenschaftliches Experiment können die beiden nicht nachstellen."

„Hubert, du bist unmöglich!"

„Kann sein. Aber in erster Linie bin ich nach wie vor in dich verliebt. In dich und deinen Körper."

„Ist ja gut. Das sparen wir uns für nachher auf. Jetzt muss ich mir darüber klar werden, was das alles für Konsequenzen mit sich bringen wird."

„Mit ‚das alles' meinst du sicherlich auch, dass seit einigen Tagen unser Aufgebot im Rathaus ausgehängt ist. Ich weiß auch schon, was das für Konsequenzen haben wird. Einen Skandal wird es geben! Wenn man sich schon in deinen Kreisen das Maul verrissen hat, dass wir in wilder Ehe, in Sünde leben, wie sehr wird man sich in den Schlössern alterieren, wenn dieser Zustand in die Wohlanständigkeit einer Ehe nach dem Bürgerlichen Gesetzbuch überführt wird. Ich wette, die finden die nichtstandesgemäße Ehe schlimmer als die Sünde."

„Da magst du richtigliegen. Mir brauchst du nicht zu erzählen, dass Konvention vor Konfession geht."

„Vicky ist uns aber voraus, denn ihr ist ein Kunststück gelungen. Was sie macht, ist Sünde, Ehebruch und ein Attentat gegen die gottgewollte Ordnung in einem."

„Ehebruch? Also, da muss ich Vicky denn doch in Schutz nehmen. Ich nehme nicht an, dass Cord in der Ferne abends immer nur den Katechismus studiert."

„Was die Sache vom moralischen Standpunkt betrachtet nicht besser macht."

„Musst du immer das letzte Wort haben? Du bist heute unerträglich. Komm wir gehen schlafen."

Wie recht Hubert hatte, als er voraussah, dass die Nachricht von der bevorstehenden Hochzeit der Baroness von Tröger mit ihrem Förster Hubert Bräuter für Skandal sorgen würde, bewahrheitete sich an einem Sonntag im Mai, nur fünf Tage vor der geplanten standesamtlichen Hochzeit. Da Hubert geschieden war, verwehrte ihm die katholische Kirche den Segen und da Thea nicht sonderlich fromm war, wollten sie die Hochzeit so klein wie nur irgend möglich halten. Der nach Gesetz notwendige Aushang, der die bevorstehende Vermählung bekanntgab, war allerdings bald schon über die Grenzen Allsbergs hinaus zum Gesprächsstoff der besseren Gesellschaft geworden.

An diesem Sonntag hielt am späten Vormittag eine geschlossene Kutsche, die von vier Rappen gezogen wurde, auf dem Schlosshof in Allsberg. Ein Herr in Theas Alter öffnete den Schlag, sprang zu Boden und half dann einem alten, gebrechlichen Mann, der sich auf einen Stock stützen musste, beim Aussteigen. Da niemand einen Gast erwartet hatte, standen die beiden Herren im Gehrock eine Weile unschlüssig herum, bis ein Dienstmädchen erschien und fragte, was sie für die Herrschaften tun könne.

„Melde sie die Grafen Friedrich und Ernst von Hüben bei der Baroness und der Baronin von Tröger."

Das Dienstmädchen verschwand und als die beiden schon ungeduldig werden wollten, öffnete Hubert das Hauptportal, ging auf die beiden zu, um sie zu begrüßen. Diese taten so, als würden sie die ausgestreckte Hand nicht sehen.

„Melde er die Grafen Friedrich und Ernst von Hüben bei der Baroness und der Baronin von Tröger."

„Das ist bereits geschehen. Die Damen empfangen in der neuen Bibliothek. Wenn die Herren mir folgen wollen?"

Dort angekommen begrüßten die beiden Grafen von Hüben Thea und Vicky formvollendet. Nachdem alle auf einem Sessel oder dem Sofa Platz gefunden hatten, fragte Thea:

„Mein lieber Vetter Friedrich. Wie schön, dass du gekommen bist, um uns deinen Sohn Ernst vorzustellen."

Der Angesprochene zögerte mit seiner Antwort, räusperte sich, sah zu Hubert hinüber und begann zu sprechen:

„Thea, meine Liebe, mein Sohn und ich sind gekommen, um mit dir und deiner Schwägerin ein Problem zu besprechen, das den fränkischen Adel angeht. Wir würden das gerne mit euch beiden allein besprechen."

„Oh, das ist jetzt eine missliche Situation, denn in wenigen Tagen werde ich den hier anwesenden Hubert Bräuter heiraten und somit nicht mehr zum Adel gehören. Wenn du dein Problem allerdings jetzt mit mir besprechen willst, dann wird dies in Anwesenheit meines zukünftigen Mannes geschehen. Du weißt, dass er schon seit Jahren zur Familie gehört."

„Wie du willst." An Hubert gewandt fuhr er fort: „Wie er will."

Nun ergriff Ernst das Wort:

„Wie ihr wisst, liebe Thea und liebe Vicky, komme ich als Mitglied des Direktoriums des Verbandes der Zuckerrübenanbauer in Franken viel herum und habe mein Ohr nicht nur an der Seele des Volkes, sondern auch in den Salons unserer Standesgenossen. Nun muss ich euch in aller gebotener Form sagen, dass die Empörung dort noch nie so groß war."

„Über was regen sich denn unsere Standesgenossen auf?"

„Das fragst du noch?"

Es war nun der alte Graf, der sich einmischte. Mit seinem Stock deutete er auf Hubert und bellte:

„Da sitzt er doch, der Stein des Anstoßes!"

„Lieber Friedrich, dieser Stein des Anstoßes hat einen Namen, wie ich bereits erwähnte. Ich wäre dir dankbar, wenn du diesen Menschen, der kein Stein ist, beim Namen nennen würdest."

„Herr Bräuter", es war Ernst, der den Gesprächsfaden wieder aufnahm, „hat es für richtig befunden, sich hier im Schloss Allsberg einzunisten. In welcher Funktion und unter welchem Rechtstitel will ich gar nicht so genau wissen …"

„Das will ich dir sagen: Er wohnt hier als Trögerscher Güterdirektor und als mein Geliebter."

„Ich wollte beides nicht aussprechen, denn zum Güterdirektor wird man durch einen Federstrich und das andere ist ein Skandal. Schämst du dich denn gar nicht?"

„Warum sollte ich mich schämen, lieber Friedrich? Ich liebe diesen Mann und er liebt mich. Ist das schlimm? Wo ist der Skandal?"

„Der Skandal ist, und das ist dir auch vollkommen klar,

dass du mit deinem Verhalten die gottgewollte Ordnung in Frage stellst. Der Adel hat hierzulande Vorbildfunktion. Was sollen denn die Leute denken, wenn du deiner Liebe folgend bedenkenlos die Schranken einreißt, die bisher dazu beigetragen haben, dass unser Deutsches Reich nicht am Boden liegt? Es ist durch allerlei demokratische Begehrlichkeiten von unten schon genug in Frage gestellt worden. Wenn nun der Adel, der Garant des Status quo, seine eigenen Regeln missachtet, dann müssen wir uns nicht wundern, wenn Recht, Gesetz und gute Manieren, die Voraussetzungen für ein friedliches Zusammenleben der unterschiedlichen Bevölkerungsschichten, bald mit Füßen getreten werden."

„Ich möchte den Herrn Grafen darauf hinweisen, dass weder die Baroness Tröger noch ich mit unserem Handeln irgendjemandem Schaden zufügen."

„Mit Ihnen, Herr Bräuter, rede ich nicht. Sie gehören nicht zu uns, Sie werden nie zu uns gehören und Sie werden das gegenwärtige Problem auch nie verstehen können."

„Lassen wir das. Dieses Geplänkel führt uns nicht weiter." Theas Stimme wurde lauter.

„Aber es freut mich, dass du, lieber Friedrich, Recht, Gesetz und gute Manieren ansprichst. Dazu gehört auch, Verträge einzuhalten. Erinnerst du dich an die Sache mit Herschel Seligmann, dem Viehjuden aus Kitzingen?"

„Das gehört nun wirklich nicht hierher."

„Womöglich kennt dein Sohn Ernst diese Facette deines Lebens nicht. – Ernst, dein Vater hat sich vor vielen Jahren fünfzigtausend Gulden vom alten Herschel Seligmann geliehen, um die Güter der Familie vor dem Bankrott zu retten. Als er nach zwanzig Jahren insgesamt fünfzigtausend Gulden an Zinsen bezahlt hatte, weigerte sich dein Vater die ursprüngliche Kreditsumme zurückzuzahlen. Wie du weißt, verpflichtet ein Kreditvertrag den Schuldner zur Zahlung von Zins *und* Tilgung. Letzteres wollte sich der liebe Friedrich sparen. Es bedurfte der Intervention meines Vaters, um den Schaden, den dein Vater bereit war, anzurichten, abzuwenden. Was sagst du dazu, mein lieber Ernst?"

„Davon habe ich nichts gewusst. Ist das wahr, Vater?"

„Es hat sich nur um ein unbedeutendes Geschäft mit einem Juden gehandelt. Was bildete sich der alte Saujude, der Wucherer, überhaupt ein?"

Plötzlich stand Vicky vor dem Sessel des alten Grafen und schrie ihn an.

„Ich kenne dich nicht, aber verwandt bist du nicht, zumindest nicht mit mir. Ich habe gerade erkennen müssen, dass du ein widerlicher Opportunist bist. Deine Doppelmoral stinkt zum Himmel. Und in diesem meinem Hause wird so von Juden nicht geredet. Statt dem Herrn Seligmann dankbar zu sein, der dich und dein Haus gerettet hat, überschüttest du ihn mit den üblichen judenfeindlichen Vorurteilen! Pfui Teufel! Ich glaube, es ist besser, wenn ihr jetzt mein Haus verlasst!"

„Wie kommst du dazu, meinen Vater und mich vor die Tür setzen zu wollen? Du hast hier nichts zu melden, geschweige denn zu befehlen."

„Ernst, du irrst! Victoria Freifrau von Tröger, geborene Gräfin von Grosser, ist die angetraute Ehefrau meines Bruders Cord. Somit ist sie hier die Herrin des Hauses, zumal dann, wenn der Herr des Hauses abwesend ist. Ich bitte, ihren Anordnungen Folge zu leisten."

„Mein Sohn, komm, wir gehen unter Protest, aber nicht ohne vorher einen weiteren Skandal anzusprechen: Der

Dekan dieser Kirchenregion hat mich angesprochen, weil der Dorfpfarrer von Allsberg sich bei ihm beklagt hat. Seine Tochter unterhält ein sündiges Verhältnis mit der jungen Baronin aus dem Schloss. Dass so etwas in unseren Kreisen möglich ist! Also, mir fehlen die Worte …“

„Das ist auch gut so, denn das gesagte Wort kann man nicht wieder einfangen. Und jetzt darf ich die Herren Grafen bitten, mir zu folgen. Es ist mir ein Vergnügen, Sie nun wieder zu ihrer Kutsche bringen zu dürfen.“

Vom Treppenhaus hörte man noch die Stimme des jungen Grafen, der rief, das alles werde nicht folgenlos bleiben und den Affront ihnen gegenüber werde man noch bitterlich bereuen.

Als das Pferdegetrappel verklungen war, stürzten sich die beiden Frauen in die Arme und weinten, ohne zu wissen, ob es aus Wut, Angst oder dem Gefühl der Demütigung geschah.

Der Ärger über den ungebetenen Besuch war noch nicht ganz verflogen, da brach schon der Tag an, der für die standesamtliche Trauung anberaumt worden war. Die Hochzeitsgesellschaft war denkbar klein. Außer dem Brautpaar bestand sie aus Vicky und Hilde, dem Preußen Martin, der es sich nicht hatte nehmen lassen, Zeuge zu sein, am, wie er sich ausdrückte, schönsten Tages im Leben seiner Chefin. Etwas verspätet kam auch der Frieder, der bereits im Ruhestand war.

Thea hatte sich in Volkach bei einer Schneiderin ein schlichtes grünes Kostüm machen lassen und Hubert erschien im Gehrock, was ihm eine ungewohnte Würde verlieh.

Der Bürgermeister war sichtlich froh, dass nicht das halbe Dorf herbeigeströmt war und brachte die Zeremonie so schnell wie möglich hinter sich, was keiner der Anwesenden ihm verübelte.

Vor dem Rathaus stand bereits eine Kutsche, die die Brautleute nach Seligenstadt zur Bahn brachte. Das Ziel der Hochzeitsreise kannten nur Thea und Hubert.

Vicky bat Hilde, sie zum Schloss zu begleiten. Auf dem Weg dorthin beichtete sie ihr, dass sie Angst habe.

„Heute ist Freitag, da hat Lisa bis morgen Abend frei. Ich habe Ruppert noch nie allein versorgt. Könntest du mir helfen?“

„Natürlich werde ich dir helfen. Wie man Kinder wickelt, wie man sie füttert, wie man sie tröstet und wie man sie zum Schlafen legt, weiß ich. Das habe bei den armen Leuten im Dorf gelernt.“

Im Schloss angekommen, schafften sie erst einmal alle Dinge, die ein Säugling braucht, in Vickys Wohnung im Nordturm. Bevor Lisa ging, zeigte sie noch, wie man den Brei für Ruppert zubereitet.

Als sie später das Kind wuschen und wickelten, stellte Vicky zu ihrem Erstaunen erneut fest, dass sie dieses kleine Lebewesen niedlich und liebenswert fand. Diese Erkenntnis kam unvorbereitet und erschreckte sie beinahe. Zu sehr hatte sie sich in ihrer Ecke, dieses Kind nicht zu mögen, bequem eingerichtet. Sie hatte sich eingeredet, der sogenannte Mutterinstinkt sei ebenso wie alles andere an der Fortpflanzung etwas, was sie mit der Tierwelt gemein mache. Sie hatte das mit Hilde schon mehrmals besprochen. Für sie war es enttäuschend gewesen, ausgerechnet bei diesem Thema von der Freundin keine auf das Problem eingehende Antwort bekommen zu haben. Mehr als „du spinnst“ war aus Hilde nicht herauszubekommen.

Heute nun war sie glücklich, ersten Zugang zu ihrem Sohn gefunden zu haben. Dies schrieb sie ihrer Freundin zu, die mit ihr zusammen das Kind versorgt hatte. Was wirklich hinter dieser bisherigen Ablehnung gesteckt hatte, wäre dennoch interessant zu erfahren, fand Vicky. Hilde, das war ihr klar geworden, würde dabei keine Hilfe sein. Macht nichts, dachte sie. Eine seelenverwandte Freundin gefunden zu haben, bedeutete ja nicht die Auflösung aller vorhandener Konflikte. Selbst dann nicht, wenn Freundschaft zur Liebe geworden war.

Später legten sie Ruppert in sein Bettchen und sangen gemeinsam „Der Mond ist aufgegangen". Ruppert war müde und wollte einschlafen. Aber immer wieder mühte er sich, die kleinen Augen aufzumachen, um die beiden Sängerinnen anzulächeln.

Als er eingeschlafen war, setzten sich Vicky und Hilde auf das Sofa und hielten sich bei der Hand.

„Vicky, ich habe dich in den vergangenen Wochen beobachtet. Du bist apathisch geworden. Früher habe ich gesehen, wie du wie ein Wirbelwind auf einem Pferd durch die Dorfstraße gefegt bist, du hast im Gestüt geholfen, dein Strahlen war ansteckend. Heute hast du Rüschenkleider an und tust so, als müsstest du noch immer alle paar Stunden dein Kind stillen. Warum unternimmst du nichts?"

„Was soll ich denn machen? Früher war ich einfach die Vicky. Die Stallburschen haben mit mir geredet, mich manchmal sogar geneckt und im Dorf hat man mit mir gelacht, wenn ich beim Bäcker ein Brötchen gekauft habe, wenn ich mit dem Pferd zurückkam. Und heute? Frau Baronin hier und Frau Baronin dort. Man behandelt mich mit der Ehrerbietung, die einer Fünfzigjährigen gut anstehen würde."

„Vicky, überleg doch mal! Mit deiner Heirat hat sich alles verändert. Die Ehrerbietung gilt nicht dir. Sie gilt deiner Rolle, die du im Gefüge dieses Dorfes spielst. Du bist nun mal die Frau vom Baron. Auch wenn der nie da ist, weiß dennoch jeder, dass die Hälfte der Männer aus dem Dorf bei ihm in Lohn und Brot stehen. Du bist jetzt wer."

„Wer bin ich denn schon? Ich bin immer noch die junge Frau aus Budapest. Die Ehrerbietung mir gegenüber ist hohl. Ich verdiene sie nicht und ich möchte sie nicht."

„Das siehst du sehr richtig: Die Ehrerbietung ist hohl. Sie gilt dir ohne dein Verdienst. Kein Wunder, dass du sie nicht willst. Ich denke aber, dass es Mittel und Wege gibt, dass die hohle Ehrerbietung zu echter Anerkennung wird. Dazu musst du aber die Ärmel hochkrempeln."

„Wie meinst du das?"

„Du hast mich schon verstanden. Du musst zu den Menschen in die Häuser gehen. Du musst dich um sie kümmern. Allerdings würde ich an deiner Stelle nicht den zweiten Schritt vor dem ersten machen. Du kannst nicht den Menschen im Dorf helfen, aber dein eigenes Kind der Obhut von Thea und Lisa überlassen. Das würde niemand verstehen."

„Mir scheint, sogar dir, die du mich liebst, fällt es schwer zu erkennen, wie sehr mich das alles belastet. Natürlich will ich eine gute, eine sorgende Mutter sein. Aber wie kann ich vergessen, wer der Vater ist, welche Pein er mir zugefügt hat?"

„Das wirst du nie überwinden, wenn es dir nicht gelingt, dich ganz selbstverständlich um Ruppert zu kümmern. Wenn du es nicht tust, wird das schreckliche Erlebnis seiner Entstehung immer zwischen euch stehen. Da hat es nichts verloren. Du musst aus deiner Grübelei herausfinden."

„Ich grüble nicht! Ich leide!"

„Das magst du so sehen. Und das darfst du auch so sehen, wenn du darauf verzichten willst, als Teil der dich umgebenden Gemeinschaft zu leben. Willst du aber aktiv mitmachen, dann musst du auch bereit sein, zu verstehen, wie dich die anderen sehen. Die sehen nicht dein Leiden, aber sie sehen dein Grübeln."

„Du setzt mir ziemlich zu!"

„Ja. Das kann ich nur deshalb, weil ich dich liebe. Liebe macht blind, sagt eine alte Weisheit. Mich hat die Liebe zu dir sehend gemacht."

Hilde bemerkte, wie ihre Worte bei Vicky eine tiefe Rührung bewirkten. Sie trocknete die Tränen mit ihren Lippen und ihre Arme umschlangen die Geliebte, als wolle sie nie mehr loslassen.

„Du musst mir schon noch etwas Bewegungsfreiheit lassen! Sonst kann ich die Knöpfe deines Kleides am Rücken nicht öffnen. Ich habe solche Sehnsucht nach deiner weichen Haut und solche Lust, deine Finger auf der meinen zu spüren."

„Dann lass uns aber besser hinüber in dein Schlafzimmer gehen. Ich freue mich so sehr, heute Nacht bei dir bleiben zu können. Die Feldscheune ist zwar wildromantisch, aber doch ein wenig unbequem."

Als Thea von ihrer Flitterwoche in der Rhön nach Allsberg zurückkam, stellte sie mit Verwunderung und zunehmender Freude fest, dass Vicky sich nun um Ruppert kümmerte.

„Was ist denn mit dir passiert?", fragte sie neugierig.

„Seit der so nahe körperliche Kontakt mit dem Kind weggefallen ist, seit ich Ruppert nicht mehr stillen muss, habe ich nicht mehr dieses bedrückende Gefühl, dass sich alles auf meinen Körper reduziert. Ich fühle mich wie neu geboren, und das gibt mir die Freiheit, mich für Ruppert entscheiden zu wollen. Vorher habe ich mich für ihn entscheiden *müssen.*"

„Leicht machst du dir dein Leben aber wirklich nicht. Wozu diese ständige Grübelei? Warum nimmst du das Leben nicht einfach so, wie es kommt?"

„Das darf man nie! Weder das Leben noch du noch Cord habt mich auf einen Weg gebracht, der mir gefällt. Es war bitter, das verstehen zu müssen. Ab jetzt entscheide ich."

25. Kapitel

Sommer 1888

Unterdessen war Vicky zur Besitzerin eines hochmodernen Kinderwagens geworden.

Thea hatte gemeint, ohne so etwas könne man ein Kind nicht großziehen:

„Der Bub muss an die frische Luft! In Frankfurt und München schieben Dienstmädchen die Kinder ihrer Herrschaft durch die Straßen. Das wird schon seinen Grund haben. Komm, Vicky, wir machen uns einen schönen Tag in Würzburg, und abends kommen wir mit einem Kinderwagen zurück, über den die Leute staunen werden. In der Schönbornstraße gibt es einen Laden, wo man Betten für Erwachsene und Kinder bekommt. Die haben sicher auch einen Kinderwagen."

Und tatsächlich: Im Schaufenster stand ein solches Gefährt.

Auf vier großen Speichenrädern thronte ein Korb mit zurückklappbarem Verdeck. Wenn sie Ruppert darin durchs Dorf schob, waren ihr alle Blicke und alle Kommentare sicher. So etwas hatte man noch nicht gesehen.

Sie ging zunächst von Haus zu Haus, weil sie annahm, dass sie auf die Menschen zugehen müsste, wenn sie sich um deren Nöte kümmern wollte, wie Hilde es ihr vorgeschlagen hatte. Sie nutzte ihren Sohn als Vorwand. Wenn sie einen Hof betrat oder an eine Tür klopfte, rief sie stets:

„Ich komme, um Ihnen meinen Sohn vorzustellen."

Meistens wurde sie freundlich aufgenommen, allerdings reichte es nur selten zu einem Gespräch. Die Männer waren auf dem Feld und die Frauen hatten alle Hände voll zu tun mit ihren Kindern, mit dem Vieh und mit dem Haushalt. Manchmal aber setzte sie sich zu den Alten, die auf einer Bank vor dem Haus saßen. Die erzählten ihr dann von früher, vom alten Baron Gotthilf und manchmal auch von seiner rothaarigen Frau, die so jung gestorben war.

Einmal allerdings schlug ihr blanker Hass entgegen. Eine junge Frau, von Kindern umwuselt, schrie sie an, was sie sich denn einbilde, dass sie dachte, man habe Zeit und Lust, den jungen Baron kennenzulernen. Sie käme ja auch nicht jedes Jahr, wenn sie ein Kind bekommen habe, hinauf ins Schloss, um das Kind vorzustellen. Sie beendete ihre Tirade mit einem, wie Vicky fand, kaum zitierfähigen Wutausbruch:

„Wenn unner Mo über uns drüberrudschd griech mer scho wieder a Glaans, wo kanner brauchd. Aber wenn der Herr Baron drohm in Schloss a Kind zeuchd, nacher is des a halbs Weldwunner wo rumgezeichd muss wer. Ich sooch Ihna amol awos: Aus Ihrn Arsch gehd's aa ned wärmer raus wie aus unnern."

Vicky war geschockt, mit dieser Ablehnung hatte sie nicht gerechnet. Für diesen Tag brach sie ihre Besuchstour ab und berichtete beim Abendessen Thea von diesem Vorfall.

„In welchem Haus ist denn das passiert?"

„Es war das letzte Gebäude in der Mühlgasse."

„Das hätte ich mir denken können. Es ist das gemeindliche Armenhaus. Dort wohnt die Wohlfahrts Ilse mit ihren ungezählten Kindern. Sie war einmal verheiratet mit dem Wohlfahrts Stefan. Der war Schneider und ist an der Schwindsucht gestorben. Dann hat sie sich mit einem aus Würzburg zusammengetan. Ein kleiner Gauner, der Waldheimers Kurt. Immer wenn er aus dem Gefängnis entlassen wird, macht er ihr ein Kind. Dann verschwindet er, wird irgendwo festgenommen, erneut verurteilt und so fort. Die arme Ilse verdient sich ein paar Groschen durch Näharbeiten. Am Morgen scheucht sie ihre Kinder auf die Straße und hofft, dass sie bei einem Bauern oder beim Bäcker ein Stück Brot bekommen. Die Kinder sind komplett vernachlässigt. Einen Vorwurf kann man der Ilse nicht machen. So allein, das schafft niemand."

Nachdem Vicky einige Wochen später alle Familien im Dorf besucht hatte, war ihr eines bewusst geworden: Kinder sind, je nachdem, wo sie geboren werden, entweder ein Fluch oder ein Segen. Letzteres galt für die Bauern. Bevor sie in die Schule gingen, mussten Mädchen und Buben im Stall helfen und wenn sie zur Mittagszeit heimkamen, war nach dem Essen ihre Hilfe bei der Ernte, bei der Heumahd oder beim Rüben verziehen gefragt. Je mehr Kinder eine Familie hatte, desto mehr helfende Hände gab es. Diese Kinder waren meist gesund und gut ernährt. Schlechter ging es bei denen zu, die kein eigenes Land besaßen. Dort kamen ebenso viele Kinder zur Welt, aber niemand brauchte sie. Diese Kinder waren ihren Eltern eher eine Last. Essen gab es, aber nicht regelmäßig, und wenn ein Kind krank war, kam kein Arzt, weil das Geld fehlte, um ihn zu bezahlen.

Zusammen mit Hilde überlegte sie, was man unternehmen könnte, um die Lebensumstände dieser Kinder nachhaltig zu verbessern.

„Weißt du, wenn die Buben und Mädchen in die Schule kommen, dann sind sie wenigstens für ein paar Stunden von der Straße und weg von ihren feuchten, engen und ungesunden Behausungen. Die kleinsten Kinder sind diejenigen, die am meisten leiden."

Vicky war bald klar, dass für eine Betreuung der Kinder aus dem Dorf, seien sie nun schulpflichtig oder noch nicht, ein Haus oder zumindest ein Teil davon notwendig war. Zunächst dachte sie daran, alle ins Schloss hochzuholen. Aber sowohl Thea als auch Hilde meinten, die Entfernung zum Dorf sei zu groß, da werde niemand kommen. Nicht ganz zu Unrecht verdächtigte Vicky die nunmehrige Frau Bräuter, nicht ganz uneigennützig argumentiert zu haben. Bei aller bekundeten Kinderliebe war klar, dass sie sich an einen Haufen schreiender Kinder im Haus nur schwer würde gewöhnen können.

Die gegebene Situation machte Vicky klar, dass sie zwar die Ehefrau des Eigentümers war, dass es ihr an nichts fehlte, dass es ihr aber an der Fähigkeit ermangelte, Entscheidungen zu fällen, die Kosten nach sich ziehen würden. Als sie wenige Tage zusammen mit Thea zum Gestüt hinunter ins Dorf liefen, sprach Vicky an, dass sie dieser Umstand zunehmend bedrücke.

„Aber du hast doch alles, was du brauchst!"

„Dass du das sagen würdest, war mir klar und du hast ja auch recht. Es ist nur so, dass ich nicht einsehe, dass die Tatsache der Abwesenheit meines Ehemannes sich zu meinen Lasten auswirkt."

„Wie meinst du das?"

„Wenn er hier wäre, müsste er mir zumindest Haushaltsgeld geben und wenn ich ihn um etwas bitte, was vernünftig ist, oder seinem Ansehen zuträglich wäre, würde er es mir nicht versagen. Du aber als seine Generalbevollmächtigte, und das verstehe ich durchaus, musst sehen, dass *das Zeuch*, wie man hier sagt, zusammengehalten wird."

„Genauso ist es. Derzeit schicke ich alljährlich einen Geldbetrag auf sein Konto nach Zürich, der etwa dem entspricht, was er sich hier in Allsberg für seinen Eigenbedarf entnehmen könnte. Bisher habe ich noch nicht daran gedacht, dass er von diesem Betrag auch dich und Ruppert ernähren müsste. Ich werde in Zukunft die Hälfte des Betrages für dich reservieren. Ein eigenes Konto bei der Bank wirst du nicht führen können. Dazu benötigst du nach diesem seltsamen neuen Bürgerlichen Gesetzbuch die Genehmigung deines Mannes. Mach dir keine Sorgen, ich werde in der Buchhaltung ein Sonderkonto Vicky anlegen und dann kannst du mit dem Geld machen, was du willst."

„Schön und gut. Aber de facto kontrollierst du damit meine Ausgaben und kannst, wenn es mal zu einem Streit kommt, Nein sagen. Schau, du weißt ja, dass ich mit Hilde zusammen einen Ort suche, an dem man die Kinder des Dorfes tagsüber betreuen könnte. Dazu brauche ich Geld, so viel Geld, dass ich dich darum bitten müsste."

„Vicky, meine Liebe, mach dir darüber mal keine Sorgen. Im September ist wieder ein Remontenmarkt geplant. Er wird erneut in Allsberg stattfinden. Der Preußen Martin sagt mir, es werde ein großer Erfolg werden. Offenbar ist das Erbgut, das Xerxes weitergibt, dem seines Vorgängers überlegen. Martin sagt, wir wären noch nie so ‚auf Zack' gewesen wie jetzt. So jedenfalls drückte er sich aus. Wenn das stimmt, dann wird nach dem Markt viel Geld da sein und dann werden wir sehen, was wir da mit deiner Kinderbetreuung machen können. Sowas nennt man jetzt wohl Kindergarten."

„Gut, dann beginne ich erst mal die Kinder unter freiem Himmel zu gärtnern, noch haben wir ja Sommer."

Beim Gestüt trennten sich ihre Wege und Vicky ging ins Dorf, um sich mit Hilde zu beraten.

Am nächsten Morgen saß Vicky neben dem Dorfbrunnen auf einem Klappstuhl und sagte allen Frauen, die dort Wasser holten, sie sollten ihre Kinder vorbeischickem, sie werde ihnen Märchen vorlesen.

An diesem Tag hatte Vicky nur eine Zuhörerin, ein kleines Mädchen, das ein Kleinkind hüten musste. Als sie sich näherte, schaute Vicky sie nicht an, sondern begann einfach damit, ein beliebiges Märchen vorzulesen. Tags darauf waren es schon drei Mädchen, die zuhörten. Vicky blieb dabei, mit den Kindern nicht zu sprechen. Sie wusste von ihren Besuchen in den Häusern, dass die Kleinen sich genierten und wegliefen, wenn die fremde Frau sie ansprach.

Nach einer Woche, unterdessen waren auch ein paar wenige Buben gekommen, um zuzuhören, las Vicky das Märchen von Rapunzel vor. Gebannt hörten alle zu, wie Rapunzel im Turm eingesperrt wird und der Königssohn herausbekommt, dass man an ihrem langen Haar hinaufklettern muss, um zu ihr zu gelangen. Einige hielten sich die Hände vor die Augen, als der unglückliche Königssohn vom Turm in die Dornen springt und sein Augenlicht verliert. Und als Rapunzels Tränen ihn wieder sehend machen, da lachten alle vor Freude. Vicky klappte das Buch zu und war gerade dabei aufzustehen, als sie die Stimme eines Mädchens hörte:

„Wie lang brauchd denn des, bis mer so langa Haar had, äs a Brinz dra naufgledder kaa?"

Vicky setzte sich wieder auf den Klappstuhl und schaute in die Runde und legte ihre Stirn in Falten.

„Es wird vielleicht fünf Jahre dauern, bis der Zopf so lang ist."

„Do ka ich nuch lang ward, bis bei mir a Brinds kummd."

Es war die Tochter von der Wohlfahrts Ilse.

Plötzlich redeten alle Kinder durcheinander. Die einen riefen, die Eva bekäme sowieso keinen Prinzen, die anderen meinten, in einem Turm eingesperrt zu sein, nur damit vielleicht ein Prinz vorbeikäme, das sei doch blöd. Kurz, es entwickelte sich ein reger Gedankenaustausch. Vicky bemerkte es zuerst nicht, aber plötzlich war sie mittendrin im Gespräch mit den Dorfkindern. Von da hatte niemand mehr Scheu, mit der Fremden zu reden und jeden Tag wurde sie weniger fremd. Bald schon verlangten die Kinder von ihr, besonders schöne Märchen noch einmal vorzulesen und immer wurde das Gehörte nachher besprochen. Besonders freute sich Vicky, wenn ihr Auditorium den Ort und die Zeit ihres Vorlesens gegen die Angriffe der Lausbuben und Halbstarken verteidigten. Sie ließen Störungen nicht zu. Sie wollten hören und vor dem Einschlafen träumen können. Mit jedem Tag war es Vicky, als läse sie sich mit ihrem Vortrag in die Herzen der Kinder hinein.

Unterdessen liefen auf dem Gestüt die Vorbereitungen für den Remontenmarkt auf vollen Touren. Es war damit zu rechnen, dass wieder eine erhebliche Zahl von kleineren Züchtern kommen würde. Thea ordnete deshalb an, neben den sowieso eingezäunten Longier-Plätzen auch auf der großen Koppel mit Stricken abgetrennte Stellplätze einzurichten. Sie hatte auch zugestimmt, dass der Metzger Vorndran einen Bratwurststand würde betreiben dürfen, allerdings ohne den Ausschank von Bier. Ein Volksfest sollte daraus nicht unbedingt werden. Wie immer wurde die Pferdeschwemme randvoll mit Wasser befüllt. Daneben platzierte die Feuerwehr des Ortes ihre neue fahrbare Feuerwehrspritze.

Der 21. September war ein Freitag. Am Abend zuvor waren alle Züchter aus der Umgebung mit ihren Dreijährigen eingetroffen. In den beiden Wirtshäusern des Ortes herrschte Hochbetrieb. Auch unter den Bereitern des Gestüts und den Knechten der Züchter, die auf die Pferde aufpassen sollten, ging so mancher Bierkrug um. Als im Morgengrauen des Markttages die Remontenkommission mit all ihren Offizieren, Feldwebeln und einfachen Soldaten anrückte, traf sie auf einen Haufen unausgeschlafener junger Männer. Es schien so, als ob nur der Preußen Martin die Nacht zum Schlafen genützt hätte. Er war wütend und scheuchte die Pferdeknechte, damit sie endlich die zum Verkauf bestimmten Pferde auf die dafür vorgesehenen Plätze trieben. Es herrschte ein ziemliches Durcheinander, als Thea zur festgesetzten Zeit des Beginns der Pferdeschau eintraf. Zu ihrer Erleichterung stellte sie fest, dass der Offizier, mit dem sie beim ersten Remontenmarkt in Dettelbach einen Strauß ausgefochten hatte, unterdessen in den sicherlich wohlverdienten Ruhestand gewechselt war. Es schien aber so zu sein, dass man den neuen Kommandeur vor ihr gewarnt hatte. Er begrüßte sie mit größter Zuvorkommenheit und versicherte, dass man heute sowohl Reitpferde aus dem Gestüt Allsberg als auch Zugpferde kaufen werde. Hier kämen alle Anbieter zum Zuge.

Später erschien auch Vicky mit dem Aufsehen erregenden Kinderwagen. Ruppert schaute neugierig über den Rand und freute sich, als einer der Bereiter ihn zu sich auf den Sattel holte, um etwas mit ihm umherzureiten.

Der Metzger Vorndran machte ein riesiges Geschäft, am Abend hatte er 300 Bratwürste verkauft. Mehr wurden es nicht, weil sein Vorrat ausgegangen war. Am späten Nachmittag berichtete der Preußen Martin, man habe alle angebotenen Pferde verkauft. Zum Teil seien sie schon nach Seligenstadt zur Bahn getrieben worden. Den Rest würden die Soldaten morgen abholen. Auch die meisten übrigen Züchter seien unterdessen hochzufrieden abgezogen. Der Tag sei ein voller Erfolg gewesen.

Als es dämmerte, kam einer der Bereiter auf den Schlosshof galoppiert, sprang aus dem Sattel und stürmte, ohne das Pferd anzubinden, ins Treppenhaus.

„Es brennt, es brennt!"

Sein Brüllen war nicht zu überhören. Sofort ließen Thea, Hubert und Vicky alles stehen und liegen und rannten zum Gestüt, über dem bereits dunkle Rauchwolken aufstiegen. Glücklicherweise hatte die Feuerwehr ihre Spritze noch nicht eingeholt. Die Stallburschen bedienten die Pumpe und andere richteten den Wasserstrahl ins Feuer. Der Preußen Martin hatte bereits damit begonnen, alle noch in den Ställen befindlichen Pferde freizulassen. Verstört und nervös galoppierten sie davon.

Vicky hielt eines der Pferde auf und noch ehe es richtig stand, krallte sie sich in seine Mähne und schwang sich auf dessen ungesattelten Rücken. Sie verfolgte die auseinanderstiebenden Tiere so gut es ging. Tatsächlich gelang es ihr, mehrere Dutzende davon auf der großen Koppel zu halten. Die übrigen würde man im Laufe des kommenden Tages wiederfinden, so hoffte sie.

Thea gab Anweisung, darauf zu achten, dass das Feuer auf keinen Fall auf das Dorf übergreifen könne und bat

Hubert, dies zu überwachen. Unterdessen waren viele der Nachbarn mit Eimern gekommen. An der Pferdeschwemme, der Tränke und den vielen Wasserhähnen füllten sie ihre Behälter und bekämpften die Flammen aus nächster Nähe. Dies trug entscheidend dazu bei, dass es gelang, das Feuer nur dort wüten zu lassen, wo es sowieso schon brannte, aber zu verhindern, dass es auch die übrigen Stallungen und die Reithalle erfasste.

Auch der Bürgermeister war gekommen. Er half nicht nur tatkräftig mit, sondern verschaffte sich immer wieder von Neuem einen Überblick, sodass er die Löschbemühungen effektiv koordinieren konnte.

Drei Stunden später war das Feuer noch nicht vollständig gelöscht, aber so weit eingedämmt, dass es daran gehindert werden konnte, sich auszuweiten.

Es war längst dunkel geworden, dennoch konnte sich Thea und der Preußen Martin schnell einen ersten Eindruck über das Ausmaß der Schäden machen. Die Stallungen waren zu mehr als der Hälfte zerstört, von der Schmiede war nur noch die Esse übriggeblieben und, was besonders schlimm war, der Vorrat an Heu war fast vollkommen ein Raub der Flammen geworden. Als Thea noch ihre Augen über dieses trübe Szenario wandern ließ, hörte sie, wie Hubert nach ihr rief:

„Komm her zur Schlempekammer, es ist wichtig."

Die Wortschöpfung stammte vom Martin. In der Kammer wurde Magermilch, in Preußen „Schlempe" genannt, mit Haferschrot und Spreu gemischt. Es war das Kraftfutter für die heranwachsenden Fohlen.

Hubert hatte versucht, die Kammer zu betreten, musste aber zuvor einen herabgestürzten Balken entfernen, der vor die Tür gefallen war.

„Thea, es tut mir leid, aber den Anblick kann ich dir nicht ersparen."

Mit diesen Worten öffnete Hubert die Tür. Thea und Martin erblickten den Körper eines offensichtlich toten Mannes. Martin, der unterdessen auch hinzugekommen war, drehte den Körper auf den Rücken. Der Mann war nicht verkohlt, wahrscheinlich am Rauch erstickt, wie Thea vermutete.

„Na, wenn det nich der olle Waldheimer is, denn fres ick nen Besn."

„Da werden wir wohl die Polizei aus Volkach heraufholen müssen, denn eines natürlichen Todes ist dieser Mann nicht gestorben. Martin, woher kennen sie ihn überhaupt?"

Die Antwort blieb aus, denn aus wenigen Metern Entfernung hörten sie nun, wie eine Stimme im Befehlston brüllte: „Nix anfassen! Verlassen Sie soford den Dadord! Dies ist eine bolizeiliche Aanordnung."

Wer auch immer den Polizeiposten unten im Maintal wegen des Feuers alarmiert hatte, sie waren sofort zum Brandort geeilt. Nun aber ging es um einen Toten. Der Kommandant hatte gleich eine Theorie zur Brandursache. Nach der Begutachtung der Leiche wandte er sich an Thea und Hubert und meinte im Brustton der Überzeugung:

„Der war Fungnfluch vom Vorndran seiner Wurschdbudn, des sichd a Blinder!"

„Nee, da irrt sich der Herr Wachtmeesta janz jewaltig. Dem Vorndran seine Bude kam östlich vom Stall zum Stehn. Jeblasn hats aba vom Westn. Det war Brandstiftung, 's hat ja erst anjefang, wie der janze Zirkus hier schon vorbei war. Nee, nee, mein Lieba, det war Brandstiftung, det könnse ma gloobn."

„Danke für diesen Hinweis, Herr Dietrichkeit. Aber wir

sollten den polizeilichen Ermittlungen nicht vorgreifen. Zunächst schlage ich vor, dass wir die Kutsche einspannen und den Leichnam unter polizeilicher Bewachung noch heute Nacht zur Leichenschau nach Würzburg bringen."

Der Polizist sah Hubert dankbar an. Ihm stand nicht der Sinn danach, mit dem Preußen Martin über den Tathergang zu spekulieren. Einen seiner Leute ordnete er ab, um den Leichentransport nach Würzburg zu begleiten, zwei weitere ließ er vor Ort mit der Order, ihn sofort zu benachrichtigen, wenn das Feuer wieder ausbrechen sollte.

Vicky war unterdessen von ihrer Einfangmission zurückgekehrt. Man beschloss, die zurückgekehrten und verbliebenen Pferde in der Reithalle für die Nacht unterzubringen. Martin protestierte sofort und meinte, dazu sei dort kein Platz.

Thea sah das sofort ein, zumal alle Tiere nach wie vor nervös waren. Aber sie über Nacht auf der großen Koppel lassen? Als sie, Martin, Hubert und Vicky noch berieten, kam der Bürgermeister und mit ihm mehrere Bauern. Sie boten an, die obdachlos gewordenen Pferde in ihren Stallungen bis auf Weiteres aufzunehmen.

Thea war ebenso verblüfft wie dankbar und das sah man ihr auch an. Der Bürgermeister erklärte dann alles: „Nach den Schreggn ham mir ölla in die Wirdschaftd ghöggd und nacher had der Günder gsechd, äs do bei die Gäul an haufn Leud ausn Dörfla schaffn dun. Un wenn die Baness edserd aufhörd? Wos nacher? Waas mers? Un do had hald der Bedä gsechd, die Dhea, die hörd ned auf, wenn mir die Gäul helf reddn. Un drum nemma mir edserd alla Gäul bei uns nei die Schdäll. Des Schloss had uns scho öfder gholfn. Edserd helfn mir den Schloss."

Vicky bemerkte, dass sich Thea abwendete. Sie hatte Tränen der Rührung in den Augen.

Statt ihrer sagte antwortet sie dem Bürgermeister:

„Wir bedanken uns alle. – Und wir werden nicht aufgeben. – Wir wissen noch nicht, wie wir das alles wieder aufbauen können. Einiges ist noch intakt. Die meisten Pferde wurden heute verkauft. – Es wird schon irgendwie gehen. – Ich befürchte, dass alles Heu verbrannt ist."

„Frau Baron, der griech mer scho, mir müssn hald ölla zamhelf. – Edserd nimmd sich a jeder so viel Gäul, wie ka underbring bei sich daham. Und morchn früh kumma die, wo könna wieder do her. Da gidds an haufn Ärbed."

Die wenigen Pferde, die danach noch übrig waren, konnten leicht in den unbeschädigten Ställen und der Reithalle untergebracht werden.

Thea, Vicky und Hubert schlugen eine provisorische Kommandozentrale in der Reithalle auf. Neben der zentralen Lage hatte das den Vorteil, dass die drei umschichtig auf den dort aufgestellten Strohballen schlafen konnten.

Martin gesellte sich zu ihnen. Das gab Thea Gelegenheit, ihn zu fragen, ob er sich denn sicher sei, dass der gefundene Tote der Waldheimers Kurt sei.

Martin berichtete, dass er schon den ganzen Markttag den Mann beobachtet hätte. Der sei ziellos zwischen den Pferden herumgelaufen. Jedes Mal, wenn er ihn vom Platz gewiesen habe, sei er eine halbe Stunde später wieder aufgetaucht.

„Det is'n Kriminella. Der hat den Brand jeleecht, wer denn sonst?"

„Gut und schön", wendete Hubert ein. „Aber er muss doch einen Grund für sein Tun gehabt haben. Man zündet doch nicht einfach ein Gestüt an."

„Ist das der Herr Waldheimer, der unten mit der Frau Wohlfahrt im Armenhaus wohnt?"

„Woh'n kann ma det nich nenn. Wenner ausm Jefängnis freikommt, klopfter an, macht ihr wat Kleenet, und verduftet."

„Martin!"

„Aba Chefin, et is doch so!"

„Das kann man aber auch weniger drastisch ausdrücken."

„Da magst du recht haben, Thea, aber die Lage dort drunten am Mühlkanal ist wirklich drastisch. Ich habe nicht nachgezählt. Einige Kinder stammen vom verstorbenen Schneider Wohlfahrt und alle anderen offenbar von diesem Waldheimer. Mich dauert diese Frau. Sie war nicht sehr freundlich zu mir, aber ich werde ihr einen Kondolenzbesuch abstatten, gleich morgen. Entschuldigt mich, ich muss noch nach dem kleinen Ruppert sehen."

Als der nächste Tag anbrach, roch es überall noch nach dem Brand, zumal es an einigen Stellen im Gestüt noch schwelte.

Glücklicherweise kamen die Soldaten frühzeitig, um die restlichen der gekauften Remonten abzuholen. Sie fluchten lautstark, weil sie die Tiere zum Teil bei den Bauern aus den Ställen holen mussten. Glücklicherweise waren alle noch am Tag des Marktes an der linken Halsseite mit dem Brandmal 88 gezeichnet worden.

Vicky ging diesmal ohne die „Kinnerscheesn" ins Dorf. Am Brunnen warteten schon mehrere Kinder darauf, dass sie ihnen vorlesen würde. Zu ihrer Erleichterung erkannte sie Eva, die Tochter aus dem Armenhaus, unter den Kindern.

„Heute kann ich euch nicht vorlesen. Gestern sind

schreckliche Dinge passiert. Bei dem Brand ist Gott sei Dank nur ein Mensch umgekommen. Aber auch das ist ein Mensch zu viel. Komm Eva, wir besuchen deine Mutter."

Das kleine Mädchen, das zu Vickys Freude in den vergangenen Wochen oft so frei geplappert hatte, nahm die ihr gebotene Hand und lief schweigend und mit gesenktem Blick neben der Frau her. Eva liebte diese Frau, aber sie wusste das nicht, weil bisher in ihrem Leben Liebe noch nicht vorgekommen war. Sie fanden ihre Mutter, wie sie vor dem Haus Wäsche aufhängte.

„Äs Sie sich draua, nunch a mol doher zern kumma!"

„Ich wollte mein Beileid ausdrücken. Wie ich erfahren habe, ist gestern der Vater ihrer Kinder zu Tode gekommen."

„Beileid?"

Die Frau starrte Vicky mit ausdruckslosen Augen an.

„Beileid? Für wos? Ässer mich edserd endlich in Ruh lässd, der Hundsfodd?"

„Eva, ich glaube, es ist besser, wenn du jetzt erstmal ins Haus gehst, ja?"

Als das Kind gegangen war, stemmte deren Mutter ihre Fäuste in die Hüften und begann auf den Verstorbenen zu schimpfen, dass er sie immer nur ausgenützt habe, dass er nie auch nur einen Pfennig an Alimenten bezahlt habe. Wie sie sich seiner nicht habe erwehren können und schließlich keinen Widerstand mehr geleistet habe, um zu verhindern, dass ihre Kinder sähen, wie sie von einem Fremden verprügelt wird.

„Und desmol hadder mir goldana Zeidn verschbrochn. Geld däd er griechn für nix. Ich müsserd blos mid na nunder auf Volgach. Weil do griecherd er des Geld. Des hab ich nacher müss aanähm, weil der Kurdi, hadder gsechd, wenn die Bolizei ihn mid Geld erwischerd, dädn sa's ihm gleich abnähma, weche die Schuldn, wo er ham dud."

Vicky glaubte ihren Ohren nicht zu trauen. Sie erfuhr, dass Ilse mit Kurt an der dritten Station des Kreuzweges zur Kapelle im Weingarten warteten, bis endlich ein eleganter Einspänner gekommen sei. Ein junger eleganter Herr habe dort mit Kurt geredet. Verstanden habe sie nicht viel von dem, was besprochen wurde, nur „Remontenmarkt" und „An dem Tag muss es geschehen".

„Nacher hadder den Kurdi a Bäggla mid Geld gähm, des wo ich gleich under mein Schürzer versteggld hab. Des Bäggla liechd immer nuch under die Madradsn."

„Will sie damit andeuten, dass jemand Herrn Waldheimer dazu angestiftet hat, den Brand von gestern zu legen?"

„Des hab ich fei ned gsechd. Ich waas ja ned amol, wer der Maa in die Kutschn war. Aber sei Gaul, der had a Brandzechn am Arsch ghabd: vH un so a Wabbn, wo die Baröner immer ham dun."

„Erinnert sie sich noch an dieses Wappen?"

„Freilich, vier Sternla warn drauf."

„Frau Wohlfahrt, ich bedanke mich sehr bei Ihnen. Ich versichere, dass ich alles dafür tun werde, dass Sie das Geld behalten können. Auf Wiedersehen."

„Hald, ich hab nuch awos auf Herdsn. Die Eva had verzähld, äs die Frau Baron vurläsn dud und äs sie ka Bösa ned is. Nix für ungud, wos ich domols gsechd hab. Ich hab's ned so gamaand."

„Ist schon vergeben und vergessen."

Vicky reichte ihr die Hand.

Auf ihrem Weg zurück zum Schloss versuchte sie, sich nicht anmerken zu lassen, welche Eile sie trieb.

Sie traf dort allerdings nur Hubert an, der gerade dabei war, einen Brief an die Königlich Bayerische Brandversicherungskammer zu schreiben.

„Thea hat mir das angeschafft. Ich glaube nicht, dass der Brief viel Erfolg haben wird, denn es war eindeutig Brandstiftung. Da zahlen die Versicherungen erst mal nicht, weil sie davon ausgehen, dass der Versicherungsnehmer sich warm sanieren will."

„Was ist das denn? Warm sanieren?"

„Ganz einfach: Man zündet den Stall an und kassiert Bargeld."

„Der Brief ist erstmal nicht so wichtig. Komm, wir müssen mit Thea sprechen. Wo ist Thea eigentlich?"

„Sie ist noch immer im Gestüt, wo sonst?"

„Gut, dann lass uns hingehen. Ich habe etwas Wichtiges entdeckt."

Auf dem kurzen Fußweg setzte Vicky ihren Schwager in kurzen Worten ins Bild.

„Und du denkst, das Brandzeichen vH genügt als Beweis?"

„Du vergisst das Wappen mit den vier Sternen."

„In Wappenkunde, das will ich zugeben, bin ich kein Experte. Nur ihr Adeligen glaubt euer Wappen überall anbringen zu müssen, an euren Häusern, euren Kutschen und nun offenbar auch auf den Hinterbacken eurer Pferde."

„Seien wir froh darum, denn damit hat er sich verraten."

Sie fanden Thea in der Xerxes-Box.

„Hier ist das Feuer ausgebrochen. Es scheint die Absicht des Brandstifters gewesen zu sein, möglichst schnell großen Schaden anzurichten. Glücklicherweise konnte Xerxes frühzeitig gerettet werden."

„Woher weißt du, dass der Brand hier gelegt worden ist?" Vicky war neugierig geworden.

„Das kann man an diesem vertikalen Balken erkennen. Er steht auf einem Steinsockel, etwa 50 Zentimeter über dem Boden. Das Feuer hat ihn unten erheblich mehr zerstört als oben. Wie soll ein Funke da hinkommen? Ein Funke hätte Heu oder Stroh entfacht, nie aber einen Balken aus Eichenholz. Ich bin sicher, dass der Brandstifter auf diesen Sockel eine Fackel gelegt hat. Dann wurde er gestört und hat sich in der Schlempekammer versteckt. Das war sein Unglück."

„Eine gute Theorie. Ich habe dazu eine sehr konkrete Frage. Wie sieht das Wappen der Grafen von Hüben aus?"

„Also wirklich Vicky! Das gehört doch jetzt nicht hierher."

„Doch, es gehört hierher!"

Thea schaute Hubert überrascht an.

„Seit wann interessierst du dich für Wappen?"

„Beantworte einfach Vickys Frage. Wie sieht das Wappen der Grafen von Hüben aus?"

Nach kurzem Überlegen antwortete sie stockend:

„Ich glaube .... ich glaube es sind vier silberne Sterne auf blauem Grund."

„Das ist der Beweis!" Vicky fiel Thea um den Hals. „Komm, setz dich irgendwohin, ich erzähl dir was."

Wieder machte sie es kurz und schloss mit der Feststellung: „Das beweist, dass Ernst von Hüben den Waldheimers Kurt zur Tat angestiftet hat. Und ein Motiv hat er auch! Erinnert ihr euch noch an seine Drohung aus dem Treppenhaus, als er rief, das werde alles ein Nachspiel haben?"

„Ich halte die Beweislage für dünn. Wer glaubt der Wohlfahrts Ilse, wenn deren Aussage gegen die des Grafen von Hüben steht?

„Ja, Vicky, da hat Hubert wahrscheinlich recht. Das ist genau die Situation, in der uns Vater und Sohn Hüben sehen wollen. Wir können ihnen direkt nichts nachweisen. Dass es Brandstiftung war, ist sicher, aber …"

„ … aber das habe ich vorhin schon Vicky erklärt: Die Versicherung wird nicht zahlen, es sei denn, wir können beweisen, dass die Brandstiftung nicht von uns ausging."

„So schön deine Entdeckung auch sein mag, sie führt uns nicht weiter."

„Doch!" Vicky stampfte trotzig mit dem Fuß auf. „Das führt uns weiter, ihr werdet es schon sehen!"

26. Kapitel

Wochen später

Es war genauso gekommen, wie Hubert es vorausgesagt hatte. Nach der Leichenschau war klar, dass Kurt Waldheimer der Brandstifter war. Er war an Rauchvergiftung gestorben. An seinen Händen fand man Spuren von Pech. Polizeiliche Ermittlungen ergaben, dass wenige Tage vor dem Brand bei der Brauerei von Marktsteft Fässer gepicht worden waren. Das geschah wie immer auf dem sogenannten Pichplatz außerhalb des Ortes. Der Täter brauchte nur einen mit Hanf umwickelten Stecken in das noch heiße Pech zu tauchen, schon war die Fackel fertig. Niemand zweifelte an der Täterschaft des Toten. Die Brandversicherung teilte brieflich mit, der Schaden könne erst dann ausgeglichen werden, wenn geklärt sei, dass die Brandstiftung nicht vom Eigentümer initiiert worden sei.

„Der Täter wohnt wie wir in Allsberg. Er war bekannt als Kleinkrimineller, der immer in Geldnöten steckte. Da können wir noch so sehr beteuern, andere hätten den Kurt angestiftet. Das glaubt uns keiner."

Thea war verzweifelt. Zwar hatten die Remontenverkäufe schönes Geld eingebracht, der Brandschaden überstieg diese Einnahmen aber bei Weitem. Vicky hatte ihr Vorhaben, einen Kindergarten zu gründen, erst gar nicht wieder vorgebracht. Sie wusste, dass dafür kein Geld da war. Wenn sie mit Thea und Hubert zu Tisch saß, wurde über nichts anderes gesprochen als darüber, wie man die Mittel für den Wiederaufbau zusammenbringen könnte.

Vicky verzweifelte zunehmend. Sie wusste, wer der Anstifter war, aber sie hatte keine Beweise in der Hand. Wieder und wieder grübelte sie, suchte nach einer Lösung oder wenigstens einer Idee, die sie weiterbringen würde. Fündig wurde sie nach einem Traum, in dem ihr die Szene am dritten Bild des Kreuzweges in Volkach erschien. Die beiden Männer reden, abseits steht eine Frau, die das Bündel Geld unter ihrer Schürze versteckt.

Vicky schreckte aus dem Schlaf hoch. War das alles? Nein, das konnte sie nicht glauben. Der Anstifter hat nicht vor der Tat alles bezahlt. Er hat sicherlich versprochen, nach dem Erfolg noch etwas dazuzugeben. Sie würde nachfragen.

Am Morgen nach diesem Traum lief Vicky hinunter zum Armenhaus am Mühlgraben und befragte dort die Wohlfahrts Ilse.

Nein, sie habe bei dem Treffen nichts gesagt, der junge Herr hätte sie auch nicht beachtet. Daraufhin fragte Vicky, ob sie sich noch daran erinnere, was sie damals angehabt hätte.

„Des is eifach: Ich hab zwa Kiddl, zwa Röck und zwa Schürzer, ölla aus'n gleichn Stoff."

Sie fand es zwar seltsam, dass die Baronin sie bat, ihr ein Exemplar dieser Bekleidung auszuleihen. Der Hinweis allerdings, sie wolle die Sache selbst aufklären, ohne dass die Polizei ihr Haus durchsuchen müsste und dabei sicher auch unter die Matratze schauen würde, half. Nun brauchte Vicky nur noch einen Zeugen.

Sie hatte ihre Ausritte wieder aufgenommen und war

dabei in den Weinbergen auf den jungen Manfred Hönisch gestoßen, der nach seiner Lehre in Würzburg nun begonnen hatte, im Trögerschen Weingut zu arbeiten.

Am Abend weihte Vicky Thea und Hubert in ihre Pläne ein. Thea wollte davon nichts wissen und versuchte der Schwägerin diese „aberwitzige Idee“ wie sie es nannte, auszureden. Genau damit hatte Vicky gerechnet.

„Ich verstehe dich. Ich werde nicht allein dort hingehen. Kann mich denn der junge Hönisch begleiten?“

„Gut, dann soll es halt so sein. Allein loszugehen hätte ich dir verboten.“

„Obwohl du weißt, dass sich Vicky nichts mehr verbieten lässt.“

Thea hatte ihren Hubert auch schon freundlicher angeschaut.

Tags darauf ritt Vicky nach Fahr und erklärte Manfred Hönisch ihren Plan und seine Rolle darin. Jung und abenteuerlustig, wie er war, war er sofort Feuer und Flamme. Sie beschlossen am darauffolgenden Montag nach Ochsenfurt zu reiten. Dort wollten sie die Pferde in einer Gaststätte unterstellen, um dann die wenigen Kilometer bis zum Schloss der Grafen von Hüben zu laufen.

„Zieh deine ältesten Kleider an. Bis Montag beim Morgengrauen beim Gestüt.“

Als sie die geliehene Bekleidung anprobierte, stellte sie fest, dass sie damit nicht würde reiten können, es sei denn sie benützte den ihr so verhassten Damensattel.

Bevor Vicky am Sonntag einschlief, befeuchtete sie ihre Haare. Sie wusste, dass am Morgen wilde Locken ihr Gesicht umrahmen würden. Niemand würde sie erkennen.

In der Nacht schlief sie schlecht. Immer wieder überdachte sie ihren Plan und jedes Mal von Neuem musste sie sich eingestehen, dass ein Plan nicht sehr nützlich war. Wie alles ablaufen würde, hing schließlich ganz maßgeblich vom Verhalten des jungen Grafen ab.

Lange vor dem Morgengrauen fand sie keinen Schlaf mehr, zog die geliehenen Kleider an und lief hinunter zum Gestüt. Die dort arbeitenden Stallburschen begannen gerade mit der Fütterung der Pferde und wollten ihr kein Pferd satteln, weil sie sie nicht erkannten. Vicky wars zufrieden. Als später der Preußen Martin eintraf, staunte der zwar nicht schlecht, gab aber Anweisung, zwei Pferde zu satteln, eines davon mit einem Damensattel.

„Watt wollnse denn in dem Uffzuch? Karneval kommt doch erst nach Neujahr. Jetzt hamm wa Sommer."

Aber Vicky winkte nur ab und sagte geheimnisvoll:

„Heute Abend wissen wir mehr."

Nachdem auch der junge Hönisch eingetroffen war, brachen beide auf. Während des langen Ritts nach Ochsenfurt erzählte er von seiner Lehre in Würzburg.

„Ich waas edserd, wie a guder Wein gamachd wird. Aber mei Obba lässd mich des im Lähm ned gemach. Des schmeißd ölles um, was er für richdich finden dud. Ich gedrau mir nedamol drüber mid na blauder."

Als die Reiter in Ochsenfurt ankamen, war Vicky davon überzeugt, dass es Zeit war, dem verdienten Kellermeister Hönisch endlich den Ruhestand zu gönnen.

„Manfred, sei versichert, dass ich mit der Chefin sprechen werde. Was du mir berichtet hast, hat mich überzeugt, dass der Betrieb in Fahr in jüngere Hände gelegt werden muss."

Vicky war bewusst, dass es nicht in ihrer Macht stand, den jungen Mann zum Nachfolger seines Großvaters zu bestimmen. Heute allerdings brauchte sie seine Hilfe und da konnte es nicht schaden, ihm diese Hoffnung zu machen.

Im kleinen Städtchen am Main angekommen, stellten sie ihre Pferde in einer Gastwirtschaft unter und bezahlten im Voraus fürs Unterstellen und das Futter.

Bald schon fanden sie sich auf der Landstraße wieder, die zum nahen Schloss der Grafen von Hüben führte.

Es war erstaunlich warm, die Sonne brannte vom Himmel, der nur spärlich mit herbstlichen Wolken bedeckt war. Unter einem Kastanienbaum am Wegesrand machten sie eine kurze Rast. Dabei schaute sich Vicky ihren Begleiter genau an.

„Manfred, wir sind zu sauber", stellt sie lapidar fest.

„Mach es mir nach!"

Zum grenzenlosen Erstaunen des jungen Mannes griff die Baronin in den Straßenstaub und beschmierte sich damit Gesicht und Arme, ja sie schreckte sogar nicht davor zurück, sich den Staub in den Haaren zu verteilen.

Zögerlich machte er es ihr nach, fand daran zunehmend Freude und am Ende lachten beide übermütig und bestätigten sich gegenseitig, nun wirklich auszusehen wie Vagabunden.

Vicky zog noch ein Kopftuch aus der Schürzentasche und band es am Hinterkopf zusammen. Die herausquellende Lockenpracht, der Staub überall, sie fand, sie sah aus wie eine Ungarin bei der Weinlese.

Es war nicht mehr weit zum Schloss der Grafen von Hüben. Das Areal war ummauert, die große Einfahrt schmückte ein großes Wappen: Vier silberne Sterne auf blauem Grund, darüber die Grafenkrone mit neun Zacken.

Rechts befand sich der Ökonomiehof, links etwas erhöht, thronte das Schloss, ein eher schlichter Bau. Nur die breiten Zwillingsfenster verrieten, dass es sich um ein Bauwerk aus der Renaissancezeit handeln musste. Die beiden unteren Ebenen waren aus hellem Sandstein, das zweite Obergeschoss war ein Fachwerkbau, rote Balken, weißes Gemäuer. Mittig stand ein Turm, in dem wohl eine Wendeltreppe die Stockwerke miteinander verband.

Auf die eine der acht Stufen, die zur Eingangstür im Turm führten, setzte sich Vicky. Manfred hatte sie unter einen nahen Kastanienbaum platziert.

Es war unterdessen früher Nachmittag geworden, vor dem Schloss und auf dem Hof herrschte Ruhe. Möglich, dass alle am Mittagstisch saßen.

Nun begann Vicky laut zu rufen, der Graf schulde ihr Geld und er halte sein Versprechen nicht ein. Es bedurfte keiner Mühe, mit ihrem ungarischen Akzent die eigene Exotik zu unterstreichen. Sie fügte auch immer wieder ungarische Worte ein, die niemand verstand. Eigentlich schade, dachte Vicky, denn es waren Schimpfworte.

Bald schon öffnete sich über ihr ein Fenster, und eine junge Frau, womöglich eine Küchenmagd, fragte, was denn dieser Lärm zu bedeuten habe.

„Der Graf schuldet meiner Mann ein Geld. Versprochen hat er, wenn Auftrag fertig, zahlt."

Hörbar wurde das Fenster geschlossen und nichts geschah. Nach kurzem Warten begann Vicky wieder mit ihren Rufen, die sie in lautes Wehklagen übergehen ließ. Nach wenigen Minuten öffnete sich die Tür im Turm. Ein livrierter Diener baute sich vor Vicky auf und versuchte sie zu verscheuchen. Ehe die Tür zufallen konnte, war Vicky hineingestürmt. Im Treppenhaus gab es ein Gerangel, das der Diener gewann. Vicky fand sich vor dem Schloss wieder, wo sie sofort erneut damit begann zu rufen, der Graf sei ein Schuft, er schulde ihr Geld, er habe es doch versprochen.

Es verging eine ganze Weile, bis das eintrat, worauf Vicky spekuliert hatte: Ernst von Hüben, der junge Graf, erschien. Nun schrie Vicky im Diskant, der Waldheimer Kurt habe den Auftrag erfüllt und nun müsse die zweite Zahlung erfolgen.

Der junge Graf sah die fremde Frau mit Verachtung an, er musterte sie von oben bis unten, dann versuchte er deren Schreien zu übertönen und rief:

„Der Waldheimer Kurt hat sein Geld bekommen. Jetzt ist er tot. Tote haben keine Ansprüche. Verschwinde auf der Stelle!"

„Ich nix verschwinden. Graf muss zahlen. Kurt ist Vater von Kindern. Kurt hat Feuer gemacht, wie Graf befohlen."

Außer sich vor Wut schrie nun Graf Ernst:

„Lass sie mich in Ruhe. Es war schon unangenehm genug, dass ich diesen Gauner habe beauftragen müssen."

Dann trat er Vicky mit voller Wucht in den Bauch, sodass sie nach hinten stürzte und am Fuße der Treppe landete. Ein höllischer Schmerz durchzog ihren Kopf und den linken Arm. Vicky glaubte, sich nicht mehr bewegen zu können. Noch bevor sich der Graf hätte auf sie stürzen können, spürte sie, wie zwei kräftige Arme unter ihre Arme griffen und sie auf die Beine stellten.

„Ich hab fei ölles ghörd. Gehds middn laafn?"

Als Vicky nickte, hörte sie nur:

„Nix wie weg vo do!"

Manfred hakte sich bei ihr unter und zog sie aus dem Schlossareal. Vicky hatte schreckliche Schmerzen. Als sie schon etwas Entfernung zwischen sich und den noch immer schimpfenden Grafen gelegt hatten, bemerkte Vicky, dass es daran lag, dass Manfred sie an ihrem linken Arm gepackt hielt.

„Lass los. Ich habe Schmerzen in dem Arm."

Nun hing der Arm etwas verdreht an Vickys Körper.

„Der is gabrochn, des sichd mer gleich. In Ochsenfurd baun sa a Grangnhaus. Obs scho ferdich is, waas ich fei ned, aber an Dogder wermer schon finden könna."

Der Fußmarsch zurück war qualvoll. Vicky brummte der Schädel und bei jedem Schritt zuckte ein schmerzhafter Stich durch ihren linken Arm.

Endlich waren sie an der Wirtschaft angekommen, wo sie ihre Pferde untergestellt hatten. Dort fragten sie nach einem Arzt. Die Wirtin aber ließ erst gar nicht mit sich reden:

„Die Fraa ghörd nein Bedd! Mir holn den Dogder und du, junger Bursch, du nimmsd die zwaa Gäul und bringsd sa ham. Wo seider denn her?"

„Vo Allsberch. Des do ist die Barona."

„Des glabsd ja selber ned. Des is nie und nimmer a Barona, schau sa doch aa!"

„Wenn ich's der doch sooch, des is die Barona vo Allsberch. Hold ner den Dogder her und aan vo die Schandi gleich ah, weil des war fei ka Unfall ned. Ich hau edserd ab und schigg die Leud von Schloss do her."

Wenig später kam Doktor Baumann und diagnostizierte eine Gehirnerschütterung und einen gebrochenen Unterarm, Elle und Speiche. Dass das Einrenken und Bandagieren weitere Schmerzen bereitete, war Vicky einerlei. Sie meinte, ihr ganzer Körper sei nur noch Schmerz. Dennoch war sie dankbar, dass sie eine Beruhigungsspritze bekam.

Als er fertig war, fragte der Arzt:

„Nun muss ich noch wissen, wie meine Patientin heißt.

Was ich hier gesehen habe, ist schwerlich die Folge eines unglücklichen Unfalls. Ich werde der Polizei Meldung machen müssen."

„Herr Doktor, ich danke Ihnen. Ich bin die Baronin Tröger aus Allsberg und wenn Sie erlauben, zeige ich Ihnen noch etwas. Ich habe Schmerzen am Bauch."

Voller Entsetzen sah der Arzt einen riesigen Bluterguss, der an den Rippen beginnend die Bauchpartie der jungen Frau überzog.

„Hier wurde ich getreten. Deshalb bin ich die Treppen hinabgestürzt. Nein, nein, es war kein Unfall."

Dann wirkte die Beruhigungsspritze. Vicky schlief ein.

Sie erwachte, als die Tür zu ihrem Zimmer geräuschvoll aufgestoßen wurde.

„Wie siehst du denn aus!"

Das war unverkennbar Theas Stimme. Wahrscheinlich hatte sie recht. Ihre Locken standen immer noch wild vom Kopf ab, ihre Augen waren blutunterlaufen und der bandagierte Arm sah sicherlich auch nicht besonders vorteilhaft aus.

Thea setzte sich zu ihr ans Bett.

„Es war doch gefährlicher, als du gedacht hast."

Vicky fiel das Sprechen schwer, dennoch flüsterte sie:

„Es war es wert. Er hat alles gesagt. Manfred hat es gehört."

„Hubert ist unten und bezahlt die Wirtsleute. Wir sind mit der großen Kutsche hier. Wenn du es dir zutraust, können wir noch heute Abend nach Hause fahren."

Vicky nickte und lächelte dabei.

Einige Tage später erschien der Chef des Gendarmerieposten in Volkach und verlangte die Baronin

Victoria zu sprechen. Er teilte ihr mit, dass er einer Anzeige eines gewissen Dr. Baumann aus Ochsenfurt nachgehen müsse. Das Problem dabei sei, dass der Arzt zwar den Namen der Geschädigten angegeben habe, nicht aber den des Täters.

„Nichts leichter als das. Dass ich das Opfer bin, sieht er an meinem bandagierten Arm. Der Täter heißt Graf Ernst von Hüben. Teilen Sie das dem Kommandanten in Ochsenfurt mit, der weiß, wo er diesen Herrn finden kann."

Dass es einen Zeugen gab, verschwieg Vicky absichtlich.

Zunächst ging alles seinen gewohnten Gang. Thea leitete das Gestüt, Vicky kümmerte sich um Ruppert und wenn sie konnte und das Wetter es zuließ, dann las sie am Brunnen den Kindern aus dem Dorf vor. Mit Hilde traf sie sich zu romantischen Spaziergängen. Die Bäume hatten sich längst verfärbt. Auf den Weinbergen leuchtete das Laub in herbstlicher Pracht von goldgelb bis rot. Immer wieder zog es beide in die Feldscheune. Die Lust auf die Berührung durch die Hände der anderen hatte in keiner Weise nachgelassen. Im Gegenteil, anfängliche schamhafte Unsicherheit war vollkommen von ihnen gewichen. Sie begehrten einander mehr und mehr und ließen keine Rundung und keine Höhlung ihrer Körper aus. Sie führten einander die Hand dorthin, wo Beglückung, Lust und Ekstase ihre Erfüllung und ihren Höhepunkt erreichen konnten.

Als sie sich eines Tages gegenseitig das Stroh aus den Haaren zupften, sagte Hilde wie zu sich selbst:

„So schön es mit dir tagsüber ist – aber nachts in deinem Bett ist es bequemer."

Von da an unterschieden sie Tagesliebe von Nachtliebe.

Drei Wochen waren vergangen, da geschahen an einem

Tag zwei Dinge, die, voneinander unabhängig, die Zukunft auf Schloss Allsberg bestimmen sollten.

Zunächst brachte der Postbote einen Brief aus Brasilien. Darin schrieb Cord, Theas Brief, in dem sie vom Brand des Gestüts berichtete, habe ihn erst kürzlich erreicht. Er sei mit seiner Schwester einig, dass ein Wiederaufbau sinnvoll und notwendig sei. Er kündigte seinen Besuch zum Jahresende an. Zum Schluss bat er Thea, alle Bewohner des Schlosses von ihm zu grüßen. Nach seinem Sohn fragte er nicht.

Am Nachmittag erschien erneut der Gendarm aus Volkach. Er überbrachte ein Schreiben, dessen Empfang er sich von Vicky quittieren ließ.

Schnell lief sie hinüber ins Comptoir, wie Thea ihr kleines Büro im Nordflügel nannte. Sie zitterte vor Aufregung, als sie sich auf den einzigen freien Stuhl setzte. Thea streckte die Hand aus und bereitwillig händigte ihr Thea das versiegelte Dokument aus. Sie brach den roten Lackverschluss und las zunächst schweigend dieses so schrecklich amtlich aussehende Dokument. Dann ließ sie es sinken.

„Vicky, ich gratuliere dir. Dein Plan ist aufgegangen. Wir haben Ernst jetzt genau dort, wo wir ihn haben wollten. Er hat dich angezeigt, weil du ihn, wie er hier ausführen lässt, fälschlicherweise einer Straftat beschuldigst. Niemals habe er die Baronin von Tröger angegriffen, geschweige denn verletzt. Er erinnere sich allerdings, vor einigen Wochen eine Zigeunerin vom Hof gejagt zu haben."

„Er ist in die Falle gelaufen! Manchmal denke ich, dass er hat hineinlaufen müssen. Es war eine für ihn maßgeschneiderte Falle."

„Willst du es denn auf ein Gerichtsverfahren ankommen lassen?"

„Wir müssen, wir müssen. Denn nur so bringen wir ihn in Bedrängnis."

„Ja, das glaube ich auch. Ob alles bewiesen werden kann, ob wir den Schaden ersetzt bekommen, ist erstmal nicht so wichtig. Allein der Verdacht, eine solche Schurkerei begangen zu haben, wird ewig an ihm hängen bleiben."

„Welche Schurkerei meinst du, die Anstiftung oder den Tritt in meinen Bauch?"

„Verzeih, Vicky, ich meine natürlich beides. Ich denke halt immer zuerst an den Betrieb."

„Und dabei vergisst du, dass wir zwei Zeugen haben: Manfred Hönisch hat alles gehört und gesehen und Dr. Baumann kann bezeugen, dass ich es war, die er wegen ihrer Verletzungen behandelt hat."

Nun ging alles erstaunlich schnell. Entgegen dem normalen Ablauf bat die Staatsanwaltschaft in Würzburg zunächst die Opferseite zu einem Gespräch. Vicky, Manfred, Dr. Baumann, die Wirtin sowie Thea und Hubert wurden zunächst allein in die Amtsstube des Staatsanwalts Doktor Eberhard von Ollenhaid geholt. Danach wurden alle gebeten, in einen großen Besprechungsraum zu kommen. Neben dem Staatsanwalt saß nun ein gewichtiger Mann mit grauem Vollbart, der den Anwesenden als Direktor der Königlich Bayerischen Brandversicherungskammer vorgestellt wurde.

„Direktor von Brünn ist angesichts der Wichtigkeit dieser Causa extra aus München angereist. Wir kennen uns aus Studientagen. Ich darf dir, lieber Dietrich, das Wort erteilen."

Direktor von Brünn strich bedächtig durch seinen Bart und schaute alle der Reihe nach an. Dann räusperte er sich ausgiebig, um schließlich Vicky direkt anzusprechen:

„Wenn wir Versicherer Schäden ausgleichen sollen, geht

es uns immer darum, festzustellen, welche Intentionen hinter den Aktionen stecken. Nun, liebe Baronin Tröger, ich gestehe, ich tappe im Dunkeln. Weshalb verkleidet sich eine Dame von Stand als Zigeunerin, lamentiert vor dem Haus eines Unbeteiligten und riskiert sogar ihre körperliche Unversehrtheit? Verehrteste, ich erwarte eine Erklärung."

„Die will ich Ihnen gerne geben. Es ging darum, nachzuweisen, dass Graf von Hüben eben kein Unbeteiligter war."

„Darf ich da als Generalbevollmächtigte der Trögerschen Güter etwas hinzufügen?" mischte sich Thea ein.

„Ich bitte darum", beschied sie der Staatsanwalt, der sich die Gesprächsführung nicht aus der Hand nehmen lassen wollte.

„Herr Direktor von Brünn, hier habe ich das Schreiben der Bezirksdirektion Würzburg der Königlich bayerischen Brandversicherungsanstalt, in dem uns mitgeteilt wird, man werde den Brandschaden nicht regulieren, es sei denn wir könnten nachweisen, dass ein Dritter den Brand gelegt habe."

„Das ist Standard."

„Ja, Herr Direktor, das ist Standard, aber es ist ein perfider Standard ..."

„Baroness Tröger, bitte mäßigen Sie sich. Einer königlich bayerischen Institution ist per se jede Perfidität fremd."

„Nennen Sie es wie Sie wollen, und nennen Sie mich bitte Frau Bräuter. Ich habe vor nicht allzu langer Zeit den neben mir sitzenden Herrn Bräuter geehelicht."

„Davon habe ich bereits gehört – gerüchteweise."

Vicky nutzte die entstandene kleine Pause:

„Aus dem, was Sie, Herr Direktor von Brünn, soeben ausgeführt haben, ergibt sich meine Intention: Wir alle wussten, dass es Brandstiftung war. Die Frau, die mit dem Täter, der auch Opfer wurde, mehrere Kinder hat, bestätigte, dass dieser Mann, Kurt Waldheimer, in ihrer Anwesenheit Geld von Graf Ernst bekommen habe. Aber wie sollten wir das beweisen?“

„Zunächst müssten Sie, verehrteste Baronin, beweisen, dass Sie das Opfer seitens des Grafen geworden sind.“

„Ich hab's doch gesenn!“, platzte Manfred Hönisch heraus.

„Hier redet nur, wer gefragt ist!“ Der Staatsanwalt war es gewohnt, dass man nach seiner Pfeife tanzte. Er fuhr in der Befragung fort:

„Herr Doktor Baumann, Sie haben in Ochsenfurt eine verletzte Frau behandelt. Welche Diagnose haben Sie erstellt?“

„Die Patientin hatte eine Gehirnerschütterung, einen doppelten Armbruch links und eine beachtliches Hämatom am Torso.“

„Kannten Sie die Patientin?“

„Nein.“

„In Ihrer Anzeige bei der Polizei in Ochsenfurt gaben sie die Identität der Patientin mit Baronin von Tröger aus Allsberg an. Warum?

„Sie hat mir gesagt, wer sie sei.“

„Hatte sie ein Ausweispapier bei sich?“

„Nein.“

„Können Sie die hier anwesende Baronin von Tröger als ihre Patientin identifizieren.“

„Nun, mit Verlaub, heute sieht sie aus wie eine Baronin, damals erinnerte sie eher an eine Zigeunerin“

„Gibt es irgendetwas, an dem Sie festmachen können, dass die damalige Zigeunerin die heutige Baronin ist?“

„Ja, die Patientin hatte ein Muttermal unter der rechten

Brust. Ich sah das, als ich das Hämatom untersuchte. Das Muttermal ist etwa 2 Zentimeter breit und ebenso hoch. Oben eckig, unten rund. Es erinnert an ein Wappenschild."

Kaum war er Arzt zu Ende gekommen, als unterdrücktes Lachen zu hören war. Streng herrschte der Staatsanwalt den Verursacher an:

„Herr Bräuter, was gibt es da zu lachen?"

Nun konnte sich Hubert nicht mehr halten und unter Prusten erklärte er sein Verhalten.

„Ich bitte um Vergebung, Herr Staatsanwalt Dr. von Ollenhaid. Aber erscheint es Ihnen nicht auch bemerkenswert, dass beim Adel sogar die Muttermale die Form eines Wappens haben?"

„Das tut hier nichts zu Sache! Zudem möchte ich sie darauf aufmerksam machen, dass Bürger von niedrigem Stande sich an die Staatsgewalt in der dritten Person wenden."

„Ich habe ein solches Muttermal!"

„Verehrte Baronin, wir werden das nach dieser Sitzung von einer weiblichen Justizperson nachprüfen lassen. Derlei Intimitäten gehören hier nicht her, auch wenn sie ermittlungserheblich sein mögen."

Nun wandte sich der Staatsanwalt an Manfred Hönisch.

„Du hast vorhin in meiner Amtsstube ausgesagt, dass Graf Ernst von Hüben die Baronin Tröger angegriffen und verletzt habe."

„Herr Rad, ob des a Graf war, waas ich fei ned. Aber gadrädn hadder und gschraua hadder, äs der Waldheimer Kurddi, der Gauner, sei Gäld grichg had."

„Mäßige dich, es steht dir nicht zu, Verstorbene Gauner zu nennen."

„Des war doch der Graf, wo des gsechd had."

Der Staatsanwalt ließ das unkommentiert und wandte sich erneut dem Direktor der Königlich Bayerischen Brandversicherungsanstalt zu.

„Nun, lieber Dietrich, ich denke, wir haben genügend gehört. Die Zeugen können wir entlassen und uns zur internen Beratung zurückziehen. Ich habe für uns ein Separee im Juliusspital reservieren lassen. Du weißt ja, Speis und Trank halten den Leib und wie ich immer anfüge, auch den Geist zusammen."

„Verzeihen die Herrschaften!" Es war Hubert, der nun lautstark seine Stimme erhob. Er stand auf und ohne abzuwarten, dass ihm der Staatsanwalt das Wort erteilte erklärte er:

„Ein wichtiger Aspekt ist bisher unbeachtet geblieben: Wenige Wochen vor dem Brand hatten wir auf Schloss Allsberg den unangemeldeten Besuch der Grafen Friedrich und Ernst von Hüben, Vater und Sohn. Zunächst hielt der Altgraf meiner nachmaligen Ehefrau vor, es sei ein Skandal, dass sie seit Jahren mit mir in wilder Ehe lebe, noch größer werde der Skandal allerdings dadurch, dass sie es tatsächlich wage, mich zu heiraten und sie damit ihren Stand verliere. Baronin Victoria hat daraufhin die Herrschaften gebeten, das Haus zu verlassen, woraufhin diese ihr Vorhaltung wegen ihres angeblich unsittlichen Lebenswandels machten. Ich habe in Folge die Grafen zu ihrer Kutsche geleitet und war deshalb direkter Zeuge, als die Grafen im Treppenhaus lauthals schimpften und damit drohten, dieser Hinauswurf werde noch Folgen haben. Alle Bewohner von Schloss Allsberg haben das als Drohung aufgefasst. Wir durften keinen Zweifel daran haben, dass es auch als solche gemeint war."

„Nun gut, dann haben wir das jetzt auch noch gehört. Sie dürfen nun gehen."

Der Staatsanwalt wirkte verärgert.

Später, die Teller waren abgeräumt, die beiden Studienfreunde saßen beim Wein.

„Nun, mein lieber Eberhard, die Kellner können uns nicht mehr belauschen, nun sollten wir den Grund meiner Dienstreise von München bis hierher besprechen. Die Staatskanzlei hat mich wissen lassen, man erwarte, dass ich dieser misslichen Situation ein geräuschloses und würdiges Ende bereite. Nach dieser Anhörung frage ich mich, wie wir das versicherungstechnisch hinbekommen sollten."

„Und ich, lieber Otto, frage mich, wie ich eben dieses Ziel juristisch hinbekommen soll, ohne meinen Dienstvorgesetzten, den Herrn Justizminister, zu verärgern."

„Hast du deine Fähigkeiten mit dem Alter eingebüßt? Du wirst doch noch hinbekommen, die Klage einfach abzuschmettern."

„Darum geht es überhaupt nicht! Schau, wenn die Familie von Tröger einen guten Anwalt nimmt, dann wird der darauf bestehen, dass Anklage erhoben wird gegen die Baronin, seine eigene Mandantin. Falsche Beschuldigung einer Straftat ist ja schließlich kein Pappenstiel. Zumal dann nicht, wenn es die Seite der Beschuldigten ist, die auf Erhebung der Anklage besteht."

„Du meinst, die Baronin will Rabatz? Wer ist sie überhaupt? Was ist sie für eine Geborene?"

„Das ist es ja, sie wurde als österreichische Gräfin geboren und ist in Budapest aufgewachsen. Was immer ich tue, es könnte eine Intervention aus Wien nach sich ziehen. Du hast es heute selbst gehört: Die wollen den Spieß umdrehen und die Grafen von Hüben als was weiß ich hinstellen."

„Eben, als Brandstifter und Raufbolde …"

„Tsch, sag das bitte nicht noch einmal. Der Justizminister hat mir zu verstehen gegeben, dass nach 1815 es die Familie der Grafen von Hüben war, die sich von Anfang an in den Dienst des Hauses Wittelsbach gestellt hat. Der Großvater des jungen Grafen war der erste fränkische Adelige, der am Münchner Hof ein Ehrenamt übernommen hat. Die gesamte fränkische Aristokratie verweigert bis heute die Teilhabe am höfischen Leben. Im Landtag sitzen diese Herren nur, um ihrer Aversion gegen Bayern Ausdruck geben zu können. Glaubst du, ein altbayerischer Landtagspräsident hätte sich dazu hergegeben, seine Majestät wegen der Geschichte um Lola Montez zum Rücktritt zu drängen?"

„Niemals!"

„Eben, es war ein fränkischer Baron, der sich nicht zu schade dazu war! Die Grafen von Hüben sind eine der wenigen adeligen Familien hier, die im Sinne unseres angestammten Herrscherhauses staatstragend wirkten und wirken. Graf Friedrich saß jahrzehntelang im Landtag. Beide, Vater und Sohn, sind aus der Entwicklung des Zuckerrübenanbaus in dieser Region gar nicht wegzudenken."

„Wollen wir ehrlich sein, die Grafen von Hüben haben auch deshalb Mandate und Ämter angenommen, weil es wirtschaftlich nicht allzu rosig um sie bestellt ist. Seit 1815 haben sie mehr als die Hälfte ihres ursprünglichen Besitzes verkaufen müssen."

„Du legst den Finger in die Wunde: Wenn ich Anklage erhebe und es den Trögers gelingt, auch nur den Verdacht ins Verfahren einzubringen, dass die Grafen etwas mit der Brandstiftung zu tun haben, dann muss deine Versicherungsanstalt den Schaden regulieren und im Anschluss den Grafen von Hüben auf Schadensersatz verklagen. Im Bayern, das wir noch aus unserer Jugend kennen, gab es nur wenige Adelige, die auf ihren Gütern saßen. Die Mehrheit aber orientierte sich nach München, wo der Souverän Karrieren in der Verwaltung und im Militär versprach. Du und ich sind dafür beste Beispiele. Im Gegensatz dazu definiert sich der fränkische Adel nur und ausschließlich über seinen Besitz. Wenn du als Versicherer die Grafen von Hüben verklagst, kommt deren Besitz unter den Hammer und der bayerische Staat, das bayerische Königshaus verliert seinen treuesten Eckart hierzulande. Und das wegen einer Streiterei zwischen zwei Adelsgeschlechtern?"

„Womit wir auf das Schlusswort dieses, wie heißt er noch gleich?"

„Bräuter."

Ja, das Schlusswort dieses Bräuter kommen. Er hat sich damit keinen Gefallen getan, wurde doch deutlich, dass der Besuch der beiden Grafen von Hüben bei den Trögers von edelster Gesinnung bewegt war. Natürlich geht das nicht, dass eine Baroness ihren eigenen Förster heiratet. Das untergräbt die Ordnung unseres Staates. Ich erinnere an den Römerbrief, er hat in Bayern quasi Verfassungsrang: „Jedermann sei untertan der Obrigkeit, die Gewalt über ihn hat." Dazu gehört auch, den Stand, in den man geboren wurde, zu achten und zu wahren. Dieser Bräuter hat mit seiner Verehelichung gegen den Stachel gelöckt. Der Staat garantiert das Institut der Ehe nicht, damit man sich in ein Schloss einheiraten kann."

„Da hast du zweifellos recht, aber deine Empörung löst unser Problem nicht."

„Hast du denn eine Idee?"

„Natürlich habe ich die. Es ist denkbar einfach. Alles wird sich in Wohlgefallen auflösen."

27. Kapitel

Jahresende 1889

Wieder kündigte sich Cord per Telegramm an und wurde mit einer Kutsche am Bahnhof in Seligenstadt abgeholt.

„Fahr mich zuerst ins Gestüt. Die Damen im Schloss mögen warten."

Der Wiederaufbau der Stallungen war noch nicht richtig begonnen worden. Thea wollte vermeiden, jetzt Stümperwerk hinzulegen, das wieder abgerissen werden müsste, wenn die Versicherung doch zahlen würde. Cord ließ sich vom Preußen Martin herumführen. Es war ein Bild des Jammers. In der Reithalle waren provisorische Pferdeboxen aufgestellt worden. Da es dort keine Abflüsse gab, war Sauberkeit ein Problem. Die alten Ställe waren notdürftig wieder hergerichtet worden, reichten aber nicht aus, um alle Tiere unterzustellen.

„Wenn nu n'strenga Winta kommt, erfriern uns die Gäule jämmerlich, det kann ick dem Herrn Baron garantiern."

„Meine Schwester hat mir doch berichtet, viele Pferde habe man bei den Bauern im Dorf unterbringen können, stimmt das etwa nicht?"

„Det stimmte schon, nur uff ewich ging det ooch nich. Det sind doch allet kleene Bauern, die ham im Stall ooch nich Platz für ville."

„Hast du denn den Eindruck, dass es sich lohnt, mit den Remonten weiterzumachen?"

„Uffjebn is nich drin! Det deutsche Vaterland braucht die Pferde. Wer soll denn die Kanon'n schleppn, wenn wa uns jejen den Feind wehrn müssn? Der Ivan, der Franzmann und janz Albion, alle schaun se von überall her jierich über de Jrenze. Det deutsche Volk is fleißich und der Obrichkeit erjebn. Det is Glück und Unglück zusamm, weil die andern uns nich gönn, wat wir mit unser Hände Arbeet erschaffn. Nüscht für unjut, Herr Baron, mir jeht et ja nüschte an, aba, wenn Se hier dichte machen, vahungert det halbe Dorf."

Kurz vor dem Mittagessen traf Cord oben im Schloss ein.

Im Comptoir begrüßte er seine Schwester und fragte, wo er seinen Sohn sehen könne. Thea begleitete ihn in Vickys Wohnung im Nordturm. Sie war zweifach neugierig:

Wie würde sich das Wiedersehen der Eheleute gestalten?

Wie würde Cord auf seinen Sohn reagieren, der unterdessen umherlief und erste Worte plapperte.

Thea gestand sich später ein, dass sie nicht hätte mitkommen müssen. Es passierte zunächst nichts Bemerkenswertes. Cord begrüßte seine Frau mit Handkuss und ausgesuchter Höflichkeit. Dann spielte er mit Ruppert Hoppe-Hoppe-Reiter und war sichtlich froh und stolz auf die familienprägende rote Haarpracht. Zu aller Erstaunen protestierte Vicky. Sie glaubte, in Cords Stolz läge ein Körnchen Erleichterung ob des Verdachts, er könne nicht der Vater gewesen sein.

„Ich glaube, wir müssen das jetzt nicht vertiefen. Ob ich erleichtert bin oder nicht, spielt keine Rolle. Ich bin der Vater, basta."

„Und wenn er dunkelhaarig wäre wie ich?"

„Auch dann wäre ich der Vater. Du hast der Familie einen Stammhalter geschenkt. Das freut insbesondere meine Schwester. Sie hat ihre Drohung, den Viehjuden zu adoptieren, nicht wahrmachen müssen. Sie heißt jetzt Frau Bräuter."

„Und was ist daran so schlimm? Jetzt bist du noch keine halbe Stunde zurück, und schon bist du Vicky und mir vor den Karren gefahren."

„Thea, ich bitte dich! Wie sollte ich nicht? Seit ich in Bremerhaven von Bord gegangen bin, höre ich nichts anderes, als dass mit dem Brand eines der besten Remontengestüts des Kaiserreiches ein Zeichen gesetzt worden sei."

„Was für ein Zeichen?" Vicky wurde immer wütender.

„Muss ich das euch beiden erneut erklären? Ihr habt es doch sicher schon zigmal von allen Seiten gehört."

„Ich lege Wert darauf, diese Anschuldigungen, diese arroganten Ungeheuerlichkeiten auch aus dem Mund meines Ehemannes zu hören."

„Ich mache mir die Meinung meiner Gesprächspartner doch nicht zu eigen, aber ich musste sie mir anhören."

„Es würde mich aber wirklich interessieren, was daran so wichtig ist, dass man es dir schon in Norddeutschland berichtet. Sind Vicky und ich jetzt etwa die Sensation in ganz Deutschland?"

„Ja, leider. Um es einmal so auszudrücken, wie ich es nicht täte, könnte Ruppert uns bereits verstehen: Man empfindet den offenbar inszenierten Brand als Warnung. Als Warnung an euch beide, weil ihr eure körperlichen Gefühle über das stellt, was diesen Staat zusammenhält. Aber auch als Warnung an alle Töchter und Frauen von Stand. Dass du bürgerlich geheiratet hast, könnte man noch hinnehmen. Dass du aber mit deinem eigenen Förster, den du geheiratet hast, weiter im Schloss wohnst, das widerspricht allem, was diese Freunde, Bekannten und Verwandten als den Kitt der Ordnung empfinden, in dem sie und wir leben. Wenn so etwas Schule macht, ist der Kampf gegen die unguten Demokratiebestrebungen umsonst gewesen. Es ist ein Aufruf im Sinne von bis hierher und nicht weiter. Man empfindet euer Benehmen als Skandal, der an den Grundpfeilern unserer gesellschaftlichen Ordnung rüttelt. Wie gesagt, ich teile nicht die Meinung meiner Gesprächspartner, aber ich kann verstehen, dass sie so denken. Unsere Standesgenossen haben schon genug unter den Umwälzungen dieses Jahrhunderts zu leiden. Was für Ewigkeiten Gültigkeit zu haben schien, hat der korsische Emporkömmling mit einem Streich seines Schwertes und einem zweiten Streich seiner Feder auf den Kehrichthaufen der Geschichte verwiesen. Das wollen nicht alle hinnehmen und verteidigen deshalb das, was von der alten Zeit noch geblieben ist. Und nun zu dir, Vicky. Ich kann als abwesender Ehemann von dir nicht Keuschheit erwarten, da bin ich abgeklärt genug. Ich muss sogar zugeben, dass mir eine Affäre mit der Tochter des Pfarrers mehr behagt, als ein Kuckuckskind in die Familie zu bekommen. Allerdings, und das wurde mir auf meinen Stationen bis hierher mehrmals klargemacht, ist meine Ansicht unerheblich. Es geht um das Ansehen unseres Standes. Wenn die Aristokratie die überkommenen Regeln missachtet, ja mit Füßen tritt, dann lässt das die Angehörigen aus unserem Stall nicht kalt. Das müsst ihr doch verstehen."

„Mein lieber Cord. Wir sind verheiratet, obwohl man davon weder etwas sieht noch spürt. Nicht schlecht, deine aufgesetzte Toleranz. Um es mit den Worten deiner Schwester auszudrücken: Ich nehme nicht an, dass du draußen in der weiten Welt zu deinem Zeitvertreib immer nur den Katechismus studierst. Dennoch, wenn man dir so zuhört, dann glaubt man deinen Beteuerungen nicht, du würdest nur berichten, was unsere Standesgenossen denken. Tu nicht so, du denkst genauso wie diese Leute."

„Du hast es genau erkannt, wenngleich ich mir dazu eine Bemerkung erlaube: Ich würde so denken, wie ich eben berichtet habe, wenn ich in Deutschland lebte. Ich habe mich allerdings schon vor Jahren dazu entschlossen, diesem Land den Rücken zu kehren. Zu seinen inneren Angelegenheiten Stellung zu beziehen würde zu nichts führen und wäre mir, ehrlich gesagt, auch zu anstrengend. Wenn du die Welt bereist, ist die deutsche Prinzipienreiterei nur hinderlich."

Hier wurden sie von der Glocke unterbrochen, die alle im Haus zum Essen rief.

Vicky erlebte den Rest dieses Tages, als sei sie von Angst gelähmt. So gut es ging, vermied sie es, mit ihrem Ehemann allein zu sein, obwohl sie wusste, dass dies irgendwann unvermeidlich sein würde. Ihr war klar, dass Cord auf sein Recht als Ehemann pochen würde und das wäre unter normalen Umständen auch kein Problem. Nur ahnte sie, dass die Ausübung dieses Rechts für sie kein angenehmes Erlebnis sein werde. Sie musste davon ausgehen, dass Cord danach wieder gewalttätig werden würde. *Animal post coitum triste.* So ein Blödsinn! Wozu braucht er eine Begründung? Schläge schmerzten mit oder ohne Rechtfertigung gleich.

Um Cord auszuweichen, lief Vicky am Nachmittag ins Dorf und traf sich mit Hilde. Ihre Hoffnung, mit ihr über ihre Angst und Besorgnis sprechen zu können, ging in Erfüllung.

„Meine Liebste, ich müsste lügen, wenn ich behauptete,

dass es mich mit Freude erfüllt, zu wissen, dass du in den kommenden Tagen deinem Ehemann zu Willen sein musst. So ist die Lage, so ist das Recht und niemand würde dich unterstützen, wenn du dich verweigern würdest. Wenn er mich schlagen würde, wäre das eine strafbare Handlung. Du aber bist mit ihm verheiratet. So absurd es klingt, dieser Umstand macht den Unterschied. Gewalt gegen Fremde ist strafbar, Gewalt gegen Ehefrauen ist unter dem Zepter des bayerischen Königs erlaubt."

„Hilde, vielen Dank für diesen Vortrag. Ich bin allerdings gekommen, um von dir womöglich zu erfahren, wie ich es verhindern kann, dass Cord mich *post coitum* verprügelt."

„Es ist einfach gesagt und es ist schwer auszuführen: Du musst mit ihm reden. Du musst das Problem ansprechen. Dazu musst du bereit sein, das Geschlechtliche, was ihr macht, auch auszusprechen.

„Geschlechtlich? Was ist an roher Gewalt geschlechtlich?"

„Du hast es selbst gesagt: *post coitum*. Seine Lust auf Gewalt folgt, wenn seine geschlechtliche Lust befriedigt ist. Ich sehe da durchaus einen Zusammenhang, auch wenn ich ihn mir nicht erklären kann."

„Du meinst …?"

„Ich meine gar nichts. Das musst schon du selbst hinbekommen. Sag einfach, was du denkst. Er ist mit dir verheiratet. Zwischen Eheleuten darf es keine Tabuthemen geben."

Den Rest des Nachmittags verbrachte Vicky damit, zu überlegen, wie um Himmels willen sie Cord erklären könnte, dass sie mit der Art, wie er „sein Recht" ausübte, nicht zufrieden war.

Als sie und Cord am Abend in der Wohnung im Nordturm allein waren, begann sie einfach zu reden, ohne sich viele Gedanken darüber zu machen, wohin das Gespräch führen würde:

„Cord, ich nehme an, dass du nach so langer Zeit der Abwesenheit ein eheliches Zusammensein mit mir möchtest und erwartest."

„Immerhin sind wir verheiratet, wenn du verstehst, was ich meine."

„Cord, Ironie ist hier fehl am Platze. Wenn du möchtest, dass wir das tun, was Eheleute tun sollten, dann geht das nicht so, wie in unserer Hochzeitsnacht in Wiesbaden."

„Ich wollte mich schon seit Langem entschuldigen für meinen gewalttätigen Ausbruch. Das ist stärker als ich."

„Natürlich geht es auch darum, dass du mich geschlagen hast. Es geht auch darum, wie du den Geschlechtsakt ausführst."

„Was soll das denn heißen?"

„Gleich wirst du es erfahren: Du bist erregt und dringst sofort in mich ein. So geht das nicht. Ich muss auch erregt sein, sonst empfinde ich keine Lust, sondern Schmerz."

„Wird das mit dem Spaß der Frau an Sexualität nicht maßlos übertrieben?"

„Erzählt man sich das in den Herrenclubs, in denen du deine freie Zeit verbringst? Ich kann dir versichern, dass dem nicht so ist. Eine Frau ist ebenso wie ein Mann durch ihre Eigenschaft als geschlechtliches Wesen geprägt. Eine Frau kann wie er Freude und Erfüllung im Geschlechtlichen suchen und finden. Das geht allein, zu zweit ist es aber schöner."

„Was redest du da? Es gehört sich nicht, über so etwas zu reden."

„Gut, wenn du das so findest, dann ist es wohl besser,

wir fangen erst gar nicht wieder damit an, ein Eheleben zu führen."

„Du hast gut reden! Du hast diese Pfarrerstochter."

„Diese Pfarrerstochter hat einen Namen. Sie heißt Hilde. Im Gegensatz zu dir, weiß sie, wie man den Körper eines anderen Menschen in Erregung versetzt."

„Ich will solche Schmutzeleien nicht hören."

„Wenn ich das, was du soeben gesagt hast, richtig interpretiere, bestehen deine geschlechtlichen Erfahrungen auf Begegnungen mit Frauen, die du bezahlst. Ich kann mir vorstellen, dass das eine eher einseitige Angelegenheit ist."

„Was stellst du dir denn vor?"

Vicky ließ sich nicht beirren.

„Cord, lass diese kindischen Einwürfe. Eine flüchtige Begegnung mit einer gemieteten Frau ist etwas anderes als eine Liebesbeziehung. Da kommt es darauf an, dass beide Partner Freude und Befriedigung aus dem Geschlechtsakt ziehen. Deshalb hat der liebe Gott uns das gegeben.

„Was hat das denn mit Gott zu tun?"

„Dann nenn es eben Natur. Ich als deine Ehefrau erwarte von dir, dass du auf mich eingehst, dass du deine Lust und Freude mit mir teilst. Nicht nur im Bett, aber auch da. Du musst mich streicheln und liebkosen und ich werde dich auch streicheln und liebkosen. Du wirst sehen, dass das Ganze so schöner wird."

„Gut, dann lass uns das mal versuchen. Ich nehme an, dass ich mich dazu der Kleider entledigen muss."

„Nein, du irrst. Wir werden uns gegenseitig ausziehen."

Es war ein mühseliges Geschäft. Immer wieder bemerkte Vicky, wie seine Erregung nachließ. Es schien ihr, als langweile es ihn, ihren Körper zu entdecken, ihn zu fühlen und zum Lodern zu bringen. Schließlich gab sie ihre Bemühungen auf. Als sein Glied wieder einmal steif geworden war, schob sie es bei sich hinein und ließ ihn gewähren. Immerhin war es nicht schmerzhaft für sie, so viel hatten die wenigen Liebkosungen doch erreicht. Als Cord nach kurzer Zeit aufstöhnte, merkte Vicky, dass es vorbei war, ohne dass sie einem Höhepunkt auch nur nahegekommen wäre. Cord rollte zu Seite und starrte an die Decke.

„Komm mir jetzt ja nicht mit der Traurigkeitsgeschichte. Das wollte ich dir nämlich auch noch sagen: Wenn du mich noch einmal verprügelst, schlage ich zurück."

„Was bildest du dir ein, in der ganzen Welt verhauen die Männer ihre Frauen. Wie sollten sie sie denn sonst zum Gehorsam bringen?"

„Was redest du nur für einen Unsinn. Die Frau muss dem Mann nicht gehorchen. Das einvernehmliche Handeln von Eheleuten ist das Resultat der Liebe, die Einigkeit herstellt. Warum hast du mich eigentlich geheiratet? Warum warst du in der Zeit vor unserer Hochzeit so aufmerksam und hast mich umworben?"

„Es hat mir Spaß gemacht, eine junge Frau, fast noch ein Mädchen, dazu zu bringen, dass sie sich für mich interessiert. Es war dann wie immer in meinem Leben: Sobald ich etwas erreicht habe, langweilt es mich. Ich weiß, dass das nicht richtig ist. Aber weshalb glaubst du wohl, bin ich nicht hiergeblieben? Um das kommode Leben eines Landadeligen zu führen? Nur wenn ich in die Welt hinausgehe und jeden Tag etwas Neues erlebe, nur dann fühle ich mich wohl."

„Du gehört wahrscheinlich zu der Sorte von Männern, denen das Heiraten verboten gehört. Es war doch recht verantwortungslos von dir, mich zur Frau zu nehmen."

„Ganz im Gegenteil. Du bist als mittelloses Mädchen hierhergekommen. Jetzt bist du die Baronin, wohnst in einem Schloss, musst dir um dein täglich Brot keine Gedanken machen und hast zu alldem auch noch die Erfüllung als Frau gefunden, du bist Mutter geworden."

„Wenn man dir so zuhört, kann einem ja angst und bange werden. Du scheinst uns Frauen als etwas geradezu Gebrauchsgegenständliches anzusehen. Immerhin nett, dass du findest, man müsse uns wenigstens versorgen."

„Die Frau sei dem Manne untertan, das steht schon in der Bibel. Aber lass das Gerede, ich bin müde und möchte schlafen."

Immerhin, dachte Vicky. Offenbar muss ich mich mit ihm unterhalten, dann kommt er nicht mit dem *post-coitum*-Gerede.

In den kommenden Wochen verlangte Cord fast täglich, mit ihr geschlechtlich zu verkehren. Von sogenanntem Vorspiel hielt er wenig. Vicky befolgte Hildes Rat und rieb sein Glied mit etwas Salatöl ein. Das schien ihm sogar zu gefallen und vermied bei ihr die Schmerzen.

28. Kapitel

Januar 1890

Kurz nach Neujahr traf ein Brief von der Königlich Bayerischen Brandversicherungsanstalt ein. Er war an Cord gerichtet. Man bat ihn nach Würzburg zu kommen, es gäbe Wichtiges zu besprechen, und dazu sei seine Anwesenheit als alleiniger Eigentümer der Trögerschen Besitzungen notwendig.

„Die wollen dir einen schmutzigen Vergleich vorlegen, damit sie sich aus der Verpflichtung, den Brandschaden zu regeln, winden können. Da gehst du auf keinen Fall allein hin! Die wollen ausnutzen, dass du betriebsfremd bist."

„Erlaube mal, Thea! Ich kümmere mich zwar nicht um das Kleinklein des Tagesgeschäfts, aber den Überblick habe ich natürlich schon."

„Wenn, lieber Bruder, hast du einen sehr groben Überblick. Das reicht nicht aus, um zu verhindern, wenn jemand beabsichtigt, dich zu übervorteilen."

„Mich bescheißen? Der muss erst geboren werden, dem das gelingt."

„Du wirst es nicht einmal bemerken, wenn man dir einen Vergleich vorlegt, der die Interessen der Versicherung wahrt, nicht aber deine eigenen."

„Dann muss es eben so sein, dass meine liebe Thea mit nach Würzburg kommt und mir die Hand beim Unterschreiben führt."

Wenige Tage später wurden die Geschwister Tröger in den Geschäftsräumen der Königlich Bayerischen Brandversicherungsanstalt im Haus zum Falken am Marktplatz vom Regionaldirektor Dr. Pechstein empfangen. Er bat sie, an einer Sitzecke in seinem Büro Platz zu nehmen. Umständlich entnahm er einem großen Umschlag eine Akte. Er räusperte sich mehrmals, schaute an die Decke und schien sich in seiner Haut nicht wohlzufühlen. Cord wurde ungeduldig.

„Herr Doktor Pechstein, es war Ihr Wunsch, mich hier zu empfangen. Wie ich annehme, möchten Sie nicht über das Wetter reden."

„Sie haben recht, Herr Baron. Verzeihen Sie mir mein Zögern. Was ich Ihnen zu sagen habe, widerstrebt meinen Grundsätzen als Versicherer. Wie Sie wissen, verbindet uns eine Brandversicherungspolice, die uns nach dem gehabten Schadensfall verpflichten würde, denselben auszugleichen. Wenn nicht, und das ist der Haken an der Sache, wenn es sich nicht um Brandstiftung gehandelt hätte. In solchen Fällen sind wir es schon der Solidargemeinschaft aller Versicherten schuldig, herauszufinden, wer hinter diesem Tun stand. Lassen Sie es mich so ausdrücken: Der *Spiritus Rector* einer Brandstiftung ist selten auch der, der das Feuer legt."

„Herr Doktor Pechstein, ich möchte Sie bitten, den Verdacht, der hier gerade durch den Raum schwebt, nicht auszusprechen. Ich würde dies als Beleidigung meiner Familie ansehen und wäre als Konsequenz daraus verpflichtet, den Versicherer zu wechseln."

„Ich verstehe, ich verstehe. Nichtsdestotrotz erlaube ich mir, festzuhalten, dass die Urheberschaft des Schadensfalls bis dato noch nicht aufgeklärt ist. Ich nehme an, dass wir uns darauf einigen können.

„Fakten streite ich nie ab."

„Eben! Nun erreicht mich bei dieser Sachlage dieses Dokument aus der Zentrale in München. Ich werde angewiesen, den *status quo ante* beim Remontengestüt in Allsberg auf Kosten der Versicherungsanstalt wieder herstellen zu lassen. Das widerspricht allem, was gute und erprobte Praxis meiner Branche ist. Man schreibt mir, die Anweisung käme von ganz oben, allerdings nicht aus dem Direktorium der Königlich Bayerischen Brandversicherungsanstalt. Es heißt, die Regierung hat sich eingemischt. Die Entscheidung sei aus Gründen der Staatsräson notwendig."

Thea schmunzelte.

„Allerdings gibt es Auflagen. Die Zentrale verlangt, dass Sie, Herr Baron, unterschreiben, nach Schadensausgleich keine weiteren Forderungen an die Königlich Bayerische Brandversicherungsanstalt zu stellen. Darüber hinaus verlangt man Ihre schriftliche Zusicherung, weder straf- noch zivilrechtlich gegen die Grafen Friedrich und Ernst von Hüben vorzugehen."

„Letzteres kann ich schlecht unterschreiben, da die Geschädigte bei der Auseinandersetzung mit dem Grafen meine Ehefrau ist."

„Das ist sehr fraglich, denn erkannt hat die verehrte Frau Baronin niemand. Angesichte dieser Sachlage erscheint es der Zentrale in München ausreichend, wenn Sie diese Zusicherung als Ehemann abgeben."

„Herr Doktor Pechstein, das ist mit Verlaub eine Frechheit." Thea war empört.

„Das mag sein, gnädige Frau, aber ohne diese Zusicherung kommt der Vorschlag aus München folgenlos zu den Akten. Oh, ich vergaß mitzuteilen, dass die Grafen von

Hüben ihre rechtlichen Schritte gegen die Baronin bereits zurückgezogen haben. Das gilt auch für die Zukunft. Im Gegenzug verzichten wir auf Regress für den Fall, dass sich herausstellt, dass die Grafen hinter dem Brandanschlag gesteckt haben sollten. Ich gehe davon aus, dass damit die Dimension der staatsräsonären Überlegungen in München klar umrissen ist.“

„Seien Sie versichert, dass ich verstanden habe, was die Regierung zu dieser Entscheidung geführt hat. Wenn Sie erlauben, werde ich nun das Dokument unterfertigen.“

Während er dies tat, schnaubte Thea verächtlich.

„Ja, gnädige Frau, mir ist auch nach Schnauben zumute. Versicherungstechnisch ist dies ein Irrsinn, offenbar nennt man das *ordre public*, also öffentliche Ordnung.“

„Ich schnaube nicht wegen der öffentlichen Ordnung. Ich schnaube wegen der Feigheit der Männer. Was hätte es uns gekostet, diese Bagage der Grafen von Hüben zu ruinieren?“

„Eben das zu verhindern, liebe Thea, nennt man *ordre public*.“

29. Kapitel

Sommer 1890

Vicky erwartete erneut ein Kind. Cord war längst abgereist, als sie es bemerkte. Diesmal verabscheute sie diesen Umstand nicht, zumal Hilde sie durch die Schwangerschaft mit Liebe, Zärtlichkeit und Zuspruch begleitete.

Hilde hinterließ fast immer Liebesbillets, wie sie es nannte. Diese fand Vicky irgendwo in ihrer Wohnung und las sie mit glühenden Wangen:

Wenn ich Dein gedenke
Verlangt mein Herz nach mehr
Wenn ich Deine Finger lenke
Weiß dieses Herz wie sehr
Es wurde deiner Liebe Beut.
Oh, nur der Tod dies Glück beende
Das wünsch ich uns so innig heut
Drum bete ich und falte unsre Hände.

Vicky las sich diese kleinen Zettel immer wieder vor. Sie fand die Texte seien aus dem Überschwang geboren, aber sie musste sich eingestehen, dass sie sie gern las. Sie taten ihr gut.

Vickys zweite Schwangerschaft unterschied sich auch deshalb von der ersten, weil sie beschäftigt war.

Bevor Cord abgereist war, war es ihr gelungen, ihm klarzumachen, dass die Versicherung ohne ihr Zutun, ohne ihre Verletzungen nicht so schnell und reibungslos bezahlt hätte. Es blieb ihm nichts anderes übrig, als ihrem Wunsch, einen Kindergarten zu gründen, zuzustimmen. Der Dorfschmied war alt geworden. Er hate weder Frau noch Kinder. Vicky kaufte das Anwesen und er zog zu seiner Schwester nach Fürth. Nun wurde aus der dunklen, rußigen Schmiede ein heller Ort, an dem sich nun die Kinder des Dorfes treffen konnten, ob es nun regnete, schneite oder alle unter der Sommerhitze ächzten.

Der Umbau war noch nicht ganz abgeschlossen, als am ersten September Vicky mit ihrem zweiten Sohn niederkam. Getauft wurde das Kind an einem Sonntag zum Ende des Monats Oktober. Es war der Tag der Einweihung des Kindergartens. Der Pfarrer segnete die Räumlichkeiten und das ganze Dorf bestaunte die „Kinnerschul vo die Barona". Dass bei der Zeremonie auch ein Kind getauft wurde, ging für viele der Anwesenden im Trubel von Bratwürsten und Blasmusik unter.

„Wie hassd er denn, der Glaa?"

„Ich hab fei ned aufgamergd. Genuch zern dun hab ich ghabd, äs mei Alfred ned nuch a Mass Freibier säufd."

„Aber an Nama wird er doch grichd ham."

„Es war a doller. Vo denna in Schloss hassd ja kanner wie mir. Günder, Adolf, Johann, des reichd denna do drohm ned."

„Edserd fällds mer wieder ei. Carl-Wendt hamsa na fei gedeffd."

„Sigsd des? A doller Nama."

Nun konnte der Kindergarten eröffnet werden, den Hilde und Vicky gemeinsam führten. Thea war nicht sehr begeistert, als sie merkte, dass sowohl Ruppert, der bereits laufen konnte, als auch der Säugling Carl-Wendt fast den ganzen Tag mit all den anderen Kindern aus dem Dorf verbrachten. Sie war noch so erzogen worden, dass die Kinder adeliger Familien von einer möglichst französisch sprechenden *Bonne* erzogen wurden und keinen Kontakt zum einfachen Volk haben sollten.

Vicky lachte ihre Schwägerin deshalb aus.

„Wie schaffst du es, an den Konventionen deiner Jugend zu hängen, die du als Erwachsene sämtlich missachtet hast? Manchmal denke ich, dass du das Konservative nach Bedarf hervorzauberst. Wenn es um dich geht, setzt du dich über Konventionen hinweg, aber sonst …"

„Aber sonst *was*? Findest du, ich sollte jede neue Idee, die in der Zeitung steht, aufnehmen? Glaubst du, dass es uns weiterbringt, wenn die Fabrikarbeiter aus Polen, die an der Ruhr arbeiten und nicht einmal deutsch sprechen, wählen können und damit bestimmen, wohin das Staatsschiff fährt? Glaubst du, ein Tagelöhner, dem du Land gibst, wird daran hängen, wie ein Bauer, dessen Urahn schon diesen Boden mit seinem Schweiß getränkt hat? Natürlich wird sich alles verändern, aber das heißt doch noch lange nicht, alles und alle gleich zu machen."

Bald schon stellte sich heraus, dass der Blick auf die Zeitläufte zwischen beiden noch die geringsten Auseinandersetzungen hervorrufen sollte.

Es war Hilde, die kurz vor Weihnachten einen Artikel aus einer Schweizer Zeitung mitbrachte.

Sie war ganz aufgeregt, als sie den Artikel ins Schloss brachte.

„Es wird genau das beschrieben, was ich schon seit Längerem behaupte: Kindersegen ist ein zweischneidiges

Schwert. In den ländlich geprägten Kantonen der deutschsprachigen Schweiz seien Kinder hochwillkommen, weil sie von frühester Jugend auf dem Hof oder der Alpe helfen. Das beginne damit, die Stallhasen zu füttern, und ende mit richtig schwerer Arbeit bei der Heu- oder Getreideernte. Da sei man froh um jede Hilfe, die nicht bezahlt werden müsse. Anders sehe es in den industriell geprägten Städten, etwa im Kanton Neuenburg, aus. In La-Chaux-de-Fonds und Le Locle, den Zentren der Uhrenindustrie, sei trotz der relativ guten Löhne, die dort gezahlt würden, eine Verelendung der Arbeiterfamilien zu beobachten. Der Wohnraum sei knapp und teuer und jedes neue Kind werde zunächst als zusätzliches Maul empfunden, das gestopft werden müsse. Möglichkeiten, die Posten ihrer Väter übernehmen zu können, hätten nur die wenigsten Kinder. Aussichtslosigkeit und politische Radikalisierung seien die Folge. Auf diese Entwicklung in beiden Städten habe sogar ein gewisser Karl Marx zu Recht hingewiesen, wenn auch ansonsten sein Werk über das Kapital fragwürdiger Natur sei."

Hilde hatte richtig rote Backen bekommen. Dieser Artikel brachte endlich schwarz auf weiß an die Öffentlichkeit, was sie schon seit Jahren vermutete, aber nie belegen konnte: Eine der Hauptursachen für das allgemeine Elend ist der Kinderreichtum.

Verstehst du, Vicky, letztlich geht die Misere ja noch erheblich weiter: Die armen Leute haben viele Kinder. Bei ihnen ist die Kindersterblichkeit am höchsten. Hast du schon einmal gesehen, wie eine verzweifelte Mutter hinter einem roh gezimmerten kleinen Sarg hinaus auf den Friedhof geht? Dieser Schmerz, der immer wieder über die Familien kommt, ist ja noch nicht alles. Diejenigen, die überleben, finden später oft kein Auskommen, haben aber auch wieder viele Kinder. Schau her, und jetzt kommt etwas, was sich in Deutschland wahrscheinlich keine Zeitung zu drucken getraut. Hier steht es:

Es ist an der Zeit, dass sich die Regierungen mit der Frage des ungewollten Kinderreichtums beschäftigen. Mediziner raten dazu, den Gebrauch von Kondomen bekannt zu machen. So wird sowohl die Übertragung venerischer Krankheiten vermieden als auch die menschliche Reproduktion gebremst.“

„Hilde, was erzählst du da für ein Zeug? Was ist venerisch?“

„Das ist wieder mal typisch für dich. Bei euch wird über das Geschlechtliche nicht geredet und deshalb hast du auch keine Worte dafür.“

„Tu du nur so, als werde bei euch im Pastorenhaushalt über Geschlechtliches geredet. Ich komme mal bei euch zum Mittagessen vorbei, um von deinem Vater entsprechend ins Bild gesetzt zu werden.“

„Mit meinem Vater rede ich natürlich nicht über solche Sachen, aber ich informiere mich. Deshalb kann ich dir sagen, dass venerisch von Venus, der Göttin der Liebe kommt. Venerische Krankheiten sind solche, die beim Liebesakt übertragen werden, Syphilis und Tripper etwa. Und ein Kondom ist eine Hülle aus Kautschuk, die über das männliche Glied gestülpt wird. Durch die Vermeidung des Kontaktes von Haut zu Haut werden so Infizierungen schwieriger und darüber hinaus verhindert die Gummihülle, dass der männliche Samen in den Körper der Frau kommt und dort die Eizelle befruchten kann.“

„Und das funktioniert?“

„Ich habe es noch nicht ausprobiert. Allerdings habe

ich neulich gelesen, dass der Bau des Kanals von Korinth, der ja immer noch nicht fertig ist, auch deshalb so lange dauert, weil sich die Bauarbeiter immer wieder mit Syphilis angesteckt haben. Irgendwann kam ein amerikanischer Handlungsreisender vorbei und verkaufte der Bauleitung Kondome. Die waren etwa zwanzig Jahre zuvor von der Firma Goodyear entwickelt worden. Die wurden kostenfrei an die Arbeiter verteilt und dann gab es keine neuerlichen Ansteckungen mehr. Es funktioniert also. Schau her, hier unten auf der Seite der Zeitung aus Genf wirbt eine französische Firma für diese Dinger."

„Da kann man sogar welche bestellen. Das sollten wir machen, aber lass uns das zuerst mit Thea besprechen. Hubert ist gerade in der Rhön, da sind wir heute Abend unter uns. Komm doch gleich mit zum Abendbrot und danach kannst du ja auch noch bei mir bleiben."

„Das mit dem Bleiben ist eine gute Idee, ob das Reden mit deiner Schwägerin so sinnvoll ist, wage ich zu bezweifeln."

Hilde sollte recht behalten. Thea war entsetzt.

„Vicky, Hilde, wie kommt ihr auf die Idee, mit den Leuten aus dem Dorf über Dinge zu sprechen, über die sie selbst nicht sprechen. Sie tun es. Aber darüber zu sprechen, verbietet ihnen, wie übrigens uns allen anderen auch, die dem Menschen angeborene Schamhaftigkeit."

„Thea, wie du weißt, ist mein Vater Theologe. Daher ist mir bekannt, dass die Scham dem Menschen nicht angeboren ist, sondern mit der Vertreibung aus dem Paradies zu tun hat. Was ist schon Scham? Beschützt sie uns oder regiert sie uns? Sie ist auf jeden Fall die Partnerin des Tabus. Du hast es selbst gesagt: Sie tun es, aber sie reden nicht darüber. Über alles reden die Menschen, die Ehepaare untereinander, die

Kinder mit ihren Eltern, die Nachbarn mit ihren Freunden. Nur darüber, wie wir entstehen, sollen wir nicht reden dürfen? Selbst dann nicht, wenn dadurch großes Unglück geschieht?"

„Ich weiß, ihr beide meint es gut. Doch oft ist gut gemeint das Gegenteil von gut. Wenn ihr macht, was ihr vorhabt, stupst ihr die Leute mit der Nase auf etwas, auf das sie nun wirklich nicht gestupst werden möchten. Was in einer Ehe vorgeht, geht niemanden etwas an. Das ist allgemeine Ansicht. Das werdet ihr nicht verrücken können. Es steht mir nicht an, euer Vorhaben zu verurteilen. Es steht allerdings fest, dass es nur theoretische Hilfe, vielleicht indirekte Hilfe sein kann. Wirkliche Hilfe für das Dorf ist die Remontenzucht. Die Bauern verkaufen an uns Heu, die Handwerker bekommen Aufträge und die ehemaligen Tagelöhner arbeiten sämtlich bei uns auf dem Hof."

„Wenn das alles so rosig ist, wie erklärst du dir dann, dass in den Häusern der ehemaligen Tagelöhner noch immer hohlwangige und kranke Kinder aufgezogen werden? Die armen Würmer werden nicht alle bei unserer Familie eine Anstellung bekommen können."

„Du weißt es wie ich: Allein kann unsere Familie das Elend der Welt nicht beseitigen."

„Das ist eine Phrase, mehr nicht!"

„Hilde, du hast es leicht. Du bist frei. Von deinem Handeln hängt nicht das Schicksal vieler Familien ab. Wenn ich unternehmerisch tätig bin und falsche Entscheidungen treffe, dann hat das Folgen für unsere Familie. Aber es hat ganz unmittelbar Folgen für meine Mitarbeiter. Sie verlassen sich darauf, dass ich alles richtig mache. Das nennt man Responsabilité. Du trägst allerhöchstens eine moralische Verantwortung. An diese appelliere ich jetzt. Ihr beide könnt die Leute im Dorf und die in der Umgebung nicht so vor den Kopf stoßen. Ich will nicht bestreiten, dass das Thema reif ist. Aber es seid nicht ihr, die es unters Volk bringen müsst."

Damit stand Thea energisch auf und wünschte eine gute Nacht.

Hilde schien beleidigt. Sie war es nicht gewohnt, dass man sie so abkanzelte.

„Mach dir nichts draus. Thea ist manchmal etwas brüsk. Widerrede ist sie nicht gewohnt und natürlich wird es zu einem kleinen Aufruhr kommen, wenn wir diese Gummidinger vorführen."

Statt zu antworten, verfiel Hilde in hysterisches, unaufhaltbares Lachen.

„Vor-*pfrr*-vor-*haha*-vorführen? Wie soll das gehen? Neulich war ich im Zirkus, da brauchte der Zauberer einen Assistenten und bat um einen Freiwilligen …"

„Sei nicht albern, Hilde. Seit wann interessierst du dich für nackte Männer?"

„Wie willst du es denn sonst vorführen?"

„Ich dachte an eine Mistgabel."

„Hahaha, immerhin sieht es ähnlich aus!"

„Ich wusste nicht, dass du so schlüpfrige Gedanken über *Männer* haben kannst! Ich muss mir überlegen, ob ich entsetzt sein soll. Aber bevor ich das bin, lass uns in meine Wohnung gehen. Dort wollen wir es ohne Mistgabel versuchen."

„Überhaupt ohne phallische Objekte."

„Was ist nur in dich gefahren, heute? Wer hat dir denn diese Worte beigebracht?"

„Altgriechisch kann ich von meinem Vater. Aber dass es auch ohne Phallus geht, das weiß ich von dir."

30. Kapitel

Februar 1891

Es war kurz nach Weihnachten, als Vicky einen Brief an die Firma in Paris schickte und um Zusendung von einhundert Kondomen bat.

Zwei Wochen später kam in Allsberg ein Brief mit Absender „Maison A. Claverie, Paris“ an. Im Anschreiben wurde Vicky davon unterrichtet, dass man das Kondom Model „Le Parisien“ – gerollt mit Reservoir – gern liefere, allerdings ins Ausland nur gegen Vorkasse und bei Abnahme von mindestens eintausend Stück. Im Übrigen erlaube man sich, Madame la Baronne auf beiliegenden bebilderten Katalog hinzuweisen. Darin wurden Korsagen, Kondome und andere Dinge angeboten, von deren Existenz Vicky bisher nichts gewusst hatte und die ihr die Schamröte ins Gesicht trieben. Dennoch zeigte sie Hilde den Prospekt, die die Abbildungen schockierend, aber auch belustigend fand.

„Man lernt ja nie aus“, stellte sie fest und lachte über den deutlichen Hinweis: *envoi discret.*

„Offenbar ist das, was diese Firma verkauft, sogar in Frankreich so skandalös. Man muss die Pakete diskret verschicken.“

„Hilde, deine Phantasie geht mal wieder mit dir durch.“

„Verzeih, aber bei dieser Illustration ist das ja auch kein Wunder.“

„Schluss jetzt, auf jeden Fall bestellen wir nur die Kondome. Ich weiß noch gar nicht, was wir mit dieser Menge anfangen sollen."

Ende Februar brachte der Postbote ein Paket aus Paris aufs Schloss. Es war tatsächlich diskret verpackt, ein Absender fehlte.

Vicky war nun schon lange genug in Franken, um zu wissen, dass Einladungen zu was auch immer nur dann erfolgreich sind, wenn sie mit dem Versprechen auf Freibier gekoppelt sind. Und so kamen an einem folgenden Samstagnachmittag tatsächlich fast alle Allsberger in die Reithalle. Man hatte Bänke aufgestellt. In der ersten Reihe saßen der Bürgermeister, der Metzger Vorndran, Thea, Hubert und der Preußen Martin. Als alle ihren Krug Bier in der Hand hielten, erhob sich Vicky und begann zu sprechen:

„Wie ihr alle wisst, sind es seit Jahrzehnten Armut und mangelnde Hygiene, die die Kindersterblichkeit zu einem unaufhörlichen und traurigen Ereignis machen."

Sie machte eine Pause und stellte fest, dass ihre Zuhörer zustimmten.

"Aber vielleicht liegt es nicht nur allein daran, vielleicht ist es ja der Kinderreichtum selbst, der dafür sorgt, dass viele Familien nicht mehr mit dem zurechtkommen, was der Bauernhof, die Schreinerei oder der Lohn aus dem Gestüt einbringen."

Von hinten hörte man eine männliche Stimme:

„Kinner kumma vo allaans, do kammer nix gemach!"

„Nein!" Vickys klare Stimme übertönte den Tumult. „Kinder kommen nicht von allein, sondern nur dann, wenn der Samen des Mannes sich mit der Eizelle der Frau verbindet."

Wieder entstand ein Tumult, es wurden zotige Bemerkungen gemacht, einer vermutete, die *Barona* wolle ihnen auch noch *des bissla Spaß* wegnehmen.

Es war der Metzger Vorndran, der seinen gewichtigen Körper erhob und mit seiner ebenso gewichtigen Stimme die Versammlung um Ruhe bat:

„Hörd doch zu, was die Barona sechd. Vielleichd könnder nuch awos lerna."

Das wirkte und Vicky berichtete nun, dass drüben in Amerika etwas erfunden worden sei, was die Befruchtung der Eizelle verhindere. Während sie das sagte, holte sie ein Kondom aus ihrer Jackentasche, ergriff die bislang unbeachtet an der Wand lehnende Mistgabel und demonstrierte mit deren Stiel seinen Gebrauch.

Ein ungeahnter Aufruhr brach nun los. Einige Frauen hielten sich die Augen zu, mehrere Männer schrien, solche Sauereien bräuchten sich ihre Frauen nicht anzuschauen, der Bürgermeister verließ unter Protest die Versammlung. Er lief direkt zum Dorfpfarrer, um von den Ungeheuerlichkeiten zu berichten.

Als unter den verbliebenen Zuhörern etwas Ruhe eingetreten war, stand der Pfeifers Jürch auf und sagte:

„Ich war ja bei die Marine. Immer vorm Landgang hamm mir södda Dinger ausgedeild gricht. Äss mer uns ned aaschdeggn dun, ha der Käbbdn ausrichdn lassn. Die Dinger brauchsda, wennsd in Hafn nein Buff gehsd. Des is nix für verheierda Weiber."

Damit hatte der Pfeifers Jürch die ganz Angelegenheit in die Schmuddelecke verwiesen, wofür ihm die meisten Anwesenden dankbar waren.

Der Schuss war deutlich nach hinten losgegangen, und

Vicky musste sich von Thea anhören, sie habe es ihr ja gleich gesagt.

Niedergeschlagen saß sie abends mit Thea in der unteren Bibliothek, als es an die Tür klopfte. Ohne auf ein „Herein" zu warten, öffnete der Pfarrer die Tür und stand wie das fleischgewordene Jüngste Gericht im Raum. Mit Donnerstimme begann er Vicky Vorwürfe zu machen:

„Es ist offenbar nicht genug, dass sie selbst ein gottloses Leben führt und nicht davor zurückschreckt, die Ehre meiner Tochter zu besudeln. Nein, nun versucht sie auch noch ein ganzes Dorf vom Weg der göttlichen Vorsehung abzubringen. Wo soll es hinführen, wenn die Frauen keine Kinder mehr gebären? Welch teuflischer Plan steckt dahinter, den Samen der Männer zu vergeuden? Bereue sie! Kehre sie um! Lasse sie ab von ihrem gottlosen Tun …!"

Mitten in dieser Suada erhob sich Thea ganz langsam aus ihrem Sessel, stellte sich vor den wütenden Gottesmann und wies ihm mit ausgestrecktem Arm die Tür.

„Was mischt sie sich ein? Das geht sie nichts an!"

„Es geht mich sehr wohl etwas an. Ich vertrete meinen abwesenden Bruder, der hier Kirchenpatron ist. Er würde es sich verbieten, solcherart mit seiner Frau zu reden, und so verbiete ich es mir auch. Darüber hinaus ist er nicht zuständig, denn meine Schwägerin, die Baronin Tröger, ist katholisch."

„Aber meine Hilde …" stammelte der Pfarrer.

„Seine Tochter ist mündig. Sie kann tun und lassen, was sie will! Und jetzt: Hinaus!"

Der geistliche Herr gab nicht auf. Vielmehr wanderte er tags darauf nach dem Sonntagsgottesdienst nach Volkach und berichtete dort seinem katholischen Kollegen von den vorgefallenen Ungeheuerlichkeiten. Wenige Tage später war die Sache so auch dessen Bischof in Würzburg zugetragen worden. Der schrieb der hochverehrten Baronin einen Brief und lud sie zu Tee und Gebäck ins bischöfliche Palais ein. Von Thea und Hilde beraten beschloss Vicky, der Einladung Folge zu leisten. Sie hoffte, wegen der sozialen Komponente ihrer Initiative beim Bischof nicht auf vollkommen verschlossene Ohren zu treffen. Zum angegebenen Zeitpunkt erschien sie schlicht gekleidet vor dem Amtssitz des Bischofs und wurde von einer Nonne eingelassen, die sie sofort in den Salon führte. Dort standen tatsächlich auf einem Beistelltisch Teegeschirr und Apfeltaschen. Sie wartete kurz, dann betrat der hagere Kirchenmann den Raum und bat sie, Platz zu nehmen.

Offenbar war ihm die Angelegenheit so wichtig, dass er vergaß, die Tassen zu füllen und das Gebäck anzubieten. Sofort brach es aus ihm heraus, dass so etwas nicht ginge. Man könne nicht einen ganzen Landstrich dem sittlichen Verfall preisgeben. Im Übrigen sei die heilige Mutter Kirche mit verantwortlich dafür, das staatliche Gefüge aufrechtzuerhalten. Ohne Menschen kein Staat, seid fruchtbar und mehret euch, und so weiter.

Vicky war einerseits empört, andererseits aber auch amüsiert, weil sie bemerkte, dass der züchtige Herr den Skandal brandmarken wollte, ohne ihn zu benennen. Irgendwann unterbrach sie den Bischof und sagte:

„Eminenz, ich weiß nicht, wovon Sie sprechen."

„Das wissen Sie nicht? Sie erinnern sich nicht daran, was Sie in der Reithalle zu Allberg verbrochen haben?"

„Daran erinnere ich mich sehr wohl. Ich habe den Frauen

und Männern meines Dorfs erklärt, dass Schwangerschaften vermieden werden können, wenn man ein Kondom benutzt."

Der Bischof wurde blass und rang um Fassung.

„Des Weiteren habe ich mittels des Stiels einer Mistgabel dargestellt, wie das Kondom über das steife männliche Glied gestreift wird."

Der Bischof gebot ihr mit einer Handbewegung Einhalt und stöhnte.

„Wir werden das Gespräch hier beenden. Es wird alles nur noch schlimmer. Solche Worte in meinem Salon! Heilige Mutter Gottes, bitt für diese Sünderin!"

Vicky meinte, ihren Ohren nicht trauen zu können. Wütend baute sie sich vor dem in seinem Sessel kauernden Bischof auf:

„Ich will Ihnen einmal etwas sagen: Wenn Sie und Ihresgleichen nur immer am status quo festhalten können! Wenn Sie nur immer alles mit den Augen der Männer sehen können! Was bilden Sie sich eigentlich ein? Ist Ihnen das Leid der Menschen egal? Die heilige Mutter Kirche ist nicht dazu da, den Staat zu stützen! Kümmern Sie sich endlich um die kleinen Leute, statt Baroninnen zum Tee einzuladen. Adieu!"

Damit drehte sie sich um und verließ den Salon. An der Tür wäre sie fast mit der Nonne zusammengestoßen. Sie hatte gelauscht. Als sie gemeinsam die Treppe hinuntergingen, bemerkte Vicky, dass ein leichtes Lächeln die Lippen der Ordensfrau umspielte. An der Haustür sagte sie:

„Ned schlechd, Frau Baron, aber södda Wörder sechs mer fei aa wieder ned."

Lautlos lachend gaben sie sich die Hand.

Der Bischof aber war wegen dieses Auftritts derart erbost, dass er Vicky bei der Staatsanwaltschaft wegen Erregung öffentlichen Ärgernisses anzeigte.

Als Tage später der Staatsanwalt Doktor von Ollenhaid die Anzeige auf seinen Tisch bekam, stutzte er.

„Nicht schon wieder diese exzentrische Baronin", stöhnte er und fuhr sich mit dem Zeigefinger durch den etwas eng sitzenden Stehkragen. Nach der Lektüre der ganzen Akte mischte sich bei ihm Amüsement und auch ein wenig Hochachtung in seine Wahrnehmung. Es gelang dieser jungen Frau mit großer Courage immer wieder, wider den Stachel zu löcken. Zunächst war es ihr egal gewesen, selbst verprügelt zu werden, wenn sie damit die Aufklärung einer Brandstiftung provozieren konnte. Nun war sie mit einer Aktion hervorgetreten, bei der man nur schwer einen strafrechtlichen Hintergrund erkennen konnte. Sicherheitshalber schlug der Staatsanwalt das Strafgesetzbuch auf und las unter §183:

„Wer durch unzüchtige Handlung öffentlich ein Aergernis gibt, wird zu Gefängnis bis zu zwei Jahren bestraft, auch kann auf den Verlust der bürgerlichen Ehrenrechte erkannt werden."

Gut, das mit der Mistgabel hätte nicht sein müssen, aber war das eine unzüchtige Handlung? Es war eine ganz normale Handlung, die Ärgernis erregt hatte, das ja, aber mehr nicht. Doktor von Ollenhaid beschloss, diesmal die Baronin nicht vorzuladen. Vielmehr schrieb er einen Brief nach Allsberg und kündigte seinen persönlichen Besuch an. Er bäte um Abholung am Bahnhof Seligenstadt.

Für den kommenden Abend bat er den Gerichtspräsidenten auf einen Schoppen ins Bürgerspital. Man kannte sich. Beide waren Alte Herren der schlagenden Verbindung Adelphia. Der Schmiss auf der Wange des Präsidenten war entstanden, als sie gegeneinander auf dem Paukboden angetreten waren. Das Absingen zweifelhafter Lieder und das Erzählen zotiger Witze waren sie von damals gewohnt. Doktor von Ollenhaid konnte daher das Thema ohne Umschweife angehen. Beide waren sich wiehernd vor Lachen einig, dass das mit der Mistgabel an sich eine gute Sache sei, solange man es von der richtigen Seite aus machte. Beim zweiten Schoppen stimmten sie überein, dass ein öffentliches Strafverfahren gegen eine gestandene Baronin, die eine Dorfscheune dazu gewählt hatte, den Umgang mit Kondomen zu erklären, ein gefundenes Fressen für die Presse sei. Während sie auf das dritte Glas Silvaner warteten, beschlossen sie, kein Verfahren zu eröffnen.

„Prost!"

Der Tag des Besuches des Staatsanwaltes in Allsberg war nass und kalt. Als die Kutsche vor dem Schloss hielt, war der ältere Herr froh, ins Warme zu kommen. Er wurde bitter enttäuscht. Im Treppenhaus war es noch kälter als in der Kutsche.

„Kommen Sie herauf, wir werden in der neuen Bibliothek vor dem Kamin Tee trinken."

Thea und Vicky war seit dem Erhalt des Briefes klar, was der Staatsanwalt vortragen werde. Obwohl Thea von der ganzen Aktion nicht sehr begeistert war, freute sie sich doch diebisch darauf zu hören, wie der hohe Herr sein Anliegen vorbringen werde. Um die Sache komplett zu machen, hatten sie auch Hilde gebeten, zu kommen.

Doktor von Ollenhaid übergab Mantel und Hut dem Dienstmädchen, das ihm auf halber Treppe entgegengekommen war. Dann begrüßte er die drei Damen mit Handkuss und setzte sich immer noch frierend in den dem Kaminfeuer am nächsten stehenden Sessel, wozu ihn niemand aufgefordert hatte. Gleich sprang er wieder auf und entschuldigte sein ungehöriges Verhalten damit, dass er als Dienststellenvorgesetzter daran gewohnt sei, zuerst Platz zu nehmen.

Thea und Hilde hätten den kleinen Fauxpas unkommentiert gelassen, aber Vicky war es schon herausgerutscht:

„Bei der Erziehung meiner beiden Söhne achten wir drei streng darauf, bei ihnen erst gar nicht den Eindruck entstehen zu lassen, sie seien Dienststellenvorgesetzte. Sie nehmen doch Tee?"

Doktor von Ollenhaid musste sich große Mühe geben, nicht verlegen zu wirken, tatsächlich war er es. Erst als er den Zucker im Tee verrührt hatte und wohlgefällig das Stück Apfelkuchen auf seinem Teller begutachtet hatte, fand er zurück in seine sonst so unerschütterliche Amtsautorität. War es klug gewesen, seiner Neugierde nachzugeben und hinaus nach Allsberg zu kommen? Wäre es nicht besser gewesen, die Beschuldigte in seine Diensträume zu zitieren?

Theas Stimme holte ihn in die Wirklichkeit zurück. „Herr Doktor von Ollenhaid, ich bin nun gespannt, den Grund Ihres hochwillkommenen Besuchs zu erfahren."

Der Angesprochene räusperte sich mehrmals, dann fragte er:

„Darf ich offen sprechen?"

„Wir bitten sogar darum."

„Nun, es ist so, dass das bischöfliche Ordinariat gegen Sie, werte Baronin Victoria, Strafantrag gestellt hat und dies auf den Paragraphen 183 unseres Strafgesetzbuches fußt."

„Ich nehme an, dass dort festgehalten ist, dass Damen kirchlichen Würdenträgern beim Tee nicht erklären dürfen, wie man ein Kondom über das steife männliche Glied streift."

Der Staatsanwalt starrte Vicky entsetzt an. Fast wäre ihm die Teetasse entglitten.

Doch fand er diesmal blitzschnell die Fassung wieder und entgegnete liebenswürdig:

„Nein, unser Paragraph 183 handelt davon, durch unzüchtiges Handeln ein öffentliches Ärgernis zu geben. Im von Ihnen beschriebenen Sachverhalt entfällt zumindest das Tatbestandsmerkmal der Öffentlichkeit, da ich annehme, dass Sie den Tee mit Eminenz nicht auf dem Residenzplatz genommen haben."

„So ist es, Herr Staatsanwalt. Öffentlich war meine Aktion hier bei uns in der Reithalle. Aber war sie unzüchtig? Und wie will das der Herr Bischof wissen, er war doch nicht dabei."

„Er stützt seine Anzeige auf das, was der Pfarrer von Volkach ihm berichtet hat."

„Der war auch nicht dabei."

„Stimmt, aber er bezieht sich auf ein Gespräch mit dem Pfarrer von Allsberg."

„Seit wann glauben die Kirchenväter der alleinseligmachenden Mutter Kirche dem, was ein lutherischer Pfaffe erzählt, der im Übrigen auch nicht dabei war?"

„Werte Baronin, Sie haben das Dilemma der Staatsanwaltschaft unnachahmlich exakt umrissen: Die Anzeige stützt sich auf Hörensagen, sonst nichts."

„Lassen Sie mich interpretieren: Sie meinen ‚Pfaffengeschwätz', nicht wahr? Allerdings frage ich mich, in welcher

Welt diese kirchlichen Herren leben. Wie ich höre, werden unterdessen Kondome in Frankreich frei verkauft.“

„Gnädige Frau, Frankreich ist nicht Deutschland und noch viel weniger geht es in Würzburg zu wie im fröhlichen Paris. Mit Verlaub, ich bin dankbar für Ihre unerwartet deutlichen Worte. Ich war auch einmal jung. Da war man froh, wenn man so etwas auf welchem Wege auch immer ergattern konnte. Die Damen werden mir allerdings zustimmen, dass es strafrechtlich ein Unterschied sein mag, diese Dinger zu benutzen, oder deren Benutzung in der Öffentlichkeit anhand einer Mistgabel zu illustrieren.“

Nun lachte Hilde schallend und fragte prustend:

„Semantisch wird mir nicht klar, wie der Gegenstand Mistgabel zur unzüchtigen Handlung mutieren kann? Hätte unsere Freundin Vicky wie im Zirkus einen Freiwilligen vortreten lassen sollen? Muss ich deutlicher werden?“

„Verehrte Damen, bitte verstehen Sie die Delikatesse meiner Situation, auf die weder das Studium der Rechte noch die praktische Anwendung desselben vorbereiten. Der Gerichtspräsident und ich sind uns einig, dass ein öffentliches Verfahren in dieser Sache, lassen Sie es mich so sagen, die Würde des Gerichts beschädigen wird. Für die Presse wäre das wie ein Lotteriegewinn! Schließlich würde ganz Würzburg über Sie, gnädige Frau, über den Bischof und über das Gericht lachen. Es würde genügen, wenn auch nur einmal das Wort ‚Kondom‘ schwarz auf weiß in der *Franken-Post* stünde. Mein verehrter Herr Kollege, der Gerichtspräsident und ich sind daher übereingekommen, das Verfahren nicht zu eröffnen. Seiner Eminenz werde ich mitteilen lassen, meine Behörde habe kein öffentliches Interesse an der Strafverfolgung des geschilderten Hergangs erkennen können. Ich werde keine Akte anlegen, niemand wird von dieser Geschichte je erfahren. Allerdings hätte ich da noch ein persönliches Anliegen: Liebe Baronin, machen Sie so etwas bitte nicht noch einmal."

Vicky lächelte.

„Ich kann Ihnen folgen. Aber an sich ist es jammerschade. Ein öffentliches Verfahren hätte womöglich doch das Interesse auf die Notwendigkeit gelenkt, den Kindersegen zu beschränken."

„Ich muss gestehen, dass ich es bewundern muss, wie rasch Sie imstande sind, komplexe Zusammenhänge zu erfassen. Leider aber befürchte ich, dass Sie das Pferd von hinten aufzäumen. Sehen Sie, wir leben in einem vom Militär geprägten Staat. Die große Masse unserer Bevölkerung zahlt keine oder nur sehr geringe Steuern. Deren Beitrag zum Wohlergehen des Staates ist es, Soldaten zu produzieren. Als Staatsanwalt muss ich auch diesen Gesichtspunkt im Auge behalten."

„Da hättest du fast die Basis unseres Kaiserreichs mit einer Mistgabel ins Wanken gebracht. Das letzte Mal waren es Thomas Müntzer und seine aufständischen Bauern, die im sechzehnten Jahrhundert ihre Mistgabeln gegen die Obrigkeit wendeten. Allerdings, Herr Staatsanwalt, bringt mich das auf eine weitergehende Frage. Ich nehme an, dass Eminenz es nicht verabsäumt hat, auf die skandalösen Umstände hinzuweisen, in denen meine Freundin Vicky und ich leben."

„Verzeihen Sie, junges Fräulein, das übersteigt meine Kompetenzen. Dieses Verhalten ist nicht strafbewehrt."

„Genau darauf will ich hinaus. Könnte es sein, dass gleichgeschlechtliche Liebe zwischen Frauen nicht bestraft wird, weil dies grundsätzlich eine Schwangerschaft nicht ausschließt, wie Baronin Vicky ja so schön bewiesen hat. Liebe unter Männern im Gegensatz dazu untergräbt deutlich das von Ihnen beschriebene Fundament dieses Staates: Entweder du bezahlst Steuern oder du kontribuierst durch die Zeugung von Soldaten."

„Hilde, jetzt gehst du aber zu weit! Vicky, fordere sie auf, sich im Zaum zu halten."

„Nein, nein, ich war auf diesen Einwand nicht vorbereitet. Aber wissen Sie, meine Damen, wir Juristen werden dazu ausgebildet, eine Tatsache, einen Gedanken bis zu seinem Ende durchzudenken. Und wenn ich das nun tue, dann komme ich zu dem Schluss, dass Mademoiselle Hilde womöglich ihren zarten Finger in eine offene Wunde gelegt hat. Ich will das nicht weiter kommentieren, bitte aber eine letzte Frage stellen zu dürfen. Das Haus der Familie Tröger ist in Franken dafür bekannt, wie ein Fels in der Brandung der Zeitläufte zu stehen. Über Jahrhunderte hat man in den eigenen Gebieten für Zucht, Recht, Ordnung und Gottesfurcht gesorgt. Kann es sein, dass sich die Damen von dem, was unsere Kirche lehrt, entfernt haben?"

Danach gefragt zu werden, hatte keine der drei Damen erwartet. Es war Thea, die sich als Erste fing:

„Lieber Herr Staatsanwalt, selbstverständlich wurde auch ich religiös erzogen. Ich hatte keine Mutter, und mein Vater las mir abends nicht aus der Bibel vor. Aber er lebte als Christ, ohne davon viel zu reden. Er war Vorbild. Den Inhalt der Bibel lernte ich von meiner Schweizer *Bonne.* Sie kam aus Genf zu uns. Bis heute benutze ich die französische Sprache, wenn ich bete. Sie hat mir die religiösen Inhalte unseres Glaubens so beigebracht, dass sich in mir nicht der geringste Hauch eines Zweifels regte und regen konnte. Dann aber musste ich erfahren, dass gerade für viele Mitglieder der sogenannten besseren Gesellschaft Religion mehr oder weniger als Benimmregel aufgefasst wird. Nur wer die Façon beherrscht, darf sich danebenbenehmen. Zu erleben, dass dieser alte Spruch oft Lebensrealität für meine Standesgenossen ist, hat mich wie ein Schlag mit der Keule getroffen. Ich wurde zu einem Verbrechen gezwungen. Mehr will ich dazu nicht sagen. Seither ist Religion nicht mehr die unbezweifelbare Wahrheit meiner Kindheit. Später musste ich erleben, wie ich vom frommen Adel des Landes geächtet wurde. Religion ist eben für ganz viele Menschen ein Mittel, Macht auszuüben. Gottesfurcht wird vorausgesetzt. Wer es sich anmerken lässt, diesen Gott nicht zu fürchten, wird ausgegrenzt, weil er das System stört. Wie soll ich da zum Glauben meiner Kindheit zurückfinden?"

„Gnädige Frau, ich kann das nachvollziehen. Ich bitte Sie jedoch, verstehen Sie mich nicht falsch: Nachvollziehen ist nicht gleichbedeutend mit gutheißen. – Nun aber muss ich mich verabschieden, sonst entwischt mir noch der Abendzug in Seligenstadt. Es war mir eine Ehre und, wie ich gestehe, ein unerwartetes Vergnügen, Sie alle besucht zu haben."

„Bitte kommen Sie wieder, dies ist ein gastfreies Haus."

„Das werde ich gerne tun, vorderhand aber nur, wenn ich keine Anzeige unter dem Arm mitbringen muss."

31. Kapitel

Allsberg, Ostern 1891

Auch wenn strafrechtliche Folgen ausblieben, so änderte doch von da an die Vorführung in der Reithalle alles. Die Diskussionen im Dorf, in den Ehebetten, am Stammtisch wollten nicht aufhören. Ohne dass es tatsächlich artikuliert wurde, gab man Vicky und Hilde die Schuld an allem. Nicht ihnen persönlich, vielmehr breitete sich die Meinung aus, so was könne nur geschehen, wenn sich zwei Frauen der Kontrolle durch einen Ehemann entzögen. Die Burschen pfiffen Hilde hinterher und ließen zweideutige Bemerkungen fallen. Gegenüber der Baronin hielt man sich zurück, aber Vicky litt natürlich mit Hilde.

Dann verstarb der Pfarrer Gärtner unerwartet und hinterließ seiner Tochter eine ansehnliche Geldsumme, die sich allein dadurch angesammelt hatte, dass er das Ausgeben von Geld noch mehr fürchtete als den Leibhaftigen.

Wenige Tage nachdem das Dorf seinen Pfarrer zu Grabe getragen hatte, kam Hilde aufs Schloss. Vicky bemerkte sofort, dass irgendetwas nicht stimmte.

„Vicky, meine Liebste, ich muss hier weg."

„Warum, um Gottes willen, muss das denn sein?"

„Wenn es denn Gottes Wille wäre! Es ist die evangelisch-lutherische Landeskirche in Bayern, die das so will. Man schrieb mir, mit dem Tod meines Vaters sei auch dessen Dienstverhältnis erloschen und somit müsse dessen

Amtswohnung geräumt werden. Das bedeutet, dass ich in wenigen Wochen auf der Straße sitzen werde."

„Sachte, sachte, meine Liebste. Wir bauen das Dachgeschoss der alten Schmiede aus und schon hast du eine schöne kleine Wohnung."

„Danke, liebe Vicky. Aber was mache ich in Allsberg?"

„Was hast du denn bisher gemacht? Kannst du damit nicht fortfahren?"

„Du hast recht, ich bin nach dem Tod meines Vaters etwas durcheinander. Seine Anwesenheit hat meinem Leben etwas Festes gegeben, etwas, was ich kenne, seit ich denken kann. Was habe ich nun?"

„Mich!"

Vicky nahm Hildes Hände in die ihren und schaute ihr tief in die Augen.

„Hilde, darf ich mir etwas wünschen?"

„Wenn es das ist, was ich erhoffe, dann ist es schon gewährt."

„Bleibt heute bei mir."

Statt einer Antwort fiel Hilde Vicky um den Hals.

„Ich weiß etwas, wir schließen die Tür ab und machen die Fensterläden zum Schlosshof hin zu."

Den Rest des Tages verbrachten sie ohne Kleider im Salon. Es schien ein nicht enden wollendes Liebesspiel zu sein, dessen Höhepunkt sie immer wieder hinauszögerten. Als der Tag zur Neige ging, und die Abendsonne den Raum und ihre Körper in goldenes Licht tauchte, sahen sich die Liebenden an, überwältigt vom Gefühl der gemeinsamen Schönheit, dankbar dafür, dass sie sich hatten und erwartungsfroh, was dieser Tag noch bringen würde.

„Setz dich aufs Sofa. Ich will vor dir knien. Die Sonne

wird meinen Rücken wärmen und ich will versuchen, meine Hilde, für heute und möglichst lange jeden trüben Gedanken aus deinem ganzen Körper zu verbannen."

Hilde genoss es unbeschreiblich, von ihrer Freundin, von ihrem Mund, von ihrer Zunge und von ihren Fingern verwöhnt zu werden. Als nach einem langen Nachmittag voller Zärtlichkeit und Liebesspiel der Moment kam, an dem es schien, als sammle sich alles, was sie spüren konnte, alles, was sie erhoffen konnte und alles, was sie erbeben ließ in dem kleinen Teil ihrer selbst, jauchzte ihre Stimme und jauchzte ihr Herz.

Vicky nahm die schwer atmende Hilde in ihre Arme, presste ihren Körper an den ihren, als wolle sie etwas abbekommen von der Ekstase, die sie soeben verursacht hatte.

Die darauffolgende Nacht wurde nicht lang und sie wurde ihnen nicht lang.

Als Hilde am Morgen gegangen war, spürte Vicky, dass etwas anders geworden war. Nie war ihnen bisher auch nur der Gedanke gekommen, ihre Beziehung, ihre Liebe könne endlich sein. Was ging in Hildes Kopf vor sich?

„Muss ich mir Sorgen machen? Könnte es sein, dass das Sterben des Vaters Hilde dazu gebracht hat, über ihre Zukunft nachzudenken?"

Beim Mokka nach dem Mittagessen erwähnte sie wie nebenher, Hilde mache sich offenbar Sorgen.

Während Thea schweigend in ihrer Tasse rührte, griff Hubert das Thema auf:

„Und wie auch nicht? Bald wird sie das Pfarrhaus räumen müssen und dann steht sie mutterseelenallein da."

„Aber sie hat doch mich!"

„Verzeih, Vicky, aber du bist naiv. Von was soll Hilde denn

leben? Was ihr Vater hinterlassen hat, reicht nicht für ein ganzes Leben. Bisher konnte sie hier auf Kinder aufpassen und mit dir spinnerte Ideen vorführen. Als Tochter des Dorfpfarrers hatte sie ihr Auskommen. Aber jetzt muss sie arbeiten, sie muss Geld verdienen. Siehst du hier in Allsberg einen Arbeitsplatz für sie?"

Vicky war alarmiert. Noch am frühen Nachmittag lief sie ins Dorf hinunter und zog an der Türglocke des Pfarrhauses. Sie fand Hilde dabei, wie sie die Einrichtung des Hauses sortierte.

„Ich weiß nicht einmal, was ich mitnehmen soll!"

„Ja, willst du denn wirklich wegziehen?"

„Was soll ich denn sonst machen? Hier habe ich doch keine Zukunft."

„Und an uns beide denkst du nicht. Ist dir unsere Liebe so wenig wert?"

„Unsere Liebe ist mir unermesslich viel wert. Nur, wo ist ihr Anker? Wären wir Mann und Frau, würden wir heiraten und unser Anker wäre die Ehe und hoffentlich bald eintreffende Kinder. Aber so? Mann und Frau werden von den Gesetzen geschützt, sie sind im gegenwärtigen Gefüge vorgesehen und werden deshalb von der Umwelt respektiert. Aber Frau und Frau? Thea würde sagen, wir hätten als solche keinen Status. Und recht hat sie. Wir sind nicht vorgesehen. Hinzu kommt, dass ich bisher vom Gehalt meines Vaters mitgelebt hatte. Es war ursprünglich sein Wunsch gewesen, dass ich Diakonisse werde. Ich war ein paar Jahre in der Diakonissenschule Neuendettelsau. Dort habe ich Kinderpflegerin gelernt. Ich muss zusehen, diesen Beruf irgendwo ausüben zu können. Von irgendwas muss ich ja leben."

„Weshalb bist du denn nicht Diakonisse geworden? Du hast nie darüber gesprochen."

„Vater, der Witwer, fand dann plötzlich, es sei nicht gut, wenn er allein sei. Er hat mich zurückbeordert. Plötzlich war sein Wohlbefinden wichtiger als die Reputation, Vater einer Diakonisse zu sein. Er war ein ichbezogener Mensch. Das Schlimme ist, dass es das nie bemerkt hat. Als Pfarrer dachte er, er gäbe sein Leben hin für die Gläubigen. Er hielt sich für einen edlen Menschen, das rechtfertigte alles."

„Warum hast du mir all das verschwiegen?"

„Das kann ich dir genau sagen. Es war noch nicht lange her, dass ich aus Neuendettelsau zurückkam. Ich war unglücklich und ich sehnte mich nach Zuwendung. Da kamst du in mein Leben und mein Dasein erstrahlte. Warum hätte ich dir von den dunklen Seiten erzählen sollen?"

„Was hast du jetzt vor?"

„Ich weiß es nicht. Ich suche eine Möglichkeit, mich örtlich zu verändern, ohne dich zu verlieren."

„Örtlich zu verändern?"

„Ich habe es doch erklärt: In Allsberg hab ich keine Zukunft."

„Und wenn ich dir eine Zukunft gebe?"

„Wie stellst du dir das vor? Als deine Vorleserin? Welchen Status willst du mir geben? Als es bei Thea und Hubert so weit war, wurde er zum Güterdirektor ernannt. Hast du an den Posten einer Hauswirtschaftsleiterin des Schlosses gedacht? Vicky, ich bitte dich, mach dich nicht lächerlich!"

„Ich mache mich nicht lächerlich! Ich suche nach einem Ausweg für uns beide. Ich finde, du bist ungerecht und verletzt mich absichtlich."

Vicky spürte plötzlich die schiere Wut in sich hochkochen.

Sie wandte sich zum Gehen und als sie auf der Dorfstraße stand, musste sie sich eingestehen, dass sie die Haustür nicht so heftig hätte zuschlagen müssen.

Am Morgen darauf lief Hilde zu Fuß nach Seligenstadt und nahm dort die Bahn nach Würzburg. Sie wusste, dass es dort einen einzigen evangelischen Kindergarten gab. Sie fragte sich durch und als sie ihr Zeugnis aus Neuendettelsau vorwies, wurde ihr sogleich eine Stelle auf Probe zugesagt, außerdem könne sie im evangelischen Heim für unverheiratete junge Frauen ein Zimmer bekommen.

In diesem Heim verbrachte sie, sozusagen probeweise, die Nacht. Es war eine ernüchternde Erfahrung. Die Matratze war durchgelegen, die Decke muffelte. Im fahlen Schein der Straßenbeleuchtung konnte sie dem Bett gegenüber ein Kruzifix erkennen. An der anderen Wand hing ein Bild eines finsteren Gesellen, den sie am Morgen als Martin Luther erkannte. Ihr war klar, dass sie hier nicht lange wohnen würde. Auf dem Weg zum Bahnhof kaufte sie die aktuelle Ausgabe der *Franken-Post* in der Hoffnung, dort Wohnungsinserate zu finden.

Im Zug traf sie den Metzger Vorndran, der auf dem Würzburger Markt Schweine gekauft hatte. Sein Sohn werde ihn und die Tiere in Seligenstadt mit dem Kastenwagen abholen, da werde sie auf dem Bock auch noch Platz finden.

Als sie so mit quietschenden und grunzenden Schweinen im Rücken in Allsberg ankamen, schoss es Hilde durch den Kopf:

Etwa so muss man sich den triumphalen Einzug eines siegreichen Feldherrn in Rom vorstellen.

Nach Triumph oder Sieg war ihr aber rein gar nicht

zumute. Sie wusste, dass ihr eine Zeit der Veränderungen, der Unsicherheit und womöglich der herben Enttäuschungen bevorstand. Ohne viel darüber nachzudenken, lief sie zum Schloss hinauf. Sie fand Vicky mit ihren beiden Buben im Park. Ruppert spielte im Gras mit einem Ball, während Karl Wendt in der „Kinnerschesn" schlief.

„Wie schön, dass du kommst, Hilde. Ich wollte nachher zu dir kommen, um mich zu entschuldigen. Es war nicht richtig von mir, dich so abrupt stehen zu lassen. Ich war verärgert, aber ich habe eingesehen, dass ich kein Recht habe, verärgert zu sein. Schließlich bist du nicht mein Eigentum."

„Danke, dass du das gesagt hast. Dass du allerdings auf die Idee kommen kannst, ich gehöre dir, spricht Bände. Wenn schon, dann gehöre ich *zu* dir. Für dich ist es einfach, dem Augenblick zu sagen, er solle verweilen. Dein Leben ist geregelt und abgesichert. Beides trifft auf mein Leben nicht mehr zu. Ich muss nun zusehen, wo ich eine Zukunft habe. In Allsberg werde ich sie nicht finden. Vorerst kann ich in Würzburg in einem Kindergarten arbeiten. Ich weiß, dass das nur eine Zwischenstation ist. Ich möchte etwas finden, was meinen geistigen Interessen entgegenkommt. Nicht umsonst habe ich mich von vorn bis hinten durch die Bibliothek meiner Mutter gelesen."

Vickys Gesichtsausdruck hatte sich verfinstert, während sie Hilde zuhörte.

„Ich verstehe nicht, weshalb du aus Gründen des Lebensunterhalts unsere Liebe wegwirfst! Ich habe Angst, dass die räumliche Trennung auch uns entzweien wird. Es wird doch möglich sein, hier vor Ort etwas für dich zu finden."

Noch während sie das sagte, hellte sich ihr Gesicht auf:

„Ich hab's: Die obere und die untere Bibliothek sind in

einem desolaten Zustand. Seit Jahrzehnten nehmen wir Bücher heraus und stellen sie anderswo wieder ins Regal. Dort Ordnung hineinzubringen, ist dringend notwendig. Du könntest dort alles neu organisieren, lesen und dabei Geld verdienen. Eine Dienstwohnung im Schloss wird sich auch finden."

„Vicky, verstehst du nicht? Bisher war unsere Liebe von den Zwängen des täglichen Lebens weitgehend befreit. Jetzt, wo du merkst, dass ich mein eigenes Leben gestalten muss, versuchst du, mich zu kaufen. Ich möchte nicht darüber nachdenken, weil es mich zornig machen würde. Ich werfe nicht unsere Liebe weg! Vielmehr ist es so, dass ich mein Leben wegwerfen würde, unternähme ich jetzt nichts, um es zu ändern."

„Und wenn ich mit dir nach Würzburg gehen?"

„Verzeih, das ist utopisch. Ich muss mein künftiges Leben danach ausrichten, was ich verdienen kann. Es wird womöglich nicht viel sein. Wie stellst du dir das vor? Kindergärtnerin wohnt in einem Palais mit Dienstboten, einer Baronin und zwei Kindern?"

„Du meinst, unsres Liebe ist noch stark, aber es sind deine und meine Lebensrealitäten, die uns auseinanderbringen?"

„Ich denke, jetzt hast du es verstanden."

„Du tust mir weh."

„Das will ich nicht. Nichts will ich weniger als das. Aber wir haben gemeinsam keine Zukunft. Ich möchte dich zum Abschied umarmen, dir für deine Liebe danken und hoffen, dass du mir so viel Gutes wünschst, wie ich es für dich erhoffe."

Die Umarmung dauerte lange. Beide versuchten, ihre Tränen zu unterdrücken.

Am Abend kam Thea ins Kinderzimmer, als Lisa und Vicky die beiden Buben für die Nacht vorbereiteten.

„Lisa, bitte geh in die Küche und hilf bei der Vorbereitung des Abendessens. Die Frau Baronin und ich machen das heute einmal allein."

Als sich die Tür hinter dem Dienstmädchen geschlossen hatte, meinte Vicky in einem etwas frostigen Ton:

„Ich dachte, Lisa sei mein Ressort."

„Sieh es mir nach. Ich wollte mit dir allein, ohne Huberts Anwesenheit, sprechen. Ich habe dich heute im Park mit Hilde gesehen. Es sah nach Abschied aus. Irre ich mich da?"

„Du irrst dich nicht, aber es geht dich nichts an."

„Du wirst in ein tiefes Loch fallen."

„Mach dir da mal keine Sorgen. Dieses Loch ist ein Tümpel verglichen mit dem Loch, in das du mich hier in Allsberg bugsiert hast."

32. Kapitel

Juni 1891

Im Frühsommer erreichten Vicky zwei Briefe. Der erste trug einen Poststempel aus Hamburg und stammte von Hilde. Sie berichtete darin, dass sie nach New York reisen werde. Sie hoffe, dort eine Anstellung an einem der großen Theater zu finden.

„Mich hält hier nichts mehr. Ich muss fort. Ich habe einen Traum: Ich möchte beim Theater arbeiten, und wenn es gut geht, einmal dort Regie führen können. Es schmerzt mich, dass damit unsere Liebe endgültig endet. Wir waren so voller Hoffnung und Freude und haben nicht bemerkt, dass wir unser Glück mit zu vielem belasteten, das mit uns selbst nichts zu tun hatte. Ich werde Dich nie vergessen, wie könnte ich auch? Ich werde Dir Briefe schreiben, aber keinen davon werde ich wie diesen in den Postkasten werfen. Lebe wohl, mein Herz!“

Vicky zerknüllte diesen Brief und weinte bittere Tränen. Dann strich sie ihn wieder glatt und weinte erneut. Irgendwann nahm Ruppert sie bei der Hand und lief mit ihr durch den Park vorbei am Apollomäuerchen. Dort hob sie ihren Sohn hoch, drückte ihn ganz fest an sich und bedeckte sein Gesicht mit Küssen. Danach war sie noch immer traurig, aber nicht mehr verzweifelt.

Am 20. Juni dann, einem Samstag, kam ein Expressbrief aus

Liestal in der Schweiz. Darin bat die Polizei des Kantons Basel-Landschaft, einen Familienangehörigen des Cord Freiherr von Tröger nach Liestal zu kommen. Am 14. Juni sei bei Münchenstein eine Eisenbahnbrücke unter der Last eines Zuges eingebrochen. Unter den vielen Opfern des Unfalls sei auch eine männliche Person gefunden worden. Man habe in seiner Kleidung Reisedokumente auf den Namen des oben genannten Cord Freiherr von Tröger gefunden. Für die Todeserklärung benötige man die Identifikation durch einen Familienangehörigen. Der Brief endete damit, dass zwar örtlich die Behörden des Kantons Basel-Landschaft zuständig seien, man aber darum bitte, sich bei der Polizei in Basel-Stadt zu melden.

Als Vicky den Brief Thea zu lesen gab, meinte diese nach kurzem Nachdenken:

„Das ist ja schrecklich! Sollte ich traurig sein? Immerhin war er mein Bruder. Jetzt aber kann ich nur eines denken: Es wird Probleme geben. Verzeih mir, dein Mann ist tot. Dir gebührt mein Mitgefühl."

„Das ist lieb von dir. Derzeit denke ich nur, dass es schade ist, dass meine beiden Söhne ihren Vater niemals werden kennenlernen können. Das ist traurig für sie, denn wenn er auch ein schlechter Ehemann war, so denke ich, dass er zumindest ein wertvoller Vater hätte werden können. Meinst du das, wenn du von Problemen sprichst?"

„Vicky, darum geht es nicht. Cord war nie ein richtiger Vater. Es geht um den Betrieb."

„Kannst du auch mal an etwas anderes denken? Dein Bruder ist gestorben, der zufällig auch mein Mann war und der Vater meiner beiden Kinder."

„Da hast du sicherlich recht. Ich muss zugeben, dass

Cords so plötzlicher Tod ein Schock für uns alle ist. Allerdings, und da bitte ich dich, ehrlich zu sein, mit diesem Unfall endet deine so unersprießliche Ehe. Das Problem, das ich erwähnte, ist, dass wir von jetzt auf gleich zwei neue Eigentümer des Trögerschen Familienbesitzes haben. Und diese Eigentümer sind minderjährig. Wie du weißt, erben nach unserem Familienstatut zu gleichen Teilen immer nur die männlichen Trögers. Davon gibt es derzeit zwei: Ruppert und Carl-Wendt."

„Die beiden haben eine Mutter, die bin ich. Ich werde bis zu ihrer Volljährigkeit für sie entscheiden."

„Genau da liegt das Problem. Siehst du dich in der Lage, aus dem Stand heraus einen so komplexen Betrieb zu leiten – Remonten, Weinbau, Forst?"

„Aber Thea, ich habe doch dich."

„Du vergisst, dass unsere Standesgenossen uns mit Missgunst und Argwohn betrachten. Wir haben uns in deren Augen so ziemlich gegen alles versündigt, was denen hoch und heilig ist. Es würde mich nicht wundern, wenn beim Familiengericht ein anonymer Brief einginge, in dem angezweifelt wird, dass du die Ausübung der Vormundschaft über deine Buben allein meistern kannst. Wenn aber erst mal die königlich bayerische Bürokratie ihre Finger in die Abläufe eines Familienbetriebes steckt, dann gnade uns Gott."

„Du meinst, es könnte sein, dass man mir von amtlicher Seite einen Betriebsfremden an die Seite stellt, mit dem ich stets einvernehmlich entscheiden muss?"

„Genau das befürchte ich. Aber jetzt mal der Reihe nach. Du setzt dich jetzt in die Bahn und identifizierst Cord in Basel. Erst dann wird er für tot erklärt werden können. Mit der Sterbeurkunde fährst du weiter nach Zürich und sprichst mit der Bank über Cords Konto. Das dort angelegte Geld war sein Privatbesitz. Das Familienstatut regelt nur die Erbfolge bezüglich der Ländereien. Du als seine Witwe bekommst da auf jeden Fall etwas ab, auch dann, wenn er das ganz Geld dem Schweizer Alpen Club vermacht haben sollte, was ich nicht annehme."

„Das bedeutet, dass ich etwa eine Woche unterwegs sein werde. Kann in der Zeit nichts wegen der Vormundschaft an uns vorbei entschieden werden?"

„Mach dir keine Sorgen. Für ein Amt oder Gericht ist jemand erst dann tot, wenn eine Sterbeurkunde vorliegt. Die aber wirst erst du aus der Schweiz mitbringen. Ich hoffe, bis dahin ist mir oder dir etwas eingefallen, und dann geben wir ein entsprechendes Schreiben zusammen mit der Urkunde ein."

Die Reise war beschwerlich. In aller Herrgottsfrühe brachte sie der Kutscher nach Seligenstadt. Vicky musste in Würzburg, Frankfurt und Mannheim umsteigen und kam in den Abendstunden am Badischen Bahnhof in Basel an. Die Droschke brachte sie zum *Hotel Les Trois Rois* an der Mittleren Brücke. Sie bekam ein Zimmer mit Blick auf den Rhein, auf dem dampfgetriebene Lastschiffe an ihr vorbeizogen. Noch mehr beeindruckte sie die Personenfähre, die an einem Seil über dem Rhein hing und von der Strömung von einem Ufer zum anderen getrieben wurde. In ihrer Jugend hatte sie auf der Donau in ihrer Heimatstadt Budapest die Ulmer Schachteln vorbeiziehen sehen. Die Personenfähre in Basel erinnerte sie daran.

Es wurde eine unruhige Nacht. Sie fürchtete sich vor dem Moment, in dem sie den Leichnam ihres Mannes identifizieren musste. Wenn sie dann doch einschlief, träumte sie von Budapest, sah sich zwischen Székely-Palais und Studentenkellern hin und her wandern. Sie suchte Halt und fand ihn nicht. Kaum schreckte sie aus dem Schlaf, glaubte sie ihren verunglückten Ehemann vor sich zu sehen.

Am Morgen stand sie auf und fühlte sich wie gerädert. Frühstück gab es mit Blick auf den Rhein. Vicky kannte opulente „petits déjeuners" aus so manchem Hotel. Aber so etwas hatte sie noch nicht gesehen. Brötchen, Croissants, Brioches, gefülltes Laugengebäck standen in einem Körbchen auf dem Tisch. Ein eilfertiger Kellner fragte sie etwas, das sie nicht verstand, worauf er auf Französisch fragte, ob sie Tee oder Kaffee haben wolle, ob sie Marmelade, Käse oder Schinken bevorzuge und ob er ihr etwas frisches Obst vorbeibringen dürfe. Im Übrigen empfehle er noch etwas Gesundes, ein Bircher Müsli.

Vicky war verwirrt und überwältigt. Sie lächelte den Kellner an, machte eine ausladende Armbewegung – und bestellte alles: „Apportez-moi tout, s'il vous plaît."

Und er brachte tatsächlich alles. Mit jedem Stückchen Käse, mit jedem Schluck Kaffee, ja mit jedem Blick auf ihren so reich gedeckten Frühstückstisch kehrten ihre Lebensgeister zurück. Als sie zum Schluss auch noch dieses seltsame Müsli probierte, fühlte sie sich fast glücklich.

Zuvorkommend brachte etwas später der Kellner die in Basel erscheinende *National-Zeitung* an ihren Tisch. Sie war voll von Berichten um das schreckliche Zugunglück. Vicky erfuhr, dass ausgerechnet eine von Gustave Eiffel konstruierte Brücke in Münchenstein vor den Toren der Stadt Basel unter der Last des Zuges eingestürzt war. Dreiundsiebzig Tote und einhunderteinundsiebzig Verletzte hatte es gegeben. Die

Zeitung berichtete, dass die Eisenbahnlinie über Delémont nach Frankreich ein unerwartet hohes Passagieraufkommen entwickelt habe, weil auf diesem Umweg Franzosen Basel erreichen konnten, ohne das besetzte Elsass-Lothringen betreten zu müssen. Deshalb seien die Züge länger und schwerer geworden.

Ein zweites Opfer des unseligen Krieges von 1870/71, schoss es Vicky durch den Kopf. Cords Bruder war gefallen und er selbst verunglückte an den Kriegsfolgen.

Ein Piccolo holte sie aus ihren trüben Gedanken und meldete, die bestellte Droschke warte vor dem Hotel. Der Concierge habe dem Kutscher bereits gesagt, wohin die Reise gehen würde. Für diese Auskunft war Vicky dankbar, denn noch immer war es ihr nicht gelungen, auch nur ein Wort zu verstehen, wenn ein Basler etwas sagte. Die Reise ging quer durch die Stadt am Bahnhof vorbei, dann noch ein Stück nach Osten und endete vor einem großen Industriegebäude. Vicky glaubte an einen Irrtum, zumal sie während der Fahrt immer wieder Wegweiser begleitet hatten, die zum Schlachthof wiesen. Bevor sie etwas sagen konnte, wurde der Schlag von einem Polizisten geöffnet, und als der etwas von Leichnam und identifizieren sagte, stieg Vicky aus. Zunächst wurden ihre Personalien festgestellt, dann begleitete sie ein französischsprechender Polizist zu einer großen Tür. Dort hängte er ihr eine Decke um und ehe sie sich's versah, stand Vicky mitten in der Kühlhalle des Schlachthofs. Der Polizist deutete auf die vielen von Decken verhüllten Bahren auf dem Boden. Er erklärte, auf eine solche Zahl von Opfern sei man natürlich nicht vorbereitet gewesen, im Kanton Basel-Landschaft schon mal gleich gar nicht. Deshalb habe man auf diesen profanen Ort ausweichen müssen.

„Vous avez dit Tröger? Voilà, ç'est le numéro trente-sept." Mit diesen Worten steuerte er auf eine Bahre zu, die mit der genannten Nummer siebenunddreißig gekennzeichnet war. Mit einer abrupten Bewegung entfernte er die Decke. Glücklicherweise hatte Vicky noch rasch den Blick abwenden können. Langsam wagte sie, die Leiche Stückchen für Stückchen anzuschauen, beginnend bei den Füßen. Die Schuhe kannte sie nicht, aber der helle Sommeranzug, das war der, den Cord so oft getragen hatte. Sie zögerte, den Kopf des Toten in ihr Blickfeld aufzunehmen. Der Polizist trat von einem Bein auf das andere und flüsterte: „Alors?" Vicky war immer gesagt worden, Tote sähen ruhig, entspannt aus. Alles andere jedoch traf auf Cord zu, den sie sofort erkannte. Man hatte seine Augen nicht geschlossen. Das ganze Gesicht drückte das Entsetzen aus, das ein Mensch erlebt, wenn ihn unerwartet die Gewissheit erfasst, sterben zu müssen. Vicky nickte kurz, dann drehte sie sich um, zog die Decke fester um ihre Schultern und verließ das Kühlhaus.

Draußen bestätigte sie einem Herrn, der sich als *juge cantonal* vorgestellt hatte, dass es sich bei der Leiche Nummer siebenunddreißig um ihren Ehemann Cord Freiherr von Tröger handelte. Der Richter zog ein vorbereitetes Dokument hervor, trug den Namen ein, stempelte, unterschrieb und überreichte Vicky das Schreiben mit den Worten: „Madame, le certificat de décès."

Bevor Vicky eine wartende Droschke bestieg, fragte sie ein Mitarbeiter des Baseler Bestattungsunternehmens, wohin man den Leichnam schicken solle.

Später konnte sie sich nicht mehr erklären, wie es dazu kam. Diese Frage löste bei ihr einen ungekannten Groll gegen alles aus, gegen Cord, der sie nicht glücklich gemacht hatte, den sie nun als entstellte Leiche hatte sehen müssen, gegen die geschäftsmäßig agierenden Polizisten und Beamten, gegen die ganze Situation. Ohne zu überlegen, kam es in ihrer Muttersprache über die Lippen:

„Tartsák meg a holttestet."

Der schwarz gekleidete Mann schaute sie verständnislos an.

„Behaltet die Leiche. Begrabt sie in Basel."

Später sollte Thea ihr deswegen bittere Vorwürfe machen, denn so war ihr Bruder Cord der Einzige der Familie, der nicht auf dem Familienfriedhof begraben wurde. Nach einigen Wochen traf eine Rechnung in Allsberg ein, aus der man erfuhr, der Leichnam sei auf dem riesigen Hörnli-Friedhof bei Riehen in ein schlichtes Grab gebettet worden. Thea fand, das sei unwürdig und so hätten die Buben keine Erinnerung an ihren Vater.

„Cord hat leider nicht zeigen können, ob er ein guter Vater geworden wäre. Ruppert und Carl-Wendt kannten ihn nicht als Lebenden, warum sollten sie ihn unter einem Grabstein aus Buntsandstein liegend kennenlernen?"

Zunächst aber wies sie den Kutscher an, sie ins Hotel zu bringen. An der Rezeption bat sie, ihre Koffer zu packen und herunterzubringen. Nachdem sie im Foyer ein „Cüpli", ein Glas Roederer Champagner, zu sich genommen hatte, bezahlte sie die Hotelrechnung und ließ sich zum Centralbahnhof bringen, wo sie nicht lange auf einen Zug nach Zürich warten musste. Dort logierte sie im *Baur au Lac*, einfach deshalb, weil sie dem Droschkenkutscher am Bahnhof kein anderes Hotel zu nennen wusste. Noch am Empfang stehend bat sie, einen Boten zur Schweizerischen Kreditanstalt zu schicken, um ihren Besuch für den morgigen Tag anzukündigen. Danach gebot sie dem neben ihr stehenden Hotelangestellten, ihr Gepäck auf ihr Zimmer zu tragen. Als Antwort erhielt sie ein Lachen:

„Das mache ich doch gerne, gnädige Frau, aber unter der Bedingung, dass Sie vor dem Diner ein Glas Champagner mit mir trinken."

Erschrocken drehte sie sich zu der Stimme hin. Neben ihr stand kein Gepäckträger, sondern ein elegant gekleideter Herr. Unter seinem Sommerhut quoll volles dunkles Haar, das sein jugendlich wirkendes Gesicht umrahmte.

„Darf ich mich vorstellen? Dr. Friedrich Dürr aus München. Ich bin Rechtsanwalt. Das Erröten steht Ihnen außerordentlich gut. Aber ich bitte Sie, empfinden Sie diese Situation nicht als peinlich. Ich empfinde den Vorfall als einen Wink von Fortuna. Ich hätte es sonst nicht gewagt, mit einer so schönen jungen Dame ins Gespräch zu kommen. Wollen wir uns in einer halben Stunde im Foyer treffen?"

Er wartete Vickys Antwort nicht ab, nahm seinen Zimmerschlüssel und verschwand.

Kurz darauf setzte sich Vicky in ihrem Zimmer auf einen Sessel. Sie war wie benommen.

„Was ist mit dir los? Du bist jetzt Mitte zwanzig. Da ist es doch nicht so ungewöhnlich, dass ein Mann dich charmant auf ein Glas einlädt. Du benimmst dich wie ein Schulmädchen. Vergiss nicht, du bist schließlich Witwe."

Bei diesem Gedanken musste sie lachen. Eine Witwe, die sich wie ein Schulmädchen benimmt. Das ist doch lächerlich!

Schnell zog sie sich um und fühlte sich sogleich provinziell in ihrem Kleid von der Schneiderin aus Volkach.

Selber schuld, sagte zu sich selbst, mit so einer Garderobe geht man ja auch nicht ins *Baur au Lac.*

Als sie im Foyer ankam, wartete dort Dr. Dürr bereits. Als er sie sah, erhob er sich, reichte ihr die Hand, bat sie Platz zu nehmen und winkte der Kellner heran. Vicky schien es, als habe er das alles in einer einzigen Bewegung getan.

„Welchen Champagner bevorzugen Sie, Madame?“

Auf diese Frage war Vicky nicht vorbereitet. Sie stammelte:

„Heute Mittag habe ich in Basel ein Cüpli Roederer getrunken. Man nennt das dort so.“

„Gut, dann wechseln wir jetzt. Bringen Sie uns bitte eine Flasche Moët et Chandon im Kühler.“

„Ist das nicht ein bisschen viel für zwei?“

„Jedenfalls wären zwei Cüpli zu wenig. Darf ich fragen, was Sie nach Basel geführt hat?“

„Es war nichts Erfreuliches“, antwortete Vicky nach einigem Zögern.

Ehe sie das Gespräch fortsetzen konnten, kam der Kellner mit dem Eiskübel. Sie beobachteten ihn beide, wie er die Flasche mit einem fast lautlosen „Plopp“ entkorkte und die Kelche füllte.

„Dann wollen wir darauf anstoßen, dass es ab jetzt erfreulicher wird für meine charmante neue Bekanntschaft.“

Das kalte prickelnde Getränk tat Vicky wohl. Sie war es nicht gewohnt, Champagner zu trinken. In Allsberg gab es zum Abendessen Frankenwein. Sie fühlte, wie die Lebensgeister sich in ihr regten.

„Wir sollten aber auch auf den Zufall anstoßen. Im Foyer eines noch so schönen Hotels zu sitzen ist ohne Ansprache doch grässlich langweilig. Ich habe das gestern in Basel erlebt.“

„Jetzt, gnädige Frau, machen Sie mich aber doch neugierig zu erfahren, was sie nach Basel führte?“

Vicky überlegte. Warum sollte sie diesem wildfremden Mann von sich erzählen? Andererseits, was würde es schaden, es doch zu tun? Ihre Worte kamen nur langsam aus ihrem Mund, als würden sie die Öffentlichkeit scheuen:

„Wie schon erwähnt, es war nichts Erfreuliches. Haben Sie vom Eisenbahnunglück bei Münchenstein gehört?"

„Ja, ich las davon in der Zeitung. Eine schreckliche Tragödie."

„Das Ausmaß dieser Katastrophe wurde mir erst bewusst, als ich im Kühlhaus des Schlachthofs von Basel dreiundsiebzig zugedeckte Bahren sah."

„Mussten Sie eines der Opfer identifizieren?"

„Ja, den Leichnam mit der Nummer siebenunddreißig. Es war mein Ehemann."

„Oh Gott, wie schrecklich. Verzeihen Sie mir, dass ich Sie zu einem so frivolen Getränk überredet habe. Aber, um Himmels willen, warum hat man Sie zu einem so schrecklichen Termin allein fahren lassen?"

„Meine Schwägerin passt zu Hause auf meine beiden kleinen Buben auf, außerdem leitet sie ein Remontengestüt. Sie ist unabkömmlich. Der Rest meiner Familie, also meine Mutter und mein Stiefvater, wohnen in Budapest."

„Darf ich Ihnen mein tief empfundenes Beileid ausdrücken?"

„Das dürfen Sie freilich. Auf die Gefahr hin, als Schwester Leichtfuß aufzufallen, gestehe ich Ihnen mit diesem frivolen Getränk in der Hand, dass das Leid nicht allzu groß ist. Ich habe auf der Bahnfahrt vorhin ausgerechnet, dass wir seit unserer Hochzeit vor vier Jahren nur neunzehn Tage als Eheleute zusammen verbracht haben. Unsere Ehe war praktisch nicht existent."

„Aber, mit Verlaub, für zwei Söhne hat die Zeit gereicht."

„Das war wohl auch der Zweck dieser Ehe. Es ging um den Erhalt des Namens. Das erklärt auch, weshalb mein Kleid für die Trauer etwas zu grün ist."

Der Kellner hatte unterdessen nachgeschenkt und Vicky bemerkte immer stärker, wie gut es ihr tat, mit diesem Mann zu reden. Es war ihr zunehmend egal, ob ihn das alles etwas anging. Jetzt zählte einmal nur das, was ihr half.

Ehe sie weitererzählen konnte, schlug Dr. Dürr vor, ins Restaurant zu wechseln.

„Den Kübel wird man uns sicherlich hinterhertragen."

Der Speisesaal war hell erleuchtet, Zimmerpflanzen trennten die einzelnen Tische und eine kleine Kapelle sorgte dafür, dass man das am Nebentisch Gesprochene nicht verstehen konnte. Als ein weiterer Kellner die Menükarte reichte, teilte er mit, man habe heute frischen Egli.

„Egli, was ist das?"

„Wir in Oberbayern nennen diesen Fisch Renke. Ich muss allerdings neidlos zugeben, dass die Egli aus dem Zürichsee die Renken aus dem Ammersee bei Weitem im Geschmack übertreffen."

„Gut, dann nehme ich das."

„Davor für beide einen kleinen Salat. Dazu bleiben wir beim Champagner. Zum Fisch bringen Sie uns bitte einen Muraille aus Aigle."

„Sie scheinen sich in der Schweiz auszukennen, zumindest kulinarisch."

„Stellen Sie sich vor, ich kenne mich auch in Deutschland aus. Dort gibt es meines Wissens nur ein einziges Remontengestüt, das von einer Frau geleitet wird. Sie müssen die Baronin von Tröger sein."

Vicky stieg erneut die Röte ins Gesicht, als fühlte sie sich ertappt.

Dr. Dürr erhob sein Glas und prostete ihr zu.

„Ihre Verlegenheit zeigt mir, dass ich richtigliege. Sie steht Ihnen ungemein gut."

Vicky brauchte nicht zu antworten, denn gerade wurde der kleine Salat serviert.

Der Rest des Diners war ausgefüllt mit freundlicher Konversation. Vicky erzählte von sich und genoss den vorzüglichen Weißwein. Dr. Dürr hörte ihr aufmerksam zu und animierte sie immer wieder, fortzufahren, wenn Vicky befürchtete, ihn zu langweilen.

„Ich höre Ihnen gerne zu. Es scheint, als bildeten sich die Worte zuerst auf ihrem Gesicht, ehe Sie sie freilassen. Ein faszinierender Vorgang."

„Ach, Sie wollen mir doch nur schmeicheln."

„Natürlich möchte ich das. Eine so schöne Dame wie Sie hat das auch verdient."

Einige Paare hatten begonnen, auf der kleinen Plattform vor der Kapelle zu tanzen. Die Musiker spielten hauptsächlich Walzer.

„Möchten Sie noch einen Mokka? Ich würde mich allerdings freuen, wenn Sie mir einen Tanz gewährten."

Vicky bemerkte, dass sie etwas beschwipst war.

Ach, egal, heute ist heute, dachte sie. Was kann schon passieren, wenn ich mit ihm tanze?

Bald schon waren sie auf der Tanzfläche allein. Ohne darüber nachzudenken, schmiegte Vicky ihren Körper immer enger an den ihres Tänzers und bemerkte dabei, dass eben doch etwas passierte. Sie spürte, dass dieser Mann sie begehrte. Zu ihrem großen Erstaunen fand sie das normal, und je länger sie es spürte, desto mehr begehrte auch sie diesen Mann.

„Lass uns gehen, bitte …“, flüsterte sie ihm ins Ohr.

Als sei dies das Selbstverständlichste von der Welt, nahm er ihren Arm und führte sie durchs Foyer die Treppe hinauf zu ihrem Zimmer. Als sie vor der Tür standen, schaute er ihr tief in die Augen und fragte:

„Ja?“

Sie nickte nur, fand sich kurz darauf in seinen Armen wieder und erwiderte seine zarten und dann drängender werdenden Küsse.

„Bitte, sei lieb zu mir.“

Sie wurde nicht enttäuscht. Er war der erste Mann, der sie derart zärtlich vorbereitete, um sie dann um so entschlossener und ausdauernder zu einem bisher nicht für möglich gehaltenen Höhepunkt zu bringen.

Später, als sie seinen regelmäßigen Atemzügen zuhörte, wurde ihr mit einem Mal klar, dass es ihr vollkommen gleichgültig war, ob dies nun schicklich gewesen war. Sie hatte es für sich und nur für sich getan und zugelassen. Sie war stolz auf sich, und das machte sie fast noch glücklicher als das nicht nachlassende Gefühl körperlicher Befriedigung.

Stunden später wurde sie geweckt, weil ihr kalt war. Als sie die Augen öffnete, sah sie ihren Liebhaber, der auf seinen Arm gestützt ihren nackten Körper betrachtete.

„Du hast mich abgedeckt.“

„Wie hätte ich sonst deine Schönheit bewundern können?“

„Komm mit mir unter die Decke und wärme mich wieder auf.“

Es war wunderbar. Seine starken Arme umfingen sie und sein Brusthaar kitzelte ein wenig.

„Weißt du was, Herr Doktor? Ich kenne nicht einmal deinen Vornamen. War das gestern nicht etwas überstürzt?"

„Der Reihe nach. Es war nicht überstürzt, es war folgerichtig. Wenn ich ehrlich bin, habe ich seit dem Moment unserer ersten Begegnung nur darauf gehofft. Und das andere: Ich heiße Hermann. Und nun ist es wohl an der Zeit, dass ich deinen Vornamen erfahre."

„Warte, ich habe da noch eine Frage. Gibt es eine Frau Dürr?"

„Die gab es. Ich bin geschieden. Meine Frau hat mich verlassen, weil wir keine Kinder bekamen. Sie ist jetzt mit einem Gastwirt in Landshut verheiratet. Sie bekamen bisher drei Buben. Aber jetzt sag du mir, dass du nicht Rumpelstilzchen heißt."

Vicky lachte und erwiderte Hermanns heftiger werdende Verführungskünste. Als sie merkte, dass sie beide dem Höhepunkt zustrebten, ließ sie sich vollkommen gehen und begleitete ihre Wonne mit einem langen Schrei.

Schwer atmend presste sie sich an diesen Mann und flüsterte in sein Ohr:

„War das jetzt zu laut?"

„Nein, Rumpelstilzchen, dieses Hotel ist bekannt für seine außerordentliche Diskretion."

Statt einer Antwort biss sie ihm zärtlich ins Ohr.

„Ich heiße Victoria, alle nennen mich Vicky."

„Wir müssen aufstehen, mein angebetetes Vickystilzchen. Ich habe einen Termin bei einer Versicherung. Es wird nicht lange dauern. Wenn du möchtest, könnten wir am Nachmittag eine Bootstour über den See unternehmen."

„Auch ich habe eine Verabredung. Wie lange das dauert,

weiß ich noch nicht. Auf jeden Fall komme ich danach wieder hierher, und dann werden wir sehen."

Später in der Droschke war sie ziemlich überzeugt davon, dass sie noch am Nachmittag den Zug zurück nach Deutschland nehmen würde, und lächelte, als ihr immer wieder das Wörtchen „ziemlich" in den Sinn kam.

In der Schweizerischen Kreditanstalt wurde sie von einem Diener, der in seinem Cut sehr vornehm aussah, in einen Besprechungsraum geführt und gebeten, zu warten.

Nach, wie Vicky fand, ungebührlich langer Zeit öffnete sich die Tür. Ein junger Herr trat ein, der sie herablassend nach ihrem Begehr fragte.

„Ich bin Victoria Freifrau von Tröger, die Ehefrau von Cord Freiherr von Tröger. Ich bin gekommen, um mich nach dem Stand seiner von Ihnen verwalteten Finanzen zu erkundigen."

Ein nachsichtiges Lächeln umspielte die Lippen des Bankangestellten, als er antwortete:

„Gnädige Frau werden verstehen, dass wir keine Auskünfte geben können über die Konten unserer Kunden. Diskretion ist eines der Geheimnisse, die den eidgenössischen Bankensektor zu dem gemacht hat, was er heute ist. Es wird ihr nicht verborgen geblieben sein …"

Das arrogante Geschwafel dieses Jünglings verärgerte Vicky zusehends.

„Und wenn der Inhaber eines dieser Konten tot ist?"

Sie unterstrich ihre Worte, indem sie die Sterbeurkunde aus Basel auf den Tisch knallte.

Erschrocken studierte der angehende Bankier das Dokument. Verlegen stammelte er etwas davon, dass dies alles seine Kompetenzen übersteige, und verschwand.

Bis sich endlich die Tür erneut öffnete und ein wichtig wirkender Herr eintrat, war Vickys Verärgerung zur Wut geworden.

„Was bilden Sie sich überhaupt ein? Ich habe gestern um einen Termin gebeten und werde hier von einem Lehrling, einem Stift empfangen, den man bei meiner Bank in Würzburg nicht einmal zum Brotzeitholen schicken würde. Eine solche Behandlung bin ich nicht gewohnt. Was mich besonders empört, ist der Eindruck, dass man es nicht gewagt hätte, derart mit einem Mann umzuspringen."

„Verehrte Baronin – ich nehme doch an, die Baronin von Tröger vor mir zu haben? Es handelt sich um ein Missverständnis oder besser gesagt, um ein Versagen der Kommunikation in diesem Hause. Ich darf mich vorstellen: Mein Name ist Dr. Suter. Ich gehöre dem Verwaltungsrat dieser Bank an. Erlauben Sie mir, mein Beileid zum sensiblen Verlust Ihres Gatten aussprechen zu dürfen. Wie ich soeben erfahre, ist er ein Opfer des bedauerlichen Unfalls bei Münchenstein geworden. Erlauben Sie, dass ich das Dokument, das das Hinscheiden des verehrten Barons beurkundet, einsehe?"

„Natürlich können Sie das Dokument prüfen. Sie müssen das tun. Und dann werden Sie mir unverzüglich Auskunft geben."

Dr. Suter überflog die Sterbeurkunde. Besonderes Augenmerk widmete er dem Stempel und der Unterschrift.

„Ja, dieses Dokument ist echt, kein Zweifel. Da es von einer Urkundsperson eines der Eidgenossenschaft zugehörigen Kantons unterfertigt wurde, ist eine Prüfung durch unsere juristische Abteilung nicht geboten. Darf ich Sie bitten, mich in mein persönliches Bureau zu begleiten?"

Auf dem Weg durch das pompöse Treppenhaus nach oben rief Dr. Suter einem entgegenkommenden Angestellten zu:

„Bringen Sie das große Gedeck zu mir nach oben."

Das Bureau war eines Bankdirektors würdig. Die Wände waren bis zur geschnitzten Decke holzvertäfelt. An der Wand hinter einem pompösen, vollkommen leeren Schreibtisch hing ein wildes Bild, Gischt brandete an einem Viadukt hoch, ein Boot kämpfte mit den Wellen.

„Das ist ein neues Werk unseres Meisters Arnold Böcklin. Unser Haus konnte es erwerben. Wir fanden, es solle uns zur Warnung gereichen. Der Titel ist: „Überfall von Seeräubern."

Dem Bild gegenüber öffnete sich vom Fenster der Blick auf einen belebten Platz, davor stand ein Sofa, zwei Sessel und ein Teetisch. Dort wurde wenig später das angerichtet, was Dr. Suter auf der Treppe als „großes Gedeck" bezeichnet hatte: Tee, Kaffee, feinstes Porzellan und Gebäck, das Dr. Suter Gipferli nannte.

Vicky hatte keinen Appetit.

„Herr Dr. Suter, ich bitte Sie nun, mir Auskunft zu geben über die Finanzen meines verstorbenen Mannes. Wir, und damit meine ich meine Schwägerin Dorothea und mich, wissen, dass es hier zumindest ein Konto gibt, denn wir haben jährlich den meinem Ehemann zustehenden Gewinn aus dem Betrieb hierher überwiesen."

„Sie haben recht, es gibt sogar mehrere Konten. Aber es gibt noch etwas, das mir der Baron vor Jahresfrist übergab."

Damit erhob sich Dr. Suter und öffnete eine bisher unsichtbar gebliebene Tür in der Wandtäfelung. Es war ein kleiner Tresor, dem er einen Umschlag entnahm. Er war mit einem Siegel versehen, und als Dr. Suter ihr das Kuvert übergab, erkannte Vicky das Familienwappen.

„Ja, er hat es vor meinen Augen mit seinem Wappenring versiegelt."

Vicky zögerte, den roten Lack zu brechen. Was für ein Moment! War es der boshafte Cord gewesen, der dieses Dokument hinterließ?

Vicky war Dr. Suter dankbar, als sie ihn sagen hörte:

„Am besten, Sie geben das Dokument wieder an mich zurück. Der Baron gab mir Auftrag, es nach seinem Tode Ihnen bekannt zu machen."

Der Bankier erhob sich erneut und ging zu seinem Schreibtisch. Aus einer Schublade entnahm er einen silbernen Brieföffner.

„Wir wollen das schöne Siegel ja nicht beschädigen."

Es dauerte etwas, bis er gelesen hatte, was Cord hinterlassen hatte. Dann lächelte Dr. Suter.

„Ich beglückwünsche Sie. Lassen Sie mich vorlesen:

Lieber, sehr verehrter Dr. Suter,

bedingt durch meine Reisetätigkeit bin ich stets der Gefahr eines unerwarteten Todes ausgesetzt. Die von Ihrem Hause verwalteten Finanzmittel auf meinen Namen gehören zu meinem Privatvermögen und unterfallen somit nicht dem vom Statut meiner Familie geregelten Fideikommiss. Ich nutze demnach die Möglichkeit, über diesen Vermögensteil frei zu verfügen wie folgt:

Ich bitte Sie, alle von Ihrem Hause verwalteten Finanzmittel, seien es Konten, Effekten, Depots oder Schuldverschreibungen, zu gleichen Teilen an folgende Personen auszufertigen:

Meine Ehefrau Viktoria Freifrau von Tröger, geborene Gräfin von Grosser.

Meine Schwester Dorothea Bräuter, geborene Freiin von Tröger.

Zürich, am 7. August 1890.

Es folgt die mir bekannte Unterschrift des Barons. Nun werden Sie wissen wollen, um wie viel es sich bei diesen Finanzmitteln handelt. Das kann ich Ihnen derzeit nicht bis auf den letzten Rappen genau sagen, nur so viel, es handelt sich um ein Volumen von etwa einer Million Reichsmark. Wenn ich richtig unterrichtet bin, verdient in Deutschland ein Arbeiter im Durchschnitt sechzig Mark pro Monat. Der Baron hat mit seiner journalistischen Arbeit sehr, sehr gut verdient. Er war sich dessen bewusst und hat mir gegenüber immer wieder betont, dass die Zahlungen aus der Heimat mehr seinem Sinn für Gerechtigkeit als einer Notwendigkeit entsprachen."

„Herr Dr. Suter, machen wir uns nichts vor. Unsere Ehe hat diesen Namen nicht verdient. Cord war immer weg. Sein von Ihnen erwähnter Sinn für Gerechtigkeit ist mir daher bislang verborgen geblieben. Nun muss ich ihm zugestehen, dass er ihn hatte, denn das erwähnte Trögersche Familienstatut bestimmt, dass nur männliche Namensträger Erben werden."

„Ja, das sind Relikte aus feudalistischer Zeit. Da sind wir im Kanton Zürich schon weiter. Umso mehr ziehe ich vor dieser salomonischen Verfügung des Barons den Hut. Trotz des unschönen Beginns unserer Bekanntschaft, für den ich Sie erneut um Vergebung bitte, darf ich doch hoffen, dass Sie und Ihre Schwägerin weiterhin dieser Bank vertrauen werden?"

„Ich nehme Ihre Entschuldigung gerne an. Sie werden allerdings verstehen, dass über die Zukunft dieses Vermögens meine Schwägerin und ich erst dann entscheiden werden, wenn wir darüber beraten haben."

Etwas später, als sie sich zu Fuß auf den Weg zum nahen Hotel machte, begann sie übermütig zu hüpfen. Sie hatte eine Idee und freute sich diebisch auf deren Ausführung.

Auf der Terrasse des Hotels genoss Hermann die Sonne, während er auf seine Geliebte wartete. Von Weitem schon erkannte ihn Vicky. Sie schlich sich an und baute sich unvermittelt vor ihm auf. Mit aller ihr zur Verfügung stehenden Boshaftigkeit zischte sie ihn an:

„Du bist ein Rosstäuscher, Mitgiftjäger und Scharlatan. Du hast dich an mich herangemacht, weil du wusstest, dass ich eine Millionärin bin!"

Vollkommen verdattert erhob sich Hermann Dürr von seinem Gartenstuhl. Als er in voller Größe vor Vicky stand, fiel sie ihm um den Hals und küsste ihn ausgelassen.

„Du hast richtig gehört. Ich hatte nie eigenes Geld. Plötzlich habe ich einen riesigen Haufen davon. Das müssen wir feiern."

„Da fallen mir zwei Alternativen ein."

„Ich nehme beide."

Sehr viel später saßen sie beim zweiten Teil der Feier im Restaurant des Hotels. Als sie allein waren, nahm Vicky Hermanns Hand und flüsterte:

„Weißt du, ich habe noch nie Liebe im Badezimmer gemacht. Uns im Spiegel zu sehen, fand ich wunderbar unanständig. Ich habe es sehr genossen."

„Wie war denn dein Liebesleben bisher, wenn das vorhin so sensationell war?"

„Ach, mein lieber Hermann, das ist ein weites Feld. Wenn wir einmal wirklich allein sind und uns nichts Besseres einfällt, dann erzähle ich dir alles."

„Dann schlage ich dir vor, dass du mich nach München

begleitest. In meiner Wohnung sind wir sehr allein und im Badezimmer habe ich auch einen Spiegel."

„Das klingt verlockend, aber ich muss nach Hause. Meine Schwägerin und ich suchen nach einer Lösung, um eine amtliche Vormundschaft für meine beiden Söhne zu vermeiden."

„Das klingt nach Juristerei. Pass auf, da drüben legt bald der Dampfer ab. Ganz egal, wo er hinfährt, wir fahren mit. Der Zürichsee ist immer schön, ob man nun drauf schaut oder drauf schwimmt."

Der Dampfer fuhr vom linken zum rechten Seeufer und zurück. Das Panorama war wunderschön, die Sonne schien und auf ihrem Plätzchen auf dem Oberdeck waren sie ungestört.

„Hermann, es ist für mich schwierig, weil ich nicht weiß, wo ich anfangen soll. Am besten ich fange ganz vorne an."

So kam es, dass sie ihm auf dem Zürichsee ihr ganzes Leben erzählte, von ihrer Jugend in Budapest, von Theas erfolgreicher Verkuppelung, dem Trauma ihrer Ehe und ihrer Freude darüber, dass Hermann „danach" durchaus nicht traurig war. Sie berichtete auch von ihrer Liebe zu Hilde und war erstaunt, dass er nicht entrüstet reagierte, sie erzählte ihm von der Brandstiftung und deren Aufklärung.

„Und wo wir schon bei Aufklärung sind, erzähle ich dir jetzt noch von unserem Versuch, die Dorfbevölkerung aufzuklären."

Hermann amüsierte sich königlich.

„Die Untersuchung wegen Erregung öffentlichen Ärgernisses hätte ich als Staatsanwalt gerne geführt. Du bist ja eine richtige Skandalnudel."

„Eben, und deshalb befürchten Thea und ich, dass bei

den vielen Standesgenossen, denen unsere Art zu leben ein Dorn im Auge ist, einer auf die Idee kommen könnte, beim zuständigen Gericht eine amtliche Vormundschaft zu beantragen, weil ich eine, wie du es nennst, Skandalnudel bin. Die fränkische Aristokratie tut immer so, als falle die Staatsräson von ihrem Sockel, wenn man nicht genau so denkt, lebt und handelt wie sie selbst."

„Das kenne ich. Ich hatte einen Kommilitonen, ein Graf. Der machte sich über seine Leute immer lustig und behauptete, seine Familie hätte als Wappenspruch *ora et venari* – bete und jage."

„Das trifft's auf den Kopf. Dennoch muss ich nach Hause, um das Schlimmste zu verhindern."

„Vickystilzchen, meine schöne Geliebte, ich mache dir einen Vorschlag. Heute Nacht bleiben wir noch im Hotel. Diesmal in meinem Zimmer. Sonst bezahle ich es, ohne es genutzt zu haben. Morgen fahren wir in einem Abteil der ersten Klasse ganz für uns allein nach München und dort klären wir das mit der Vormundschaft. Jetzt wird es kühl. Nächster Halt ist Wädenswil. Von dort fahren wir mit der Bahn zurück nach Zürich."

„Ja, so machen wir das, mein gescheiter Doktor."

33. Kapitel

Sommer 1892

Seit dem Aufenthalt in Zürich war ein Jahr ins Land gegangen. Thea hatte recht behalten. Im Dezember 1891 ging beim Familiengericht in Würzburg eine Petition ein. Mit Unterschrift mehrerer fränkischer Barone und Grafen wurde beantragt, für die beiden Minderjährigen Ruppert Freiherr von Tröger und Carl-Wendt Freiherr von Tröger einen amtlichen Vormund zu bestellen. Begründet wurde der Antrag damit, dass nach dem Versterben des Vaters die noch sehr junge Mutter mit der Erziehung der Kinder überfordert sei und keinerlei Erfahrung besäße, das Eigentum der beiden Brüder, den gesamten Trögerschen Besitz, zu verwalten. Es fehle die leitende Hand eines Mannes. Man wies darauf hin, dass die Familie von Tröger in Franken immer eine herausragende Rolle gespielt habe. Es sei nicht sicher, dass die beiden Minderjährigen angesichts des gerichtsbekannten Lebenswandels der jungen Baronin eine Erziehung genössen, die sie auf ihre verantwortungsvolle Rolle als Herren des Trögerschen Fideikommisses adäquat vorbereite. Der Antrag schloss mit dem Hinweis, dass der landsässige Adel insbesondere durch seine Vorbildfunktion einen wichtigen Beitrag zur Aufrechterhaltung von Recht und Ordnung leiste.

Seltsamerweise wurde dieser Antrag nicht einfach zu den Akten gelegt, sondern, obwohl die Sache längst abgeschlossen war, Vicky mit der Bitte um Stellungname zugeschickt. Statt schriftlich zu antworten, schaute sie bei Gericht vorbei, als sie in Würzburg Weihnachtsgeschenke einkaufte. Der zuständige Richter kannte Vicky. Er war es gewesen, dem der Antrag, Thea und sie gemeinsam mit der Vormundschaft zu betrauen, auf den Tisch geflattert war. So zu verfahren, war Hermanns Idee gewesen. Den von ihm verfassten Schriftsatz hatte sie bei einem Notar in München unterschrieben.

„Erschrick nicht, wenn du den Notar siehst. Er sieht aus wie der Prinzregent Luitpold ohne Bart. In Bayern wird man nur Notar, wenn man entweder das Studium mit Prädikat abgeschlossen hat oder das Malheurchen eines bayerischen Prinzen ist. Auf Dr. Harpprecht trifft offenbar Letzteres zu."

Mit einem erklärenden Brief wurde dieses Dokument zusammen mit der Sterbeurkunde an Thea geschickt, und Vicky konnte noch etwas länger in München bleiben.

Wenige Wochen später hatte das Gericht dem Antrag zugestimmt, zumal es sich dem Argument nicht verschließen konnte, Thea und Vicky erzögen die Kinder ohnehin in Abwesenheit des Vaters seit deren Geburt. Darüber hinaus verwalte Thea die Familienbetriebe seit dem Tod ihres Vaters im Jahr 1880

Als der Richter an diesem vorweihnachtlichen Tag die Baronin Tröger in seiner Amtsstube empfing, meinte er nur:

„Ich wollte es nicht versäumen, Ihnen dieses Schriftstück zur Kenntnis zu bringen. Es ist absurd, arrogant, penetrant und zeugt von einer gewissen, wie soll ich es sagen, *suprémacie masculine.*"

„Ob es sich wirklich um männliche Überheblichkeit

handelt, weiß ich nicht, zumindest sind diese Herrschaften von ihrer eigenen Existenz, ja der Notwendigkeit derselben überzeugt."

„Wie dem auch sei, ich habe mich sehr darüber amüsiert und hege die Hoffnung, bei Ihnen ähnliche Gefühle geweckt zu haben."

Das konnte Vicky gerne bestätigen. Ihr Entschluss, mit der fränkischen Baronage nichts mehr zu tun haben zu wollen, war allerdings gefestigt worden.

Den Sommer verbrachte Vicky mit ihren Söhnen am Ammersee. Hermann war durch den Tod seiner Patentante Hausbesitzer in Dießen geworden. Beide Buben lernten im See schwimmen und genossen es, ihre Mutter einmal für sich zu haben. Tante Thea liebten sie sehr, fanden aber, dass sie streng sei. Ihre Mutter ließ ihnen alles durchgehen und erzog sie eigentlich überhaupt nicht. Weder Gebote noch Verbote kamen über ihre Lippen. Sie fand, dass Tischmanieren und die Art zu reden durch das Vorbild der Erwachsenen vermittelt wurden. Dass sie damit nicht vollkommen unrecht hatte, zeigte sich nun in Dießen, wo sich die beiden sehr wohl zu benehmen wussten und dennoch durch ihre ständigen Lausbubereien Hermanns Vater entzückten. Er war Fischer und nahm Ruppert mit hinaus auf den See. Auch wenn Carl-Wendt noch so sehr zeterte, ihn nahm er nicht mit, weil er meinte: „Auf's Wetter, auf de Fisch und auf zwoa Buam gleichzeitig aufpassn, des ko i ned."

Wenn Hermann an den Wochentagen in München zu tun hatte, nutzte Vicky die Gelegenheit, die Messe im Dießener Marienmünster zu hören. Sie war bisher fast nie nach Volkach in die Kirche gegangen. War es Bequemlichkeit gewesen? Das Marienmünster aber lag in Dießen mehr oder weniger vor der Haustür. Die lateinische Liturgie war ihr aus ihrer Jugend bekannt, wenn auch mit ungarischem Akzent. Hier in Oberbayern hörte sich das anders an. Ein Gefühl der Geborgenheit in Altbekanntem stellte sich dennoch ein. Die Messebesuche gaben Vicky darüber hinaus Gelegenheit, ungestört über sich nachzudenken. Im vergangenen Dezember hatte sie ihren vierundzwanzigsten Geburtstag gefeiert.

Gefeiert war vielleicht zu viel gesagt – Thea hatte ihr eine Tafel Schokolade geschenkt. Vicky lächelte, während der Priester das Credo begann. Wenn sie ihr Leben aus dem Blickwinkel der Gesellschaft betrachtete, zu der sie vermeintlich gehörte, dann war es abgeschlossen: Heirat – Kinder – Witwe. Was sollte da noch kommen? Ihr war der Gedanke unerträglich. *In meinem Alter ist man doch noch nicht mit dem Leben fertig und wartet auf den Tod.*

Es wäre schön, wenn man mich endlich als Mensch begreifen würde. Warum müssen wir uns immer auf das Weibliche allein beschränken? Warum dürfen Männer alles? Warum müssen wir uns mit dem begnügen, was die Männer für uns vorsehen?

Vicky hörte die Worte der Litanei, so wie man im Gasthaus den Musikern zuhört, ohne sich davon im Gespräch stören zu lassen. Was war ihr Ziel, worauf strebte sie zu? Sie war nicht in der Lage, das, was sie wollte, in Worte zu fassen.

Abends im Bett sehnte sie sich danach, Hermann in den Armen halten zu können. Sie ließ ihre Hand dorthin gleiten, wohin sie Hildes Finger so oft geführt hatte. Die Liebe zu ihrer Freundin war zart und fließend gewesen. Sie erinnerte sich mit Wehmut an die Zeit mit ihr. Es war schön gewesen, wenn auch nicht von dieser Welt. Hildes Ideen waren immer selbstlos und immer dem zugewandt, was sie als Missstand erkannt hatte. Diese Ideen in die Tat umzusetzen, war oft schwierig gewesen, führte beide an den Rand von Abgründen, die sie dort nicht vermuten konnten. Vor Hilde war Liebe für sie immer eine schmerzhafte Erfahrung gewesen, seelisch und körperlich. Mit ihr durfte sie zum ersten Mal erfahren, dass es auch gegenseitige Zuwendung und gleichzeitiges Verlangen gab. Sie hatte geglaubt, damit ihr Glück gefunden zu haben. Waren es die Umstände, die Hilde veranlasst hatten, sie zu verlassen? Hatte sie diese Umstände lediglich dazu benutzt, sich aus der Enge des Dorfes zu befreien? Bei Vicky zu bleiben hätte bedeutet, in Allsberg zu bleiben. Hätte sie das auf die Dauer verantworten können, hätte sie Hilde überhaupt halten können? Nein, es war gut, so wie es war. Dass sie mit Hermann einen Mann als Liebhaber finden würde, war nicht vorgesehen gewesen. War es der Champagner gewesen? Der Tanz? War es der Moment gewesen, als sie bemerkte, dass dieser Rechtsanwalt aus München mehr erwartete, als mit ihr zu tanzen? Vicky versuchte, sich an den Abend im *Baur au Lac* zu erinnern. Hatte er sie erschreckt? Zumindest war sie nicht darauf gefasst gewesen. Begehrt zu werden, war angenehm – zunächst. Dann aber war ihr beim Tanz der Gedanke durch den Kopf gegangen, dass es nicht sein konnte, dass so viele Frauen mit Männern Glück, Lust und Ekstase erlebten, nur sie nicht. Sie erinnerte sich nun ganz deutlich an den Gedanken von damals: *Ich will es noch einmal probieren!*

Auf dem Weg zu ihrem Zimmer war dann Angst in ihr emporgekrochen.

Bitte sei lieb zu mir … Sie erinnerte sich wieder an ihre Worte und daran, wie sie endlich verstand, dass körperliche Liebe auch zwischen ihr und einem Mann möglich und erfüllend sein konnte.

Während der Messe am kommenden Morgen dankte sie Gott. Sie glaubte nicht, dass es ihr Gott war. Aber wem hätte sie sonst danken sollen? Sie war glücklich mit ihren beiden Buben hier in Dießen, und sie war glücklich, weil sie wusste, dass Hermann sie liebte und sie ihn. Warum merkte sie das hier, in einem fremden Dorf an einem fremden See? War Allsberg ein Käfig? Möglich, aber es war auch die Quelle, die ihren materiellen Wohlstand speiste. War ihr das wichtig? Es war noch nicht allzu lange her, als sie erleben musste, aus dem Luxus eines Stadtpalais in Pest in eine beengte Wohnung nach Buda umzuziehen. Geld war keines da, Platz auch nicht. Ihre von Thea vorgeschlagene Flucht war leichtfertig gewesen, das war ihr mittlerweile klargeworden. Sie war damals ihrer späteren Schwägerin auf den Leim gegangen. War ja auch kein Wunder, denn in der bevorstehenden neuen Ehe ihrer Mutter wäre ihr Platz in der Familie bedroht gewesen. Gegen die Ehe mit Cord hätte sie sich wehren können. Aber warum hätte sie das tun sollen? Er war anfangs sehr charmant zu ihr gewesen und es war durchaus schmeichelhaft gewesen, von einem reifen Mann, der ihr materielle Sicherheit geben würde, umworben zu werden.

„*Dona nobis pacem*", sagte der Priester. Die Messe war vorbei, es war ein Freitag. Am Abend erwartete sie Hermann aus München zurück. Die Reise war beschwerlich, berichtete er. Mit der Bahn ging's bis Grafrath, von dort mit einem kleinen Dampfboot auf der Amper bis Stegen, dann mit einem Dampfer nach Dießen.

„War anstrengend, aber jetzt bin ich hier. Wie habt ihr die Woche verbracht?"

„Dein Vater hat einen neuen Gehilfen. Ruppert fährt mit ihm hinaus auf den See. Carl-Wendt ist eifersüchtig, genießt es aber, wenn ich versuche, ihm im See das Schwimmen beizubringen. Ich glaube, er will es gar nicht lernen. Er will nur bei mir sein."

„Freut dich das?"

„Ja, aber es zeigt mir auch, dass ich den beiden bisher zu wenig Zeit gewidmet habe."

„Vicky, meine Liebste, lass dich nicht vom großdeutschen Mutterideal verrückt machen. Wie du es machst, ist es schon richtig. Wenn du dich verkünstelst, wird es zum Krampf. Das hilft weder dir noch den Kindern."

„Stell dir vor, so was Ähnliches habe ich neulich auch gedacht. Ich habe die Kirche für mich entdeckt. Ich gehe fast jeden Morgen hinauf ins Marienmünster und höre die Messe. Naja, eigentlich höre ich mehr in mich hinein, und die Messe begleitet das. Ich bin noch zu keinem Entschluss gekommen, aber ich weiß, dass es so nicht weitergehen kann."

„Darf ich das als Einleitung zu einem Distanzierungsmanöver verstehen?"

„Eher im Gegenteil."

„Aus dir soll einer schlau werden! Möchtest du, dass ich dir einen Heiratsantrag mache?"

„Hast du denn Blumen dabei?"

„Nein."

„Wie willst du dann um meine Hand bitten?"

Der August verging in großer Harmonie und Liebe. Als es Zeit wurde, wieder nach Allsberg zurückzukehren, bat Vicky Hermann, dass er sie begleiten möge.

„Gerne, aber was soll ich dort?"

„Erstens will ich dich Thea und Hubert vorstellen, und

zweitens musst du uns helfen. Wir können uns nicht einigen, was mit dem Geld in Zürich geschehen soll."

„Streitet ihr?"

„Nein, wir sind uns eher unschlüssig, als dass wir verschiedener Meinung wären."

Wenige Tage später reisten sie ab. Ruppert war wild entschlossen, später einmal Fischer zu werden.

Ihre Ankunft in Allsberg war telegrafisch angekündigt worden. Auf dem Schlosshof nahm Thea die beiden Buben in die Arme.

„Wie habe ich euch vermisst!"

„Wir dich aber nicht, bei Mama dürfen wir alles."

„Vicky, ich wusste es! Wenn ich dir die beiden überlasse, brauche ich nachher Wochen, um sie wieder auf die Spur zu bringen!"

Alle lachten, zumal alle wussten, dass es genau so war.

Nun begrüßte sie Dr. Dürr, der zuvor von Vicky in die Geheimnisse des Handkussgebens eingeweiht worden war. Der Handschlag zwischen den beiden Männern war herzlich und unkompliziert.

„Vicky, geht doch schon mal in deine Wohnung hinüber. Ich kümmere mich um die Buben und bringe sie zu Bett. Abendessen gibt's um sieben, du weißt ja wo."

Hermann war beeindruckt.

„Es ist ein Unterschied, ob man in einem teuren und vornehmen Hotel absteigt oder in einem Haus wohnt, das aus allen Poren die Geschichte derer zu verströmen scheint, die hier gewohnt haben."

„Vor lauter Ehrfurcht vergisst du noch, mich zu küssen. Wir haben noch Zeit bis zum Abendessen, wir sollten sie nützen."

„Jetzt, wo wir allein sind, sollten wir uns sinnvollerweise auf das Gespräch heute Abend vorbereiten.“

„Das ist schnell getan. Thea denkt nur an den Betrieb und will das Geld dort hineinstecken. Ich hingegen habe nichts, außer diesem Geld. Zwar spricht das Familienstatut davon, dass Witwen von Mitherren standesgemäß versorgt werden müssen. Aber da hätte ich schon lieber Geld zu meiner Verfügung. Dir wird schon etwas einfallen. – Aber jetzt fällt mir etwas ein, und dazu müssten der Herr Doktor sich bitte einmal freimachen.“

Das tat er dann auch, und zum Abendessen erschienen die beiden wie ein frisch verliebtes Paar. Einmal mehr spürte Thea, dass sie ihre Schwägerin nur unzureichend kannte.

Es gab eine fränkische Brotzeit und Bocksbeutel.

„Fast so wie daheim in München. Dort trinkt man aber Bier dazu. Und wenn wir Wein trinken, dann kommt der aus der Pfalz.“

„Ja ja, die Bayern! Nur weil Franken Neuland ist, holt man sich den Wein von weit her aus der Pfalz. Es wird noch Jahrzehnte dauern, bis man in München merkt, was man an uns Franken hat.“

Hubert lachte.

„Meine Thea, die Lokalpatriotin! Du stehst da auf verlorenem Posten, denn ich bin Böhme und Vicky ist … ja, was bist du eigentlich? Fühlst du dich als Österreicherin oder als Ungarin?“

„Darüber habe ich noch nie nachgedacht. Ich glaube, ich fühle mich nicht örtlich zugehörig. Ich bin mit denen, die mich gut behandeln.“

„Meinst du damit etwa alle von uns dreien?“ Thea war gerührt.

„Wie soll ich denn sonst fühlen? Meine Eltern sind Österreicher. Aufgewachsen bin ich in Budapest. Hierher kam ich nicht ganz freiwillig, wie immer es aussehen mag. Nur Gutes habe ich hier auch nicht erlebt. Es ist für mich stets besser gewesen, mich an Menschen zu hängen, an dich, Thea, an Hilde und jetzt an Hermann."

„Ich sehe, du hast ihm alles erzählt."

„Schockiert dich das? Ihn hat's nicht schockiert."

„Naja, das kam auch ein bisserl auf den genius loci an. Vicky hat mir ihr ganzes Leben auf dem Oberdeck eines Raddampfers auf dem Zürichsees erzählt. Da wollte ich mir doch die Stimmung nicht vermiesen lassen, nur weil die Frau, in die ich noch keine vierundzwanzig Stunden verliebt war, Unerwartetes berichtete? Kann man, ja soll man von einer neuen Liebe Erwartbares erhoffen?"

Darauf stießen sie an, nahmen ihre Gläser mit und gingen hinüber in die untere Bibliothek.

„Hubert, sei doch so lieb und schenke vom Wein nach. Wir müssen noch wegen des Geldes in Zürich reden. Die Sache ist einfach, denn was da herumliegt, gehört Vicky und mir je zur Hälfte. Das bedeutet, dass jeder mit seinem Teil machen kann, was er will. Da aber liegt der Hund begraben: Vicky, die keinerlei Absicherung und auch kein Einkommen hat, möchte den Betrag haben. Ich hingegen habe ein monatliches Gehalt und eine vom Betrieb abgesicherte Altersrente. Ich brauche das Geld nicht und zöge es vor, wenn es im Betrieb bliebe. Das geht aber nur dann, wenn das beide machen, sonst wäre es eine schreiende Ungerechtigkeit. Haben Sie, Herr Doktor, einen Lösungsvorschlag?"

„Eigentlich dürfte ich mich da nicht einmischen, denn ich bin nicht unparteiisch. Gnädige Frau werden verstehen, dass es sehr inkommod werden kann, sich gegen Vickys Meinung zu stellen."

Dafür erntete er von Thea ein wissendes Lächeln und von Vicky einen Knuff.

„Wir Juristen sagen immer, eine gute Lösung ist dann zustande gekommen, wenn beide Parteien unzufrieden sind. So weit wollen wir es aber nicht kommen lassen. Gehen wir methodisch vor: Was ist das Schweizer Geld? Der Verstorbene hat es offensichtlich als Teil seines Privatvermögens angesehen, daher hat er es unter Umgehung des Fideikommisses den anwesenden Damen vermacht. Nehmen Sie das Geld, und machen Sie damit, wonach Ihnen der Sinn steht. Dass der Verstorbene wie beschrieben gedacht hat, müssen wir ja nicht in die Welt hinausposaunen. Er war alleiniger Nutznießer des Fideikommisses. Man kann daher argumentieren, er selbst sei der Fideikommiss, der direkte Eigentümer des Trögerschen Familienbesitzes gewesen. Seine nicht aus diesem Betrieb stammenden Einkünfte seien ihm in dieser Eigenschaft zugeflossen, wären also Teil des Fideikommisses geworden. Dann, in der Tat, müsste der Geldbetrag im Betrieb bleiben …"

„Aber Cord hat doch ausdrücklich …"

„Ich weiß, ich weiß. Wir alle wissen es. Die Frage muss doch erlaubt sein, ob die beiden Erbinnen verpflichtet sind, nach diesem letzten Willen zu handeln? Sehen Sie, ich habe mir neulich das Familienstatut durchgelesen. Es stammt aus dem Jahr 1810, also kurz nachdem die Familie Tröger ihre Souveränität verloren hatte. Das Statut steht ganz im Zeichen davon, das Eigentum der Familie beieinander zu halten. Signifikant ist, dass bei Zukäufen der Obmann allein handeln kann, bei Belastungen oder Verkäufen aber benötigt er die

Mehrheit im Familienrat. Beides gab es nicht, weil der Verstorbene alleiniger Mitherr war. Ein weiteres Ziel des Statutes ist es, das Eigentum auf dem Namen Tröger zu konzentrieren. Weibliche Glieder werden ganz erstaunlich schlecht behandelt, sie kommen nämlich überhaupt nicht vor. Besser geht es da den Witwen, sie müssen bis an ihr Lebensende versorgt werden, standesgemäß, wie es im Statut heißt. Darüber hinaus haben sie ein Wohnrecht im Schloss, was, wie ich mir zu bemerken erlaube, durchaus zu einer Zumutung werden kann. Bleibt anzumerken, dass Unterstützung und Wohnrecht erlöschen, sobald die Dame *den Witwenstuhl verrückt*, so der Wortlaut des Statuts. Nun gut. Was können wir uns unter standesgemäßer Versorgung vorstellen? Eigentlich gar nichts. Was das ist, hängt von der wirtschaftlichen Lage und vom guten Willen der Mitherren ab. Insofern ist die Einschätzung meiner geliebten Vicky schon zutreffend: Ihre wirtschaftliche Zukunft ist erheblich weniger geklärt als die Ihre, gnädige Frau. Nun begebe ich mich auf dünnes Eis, denn man darf nicht vergessen, dass ein solch großer Geldbetrag oft zum Prekariat, zur sozialen Verelendung führt, weil zunächst der Eindruck entsteht, das sei viel Geld. So was hält ewig. Das ist bekanntlich ein Irrtum und trifft besonders auf Menschen zu, die bisher nicht aktiv am Wirtschaftsleben beteiligt waren …“

„Hermann, erlaube mal, du wirst doch nicht sagen wollen, ich hätte die Verschwendungssucht meines Vaters geerbt? Pass auf, was du da sagst!“

„Wie schon gesagt: dünnes Eis. Aber weiter. Aus dieser Gemengelage ergibt sich zweierlei: Es ist vernünftig, das Geld im Betrieb zu lassen, aber dann muss Vickys Zukunft abgesichert werden und damit gleichzeitig auch die Ihre, Frau Bräuter.“

„Und wie stellen Sie sich das vor? Cord hat doch ausdrücklich anders entschieden. Ich fände es auch recht schön, wenn meine Ehefrau eine halbe Millionärin wäre."

„Herr Bräuter, niemand zwingt uns, ständig an den Brief des verstorbenen Barons zu denken. Deshalb schlage ich vor, wir tun so, als habe Baron Cord sein Einkommen in seiner Eigenschaft als *alleiniger Mitherr* erzielt, eine – wie ich zugeben will – kuriose Wortschöpfung. Somit gehört das Geld dem Fideikommiss. Ein Erbfall tritt nicht ein, weil ein Fideikommiss nicht sterben kann. Gleichzeitig wird beschlossen, die beiden Beträge von circa fünfhunderttausend Reichsmark auf dreißig Jahre zu kapitalisieren, das ergäbe dreihundertsechzig Auszahlungen zu ungefähr tausendvierhundert Reichsmark. Versterben die Damen vorher: Glück für den Betrieb. Leben sie länger: Pech für den Betrieb. Natürlich muss das grundbuchlich abgesichert werden. Ich schlage vor, für Vicky garantiert das Weingut, für Frau Bräuter der Wald oder Teile davon."

Sowohl Vicky als auch Thea fanden den Vorschlag gut, erbaten sich aber Bedenkzeit.

Sehr viel später, man hatte sich gegenseitig das Du angeboten und darauf noch ein paar Gläser Wein getrunken, sehr viel später, als Vicky wieder in Hermanns Armen lag, flüsterte sie ihm ins Ohr:

„Ich will den Witwenstuhl verrücken."

„Aber du hast doch gar keine Blumen dabei."

„Eine Frau braucht dafür keine Blumen …"

Danksagung

Dieser Roman wäre nicht entstanden ohne die nimmer enden wollende Geduld meiner Frau Brigitte. Statt mit ihr etwas zu unternehmen, statt ihr in der schrecklichen Zeit des pandemiebedingten Eingesperrtseins dabei behilflich zu sein, die Zeit totzuschlagen, verschwand ich immer wieder in meinem „Kabäuschen“, um zu schreiben. Ihr gebührt mein großer Dank.

Mein spezieller Dank gilt meiner Literaturagentin Lianne Kolf. Sie hat mich unter ihre Fittiche genommen, ohne zu wissen, ob ich überhaupt verständlich schreiben kann. Es genügte ihr, dass sie mit meiner Schwester im Internat die Bude geteilt hat. Da gehört schon Mut dazu! Ihre fantastischen Mitarbeiterinnen haben meine nervigen Anrufe ertragen, und mit dem altbewährten „des wird schon“ meine Zuversicht wieder aufgebaut, wenn es mal wieder nicht vorwärtsging.

Lianne hat mich mit meiner wunderbaren Lektorin zusammengebracht. Silvia Kuttny-Walser hat entscheidend dazu beigetragen, dass dieses Buch flüssig, folgerichtig, spannend und dramatisch wurde. Durch geschickt dosiertes Lob gelang es ihr, mich durch Hängepartien zu schleppen. Ich bin ihr sehr dankbar.

Schließlich muss ich noch meine Enkeltochter Nell erwähnen, einfach deshalb, weil ich ihr versprochen habe, dass sie im Buch vorkommt.

Hans von Rotenhan

Hans Freiherr von Rotenhan ist 1951 in Schloss Rentweinsdorf in Unterfranken geboren. Nach seinem Abitur studierte er in Marburg, Lausanne und München Jura. Während dieser Zeit arbeitete er außerdem als Taxifahrer. Nach Abschluss seines Studiums siedelte er nach Ibiza um, wo er Stiefelverkäufer, Radiomoderator, verantwortlicher Redakteur einer deutschsprachigen Wochenzeitschrift und Mitarbeiter der Kanzlei Estudio de Semir in Barcelona und Ibiza war. 1991 siedelte er ein weiteres Mal um, nach Palma de Mallorca. Hier erhielt er eine Zulassung zum Abogado, dem spanischen Anwalt.

Er ist seit 1981 glücklich verheiratet und hat zwei Kinder. Wann immer es seine Zeit erlaubt, arbeitet er als Autor. Schon lange träumte er davon, seine eigenen Erfahrungen über den Adel in einer Geschichte zu Papier zu bringen. Entstanden ist Allsberg, die opulente Trilogie um ein fiktives Schloss in Unterfranken, das es jedoch genau so hätte geben können.

Und so geht es weiter:

ALLSBERG
-1980-
Der Klang der Vergangenheit

Ein Generationenroman um eine starke Frau, über die Rollen, die einem das Leben oft überraschend zuweist, dem Glück, dem man eine Chance geben muss und der Kraft, die die Wiedergutmachung in sich trägt.

Wir alle tragen ein Erbe in uns

Ibiza, Herbst 1980. Als in einem kleinen Ort auf der Insel ein Telegramm eintrifft, das an einen gewissen Karl Tröger adressiert ist, fällt dem Postboten nach einigem Überlegen "Carlos, der Deutsche" ein. Carlos, dessen Nachnamen nicht einmal seine italienische Freundin Giovanna kennt. Sie leben in einer heruntergekommenen Finca, er verdient sein Geld als Musiker in Touristenbars und Giovanna verkauft ihre handgestrickte Kleidung auf den Märkten der Insel. Karls Vater Baron Georg von Tröger fordert ihn, seinen ältesten Sohn, auf, unverzüglich nach Allsberg zu kommen, ins dortige Schloss der Familie in Unterfranken. Das Wort, das Karl jedoch wirklich alarmiert, lautet: bitte …

Nicht gerne fliegt er zurück nach Deutschland an den Ort seiner Kindheit. Dort, wo er mit seinem jüngeren Bruder Anton, Katja, deren Vormundschaft der verwitwete Baron Georg von Tröger übernommen hatte und Enzio, dem Neffen seiner verstorbenen Mutter aus Südtirol, die Sommertage der Jugend verbracht hat. Was ist seither nicht alles passiert und vor allem welche Dramen, wie viel Leid und Trauer wird die nächste Zeit für alle mit sich bringen. Und dann fällt ausgerechnet Katja die Aufgabe zu, sich den Schatten der Vergangenheit zu stellen, alte Wunden zu heilen und die Ereignisse der letzten Jahrzehnte auf Schloss Allsberg ans Licht zu bringen. Findet sie dabei auch ihre Lebensliebe?

Auch bei Giovanna entsteht ein neues Leben und auch die nächste Generation auf Schloss Allsberg wird den Namen Tröger tragen.

Der dritte Teil:

ALLSBERG
-1985-
Der Duft der Veränderung

Ein Familienroman über Mutterglück, zwei starke Frauen, die Verbindung über Generationen hinweg, um Versöhnung und immer wieder den Kampf um ein Leben, dem die Zukunft gehört.

Wir alle haben Wunden aus der Vergangenheit

1985. Es ist ein wunderbarer Abend. Katja Riedmüller und ihr Mann Enzio sind zu einem Spaziergang im Park von Schloss Allsberg aufgebrochen, doch heute ist ihnen die Schönheit des Anwesens, auf dem sie wohnen, gleichgültig. Beiden ist das Herz schwer. Am Morgen erst hat Enzio von Altspaur seine Frau aus der Klinik in Würzburg abgeholt. Katja quälen düstere Gedanken. Kann es sein, dass sie das Schicksal herausgefordert hat?

Unerwartete und dramatische Ereignisse vor fast fünf Jahren haben sie in den Besitz des Schlosses mit seiner Landwirtschaft, seinen Weinbergen, Wäldern und jeder Menge weiteren Ländereien und wertvoller Kunstgegenstände gebracht und über dem offenen Grab ihres geliebten Onkels Baron Georg von Tröger hat sie das Familienwappen zerbrochen.

Und nun erhält Enzio Nachricht aus Südtirol, wo seine Familie in Eppan ein Weingut besitzt. Sein Vater Anton ist tödlich verunglückt. Und da ist noch etwas: Der alte Graf starb nicht allein, auf dem Beifahrersitz des Autos saß eine junge Frau. Seine Geliebte, die ihm erst vor Kurzem ein Kind geschenkt hat – Enzios Stiefschwester. Für Katja ist es wie ein Geschenk des Schicksals, und sie und Enzio adoptieren die Kleine und Anna wächst fortan auf Schloss Allsberg auf.

Doch dann schlägt das Schicksal wieder zu. Katja und Anna müssen ihr Leben alleine in die Hand nehmen. Bis sich ihre Wege und die von Carlitos, der laut amtlicher Geburtsurkunde den Namen Tröger trägt, verbinden und ganz allmählich neues Glück entsteht. Es ist ein langer Weg, den die drei miteinander gehen. Und am Ende findet auch Katja nochmal die Liebe…

maximum-verlag.de
/MaximumVerlag
@maximumverlag